十五号車の男

黒羽英二

河出書房新社

十五号車の男　目次

十五号車の男

月の光

去年の夏のこと。

新宿発二三時五五分の、長野行四一九号列車は、大月のあたりを音もなく走っていた。

車内は大して混んではいなかった。が、しかしシート一つを一人占めして、横になれるほど空いてはいなかった。にもかかわらず、乗客の大半は、それぞれ何とかそれらしい恰好で眠っていた。中には、しかし杉田信夫のように、眠れないのを無理に眠ろうと努めている者もないではなかった。

信夫の場合、それはあながち慣れない夜汽車の故ばかりではなかった。前の年の夏、悪天候のために断念した至難な穂高縦走を数十時間後に挑もうとする想いが、何にもまして眠りを容れなかった。それに新宿を発つ時から気になって仕様がないことが、もう一つ眠れない原因となっていた。他でもない。信夫と向かい合って坐っている胡麻塩頭の渋い紳士風の男である。

その男は発車間際に、あたふたと車内へ駈け込んで来たのだった。じろじろと車内を見廻し、やがて真っすぐに信夫の前の座席に向かった。引き抜くような力で握りしめていたに違いない女の子の右手を放すと、まるで棒切れでも突っ込むように窓際に坐らせた。瞬間、信夫はぎくりとした。その男とその少女と、あまりにコントラストがはげしかったからである。

少女の隣に、その男は及び腰に腰かけた。洞穴のように双の眼は落ちくぼんで、底に鈍い光を湛え、どこを見ているのかわからなかった。それは、ひどく虚無的な印象を与えた。そして、時々、すくい上げるように信夫を見た。が、一言も口をきかなかった。そして、始終、まるで何ものかに追いかけられてでもいるかのように落ち着きなく、眼のやり場が決まらなかった。そうした紙のように蒼い顔の男を前にして気持のいいはずはない。信夫は幾度か逃げ腰になった。

新宿駅を発ってすでに二時間。しかし、遂に信夫は席を変えなかった。いや、変えられなかったのだ。蛇ににらまれた蛙のように。その眼が信夫を釘付けにしたのだ。が、信夫を、その席に引きとめた理由の大半は、その少女にあった。よほど疲れていたと見え、すぐ眠ってしまったその少女の寝顔の美しさにあった。全く、その美しさといったら！　筆舌に尽くし難い、という形容もここでは誇張ではなしに受け取れるだろう。

十二、三歳でもあろうか。が、ひょっとすると、もう二つや三つは大きいかも知れない。その男の身なりにくらべてむしろ質素に過ぎるほどの、白地の薄い夏服に包まれた、発育途上の伸び伸びとした手足。大柄な体にふさわしい大まかな、彫りの深い、整った顔立ち。それは絹糸のように細く柔らかな光を帯びた、豊かな亜麻色の髪とともに、すべてが、ひどく日本人ばなれしており、エキゾチックな夢を与えた。

こうした異様な雰囲気の中にあっては、信夫ならずとも、眠ろうとする努力は徒労に帰したに違いない。だがとにかく信夫は、山での疲労を思い、できるだけのことはやってみた。頭の中で、いつまでもいつまでも数字を追ってみたり、頭の位置を変えてみたり、隣が空席なのを幸い、思い切り足を投げ出してみたり、また、縮めたり、だが、どうしても眠れないことがわかっただけであった。

仕方がない。地図を取り出した。旧大日本帝国陸地測量部で作成した五万分の一の地図である。この夏、これから一週間を過すコースについて信夫は、いろいろと思う所があった。槍——奥穂——唐沢——上高地。ありきたりではあったが、前の年はじめて覚えた山の味に信夫の胸はおどるのだった。

悪天候のために、去年は、槍の雄姿を目前にしながら、みすみす槍沢の雪渓を下りねばならなかった。梓川《あずさがわ》の清流。峨々《がが》たる山塊。信夫は喰い入るように、しばらくはそうして地図を見ていた。いや、心はすでに名峰の山径を辿っていた。どのくらい経ったであろう。

「あなたも眠れないんですね」

だしぬけに声をかけられた。

ひょいとあげた信夫の眼に、心持ち体を乗り出した例の男の不思議な表情が映った。人なつこい、だが、決して人を容れないような、言いようもなく孤独な顔が。それは微笑んでいるのだが、奇妙なことには、その全く逆に泣いているようにも見えた。そして、地獄で仏に遇ったような響きを与える不思議な声音と、よく調和していた。

「は⁉　え、ええ」

あいまいに答えて信夫は、落ち着かない視線を急いで周囲に投げた。が、あたりは先刻と少しも変わってはいなかった。信夫の隣は依然として空いていたし、乗客の大半は死人のように動かなかった。死人のように？　ふと信夫はへんな想念に襲われた。車内の乗客は皆眠っているのではない。死んでいるのだ。すべて死骸なのだ。乗物は汽車ではなく、地獄行きのへんてこな乗物である。自分は地上に於ける最後の生存者で、早晩、他の乗客と同じ運命が廻って来るのだ。

例の男が、信夫の、そんな気持を察したのか、どうかはわからない。が、たたみかけるようにその男は言葉を継いだ。

「そうでしょう。眠れないでしょう。この月の光ではね」

瞬間、その男の眼の中を、通り魔のように凄惨な影が、さっと過《よ》ぎって消えたのを、信夫は見逃さなかった。

月の光！　事実、そのようにも蒼白い月の光をかつて信夫は見たことがなかった。透明な空気を通してくる高原の月の光。だが、それだけではないように思われた。何かしら、もののけのつきまとうあやしい美しさであった。その光を半面に受けたその少女の顔かたち。それはもう、とてもこの世のものではないような気がした。

「あなたは地図が好きなんですね」

その男は、ふたたび以前の不気味な表情を取り戻していたが、

「いや、登山ですか。地図はそのためでしたね」

と言い直し、改めて信夫の身なりを探る眼つきをした。

（登山のために地図を見る。どこに不思議があるんだ。一体、地図とは何だ。何のためにそれを見るんだ⁉）

来春三月、――大学大学院の修士課程を終える信夫は、いらいらしながら、心の中でそんな反問を積み重ねた。

「地図なんてものは……」

と、その男は、信夫の心の中まで見透したかのように言った。

「ふつうは旅行などする時に見るものですね。つまり実用的な目的があって見るものです。学生が、勉強のために見ることもありましょう。これとて同じことです。が、もちろん、それだけが地図の使い道ではありません。多種多様です。中には私のような地図の見方もあるんです」

その男は、そこで自嘲的に口をゆがめ、

「こんな話は、しかし、あなたには何の関係もないことでしたね。いや、どうも……」

どんなつまらない話にもせよ、匂わせた話を途中で止めてしまわれることほど気がかりなことはな

い。ましてその男のために心に大きなしこりが出来てしまい、他のことは何にも手がつかなくなってしまった信夫であってみれば、そのしこりを解きほぐす意味においても、話の続きを促さずにはいられないではないか。

「いえ、どうぞお話して下さい。差し支えなければ……」

そして、

「ぼくは、先刻から退屈で退屈でたまらなかったんですから」

とさえつけ加えた。

「そうですか。退屈しのぎにでもなれば結構ですが……」

その男は続けた。——と、ある種の変化が起こった。その男の不気味な表情の中に、それとわかる光が漲ったのである。それは、何か一つの仕事に打ち込んでいる時の男性の美しさに似たものであった。

「男の子なら誰でも大抵はそうでしょうが、私は乗物が、ことに汽車が大好きでした」

とその男は語り出した。

「大好きだった、と言っただけでは足りません。どのように大好きだったのか、ということは私にはちょっと言い表わしようがありません。そりゃもう狂気じみたものでした。ただもうむしょうに汽車が好きだったのです。時々、自分でも分からなくなるほどでした。なぜそうなのか、また、いつ頃からそうなのか、などということは、全く記憶にありません。私の体内に鉄道を狂愛するような働きをする機械でもあったのか、でなければ、そういうめぐりあわせの下に生まれて来たのかも知れませんね。とにかく一番古い所では、それは大きくなってから人から聞かされたのですが、家から一里半もある軽便鉄道のレールに薄暗くなるまで耳を押しつけていたのを、通りかかった同じ集落の者が、自殺と間違えて連れ戻ったというのが、私の四つの時。道も知らないのに一里半も。たった一人で、どこをどうして行ったのやら。汽車見たさの一心で……。我ながらおどろきます。

それからの私は、遠出を禁止されてしまいました。が、親の眼を盗んでは、その軽便を見に行きました。その頃は今のように八方へバスが往《ゆ》き来《き》してはいません。C県のそのあたりでは軽便が唯一の交通機関でした。軽便はN鉄道といって、炭と醤油で有名なN町からK浜の漁港A町まで全長三九・二キロメートル（そう、今でもはっきりおぼえています）を、三時間近くもかかって走っています。いや、走るなどといっては正確ではありません。自転車とおっつかっつの速さなんですから。それも無理がない、といえば、まあ無理のない話なんです。レールの幅といったら、そりゃもう狭いものでした。六十センチしかないのです。そのレールの上を全く似合いの汽車が走っていたのでした。

機関車の煙突は恐ろしくひょろ長く、さらにその上に底を抜いたバケツを逆さにのせてありました。気筒は車輪の外側にあり、機関室は馬鹿に大きく、機関車の前には鉄製の『牛よけ』がつけてあります。いたるところにパイプが這いずり廻り、横っ腹には石油罐のようなものがぶら下がっています。それは非常に古典的なもので、子供の夢をはげしくそそるものがありました。

後でわかったことですが、古典的なのも道理、明治時代に新橋、横浜間を走った第一号機関車よりも製作年代はよほど古いらしく、外国で、いい加減使い古したのを明治二十年代に今は国鉄の支線となった、当時のS鉄道が買い入れ、やがて地方鉄道へ払い下げられ、転々と二、三の地方鉄道へ奉仕したあげく、めぐりめぐってこのN鉄道に、その雄姿を現わしたというしろものだったのです。大層くたびれていたので、雨の日は息切れがして、坂など上る気力はとてもありませんでした。

その機関車が、やっこらさと引っ張る客車というのがまた古典的なものでした。機関車と同様の二軸車で現在の客車のように中央を貫通する廊下はなく、車室の横っ腹に座席の数だけの扉があって中へ入ってしまえば、その席を動くわけには行かないしろものでした。そのような客車を三台から五台つないで、時々、ぴょうーっという悲鳴に似た警笛を鳴らしながら、山の中を、畑の中を、海岸を走っている姿といったら！　遊園地の豆汽車に毛の生えた程の大きさ。それはもう何といったらいいか、とにかく可愛らしくもまた悲しげなものでした。

いや、失礼、退屈でしょうね。こんな田舎の軽便の話なんか。そんな風景なら今だって見ようと思えば地方ではよく見かけるんですからね。それにその軽便そのものの話だけなら私とて同じことです。大して面白いものではありません。が、しかし、それが、この軽便の話が、短くもない生涯に一度起こるか起こらないかといった経験に、切っても切れない関係があるとしたら、話は違ってくるでしょう。これから話そうとするのは、そのことなんですが……。

やがて、私は小学校へ行くようになりました。一年、二年、三年。私の、鉄道への狂愛は、いや増すばかりでした。が、しかし、その狂愛の中にも、成長というか、変化というか、そういうものがありました。鉄道員の眼を盗んでは、引込線に雨ざらしの機関車に乗り込んで、おっかなびっくり機械をいじってみるとか、ひそかに頬ずりするとか、あるいはまた、乗り物の絵本から想像して、すばらしい乗り物の絵を描くとかいうことだけでは満足できなくなっていました。そうした時です、私の学校で地理を教わったのは。それからの私は来る日も来る日も文字通り朝から晩まで地図のとりこでした。

私の祖父が『鉄道旅行図』を買って来てくれたのが、そういう私を一層あおりたてました。『鉄道旅行図』といっても、どうしてなかなか正確なものでした。折りたたみ式で、裏には全国諸都市、及び名所の、さらにいっそう正確に拡大された地図が刷ってありました。それは海を水色に、空を黄色に、山を緑色に、国鉄本線を太く赤く、支線は細く、それぞれ真っ赤に、私鉄は濃藍で色分けしてあり、駅名、ことに国鉄のそれは細大もらさず記入してありました。私は、それを寝る時は枕許に、眼の覚めている限りは、性懲りもなく見続けました。

名所、旧蹟に想いを馳せていたのではありません。鉄道、ことに地方鉄道の小さな曲線に魅かれていたのです。小さな短い濃藍の曲線！

私は一度ならず、その『鉄道旅行図』に噛みついた記憶があります。私は、実に地図の上で、それも祖父の買ってきてくれた地図の上で、その奇妙な曲線の曲り工合ばかりを鑑賞し、その魅力にとりつかれていたのでした。O鉄道。R軌道。T鉄道。どういうものか、ぎざぎざのついた電車のしるしを私は憎みました。恐らく濃藍の単純な曲線よりも美的要素に欠ける所があったからでしょう。

そういう状態が、かれこれ半年、いや一年もつづいたでしょうか。ある寝苦しい宵のこと、天啓のように閃いた一つの考えがありました。おれも一つ鉄道を敷いてやろう、というのです。はね起きると、その晩はよっぴてザラ紙の上に青鉛筆で曲線を走らせました、見るからに胸のすくような美しい曲線を。鉄道を創造するためでした。

日毎夜毎、そういう状態が続きました。夢の中でも濃藍の曲線がもつれあい、合間《あいま》合間に、いつのまにかすっかり暗記していた全国の気に入った曲線（私鉄）の駅名が、ぞろぞろとつながってからみ合いました。家の者は、そういう私を、もはや何とも言いませんでした。五番と下がったことのない成績だけで充分満足していたのか、それとも人並みに外を跳んだりはねたりしない風変りな我が子の唯一の慰めを、眼を傷めるからという理由だけでとりあげるには、かわいそうだとでも思ったのでしょうか。いまだによく分かりませんが。

そうこうしているうちにも学校の地理の時間は着々と進んで行きました。それは私にとっては全く意外な事実を教えたのです。交通の他に地勢、産業といったものでした。私は、今までのように曲線の美しさにばかり打ち込んでいるわけにいかなくなりました。いくら美しい曲線だからといって、まるっきり人里離れた山の中に鉄道を敷設したのでは意味がありません。私は曲線の美しさを、地勢、産業、他の交通機関との関係の内に害《そこ》ねている自分自身に気がつきました。それもやむを得ないことだと思いました。鉄道を敷設するためには！

そのように美しい曲線にばかり気を配っていた空想の世界から、実際に生きた鉄道を敷こうという現実の世界に引き戻されてくると、学校で使う地理付図の方が『鉄道旅行図』よりも価値を持ち出したのは言うまでもありません。そして今度は、地勢、産業、交通などの諸関係ばかりを考慮して地図を汚《よご》す日がしばらくは続きました。

その頃でした。あの佐野良一が私の前に現われたのは。

それは何でも、とてもひどい雷雨の日でした。I尋常小学校H分教場では、はげしい驟雨《しゅうう》と雷鳴の中に二人の異様な転入生を迎えたのでした。その一人が佐野良一で、六年生でしたから私のクラスに入って来たのです。田舎の分教場のことですから、一、二年、三、四年、五、六年と二学年ずつ共通のクラスで都合三つしかクラスがありません。その時、私は副級長でした。級長は六年生から、副級長は五年生から選挙するならわしだったのです。その日はちょうど、六年生の級長が欠席していたので、すべて五年生の私が、そのかわりをつとめねばなりませんでした。

先生が入って来た時、私は幾分緊張して、

『起立っ！』

と号令をかけました。

『礼っ！』

軽く会釈すると先生は、

『ええ、今日から一人、お前たちの仲間がふえる』

そう言って、先生の後ろに隠れるように立った少年を前に押し出しました。

『佐野良一、六年生だ』

ぴょこりと頭を下げて、しばらくはもじもじしていました。黒い靴をはいて洋服を着ていました。長身の佐野良一に、それらはとてもよく似合いました。私たちのようにボロキモノで明け暮れしていた田舎の小学生にとって、それは遠い国の王子か何かのように見えました。尊敬と羨望と、それは佐野が先生に連れ去られてからも、すぐに消えるものではありませんでした。

『ありゃ人間じゃあるめえ。雷様の申し子だど、きっと』

『そうかも知んねえ。見ろ、あいついなくなったら、ぴたっと止んだでねえか』

がやがやとうるさい休み時間に、しかし私は別のことを考えていました。

『明日からは皆といっしょに勉強するんだ』

と、先生に連れ去られて教場を出る時、誰へともなく、にやりと笑った佐野のものすごい顔についてです。年に似合わぬ大人びた顔かたち。蒼白い顔色。黒いくまのある眼。そうした顔も眼も手足も、何もかもひょろ長く全体として恐ろしく陰気な不健康なものを感じました。

ことに、そのにやりときたら、ひねこびた、絶望的な、不敵な、とにかく、そうしたありとあらゆる形容が矛盾せずにあてはまるような不思議なにやりでした。

だが、佐野良一の出現以上に分教場を沸かせたのは三年級へ転入した佐野千枝でした。良一の妹なのですが、兄とは似ても似つかない少女でした。陽気で、はでで、きれいで、ことにその皮膚の美しさといったら！　西洋人みたいでした。そういえば千枝はすべてがひどく日本人ばなれしていました。高い鼻。深い眼。大柄な姿態。確かに六年生ぐらいはありました。そして何よりもすばらしかったのは、その髪です。陽に背を向けると、赤い髪は黄金色に輝くのでした。いつも西洋人形のような色とりどりのきれいな洋服を着ていました。その千枝が良一と兄妹だなんて！　誰も信じるはずがありません。それも道理でした。しかし、その秘密は良一の大人びた態度とともに後で分かったことでした。

私はまもなく佐野良一と親しくなりました。いや、『稲妻小僧』と仲良くなったのです。誰も本名を呼ぶ者がなく、あだ名の方が通りがよかったのです。それにしても『稲妻小僧』とはよくもつけたものです。転入の日の第一印象が、――陰気な、そのくせ、へんにずるがしこくすばやい態度。正視に耐えない眼つき。それらすべてをよくとらえていました。

そんな良一となぜ親しくなったか、とおっしゃるのですか。鉄道です。やはり鉄道が私たちを結びつけたのです。ある日、私が昼休みに、校庭の隅で、例のぼろぼろになった地理付図と『鉄道旅行図』とを取り出し、頭をひねっていると、私の前に立ちはだかった大きな影があります。稲妻小僧でした。何か、いやないたずらをされなければいいがと、始終皆からいじめられ通しの私は、本能的に二冊の本をふところへ隠し、早くあっちへ行ってくれと心の中で祈りました。

『なあ、謙ちゃん』

と、稲妻小僧は私と並んで低い土塀に腰を下ろしました。いつもこうなのです。猫撫で声で弱気の私を、地図を偏愛するおかしな人間として、なぶりものにするのです、しかも皆の見ている前で。一人で帰る山道で。それは何も稲妻小僧が始めたいたずらではありません。稲妻小僧は、それまで他の連中が、私にしかけてきたいたずらを引きついだに過ぎませんでした。しかし、稲妻小僧は田舎のガキ大将のように、私の宝を取り上げて、どろを塗りつけたり、痰を吐きかけたり、ひきちぎったりは決してしませんでした。ねちねちとからみついて来るのです。その眼つきと舌先とで。それはガキ大将にやられた時よりもひどい傷を負わせました。精神的な傷だったからです。

『お前、そんなに地図が好きか？　汽車が好きか？』

私は黙って、そろそろと腰をあげました。

『ああ？　謙ちゃん。何もそんなにこわがることァねえ。おれァ謙ちゃんにいいもの見せてやるべと思ってるだけど……』

すっかり田舎言葉になった稲妻小僧の、そういう言葉は、大変私をそそるものがありました。

『地図だ。すばらしい地図だ。おめえが、いつもふところにしてるような、そんなオンボロの地図じゃねえ、もっとすばらしい地図だ』

オンボロと言われてぐっと来ましたが、次の瞬間には早くも稲妻小僧の言うすばらしい地図が大きく頭を占めていました。思わず、乗り出そうとするのを、いじめられっ子の警戒心が辛うじてそれを押しとどめました。

『黙ってるな。信用しねえのか、おれの言うこと。じゃ、勝手にしろ』

ポケットに両手を突っ込み、立ち去ろうとするのです。

はっと大きく息をのみ、私は片手を上げかけました。その気配を感じたのか、それとも万事そうなることは初めからちゃんと分かっていたのか、稲妻小僧はにやりと笑って後ろを振り向きました。

『そうれ見ろ！　やっぱり見てえんだべ？』

ポケットから両手を出して私の両肩をぱたぱたと軽くたたき、

『こわがんな、こわがんな。今日、学校終わったら、おら家さ来《こ》う』

そう言って立ち去りました。それはひどく大人びた態度でした。

こうして私と稲妻小僧との交際が始まったのです。

その日の午後の授業ほど私にとって長いものはありませんでした。終るや否や、教場を駈け出し、途中でU川の土手を転げ廻りました。冷たい草を熱い頬に押しつけました。嬉しかったのです。家にかばんをほうり出すと、半みち（約二キロ）も離れた集落へ急ぎました。稲妻小僧の家があるのです。大きな長屋門のついた、白壁の土蔵が五つも建っている家ですから、すぐ分かりました。

近づくにつれて私はへんに胸さわぎを覚えました。その理由の一つは、私の集落にまでも流れ込んできていた稲妻小僧の家についての奇怪な噂でした。当主、佐野庄三郎が狂ったというのです。そしてまた、庄三郎の妻が毛唐だというのです。田舎では奇抜な噂ですから半信半疑の人が多かったのですが、私は（あるいは本当かも知れない）と思っていました。千枝のエキゾチックな姿を思い浮かべたのです。千枝といえば、胸騒ぎの理由の一つは稲妻小僧の家へ行けば、必ず千枝と顔を合わせねばなるまいという考えでした。恐ろしいような、きまりが悪いような気がしたのです。

長屋門で二の足を踏んでいると、稲妻小僧が出て来ました。

『よく来たなあ、謙ちゃん』

私は、先ず、そのやさしい態度に面喰いました。

だが、面喰うにはまだ早過ぎました。豪華な部屋の調度。先代までは近郷近在きっての大醤油問屋だったのですから、それも不思議ではない、と言えば言えるのですが、しかし、そうした古い調度の外に、明らかに洋風のサロンが出来上がっていました。稲妻小僧の部屋にはさらに私を狂喜させるものが数多くありました。五万分の一の地図が重なっていたのです。稲妻小僧の言ったことは嘘ではありませんでした。五万分の一の地図！

初めは、しかしその価値が私にはよく分かりませんでした。が、稲妻小僧の説明を聞くまでもなく、ただちに私はその地図の持つ利点を、――無数の利点を理解しました。と、思わず、ぐっと胸がふさがって来るのを覚えました。

『こ、この地図、おれに貸してくろ、な』

弱気な私が言った言葉ではないようでした。

例のにやりを見せて稲妻小僧は私がべそをかくのを待っていたようでした。

『やだ！』

『――と言ったらどうする⁉』

私はもう気が気ではありません。

『ははは、うそだ、うそだ。貸してやるとも、それっ！　これもだ』

ばたばたと分厚い本が、五、六冊飛んで来ました。『時刻表』だの『旅行案内』だのと書いてありました。開けてみると、小さな数字と駅名が、ぎっしり詰まっています。最初、ちょっとまごつきましたが、まもなく私はその価値に狂喜しました。が、まだまだ驚くのは早かったのです。稲妻小僧は、まるで手品師のように、いろいろのものを見せるのです。その次には、すばらしい模型の鉄道を取り出しました。何でもドイツ製だとか言ってましたが、それは精巧に出来た機関車でした。部屋一杯にレールを敷設し、びっくりしている私の前で、稲妻小僧は得意気にアルコールに火をつけました。しばらくすると、その本物そっくりの機関車は幾台もの客車をつないでひとりでに走り出したではありませんか。その時の私の気持を察して下さい。思わず、『わあっ！』と歓声をあげていました。

こうして私は、すばらしい一日を送ったのですが、ちょっと不思議なことがありました。私たちが、というより私一人が模型列車に夢中になっていると、

『こら、何しに来た！』

だしぬけに頭の上で大声が破れたのです。驚いて眼をあげると、千枝が、あの美しい少女が襖を開けたまま首をうなだれているではありませんか。千枝が何をしたのか、私は気がつきませんでした。

が、私は直感で、千枝がこの部屋へ入ろうとしたこと、それが原因だと思いました。どなられても、別に気にする様子もなく、しずかに襖を閉めて去った千枝の、さびしい後ろ姿からも逆に分かりました。いじめられっ子の直感で、千枝が、始終、兄にいじめられているにちがいないと思いました。

それからもう一つ気になることがありました。私の性格として、どんなに遊びに熱中していても人の顔色をうかがわずにはいられないのですが、その日も、しばしば私はそれをやったのです。部屋の主が稲妻小僧であるだけに余計それがひどかったようです。そのたびに私が見たのは、例の蛇のような眼で、じっと私を見下ろしている稲妻小僧の不思議な顔でした。訴えるような、保護するような、隙を見て躍りかかろうとするような、いとおしむような、何とも言いようのない複雑な表情でした。もしも模型がなかったら、そして帰りに地図を、時刻表を借りるというあてがなかったら、私は夢中で駈け出していたでしょう。それほど薄気味の悪いものでした。

だが、とにかく私の鉄道に関する知識は数十歩前進しました。その日からの私は、より一層正確な鉄道を計画するようになりました。この沼の土手を兼ねて鉄道を敷く。この山を切りくずしてこの田を埋める。この町へはぜひ鉄道を入れなければなるまい。——といったぐあいでした。

同時に私は、紙の余白という余白を見出しては、時刻表と首っ引きで架空の鉄道の時刻表を作るのでした。五万分の一の地図の上でキロ数を計り、国鉄本線との接続時間も手際よくやってのけると、今度は運賃を算出するのです。

それればかりではなく、あの模型を見てからというものは、もう夢中で裏山で竹を切り、大工にねだって木片をもらい、たんねんにけずってレールや機関車を作りました。そして裏山から林の中へ、ひそかに鉄道を敷設したのです。

木造の悲しさで、それは、ひとりでに走り出すというわけには行きませんでした。そこで稲妻小僧に頼んで、例のアルコール式蒸気機関車を貸して貰いました。もちろんそれはお飾りに過ぎませんでしたが……。それから軽便の終点N町の駅の構内の片隅に置いてあった路線路盤点検用の足踏みトロッコを参考に見様見真似で古い自転車を利用して、ペダルを踏んで動力を伝える装置を台車に取りつけたのです。当然、マスコットのアルコール式蒸気機関車は台車の先頭の高いところに恭々しく飾って、煙だけ出せるように固定しました。裏山に敷設されたレールを見て稲妻小僧は啞然としたようです。私が得意になって、これが——町、これが——港、これが——山と実際の地名をあげている時でした。不意に稲妻小僧は私に襲いかかったのです。私は何が何だか分かりませんでした。ただ夢中で抵抗しただけです。これまで、たびたびいやがらせを仕掛けられたことは前にも話した通りですが、こんなに不意に、しかも私を押し倒して、なぐったり嚙みついたりしたのは初めてでした。しかも例のにやりとした表情を浮かべて。私が抵抗すればするほど、

『はははは』

と声をあげて笑うのです。どのくらいそうやって組んずほぐれつしていたでしょう。

とにかく私は弱虫特有の馬鹿力で稲妻小僧の腕を抜け出したのです。一目散に裏山をかけ降りる私に向かって、

『謙ちゃん！　勘忍勘忍！　今のは冗談だよう！』

と稲妻小僧はどなりました。私は振り向きもせずに走りました。

『何が勘忍だ。何が冗談だ。のぼせ！　ばかやろう！』

折よく沸いていた風呂へ夢中で飛び込みました。何だか、とてもいやな汚らしいものが体にしみ込んでしまったような気がしたのです。風呂へ入ってしばらくすると気が落ち着いて来ました。なぜ稲妻小僧はあんなことをしたんだろう。けんかか？　そうじゃない、断じて。発作的に？　いや、あれ

は計画的なものだ。

　私は初めて稲妻小僧の家へ行った日を思い出しました。あの時の稲妻小僧の不思議な表情を。と、私の小さな頭に一つの決意が浮かびました。あの地図を、時刻表を返してしまおう、というのです。何だか、私の好きな、それらのものをえさにして当然のように今日のいやらしい行動を起こしたのだとしか思えなかったからです。

　しかし、返そうとして、おびただしい地図の中に埋もれていると、また新たな感傷に胸が一杯になるのでした。私は勇気を起こしました。そしてその翌朝、黙って稲妻小僧に地図と時刻表とを突き返しました。稲妻小僧は、最初、ちょっと面喰ったようでした。が、すぐに悲壮な私の決意に気がついたらしく、例のにやりを浮かべて、

『はは、何だ⁉　ばかだなあ。そんなもの、おらいらねえよ。みんな謙ちゃんにくれてやらあ』

　今度は私が面喰う番でした。しかし、急に真顔に復《かえ》って、稲妻小僧はつけ加えるのを忘れませんでした。

『んだから、こねえだのこと、誰にも、お父や、おっ母にも言うじゃねえど！　いいか！』

　結局、私は地図と時刻表の魅力に負けたのです。私はそれらのものを昨夜来の決意と共にふたたび持ち帰りました。

　こうして私と稲妻小僧との関係は、ゆがんだものになりながらも、いろいろな意味で断《た》ちがたいものとなったのです。そしてさらにそれが一層ゆがんだ複雑な関係に置かれることになりました。

　その年の秋のことでした。どこの小学校でもそうですが、この片田舎の分教場でも学芸会が開かれました。どういうわけか、私はその学芸会でも最大の演《だ》し物である劇の主役にえらばれたのです。どんな題の劇であったか、今では一向に思い出せないのですが、唯一つ忘れられないことがありました。

私の相手役が、何とあの佐野千枝だったのです。そのことを知らされた時、狂喜した自分を、今でもありありと覚えています。私は、その時になってはじめて、大変はずかしいことですが、千枝が好きだったことに気がついたのです。いや、ただ好きだった、と言ったのでは正確ではありません。今になって見ると、たしかに私は千枝を愛していたのでした。一言も、そんなことを口にしたことはありませんでしたが、それだけに余計千枝を想う心は激しかったのだと思います。

幾度か、劇の練習が続きました。私が王様の役で、千枝がその妃《きさき》でした。あ、いや、それは最後の場面でした。私が王子で、千枝が隣国の姫だったのです。文字通り夢のように、その劇の練習期間は過ぎ去りました。夕方、薄暗くなって帰ることもたびたびでした。そのたびに私は廻り道をして千枝の家まで送ってやりました。例の屋敷の門先まで来ると、千枝の母親が待っていました。村びとから毛唐などといわれている人です。

『ほんとにご親切に、ねえ』

薄暗の余光を集めて、きらりと光った涙の玉を私は見逃しませんでした。

『千枝ちゃんと仲良くして下さいね』

私にはその意味がよく分かりませんでした。そのしみじみとした調子が、呑み込めませんでした。ただ私は千枝の母親が毛唐じゃなくてよかったと思っただけでした。日本人ばなれしていることは千枝以上でしたが、はっきりと日本語をしゃべったから、それにキモノがとてもよく似合っていたから、というのが小さな私の観察でした。けど、ことによるといいのこかも知れない。が、まあ、いいや、いいのこなら、毛唐よりは。と、そんなことまで考えて小さな胸を撫で下ろしました。そして、そういう千枝の母親に、たとえ、一言でも言葉をかけられるということは、当時の私には大変うれしいことでした。

千枝もまたその頃には、私とすっかり打ちとけて、いろいろなことを言うようになりました。中でも、小さな名もない峠の上で松籟《しょうらい》を耳にしながら、たそがれの中で話したことは忘れ得ぬ思い出です。

『あんちゃんは、いつも千枝ちゃんをぶつのか?』

千枝は黙って大きくこっくりを一つしました。

『ひでえなあ。父ちゃんも母ちゃんも黙ってんのか』

『母さんは何も言わない。父さんはいないの』

『いねえって』

『寝てるか、こんこん咳してるの』

それからいそいで、こんなことを言いました。

『母さんだって時々ぶたれるの、あんちゃんに。……だから、だめなのよ』

『ふうん』

『ね、そんなことより、謙ちゃん』

千枝のかわいい手が私の手を取りました。

『いよいよあさってよ。忘れないでね。あなた、王子さま。あたし、お姫さまよ、ね』

他愛ない話ですが、いまだに忘れないところを見ると、私にはよほどのショックだったに違いありません。千枝の家へ行っても、稲妻小僧は中学校を受験するので勉強に忙しく、顔は見せても、すぐ部屋に引っ込んでしまいました。私にはかえって都合のいいことだったのです。その頃が、しあわせの絶頂だったとでも言えましょうか。

しかし受験勉強で直接私には手出しはしませんでしたが、恐ろしいことが、ただ一度ありました。U川の土手の上で、歌など歌いながら他愛もなく遊んでいた私と千枝の前に稲妻小僧が、だしぬけに現われたのです。薄い唇の端を二、三度ひくひくと痙攣させながら、世にも恐ろしい眼つきで、射るようにじろりとにらみつけると一言も口をきかずに、ぷいと立ち去ったのです。

いつものようにからみついてこないだけに、そして千枝をぶたなかっただけに余計恐ろしいものでした。U川の土手は学校への近道でもありましたから、恐らく偶然に通りかかったのでしょうが、千枝への思慕を隠していた私だけに余計気がかりでした。事実、そのことが、その翌《あく》る年、私たちを呑み込んだ悲劇の導火線でもあったのです。

翌る年の春、稲妻小僧は無事にN町の県立N中学校へ入学しました。私は六年生。千枝は四年生になりました。その他には別にこれといった変化もありませんでした。私は相変わらず、鉄道に熱中しており、

『お前は、将来、何になるんだ』

などと問われればいつでも、

『鉄道を敷いて社長になるんだ』

などと広言していました。

情ないのは、そんな時、

『ああ、しゃしょうか、そうか、車掌とはよかったな』

などと言われることでした。

そして私が、

『車掌じゃねえ、社長だよ』

と、いくら力を入れて説明しても理解してもらえない時でした。

千枝は相変わらず美しく成長していたし、まあ、変わったことといえば、あの稲妻小僧が急に口数

少ない学生になってしまったことぐらいでした。入学当初は軽便でN町まで乗って行きましたが、一《ひと》月《つき》もすると寄宿舎に入ってしまいました。近いのでちょいちょい帰って来ましたが、そのたびに私をつかまえては詩を諳んじてきかせたり、文豪の短い文章を朗読したりしました。しかし、例のにやりと千枝への思慕を射殺すように私を見つめる蛇の眼つきに変わりはありませんでした。

そうしている内にも悲劇は、歩一歩と近づいていたのです。

その年の夏のことでした。千枝の母親がぽっくり亡くなったのです。駈けつけた私は、意外な事実を知りました。良一は千枝の母親の子ではないこと、つまり良一にとって、千枝は異母妹だったのです。そして彼らの父庄三郎は、噂の通りの、今の言葉で言えば、神経症のようなものだったこと。

私は新たに知ったそれらの事実から、それまで不可解だった謎の一部がほぐれて来るのを感じました。千枝に対する、その母親の生前の言葉。だが、しかし、もう取り返しがつかないような気がしました。なぜか、それらの事実を知るのが遅過ぎたような気がしました。

果してその通りでした。私は悲劇から逃れることができなかったのです。ついにその夜は来ました。私と良一は、付近の山に、ひそかに隠しておいたそれを急いで引きずり出して、軽便のレールに載せました。苦心の末、良一と合作した機関車です。午後七時十二分のN町行の終列車が通過してからは、翌朝まで、レールが空いているのを利用して試運転しようという予定でした。文字通り、月は皎々《こうこう》と冴え渡っていました。良一がシンボルのアルコール式蒸気機関車に火をつける間、千枝は私にしがみつくような恰好で、じっとしていました。果してうまく行くかどうか。私の胸はどきどきと波打っていました。

しばらくはそうしていると、やがて、

『よしっ！』

と良一が合図しました。

千枝を先頭に、三人はトロッコほどの自家製機関車へ乗り込みました。ひどく不安定でした。身動きすれば転倒しそうでした。小さな椅子に腰かけてペダルを踏むのは私の役割でした。私が歴史の一ページを開く気持で、ぐいとハンドルを引きました。が、びくともしません。もう一度。だめでした。仕方がない。始動には力が要るのです。私が降りて力まかせに押すと、かすかな音を立てて動きはじめました。あわてて飛び乗ります。弛い下り勾配の線路の上を、ごうごとん、ごうごとん……と快調です。三分ほども走ったでしょうか。二度ほど山腹沿いに大きくうねって林の中へ入った時です。

『あっ！』

と叫んだのは良一でした。いきなり軽便が見えたのです。こんな時間に列車はなかったはずなのに。不定期の貨物列車ででもありましょうか。あわてて私はブレーキをかけました。が、どうしたことでしょう。全然利かないのです。複雑な機関と違って故障など絶対にないはずの手動ブレーキなのですが。そこは、かなりの下り勾配になっていましたから、ぐずぐずしているうちに速度はぐんぐん増して来ました。

レールは土手の上を大きくカーブしており、右は田、左は沼でした。

『こわい！』

千枝が叫ぶのと同時でした。いやというほど私が投げ出されたのは。

気がついた時には、私は病院のベッドに横たわっていました。まもなく、私は自分の位置が、おぼろげながら分かってきました。軽便とは衝突しなかったこと。恐らく良一が飛び降りたのでバランスを失い、私たちの機関車が転倒したこと。放り出された私と千枝は、沼の中へ転げ落ちて気を失いはしたが、かすり傷程度の負傷しかしていないこと。ただちに停車した軽便の機関士と車掌とが、二人で医者に知らせ、村びとの助けで、私たちを引き上げてくれたこと。底なし沼でしたから、私たちは九死に一生を得たわけです。

まもなく私は回復しましたが、日増しに広がって行く疑問はどうすることもできませんでした。それはその夜の良一の行動でした。良一は、果して、軽便の来るのが分からなかったのか。飛び降りれば転倒するのは承知のはずなのになぜ飛び降りたのか。転倒!? もしや良一は進んで転倒を企てたのではないか。しかも底なし沼の土手の上で。私と千枝が十中八九は助からないのを考慮に入れて。そう言えば、私があれほど調べたはずのブレーキがきかなかったのも、ひょっとすると……。第一、あの計画そのものを考え出したのも。そして自分で手を出してまで、あの機関車を作ったのも。だが、一体、何のために？　何のために私と千枝を。

瞬間、私は私自身の中でうずいた千枝への思慕に思いあたりました。裏山での出来事。U川土手で私と千枝をにらんだ恐ろしい眼つき。千枝の母親の言葉。異母兄妹の良一と千枝。それらのことが一つの軸を中心として急速に回転し出すのを感じました。

その後、良一が、足が不自由になってしまった、という噂を耳にしました。しかし私は、とうに良一とは他人になっていました。その年の秋も半ばに、東京の町工場をやってる伯父のもとに預けられてしまったからです」

不意に口をつぐむと、その男は、月を見上げた。感に堪えぬ、といった様子だった。信夫はついに一言も口をきかなかった。列車は音もなく走っているばかりであった。

「去年のことでした」

と、再びその男は話し出した。

「私は用事があってC県へ行ったのです。N町を通りましたので、私は、ふと故郷へ行ってみる気になりました。実家が廃家になって以来、二十年もごぶさたしたままでしたからね。

軽便はもうありませんでした。何でも七年ほど前にレールをはずしてセレベス島とかへ持って行ってしまったのだそうです。幾分センチになっていた私は歩こうと思いました。あの軽便の走っていた跡をです。のどをしめつけられるような、なつかしさと、さびしさと、やりきれない気持を抱いて、とぼとぼと私はレールの跡を歩いて行きました。

例の転倒事件の起こった近くまで来た時には、すでに陽《ひ》は月に光をゆずっていました。林の中へ入りました。と、その時、幽霊のようによろよろとよろめきながら、こちらへ向かって進んで来る人影を認めたのです。かなりの速さでした。まるで足が地についていないようでした。すれ違っても私には気がつかないもののようでした。が、とっさに私は、それが稲妻小僧であることに気がついたのです。声をかけると立ち止まりました。

『私だよ、謙吉だよ』

と言いました。

『何っ⁉　ケンキチだと⁉』

物狂おしげに良一は、高々と笑い声をあげました。

『はははは。謙吉は死んだ！　殺したんだ、おれが。底なし沼へ、たたっ込んでやった！　千枝公と一緒にな。奴あ千枝が大好きだった。だから、おれあ奴らを結んでやったんだ』

奇妙なことに、半狂乱の良一の言葉に、私は却って良一に殺意のなかったことを認めたのです。

『何言ってるんだ！　佐野さん！　良ちゃん！　私だよ、謙吉だよ。生きてるよ、私は。これ、この通り』

『生きてるだと⁉　幽霊め！　おれの気持も知らねえで死んじまやがったくせに。おれはお前が好きだった。大好きだったんだ。お前はきれいだった。かわいかった。汽車に夢中だった。それがまたおれの気に入った。だのに、だのにお前はおれを嫌った。お前は千枝公が好きだった。――だから、だから殺したんだ。殺しちまったんだ』
　そうして、沼のほうへふらふらと歩き出しました。
『月映《つくばえ》の、露の野道の
ほんの濃い、向うの靄《もや》で。
　ぼうわう、ぼうわう、
ああなにかしろく吠えてる』
ろうろうとはるかに、昔ながらの良一でした。
『水芋のてらてらの葉の
その前を、音はしてたが、
　ぼうわう、ぼうわう、
おお誰か、ひきかえしている。

美しい童《わらべ》よ、角髪《つのがみ》の子よ、
怯《こわ》がるでない、怯がるでない。
　ぼうわう、ぼうわう、
あれはただ吠えるだけだよ』
だんだん声は遠退いて行きました。

『月がまた雲を呼ぶのだ、
ぼうとした紫なのだ。
　ぼうわう、ぼうわう、
小さい蛾までが輝くのだ。

な、みんなが思い出すのだ、こうした晩は、
美しい童《わらべ》よ、童《わらべ》のむかしを、
　ぼうわう、ぼうわう、
前《さき》の世の母上の、円《まど》かな肩を。

匂やかであった、世界は、ふじぎぬのような
光と空気とに織られていた。
　ぼうわう、ぼうわう、
ああした夜靄《よもや》にも、吠えていた何かだったよ』
いつのまにか声に出している私でした。北原白秋の『月と美童』という詩で、中学生になった良一から、暗誦させられたことがあったのです。
月と詩と、そうして軽便のレールの跡に、しばらくは魂を奪われていましたが、やがて私は顔をあげました。と、土手の上には、もはや、良一の姿はありませんでした。
あとで村びとにきいてみましたが、ついに良一の死骸は見つからなかったそうです。
沼に身を投げてしまったのでしょうか。月の世界で詩を吟じているのでしょうか。それともまだど

こかに生きていて、半狂乱の姿で幽霊のように、ふらふらと、さ迷い歩いてでもいるのでしょうか……」


信夫は、ふうっと大きな溜息をついた。そうしていろいろと考えた。

（転倒事件は純然たる事故だったかも知れない。だが、この男はそれを疑った。すると、この男は良一を殺したかも知れない。千枝はどうした？　この男はその後のことは何も言わなかったが……）

信夫は、ふと、その男の隣に眠っている少女を見た。

（そうか！　この男は千枝と結婚したのだ。この少女は千枝の子なのだ。が、待てよ。二人とも死ななかったとして……。良一は異母妹の千枝が好きだったのだ。とすると、そうだ。この男が良一だっていいわけだ。いや、むしろ、そのほうが本当らしいな。これはおもしろい）

しかし、そのすぐ後から、そうした詮議はひどくつまらないことにも思えた。

（考えてみりゃ、つじつまの合わないばかばかしいつくり話さ）

すでに夜は白々と明けかかっていた。

気がついてみると、その男と少女は掻き消したようにいなくなっていた。信夫はぎくりとした。が、やがて心の中で、こう繰り返した。

（夢なんだ、みんな。夢を見ていたんだ。何者かが、眠れないで苦しんでいるぼくを、かりそめに、まぼろしの世界へ連れて行ったのだ。そうだ、そうなんだよ、きっと）

十五号車の男

その朝も、私は、いつもと同じように、正確に、平塚駅から十五号車に乗り込んだ。進行方向から数えて三番目の扉が開くのを待ち兼ねて、だが、あまりがつがつした様子も見せることなく、実にさりげなく乗り込んだのだ。

車内に入った私は、これも同じく進行方向から見て左側の、つまり十五号車の、最も左の隅の座席に腰を下ろし、努力の果てに獲得した成功の充足感の中に、全身の筋肉を弛めることが出来た。

車内は薄ら寒かった。そう言えば、もう十一月も半ばを過ぎようとしていることに、私は気がついた。そろそろ年賀状を書かなければ……。それにしても、暖房装置がはたらいていないのは、時には、どうかすると、汗ばんだりする日も混じっていたりする、変りやすい時候のせいでもあるからなのだろう、と考え、同時に、この寒さは、ほどなく車内がいっぱいになれば、感じなくなってしまう程度のものだな、と思ったりしていた。

クロスシートの座席は、私の後に続いて車内へ乗り込んできた人々によって、たちまち塞がれてしまった。私の隣には、ピンクのシャツを着た工員ふうの若い男が、そして私の前には、六十歳前後の、眼鏡を鼻梁上部の出っ張りの上に載せて、鼻先へ滑り落ちようとするのを、やっと押しとどめている、といった感じの、胡麻塩頭の老人が、その隣には、スラックスというのか、先の細くなった地味な焦茶色の女ズボンを穿いた、かれこれ五十歳に手が届こうという年輩の女が腰を下ろした。と言って、彼等、クロスシートに収まった三人の人物の一挙手一投足を、仔細に観察していたわけでは、もちろんなくて、ただ長年の習慣が、私に、クロスシート四人分の席（通称ワンボックス）を、つまり私を除く三人分の席を、どういう種類の人間が埋めるのかということを、一瞬のうちに読み取る術というか、勘のようなものを発達させていたに過ぎない。

読み取る、と言えば、私に、この常同的動作を行わせているものは、実は、すべて、私の直感というか、一種の霊感めいた閃きによる読み取りから発したものであって、単なる、あの卑俗な経験などというものからでは、断じてない。

すなわち、起床五時二十分、ただちに自ら蒲団をあげ、歯を磨き、顔を洗い、シャツ一枚になって猫の額ほどの小さな庭に出て、ラジオ体操第一プラス西式健康法の体操めいたもの（私は、これを四分の一世紀ほど昔、西なにがしとかいう健康法の元祖が、その信奉者であった教頭によって招聘され、実技〈？〉入りで喋った高等学校の演壇から、おぼろげにつかんだものであったが）をミックスして、更にそれを自己流に改造したものを、およそ十五分ばかり行い、（このあと、つい三年ほど前までは、家のまわりの道を、でたらめに十分ばかり駈けるマラソンを附け加えていたのだが、狭心症まがいの痛みを心臓に自覚するようなことが二度ほど起こったので、今ではやめてしまった）、ダイニングキッチンと称する三畳ばかりの広さの台所の流しの前の板の間に入り、クロームメッキのパイプで出来上がった貧相な椅子に腰を下ろして、せかせかと朝食を済ませ、最後に、その朝食摂取のスピードの反動ででもあるかのように、ゆっくりとインスタントコーヒーを、大きなカップになみなみと注いで、朝日新聞をじんわりと開けては、丁寧に、一枚ずつ見出しを読み取って行く、それから、六時十五分か十八分のあいだに家を出て歩くこと、およそ十分、花水川の低い土手の向うの、広重描く東海道五十三次の絵で有名な高麗山の、まるで定規をあてて削り落としたような山裾に走っている線を眼の中に収めながら、かなりの速度で、バス停留所に到達する、――と、ほとんど同時か、二、三分待つだけで、神奈川中央交通のバスがやってきて、こういう私を乗せ、十分か、道路が混んでいる時で、十二、三分走ると、そこが東海道の平塚駅だ、ここからは半ば駆け足でブリッジを渡って、三番線ホームへ急ぐ、そこに始発電車が待っているからである、すると、まもなく、向うの二番線ホームに、六時二十九分発、小田原始発、東京行が到着する、が、当然、これは見送る、混んでいて坐れないから（どこでもいいのなら、空席がないことはない）というのではなくて、いつのまにやら身についてしまった、いわば癖のようなものに忠実でありたいためなのだ、この八四二Mが発車すると、およそ四分後の、六時五十九分発の平塚始発（つまり当駅始発）、八四四Mが、私の目差す列車であって、その十五号車の、最後部、最左端の窓際の席が、私の座席という次第なのだ、この座席確保のために、起床から始まるすべてのダイヤグラムを正確にこなしてきたのだが、そんな態度は、からだのどこにも表わさずに、実にさりげなく車内へ乗り込むのである。

　たとえて言えば、この常同的動作は、食事の前に、それを用意してある部屋の敷居を跨ぐのに、正確に百回も、丁寧にお辞儀をしなければ行動を起こせない、ある種の精神病患者、あるいは、寒中、痛いような冷水を肌に受けて不浄を濯ぐ、ある種の禊にも似た厳粛なる行為なのである。問題は、その行為を選択させる精神の位置の評価なのであって、これを滑稽とわらうのは、自ら、その位置を低きにおいたあわれむべき輩の世迷言に過ぎず、それには黙殺を以て応え、いよいよ自らの行動を研ぎすますことに精魂をかたむければよいのだ、と、少くとも私は、そう思っている。

　さて、この一時間十三分の幸福を手にした男の、その持ち時間消去法ということに、順序として触れないわけには行かないのだが、これはもう、取り立てて述べるのも億劫なほどの、ありきたりの平均的なサラリーマンふうで、たとえば週刊誌を熱心に読む、うつらうつらと居眠りをする、あるいは、ただ漫然と窓外の景色に眼をやる、……といった類《たぐい》のものなのだ。そして、それらのとりとめもないしぐさを、自分の席で繰り返しているのが、私には無上のよろこびになっていたのだ。

電車は、相模川橋梁を、高らかに音を響かせて渡り始めた。私は、この、からからからから、という音を、その朝もまた確実に、十五号車最後部最左端の椅子に、自分を打ちつけて、一時間十三分の間、しっかりと、その位置に留めておくリベットを打つ軽やかな音のようにも聞いて安堵した。同時にそれは、私の、一時間十三分に及ぶ乗車時間消去法の選択決定を促す信号の役目も果していたのである。

私は、少しもためらうことなく、今日は、工場見学、というよりはむしろ、工場数えで行くことにした。これは、自分でもユニークな時間消去法として気に入っているものなのだ。まずサカタ種苗の温室が、車輛の右カアヴと共に現われ、小さい川を渡ると、ミヤタの自転車が出てくる。やがて左に曲って、線路が増えてきたところが茅ヶ崎で、東海道線のホームと跨線橋で繋っている小さな暗い雨除けの屋根を持った低いホームが、厚木から橋本方面へ通じている元の相模鉄道、現在の国鉄相模線の起点となっているもので、ツートンカラーの気動車が二、三輛、くたびれて薄汚れた姿を、ひっそりと休めている。ついこの間まで、蒸気機関車が溜息をついていた扇形の機関庫の前を、レールが一筋、さびしく左へカアヴして消えているのを眼に収める間もなく、東洋陶器が現われる。その隣が東海電極だ。続いて松下電器があって、それから、関東特殊製鋼という文字がいやでも眼につく。元は薄暗い感じの大きな工場であったが、最近極くありきたりのビルに建て替えられてしまった。その前に電車は停まるが、そこが辻堂だ。住友発条、三光社、ソニー、それから引地川の短い鉄橋を渡って、日本オイルシール、ヤクルト、日本精工、と来ると、遊行寺方面へ抜ける道路が線路を跨ぎ、次いで、古めかしい小田急電鉄のガードが東海道線のレールを斜めにオーバークロスしていて、そこはもう藤沢だ。これら東海道線の、細長い工場展示会場は、いつ見ても見事な景観をつくっているものだと感心してしまうが、こういう見方の根底には、もちろん、たんぼや畑が埋めつくされてしまって、田園風景の長閑さが、非情な工場群の、よそよそしい四角な建造物に置き換えられてしまったことへの皮肉が、隠されていることは自分でも充分承知しているつもりなのだ。とはいえ、どの工場も周囲に花壇を造って、色とりどりの花を咲かせたり、小さな噴水を跳ね上げたり、青々と手入れのよく行き届いた芝生を敷きつめたりして、たとえそれが猫の額ほどの空間を満たす程度のものではあっても、何とかして、工場というものの避けることのできない機能を成立させているメカニックな冷たさを覆い隠し、やわらげようとしている努力のいじましさだけは認めないわけには行かない。そしてそのことが、却って、工場という魔物に、化粧を施して際立たせることになっているとも言えるのだ。

さて、藤沢だ。この駅の長いホームへ車輛が進入し始めると、自分で自分が緊張しているのがわかる。いつのまにか、心が一点に集中してくるのだ。眼は、ひとを探す時の、険しさを帯びてくるのが自分でもわかるほどだ。乗り降りのはげしい駅なので、ひとを探すと言っても、大変なことなのだ。白っぽく低いホームには、藤沢始発を待つために並んでいる人がいて、うつけたような顔を晒し、そこへ、屋根が低く覆いかぶさっていて、それが、うろうろざわざわと蠢《うごめ》いている通勤者の群によくマッチしていた。ホームには、小田急江の島線連絡のための階段が、片仮名のハの字形に昇っているのが、先ず眼に入る。東海道線の、下がグリーンで、上が濃い橙色に塗られたツートンカラーの長い編成の車輛が到着すると、乗降客が、どっと階段を駈け上る。サラリーマンふうの背広姿も多いが、高校生、特に、どういうわけか女子高校生が多い。三つ扉の車輛の時はまだしも、それが二つ扉の、昔ながらのオールクロスシートの車輛の場合など、特にひどい。あばら骨が、ぎゅうっと撓むのがわかるほどの混雑なのだ。階段は、あと二つあるが、その一つは、ホームの真ん中にあって、これは小田急江の島線と連絡していない。駅の北口へ降りるだけだ。またもう一つは、ホームの東端、つまり東京寄りのところにあって、これは、階段が一つしかなく、ここを昇って行くと、左側が、また北口へ通じている。が、その手前に、汚い便所がある。そして、その跨線橋は暗い。右へ行くと、すぐ斜め右へ降りて行く階段があって、これが、また小田急江の島線の連絡通路なのだ。それから、その薄暗い跨線橋を、まっすぐに降りて行くと、すっかり模様替えしてしまった大きな名刹の納骨堂のようなところへ吸い込まれるが、そこが江の電の発着所でもある藤沢駅の南口だ。その納骨堂の中に、鳩サブレーを売っている店などもあって……、だが、差し当って、こんなことは、直接関係のないことだ。

　こういうことを、くわしく覚え込んでしまったのは、私が、その後、その男を、藤沢駅で、何度も待ち伏せていたからだ。私は、禁を破って、十五号車、最後部、最左端の席へ坐ることすらあきらめ、朝早く、出勤の途中、わざわざ藤沢で降りて、その男が現われるのを、待っていたこともあるのだ。それから、夕方のラッシュアワーの藤沢駅構内の、あちこちをうろついて、どうしても、もう一度その男を探し出そうとしたことも一度や二度ではなかった。その結果、その男の姿を捉えるかわりに、私は、駅の構造を、じっくりと教え込まれていたというわけなのだ。その男の、不規則な出勤時間が、その教師になったという次第なのだ。そうそう会社に遅れるわけにも行かず、そのうちに彼の姿を求める私の熱意も、時間と共に薄らいでしまったかして、いつしか私も藤沢駅での待ち伏せはやめてしまった。そして、あるいは、そういう私を、その男は、私には絶対見えない場所から、すなわち、勝手知った、この大手私鉄との連絡駅のどこか、たとえば私のすぐ後ろあたりで、にやにやしながら眺めていたのかもしれないのだ。……と、そんなふうに考えることで、私は、いよいよ、その男の探索という行為そのものに縛りつけられて、自由を失ってしまった自分を感じないわけには行かなかった。そう、何はさておき、私は、人生のど真ん中で、こんなふうに私をしてしまったその男のことから、書き出すべきだったのかもしれない。

　その男は、年の頃、三十五、六。いや、ひょっとすると、もう少しはいっているかもしれない。なにしろ、近頃は、男女ともひどく年齢の見当がつけにくい時代になってしまっているからなのだが、これは何も、女が、その高度に発達した化粧法のおかげで、化けるのが上手になったからだ、などと言っているのでもないし、まして、それに触発されて、男までが、化け方が上達した、などと言いたいためでもない。尤も、最近は、男性用かつらなどというものが普及しているということだし、またいわゆる美容整形なるものを看板に出している皮膚科の患者の中には、女性客に混じって、結構、大勢の男性客も詰め掛けているという話なども、たびたび耳にするからなのだ。そしてそのような、現代の変成人間の一人として、その男が存在していたって、別に不思議ではないような気持も、一方に潜んでいたりした。

　という次第で、しかし、どう見ても、三十五歳以下ではないはずの、その男の、先ず眼はあくまでも細く吊りあがっていて、その遠い祖先が、アジア大陸に発していることを物語っており、その細い眼の真ん中には、丁度、幕の裂け目から漏れてくる光のような具合に、小さな瞳が覗いていた。荒けずりな小さな突起で出来ている民芸細工の鼻を思わせる低い鼻の孔は、真ん丸で、やはりモンゴロイド型であり、全体として平板で、大きな顔の均衡を破っているのが、幼児のように可愛いらしい口で、そこから下は、太い猪首で、肩に繋っており、そして、それら杓文字形の、肉体の上方の露出部分を覆っているのが、肌理《きめ》のこまかい、てらてらした肌であることが、却って、その男を、脂ぎった中年男の役どころを得意とするテレビ俳優に似せていた。

　人間にも動物の本能のような、たとえば身に迫る危機を、逸早く察知する能力が残っていて、時には、それが気配という形をとって、頭にではなく、皮膚に作用することもあるらしいのだが、今が、まさに、その瞬間だと言ってもよかった。

すでに車内は、びっしりと人が詰まっていて、もちろん、私たちのボックスも、人の膝で、V字形に食い込まれてはいた。だから、どうーっと乗客がなだれ込んできて、座席確保を完了する次の駅の茅ヶ崎ならともかく、私は、どんな客が乗ってこようが、それに眼を奪われるということはなかったし、第一、今日は、工場数え、という車内時間消去法を決定実行してきたことでもあり、辻堂、藤沢などから乗り込んできた、自分の席から直接見えない乗客の方に、ちらりとでも神経が動くはずはなかったのである。

にもかかわらず、私は、もう藤沢駅から先の、工場数えは中止していた。確かに、その男が、この車輛に、しかも、まちがいなく、進行方向から数えて三番目の扉、すなわち、私の座席の、すぐ間近に入り込んできたような気がしたからなのだ。虫の知らせとでも、テレパシーとでも、何とでも理窟はつけられる。しかし、その時、私は、ただ無数の、極く小さな虫が、いっせいに、足もとから、ゆっくりと這いあがってくるような、ざわざわした、何とも言いようのない異常体感に襲われたのだ。

（とうとう来やがったな、畜生！）

と、私は、半ば口から出かかった言葉に気がついて、そのことが却って、腰を浮かせて、自分の座席から最も近い、進行方向右側の扉のあたりを探す姿勢を、押し留める結果になった。そうじゃなかった、こんなふうに、性急に行動に移るはずではなかったじゃないか。そう自分に言いきかせ、でも、本当にやつなんだろうか、あの男が、今、おれの眼の前にいるなんてことが、本当にあり得るだろうか、あまりにも強く彼の出現を願い過ぎたがための幻影ではないのか、とも思い直し、今度は、冷静に、むしろ腰を沈め、根気よく、車輛の振動を利用して、人垣の間から、その男の、平べったい顔やら、特徴的な太い猪首などを捉えようとした。ずいぶん時間がかかり、隣のピンクシャツの工員ふうの青年が、迷惑気に、露骨に、私の前にしかめ面を突き出して、私の探索の視線を遮ろうとしたほどだから、よくよくのことにちがいない。だが、ついに、私の努力は報いられた。彼は、まさしくあの時の、あの男以外の何者でもないことが、正確に、私の網膜に収められたのである。杓文字形の頭部の毛のない部分に貼りつけられた、あの細く吊りあがった眼と、まるい鼻孔。まるで彼は、私に、ポートレートを撮らせるためにポーズした男のように、まるごと私の視界の中に入ってしまっていた。ただ一つ気に入らなかったことは、彼が、何か新書判のような、ポケット型の本を読んでいたことぐらいで……。

さあ、どうしたらいいのだろう。どうしよう、どうしてくれようか、と私は、獲物を前に、ちょっかいを出して、転がしたり、逆さにしたりして嬲《なぶ》り物にする猫の残忍さで、ゆるゆると窓際にからだを引き戻してきて思案した。

(殺せ！)

と、たちまちのうちに、私の中の復讐鬼が叫ぶのが聞えた。

(殺せ、殺せ、殺すんだ！)

それは分かっている。だが、まあ落ち着けよ、と私は、鷹揚に復讐鬼をなだめた。どうやってやるか、考えているだけさ。

(どうもこうもへちまもない！　ただお前がやられた通りにやればいいんだ)

そうだな。あれで、運が悪けりゃ、今頃、おれはあの世へ行ってたかもしれないんだ。そうすれば、こんな思案も無用のはずなんだがな。

(ぐずぐずするな。逃げられたらどうする⁉　少くとも、そんなところに坐り込んでないで、もっとやつに近づくんだ)

わかったよ、と私は、ようやく腰をあげる気になった。おれが、あの時のことを忘れちまったとでも思っているのか。

それは、ほんの些細な、ある意味ではまことにくだらない、だが、いわば男という性に属している人間の生涯には、よくあり勝ちな出来事だったのだが、まさに、それ故にこそ、私には、生涯忘れられない事件にまで発展してしまったのだ。

五月二十四日の（どうして、その日が忘れられよう）朝のこと、私は、生活のダイヤグラムを、ほんの少しだが、乱してしまったのだ。それが原因だった。家を出るのが、四分ほど遅れたのである。そして、その四分間こそ、私を、その後の、およそ六ヶ月の間、憤怒と悲痛で、くしゃくしゃになってしまった心で、私に危害を加えた人物を探索させ続けた、われながらあきれるほどの執念深い行動の引き金ともなったと言えるのだ。

いわばカントの正確さで、出勤時間を違えたことなど、ついぞなかった私にとって、あの四分間の遅れは何であったのか、と、私は、あの出来事の、意味のなさ、それでいて、想像し得る限りのむごたらしさを越えた残忍さ、……等に思いが到る時、いやでも、そこへ向って行ってしまうのを避けるわけには行かなかった。あの遅れさえなければ、あんな思いは味わわなくてもすんだのだ、と……。

「あっ！」

と、私は、年甲斐もなく、叫び声をあげ、指先に力を入れて、カップを落とすまいとしたために、却って、親指と人差指の腹でカップを押し出すことになってしまった。コーヒー茶碗は、がちゃちゃん、と場ちがいに陽気な音を立ててダイニングキッチンの上に落ちて砕け、泥土色の液体が、身に危険を感じて逃げる家の中の昆虫のすばやさで、その破片の散らばったあたりに拡がった。そして当然、その泥土色の生き物の一部は、私の上衣からズボン、そして朝日新聞の四分の一ほどをも、同じ色に染め替えてしまっていた。

「ばか！」

と、私は、こぼれたインスタントコーヒーの描き出した地図の方を向いて、小さくどなっていた。朝の出がけに、ごたごたを起こしたくない、という、いじましい気のつかいようが、私の顔を、女房の方に向かせなかったにちがいないのだが、それでも、罵声だけは漏れてしまうのを防ぐことは出来なかったのである。果して女房は、

「馬鹿って、誰のことよ!?」

と、布巾をまるめて、テーブルにたたきつけた。すると、そこには、パンを二きれ、皿の上に載せてあったのだが、たちまちのうちに、その二枚の幾何学的な固形食品は、落下の速度の中で、元の一枚の布に戻りかけた弾丸の、猛烈なダッシュを食らって、あっけなく、薙ぎ倒されてしまった。

「え、誰のことなのよ。自分で、中へ埋まっちゃうほど新聞拡げていたくせに」

私は無言だ。これで、女房がコーヒー茶碗を持った私の右腕にぶつかって床へコーヒーがこぼれ落ちた一件は終りになるのだ。

「このまんまじゃいやよ。ちゃんと拭いてってよ」

だが、せめてもの抵抗に、私は、そうはしないで、あわてて、箪笥のある部屋へ駈け込み、でために、抽斗《ひきだし》を開けて、かわりの背広を探し出したところへ、

「ほら」

と、女房も、いつのまにやら、それでも、そこに来ていて、別の箪笥から、シャツとステテコとパ

ンツ、それに靴下を投げて寄越した。

「全く、子供より始末悪いんだから、ほんとに」

そうして、またしつこく、

「台所の床拭いてってよ」

と、甲高い声を出す。

何を言うか、亭主に向って、自分でぶつかっておきながら、と言うかわりに、

「そんな時間ないよ。もう遅刻だ」

と、なさけない言訳めいた言葉を、ぽとぽと垂らしながら、私は、この脹らみかけた修羅場から、少しでも遠くの方へ逃げ出そうとしている自分を励ましている。というのは、あまりにも屢〻《しばしば》繰り返される、おろかしい、しかも尚その不快度の薄れることは決してない、女房の態度と言葉でもあるからなのだが、それ以上に、もう今朝は、平塚駅、六時五十九分発の、八四四M列車には乗れないな、と、すでに六時を二十分も過ぎてしまった腕時計の針が、ずぶずぶと鈍い釘のように脳細胞にめり込んでしまって、私は一種の放心状態に陥っており、理不尽な女房の仕打ちに対する戦意を全く欠いていたからである。

「そうやって、また自分のポカを、あたしに始末させるんだから……」

と、クロームメッキの支えのついた安ものの椅子を、面当てのように、がたつかせて泥土色の液体を拭き取っている女房の、まるで動物園の犀を思わせるような、不様に盛りあがった胴から尻のあたりが、ごりごりとおどけたように上下しているのを眼の端に入れながら、靴の踵を踏みつけて、私は、水虫の足を、黒い偽の皮で出来た穴の中へ押し込んでいた。ポカとか、始末とか、単語そのものが気に入らない上に、女房が使うと、その耳障りなことは、ほとんど生理的苦痛と呼べるようなものにま

でなっていたが、このような最悪の事態からの脱却法は唯一つ、からだを動かして、思いを外に転換することで、だから、その時も私は、

（ああ、遅れちゃった）

と、まるで、その朝の、不覚な一度の遅刻のために、一年間の努力が無になって、皆勤賞をもらいそこなうことがわかってしまった勤勉で小心な小学生の心を新たに抱え込んで、急に重さを増してきた両脚でバスに乗り、平塚駅へ向った。

そしてその朝、どうしても、それに乗るしかなかった沼津始発の、七時〇三分平塚発、八四六M列車の、やはり十五号車、最後部、最左端の席で、いや、その周辺で、事は始まったのだ。

当然のことながら、私は、もはや座席を占拠することはあきらめてはいた。だからこそ、ぼんやりと、ホームの乗車位置に、だらだらと二列に並んでいる人の群の、最後部に自分のからだを放り出して、自動的に押し込められて乗車させられている人形のような具合に、車内に乗り込んだ、その扉が、十五号車の、進行方向から数えて第三番目であったのは、むしろ、かなしいことと言ってもよかった。たとえ、最後部、最左端の席が空いていて、そこへ腰を下ろせたところで、そこはもはや、自分の席ではない、と思い、そしてそんな思いこそ、取り越し苦労に過ぎない、わらうべきものであることは、すでにホームいっぱいに溢れている人の数で、とっさに判断はついていたはずなのに、扉が両開きに、気持よく開いた瞬間、ふと、捕われた錯覚に促されて、というよりはむしろ、足が車輛にかかった刹那、獲物を前にした肉食獣の体内を走り抜けるおののきをぴりぴり感じながら、すばやく車内に駈け込んでいたのは、尚一層あわれであった。

にもかかわらず、ごきごきと揉み込まれるようにして流されて行った先が、最後部、最左端の席を

含むボックスであったことは、何だか居ても立ってもいられないような醜いことにも思われ、いっそ、逆に人を押しのけ、突きのけ、むしろ、反対に進行方向に向って移動しようとするのだが、もはや、ここまで押しこくられてくると、それすら、自分で自分のからだを自在に扱えるものではないことに気がつくだけなのだ。それでも、からだは肘掛けの横棒に、ごりごりと腰骨をあてがう形になってい る姿は、座席への未練ということよりは、いわばその座席の中に潜んでいる精霊めいた不思議なものの、すさまじいばかりの吸引力とでも言うしかない。

そうこうするうちに、扉は、ぷしゅっと音立てて閉まり、八四六M列車は、乱暴に平塚駅のホームを離れた。たちまち電車は、いつもとは違って、いやにけたたましい轟音を立てて、相模川橋梁を渡りはじめた。私は、あらためて、本来ならば、自分の坐るべき場所を塞いでいる人間が、どういう人物であるかを、ゆっくりと確かめようとしていたが、これはつまらないことだったな、と、すぐ気がついた。というのも、最後部、最左端の席を塞いでいたのは、何も、特別変った人物ではなくて、極く平凡な、居眠り、というよりは、連日の早起きで不足した睡眠を、ここで回復しようとしている三十歳前後の男だったからである。そしてその姿は、何ら、私の、いや、私どころか、他の、いかなる者の敵意をも呼び出すものではなかった。それはそうだろう。妙な言い方だが、そこは何も、私の、私有の座席というわけではない。ただ一つだけ気がかりなことと言えば、その男が、いわゆるホワイトカラーに属するのか、あるいはブルーカラーの一員なのか、にわかに判断し兼ねることであった(尤も、今や、この区別も曖昧になってきており、まして外見からでは判定困難な場合が多くなりつつあるのだが)。なぜ、こんなことが気になるのかというと、彼の職種によって、私が、その席へ坐れる可能性が出てきた、ということなのである。もし、彼が工場労働者であるならば、うまく行けば、大船あたりまでの間に、もっと幸運ならば、次の茅ヶ崎あたりで、最悪の場合でも川崎で下車する可能性があるからであり、それはつまり、彼が降りた駅から終点の東京駅までの私の着席を暗示していたからなのだ。というのも、当然のことながら、もし、その最後部、最左端の席が空けば、その席を塞ぐ者は、その席の最短距離にいる人物、すなわち、肘掛けの横棒に腰骨をごりごり押し当てている、この私ということになるからである。しかし、往々、この無言のルールは、一群の、図々しい人物の出現によって崩されることがあるのだ。すなわち、空席から最短距離にいる者でなくても、強引な割り込みによって、その後ろから、あるいはよく見受けられるのは、その反対側、私とは対称的に、進行方向に背を向けている座席の肘掛けのあたり、または、その中間に立っている人物によって奪取されてしまうということが、しばしば起こるからである。この点がクロスシートの困るところで、そうでなければ、JR、私鉄を問わず、東京近郊の電車の大部分がそうであるように、にわか空席を塞ぐ権利は、その席の前に立つことによって確保されるのが普通なので、この点クロスシートは混乱した事態を招きやすいのだ。そうした無法者の侵入を防ぐために、大抵の人がそうするように、私もまた肘掛けと肘掛けの中間で、右足に力を入れて立ち、腰を左の肘掛けのところでくの字に曲がるように、ボックスの中へのめり込ませて、もし空席が生じた場合、その補充者は、他の誰でもない、この私であることを、いやが上にも周辺の人々に誇示しておいたのだ。

という次第で、私は、週刊誌を手にして拡げていたものの、眼はいたずらに、やくたいもない記事の上を滑っているだけで、正確にその内容を読み取る余裕が、その時の私には、全く欠けていた。

がくん、がくんと速度を落として、やがて電車は、いつもの朝と同じように茅ヶ崎駅のホームに滑り込んで行った。が、最後部最左端の男は、身動きもせずに、眼を閉じたままだった。それはそうだろう、ここから相模線に乗り換えて、寒川あたりの工場へ行くのなら、何も、こんな前の方の車輛に乗ることはないのだ。これでは気動車へ乗るのに三分以上もかかってしまう。すると、辻堂か、と、彼の下車駅を、次の駅に変更して、期待を繋いで行く。あそこにも大小さまざまの工場はあるのだ。それにしても、こういう期待は、眠り男を工場労働者と、いつのまにやら決めてかかっている態度から出たものなのだが、これも、私の、いつもながら霊感めいた閃きによるものであって、別に大した根拠などありはしないのである。そして、このような勘は、何も私ひとりに固有のものではなくて、少なくとも五年以上、混雑した、同一の線の上を走っている車輛で通勤している者ならば、当然、養われてくるものなのだ。もちろん人によって、その磨き方の鋭い、鈍いの差はあっても……。だから、この最後部最左端の席の男を、工場労働者であろう、と見たのは、どうやら私ひとりに限ったことではなく、私の隣というか、肘掛けの横棒の途切れているボックスシートの入口に立っている、黒い縁の中に度の強い近視用のレンズを嵌め込んだ一メートル五〇センチを少し出たぐらいの、四十にはまだ二、三年は残していると思われる、小肥りの男も、また、進行方向に背を向けている座席の肘掛けの横棒に、極く自然な形でからだを斜めに延ばして立っている三十近いオフィスガールふうの女も、それぞれ手にしているものが、新聞であったり、文庫本であったりのちがいはあっても、駅へ近づくたびに、さりげなく装った空席確保のしぐさの気配によって、彼等もまたラッシュアワーのベテラン通勤者として、私同様であることを示していた。

だが、このボックスを囲んで立っている人々の期待は、私のも含めて、次の辻堂駅でもまた、裏切られた。その席の三十男が、依然として眼を開けなかったからである。

こうして、期待と失望が波の高低を描いて行って、やがて、もはや期待の波の高まりも、三度目のことで、かなり薄れてきた藤沢駅の近く、引地川の小さな橋梁を、かたたた、と渡り、小田急江の島線のガードもくぐり抜けて、びっしりと人が立っている藤沢駅の長いホームに、車輛が横っ腹をつけはじめると、いきなり、その眠り男は起きあがった。厳密に言うと、腫れぼったく脹らんだ目蓋を大きく開けるのと、ぴょこんと立ち上がる動作が、ほぼ同時に見えるほど、それはすばやかった。恐らく、本当は辻堂駅で降りるはずだったにちがいないのだが、不覚にも寝過してしまったのだ、と、一瞬のうちに、私に、いや私だけでなく周囲の者にも思わせる、ややぎごちない立ち方ではあった。といって、その男が、しまった、とか、やあ、ついうっかり寝過しちゃった、とか言ったわけではない。それどころか、極く自然に、さりげなく足を動かして、席を後にしようとしただけである。だから、寝過しによる乗り越し、と、その男を見たのは、やはり、あくまで、こちらの一方的な読み取りなのだ。と言って、これはそんなにむずかしいものではない。眠り男の目覚め方と起立の仕方の、すばやい一致と、小田急江の島線に乗り換えて、沿線の工場へ通う者は、ほとんど十五号車へは乗らないという事実からの判断なのである。

そうして、この読み取りは、一瞬のうちに消え去った、というよりはむしろ、まったく別の、動物的行為によって置き換えられてしまったと言った方がいい。そのボックスの周囲の者が、殺気立って、からだを硬直させ、次の行動に移ろうとしている気配が、ひしひしと私に感じられたからである。

男は、静かに、しかし敏捷に右足を前に出して、ボックスを出ようとしていた。隣の席の若い娘が、びっしりと実のつまった感じの太股を、きちんと揃えて右に向けた。男は、大きくからだを前に游がせて左足を、その太股の回転扉によって生じた左側のスペイスに、先ず置いて、そうして右足を通路に、すなわち、私と、太い黒縁の眼鏡をかけた小男の間に達することに成功し、続いて左足を、娘の太股の左側のスペイスから離そうとしていた。

(それは、おれの席だ!)

と思うのは、いや、そう決めて行動を開始するのは、この瞬間である。というのは、前にも述べた通り、この空席に、最も早く腰を下ろしやすい地の利を占めている者は、私と、太い黒縁の眼鏡の近視男と、その隣の、三十近いオフィスガールふうの女の三人だけだからである。従って、競争は、当然、この三人の間で行われることになるはずなのだ。

果して、女も、小男も、そして言うまでもなく私も、眠り男の隣に腰を下ろしているミニスカートの太股の扉が開いているうちに、すなわち、眠り男の左足が通路へ出切ってしまわずに、床から、隣の娘の膝の高さを越えて、通路へ到達し、そして、これで何も彼も終ってしまったのだ、とまだ娘が太股の扉を揃えたまま、元の位置に戻してしまわない、その僅かの時間の間隙をねらって、自分の右足を、娘の太股の左側の空間に入れてしまわなければならないと思い、露骨に肘掛けの横棒と横棒の真ん中、ボックスの入口にからだを持って行って、お互いに押しつけはじめていた。

すると、たちまち、決定的瞬間がきて、ボックス内への、強引な右足突っ込み作戦に成功したのは、おどろいたことに、他ならぬ、この私であった。おどろいた、というのは、何が何でも、空席が出来たからには、十五号車、最後部、最左端の、その席に腰を下ろそうという気迫だけは人後に落ちないという自信はあったものの、正直のところ、こうもやすやすと、第一の難関であるボックス内への右足挿入に成功しようとは思っていなかったからだ。これは、私の相手が、私のすぐ隣に立っていた黒縁眼鏡の小男、そして、その向こうの、三十近いオフィスガールふうの女が、私と争うには、座席獲得の意欲も、わざも、大したことがなかったことの他に、やはり運というものが、私についていたからなのだと思うのだ。

実際、この気紛れな運というものの力を考えに入れなければ、これから先のなりゆきは、とてもうまく説明できるものではない。

というのも、私の右足が、ミニスカートの太股の回転扉を越えようと、通路の床から離れた、丁度その時、はげしく私は突きのけられ、ミニスカートの娘の上に上体を倒されてしまった。きいーっ、という叫び声が、私の左の腕の下あたりから起こった。もちろん、それは娘の発したもので、すいません、と私も口にしようと思ったところまでは、その後しばらく経って、この時のことを、詳細に思い返そうとした時、はっきりしてきたのだが、どうも、肝心の、それに続く私と、その男の動きが、一部不明なのだ。あまりにも急激な、異常事態の発生のために、そして、そのことによって激昂した心が、私の思考を停めて盲目にしてしまったからにちがいない、と、今でも私は信じている。そうとでも考える以外にないのだ。それでも何とかして、この、不意の出来事を、スローモーション撮影のフィルムを写した時のように再現してみると、先ず、私は、通路へ飛び出した男の隣に腰かけていた娘を、結果として、押しつぶし、どこやらに軽い怪我をさせてしまったであろうこと（これは、あくまで私の想像だ、というのも、それを確認してはいないのだし、今後も、恐らくは、そんなことは不可能だろうからだ）と、しかし、それに対して、私は、一言の詫びも口に出してはいないこと、なぜならば、ものすごい力と勢いで、眠り男が降りたために生じた空席に、七割がた坐りかけた私を、右うしろから突きのけて、その席に腰を下ろしてしまったその男の方に神経が集まって行って、とてもそれ以外の、詫び言など口にしている余裕は、全くなかったからだ、というところまでは、かなり正確な記憶が残っていると言っていい。

　そう、まさしく、あれはダッシュによる強奪だ。強盗のたぐいなのだ。たとえ、奪われたものが、金銭や貴金属ではなくて、ただのシートだったとしてもだ。

　その男は、何もかも私の予測を越えていた。もし仮に、その男が、私の隣にいた黒縁眼鏡の小男なら、そしてあるいは、更にその向うに斜めに立っていたオフィスガールふうの女だったとしたら、こうまで、私は、まるで不意に手足を捥ぎ取られたようにもなってしまわず、従って、もう少しましな行動をとれたのではないかと思うのだ。というのも、その男の出現は、あまりにも唐突であり、いくら考えてみても、藤沢駅まで、どこに立っていたのかすらも曖昧だったからだ。そして、事実、その男は、少なくとも、他の乗客のように、辛抱強く、わずかな面積の通路や、扉のあたりのスペイスに立っていたのではなかった。そう、恐らく、その男は、藤沢駅で入れ代った一部の乗降客の先頭を切って、車内に飛び込んできたのだ。その余勢を駆って、そのまま、眼鏡の小男や、すでに空席確保を身を以て示し、行動に移っていた私を突きのけて、腰を下ろしてしまったにちがいなかった。眠り男の、不意の目覚めによる降車の遅れが、この予期せざる唐突の侵入を許すのに拍車をかける結果になったのだ。とにかく隕石の落下とでも表現する以外にない、急な出現ではあった。私は右の背後からどやしつけられ、左側に上体を折り曲げて、ミニスカートの娘の上に私の全重量を投げ出してしまった隙に、その男は、眠り男の坐っていた空席へ、どさっと腰を下ろす、というよりは、からだを落ち込ませてしまったのだ。競争相手を、私の隣と、その向うの二人にだけ絞って考えていたことが、そもそも迂闊と言えば迂闊だったのだ。乗客は、通路にも、扉の方にも、ぎゅうぎゅう詰め込まれていたのだし、敵は、どこからだって、空席目掛けて現われ得るのだということを計算に入れてなかったことは、通勤者としては、むしろ恥ずかしいことと言ってもいいくらいなのだ。これは、私が、にわか空席補充者は、その席の周辺の者に限るという無言の掟を信じ込んでしまい、不覚にも、その微温湯にどっぷり漬かり込んでいて、動物力が衰えてしまっていたせいだと言う他はない。事実、長い年月の間、それでやってこられた、つまり、誰も彼も、無言のルールの遵守者ばかりで、無法者は、ほとんど皆無に等しかった、という現実が続いていた、ということは言える。だからと言って、人間というものを、まるで、単なる何ものかの遵法者だけなのだとばかり思うことほど、あまく、うじゃじゃけた認識はないのだ、ということを、いやというほど私をどやしつけて教えてくれたのが、この隕石のように降ってきた男の暴力行為なのだと言えなくもない。そうして、その時の私が、こんな逆説めいた感懐を、ちらりとでも抱けるはずがなかったのは、もちろんのことであるが。

さて、その時の私に戻れば、ただもう、めくらめっぽう、暗闇の中で泥を掻いていただけ、というのが、ありのままの姿であった。

ミニスカート姿の女の上に、不本意ながら突き倒されてしまった私は、その杓文字形の、平板な顔を確認する間ももどかしく、男にしては大きく、うしろに張り出した尻を、ミニスカートの娘と、無法な、空席奪取男との間の、二十センチほどのスペイスへ、ごりごりと、それでも、なるべく右手の娘の方には圧力がかからないようにして押し込み、押し込むことで、むうーっと、杓文字男の右側の太股に力を加えた。……と、ぎょうーっ、としか文字では表現できない声が耳を塞いで、私の左の頬から顳顬《こめかみ》、そして更に前額から左の目蓋にも及ぶ広い範囲に、急激に熱いものを感じた。畜生！　とか、このやろう！　とか叫んで、その割り込み男が、私の左の顔面を殴打したことは明らかだった。同時に、反射的に、私の右の手が、まだ充分、拳を固め切っていないうちに、その男の、最も広々した左の頬にぶつかっており、ばきばきと、右の指の関節の鳴る音が、私のからだに、涼しい風が吹き抜けたような反応を起こした。

「やりあがったな！」

と、その男は、やくざ映画のちんぴらみたいなせりふを吐いて、細い眼に光を走らせた。

同時に、四方八方から、何人もの人間が、でたらめに拳を突き出して、私の咽喉と言わず、眼と言わず、腹と言わず、どさどさと殴りつけるのを感じながら、別に痛いとも思わず、ただ夢中で、私は両の手を固めて闇の中に突き出していたが、次第に、私の拳には、相手のからだの、どの部分も感じられなくなっていた。そして、私を殴っていたのは、実は、その男ただひとりで（当然のことかもしれないが）、あまりにも、突きが速く激しいために、何人もの人間が同時に襲ったように感じられただけなのだ。……ということが、いつのまにやら半立ちになっていた私のからだが、先刻は回転扉の役目を果たしたミニスカートの娘の太股を軸にして、今度は、通路にあおむけにのけぞりかけた時、ようやくわかったのだが、私の耳には、女性らしく甲高い悲鳴が、いくつか耳許に聞えてきて、すると、太股の軸は当然はずされてしまい、前の座席の、六十がらみの老サラリーマンも、それから、その隣の窓側で、一見落ちつき払ってなりゆきを注視していた青年も、総立ちという形になってしまい、こうなると、あおむけの私のからだの行先は、通路にのびてしまうということだけしか残されてはいないのだ。そして、事実、たちまちのうちに、そうなった。私は、どういうわけか、あれほど混んでいたのに、今は、広い車内にただ相手の杓文字男と二人だけになってしまった（としか考えられない）車内の通路の、ごりごりの床に倒されて、胸から下はボックスの中に、だらしなく突っ込み、ただ下から蒙古型の、兇悪な眼つきの、口許の歪んだ、平べったい顔を見上げる羽目になってしまった。そして、助けてくれる者はもちろん、加勢する者も仲裁する者も、誰一人車内にはいなかった。

　まったく、十五号車に乗っているのは、私と、その男ただ二人という感じになってしまっていた。皆、一様に、表情も変えず、ただ、ぼんやりと、その輪郭がぼやけて行って遠のいてしまった、そんなふうだった。いや、事実、その時間だけ、車内は二人きりになっていたのかもしれない、とても信じられないことではあるが。

　それでも、私たちは、極めて短い時間で、起ち上がってはいたのだ。いや、そうではない。私が、その男の胸ぐらをつかんで、通路の反対側のボックスに引きずり込んだのか。どうも、この辺は曖昧だ。わかっていることは、突きではなく、お互いに組み打ちのような形になっていたことだ。それも、私が上になり、……かと思うと、すぐ、この位置は入れ替っていた。というところをみると、通路に縦になっていたということになるのか。それとも扉の近くの、椅子に繋っている四本柱のようなクロームメッキされた鉄の棒の囲いの中でのことか。よく分からない。記憶は疑わしくなっている。というのも、またまた殴り合いをはじめていたからだ。不思議だ。なぜ誰の声も聞えないのか。私はこだわりながら、拳を振っていたような気がする。そして、その拳も、もう、ほとんど相手にぶつからなくなっていた。どうやら、その男の方が優位に立っていたようだ。立ち上がりがまずかったからだと思う。それでも、私は、ふらふらになるまでがんばり、やむを得ぬこととはいえ、西部劇の酒場のシーンのような具合に、大きく手足もからだも使うわけには行かず、ただ小回りよく、しばしばボクシングの、クリンチによく似た姿勢を交えつつではあったが、不完全で、不満足な闘いを続けていた。

　だが、ついに私は、不覚にも、打ちどころが悪かったかして、起き上がろうとするのだが、たちまち、すとんと、腰を床に落としてしまっていて、そのまま、うなだれた姿を衆人の眼に晒すことになってしまったが、その男は別だった。よろよろとクロームメッキされた鉄棒をつかむと、攀じ登るような手つきで、からだを延ばし、そうして、しばらくは、やはり頭をうなだれたまま、ぐらりぐらりと、四十五度ぐらいの角度の中を、蝶番《ちようつがい》のように揺れていて、眼をつぶったまま、半回転している姿は、鉄棒にからだを預けて、その揺れる速度を無心に享受している幼児の自足した姿を思わせもするほどで、意外であった。

　こうして、大船駅までの、長い長い四分間が過ぎようとした時、テレビのボリュームを、ゆっくりあげて行った時のように、あたりにざわめきが起こって、また人が、水の底から現われるように、ゆらゆらと輪郭をはっきりさせはじめ、へたり込んでしまった私と、クロームメッキの鉄の棒につかまっていたその男とを隔てて、厚い人垣をつくって、見る間に、元の、人だらけの車内に戻っていた。同時に、ざわめきは、高まっていて、実は、この声も、私たちの激しい闘いの間にも、ずうーっと続いており、私たちを罵ったり、恐れたり、軽蔑したりしていたにちがいない、と思わせた。ズボンの林の中に隠された兇暴な足、私を見下ろしている無数の眼の中の敵意に気がついた時、私のからだを、恥ずかしさとは全く別の、はっきり恐怖と言っていい感情が次第に満たしてくるのを感じないわけには行かなかった。不安が、すっかり私を包み込み、それに逆らうように、よろよろと立ちあがったところが、電車の停まるところで、そこが大船だった。

するとどういう仕組みになっていたのか、いつもなら、ろくに乗降客もいないはずの、十五号車、最後部の、私がよろよろと、やっと立ち上がった、まさにその扉から、四、五人の乗客が、ひとかたまりになり、巨大な一匹の獣の勢いで突き進み、当然のこと、ふらついていた私を、不様にもホームに突き倒して、またたくまに、彎曲した白っぽいホームを、遠く離れた階段の方へ走り去って行った。

「ちがう」

と、私は叫んでいた。私は何を言いたかったのか。片手落ちだと言いたかったことだけは覚えている。私をホームへ突き落として、置き去りにすることが、敵意を抱いて私たちの乱闘を見ていた乗客たちの意志だと言うのなら、私は言わなければならないのだ。

(あいつはどうなったんだ、あの割り込み野郎は……)

脚を宙にして転がされた昆虫の惨めな姿から、ようやく上体だけは何とかホームに起こしたものの、声にならない、もはや運の尽きた男の世迷言を断ち切るように、自動扉が音を立てて閉まった。

実に単純なことなのだ。私は、自分が腰掛けようとしていた空席を奪われ、奪った男に足腰立たなくなるほど殴られ(たとえ、その四割を打ち返し、相手もまたふらふらになって、その空席を失ったとしてもだ)、そして、恐らくは、乗客の敵意が生み出した大船駅での乱暴な下車行為にかこつけた暴力をまともに食らって、ひとりホームに放り出された、と、ただそれだけの、八四六M列車に同乗していて、たまたま現場に居合わせた者でも、一時間もすれば忘れてしまうほどの、たわいのない出来事なのだ（と言えるのは、少なくとも、当の本人以外の人間であったとしても）。

私は、妙に、せつないような、苦しい気持になり、幸い制服を着た国鉄職員の寛大な処置に感謝して、下りの東海道線に乗り（というのも、顔に打撲傷が残り、服も破れてしまったからなのだが）、そのまま帰宅して、一日会社を休んだだけではあったが、自分でも、どう扱ったらいいのかわからないような、憂鬱と呼んだらほぼ近い表現になるにちがいない、海の底のような気持の中へ、ずぶずぶと落ち込んでしまった。

そして、その時だけは、少しだけ、おどろいたような顔つきを見せた女房に頼んで、蒲団を敷いてもらい、横になって、全く、いい加減な男なんだから、とか、何よ、ひとに蒲団まで敷かせて、手は動くんでしょ、とか、いつものように口汚く罵り出したふてくされた女房の言葉も、あまり気にならずに、吸取紙に吸い込まれて行くインクのように、自分の中へはいり込んで行って、一日過ごした。

大したことじゃない、たかが座席の奪い合いじゃないか、と無理にも思おうとしている頭の中へ、その日までに目撃したいろいろな座席をめぐる場面が浮かんできては消えた。


その一。

場所、東京駅、中央線下り電車の、発車待ちの車中。

時、季節は不明だが、ウィークデーの午後。

車内には、やっと六、七人しか乗客がいない。そこへ、貧相な、蒼黒い顔をした三十がらみの男がひとり、すまなさそうな感じで、乗り込んでくる。がらがらの車内をきょろきょろと見まわして、入ってきた入口に、最も近い空席に腰を下ろす。ぼんやり腰を下ろしていると、やがて、角刈りの四角張った頭を載せたワイシャツ姿の、それでいて、どういうわけか、黒いネクタイ、黒いズボンと、黒ずくめの感じの若い男が入ってきて、やにわに、腰掛けていた貧相な男をなぐる。三発、四発、……と、ものすごい速度でなぐり、たちまち血が出て赤くなった顔を両手で押さえて、逃げるように、よろよろと立ち上がった男に、

「ばかやろう。これが見えねえか」

と、網棚を指差して、かわいそうな殴られ男の腰を下ろしていた席に、両股を拡げて、どかっと坐る。網棚の上には、黒っぽい布が載せてあったが、これが、どうやら、この不意の暴力男の背広らしく、自分では座席確保の意味で、網棚の上に背広を載せて置いたらしい。

赤い血が、雫となって、貧相な男の顔から一層ひどくしたたり落ちているのを、わざと見ようともしないで、大きく、高々と新聞を拡げ、ワイシャツの男は、新聞の中へ隠れるように顔を消してしまう。

血だらけの男は、この世のものとは信じ難いような形相で、尚、扉の近くに立っていて、新聞の陰に隠れてしまった加害者の男を、しばらく見ていたが、ふっと扉から降りて、どこかへ行ってしまう。

それらのすべてを、車内の他の乗客が、見ないふりをして、じっと見ている。

その二。

場所、東海道線内の下り電車の中。横浜附近。

時、夏の夜、十一時頃。

二つ扉の車中は、立っているのがやっと、というほど混んでいる。便所に近い方のボックスで、突然、どなる声。

「ばかやろう、てめえだけの席じゃねえんだ！」

「うるせえ。降りて話つけようじゃねえか」

「ああ、降りてやらあ。ふざけやがって」

「何だと！」

「何が何でえ」

そして、そのボックスの中の四人が起ち上がり、便所の前を通って外へ出ようとする。……と、その時、四人のうちの、後の二人が、いきなり殴り合いをはじめる。そこでホームへ降りるのが遅れてしまったのだが、それでも、また、何とかもつれ合って四人は車輛の外へ出る。乗客は、いっせいに左側に寄って、なりゆきを注視する。そして、四人は、それに応えるように、ホームでも、大きく腕を振って殴り合う。そのまま列車は発車する。車内の乗客は、首が、これ以上、左にまわらないというところまで見続け、やがて、ホームの四人が見えなくなると、お互いに、照れたように顔を見合わせて、薄ら笑いの表情を浮かべる。


その三。

場所、相模鉄道、横浜終点における発車の合図待ち、及び発車直後の、進行中の車輛内。

時、冬の終電近く、十一時半頃か。

小肥りの、仏頂面をした五十がらみの男が、坐りたい一心からか、小走りに車内へ飛び込んでくる。蝶ネクタイをつけ、黒い鞄を下げている。きょろきょろ車内を見まわすが、発車寸前なので、当然、空席はない。仕方なしに、一層ふてくされた態度で、ぶらぶらと車内を歩き、車内の、ほぼまん中に立つ。尚も、男は、執拗に座席に坐っている人々を、きょろきょろと睨めまわしている。それから、急に、二、三歩、後ずさりして、ある席の前に立つ。そこには、眼鏡をかけた細面の青年が小さな本を読んでいる。ほどなく発車を知らせるベルが鳴り響き、扉が閉まって、電車は発車する。車掌の停車予定時刻を告げるアナウンスが終了する頃になると、男は、もはや、待ち切れないというふうに、

「きみ、きみ」

と、坐っている青年に話しかける。

「……?」

青年も、すぐ気がついて、きょとんとした顔をあげて、男を見る。

「その、……何とか言ったらいいじゃないか」

と、男は、いらだたしげな口調で言う。

「ぼくが……?」

と、尚も、青年は、ぼんやりした眼を向けているだけだ。

「そうさ。きみだよ」

いまいましげに男は大きな声を出す。

「何言ってんだ⁉」

と、青年は、怒ったような顔をして、また本に眼をやろうとする。が、どうやら興奮してきたせいか、纏まって文字が眼に入らないらしい。

「何をじゃないよ。年寄りに席を譲ろうって気持が起こらないのかね、きみは。そうやって本なんか読んでるふりをして」

「何だと⁉」

とうとう青年は、立ち上がってしまう。

「あまったれたこと言うない、くそじじい！」

しかし、それは捨て台詞のようにしか聞えない。というのも、青年は、このあつかましい五十男とのごたごたを避けようとしたためか、そのまま、真ん中の扉の方へ行ってしまったからである。といって、五十男との距離は、やっと三メートルぐらいしかないのであるが。その位置から、青年は、腹に据え兼ねたのか、大きな声で五十男をどなる。

「坐り乞食！」

「何⁉」

と、青年の立ったあとへ腰を下ろした五十男は、中腰になってどなり返す。

「そんなに坐りたきゃ、こんな電車に乗るんじゃねえや。ばかやろ」

「もういっぺん言ってみろ、この洟《はな》垂れ小僧め！」

五十男も、立ち上がってしまう。しかし、鞄だけは、確保した席に置いてある。

「うるせえなあ。二人とも降りろよ」

「本当だ。迷惑だよ」

と、周囲の人垣の中から声が出る。

すると、蝶ネクタイ氏は、くるりと後ろを振り向いて、不明の、声の主と推定した方角に、大声で演説口調の言葉を打ち出す。

「皆さん」

と、彼は、上背が足りないので、顔面を、やや上に向ける。

「私は酔ってはおりません。また、不届きな一人の若者のために、車内の皆さまのお気持を、かくも乱しましたることを、衷心より深くお詫び申し上げる次第であります。……」

「不届きとは何だ。ばか！」

と青年が言う。

「だまんなさい。私の言うことは、皆さんが認めて下さってらっしゃる。ねえ、皆さん、私は、天に代って、老人に座席も譲らない、かわいそうなエゴのかたまりの青年を懲らしめました。これも、しかし、ただ青年のみの罪ではないのであります。私も、そのことはよくわかっております。こんなとで、わが国の将来はどうなるのでしょうか。ただそのことが心配のあまり、敢えて、私は、老骨に鞭打って、この憎まれ役を引き受けたのであります。これには、車内の皆さまにも、心から御同感いただけるものと信じております。御静聴ありがとうございました」

そこで、ぴょこりと頭を下げて腰を下ろしたので、いろいろな笑い声が車内の乗客の間に湧き起る。

「おやじ、いいぞ」

という弥次が入る。

蝶ネクタイの男は、満足気な、やや上気した顔をして、背骨を真っすぐ起こし、浅く腰を下ろしたまま、笑顔さえ浮かべようとしているのが分かる。

こうして電車は二俣川に着く。客が降りて、自動扉が閉まる直前、五十男に席を奪われた青年がホームから、車内の五十男に向って、一言、大声でどなる。

「あまったれじじい！　日本を亡ぼしたのは、手前みてえなやつらだあ！」


その四。

場所、新宿駅、小田急、急行乗車ホーム、及び停車中の車内。

時、真夏の午後。

急行電車停車位置のしるしの前に、客は二列に並んで、電車が入ってくるのを待っている。みんな、おとなしく、整然と並んでいる。やがて、もったいぶった様子で、しずしずと、青い帯を巻いた白塗りのボディが入ってきて停まる。その男は、一番前の、外の景色がよく見える席に坐りたかったにちがいない。が、その席は、乳呑み子をかかえた子供連れの女が先に入って（これは、その男の前に、女が並んでいたから当然なのだが）、塞いでしまう。では、その隣の席を、と思うのだが、その鈍そうな顔つきの母親は、恐らくは襁褓《むつき》でも入った鞄と、赤ん坊をおぶう帯のかたまりを、どさっと投げて、この席も占領してしまう。すると、もはや、進行中の車内から外を見る席は他にはないので、車内の中ほどに、あわてて眼をやるのだが、時すでに遅く、車内は、満席になってしまっている。すると、激怒した男は、突然、母親が置いた鞄やおぶい紐の上に、どすんと腰を下ろしてしまう。

「あ、何すんの、このひと!?」

と、女が叫んだので、胸に抱かれていた赤ん坊が、ぎゃーっと泣き出す。

「ここは、今、ひとがくるのよ」

「何言ってやがんだ。荷物で座席の先取りしちゃいけねえってことも知らねえのか！」

女は、ほんのわずかの時間、口を開けて、そんな男の顔を見ていたが、たちまち赤ん坊の泣き声に我に帰って、右手であやしはじめ、左手で、男の尻の下に半分敷かれてしまった帯と鞄を引っ張り出そうとする。男は、それでも、ちょっと尻の右側を浮かしただけで、大げさに、わざとらしく腕を組んで、眼を閉じる。


要するに……、と私は横になって、紫色にふくれあがった顔の左半分を、そろそろと撫でながら、こうした腹立たしく、それでいて妙に滑稽な、座席奪取に関する思い出のすべてを、鋭い歯をびっしりと並べて、うわお、うわおと吠えながら、全速力で駆けまわっている四足獣の肉裂きシーンとしか見えなくなっている自分に気がつき、その獣の一匹に、ただもう理不尽にやられた、敗けてしまった、というくやしさだけが、からだの中を焼いていて、この上は復讐だ、復讐あるのみだ、草の根を分けても、やつを探し出して、今日、おれがやられたようにやっつけてやるんだ、という点で、その日の不意の出来事に決着をつけようとした。

　といって、私は、空手やボクシング、あるいは単に、腕の筋肉を鍛えるためだけでもいいから、その日に備えて、何かの技を磨こうと努力したわけではなかった。

　かつての疎開いびりが連続した日々、その中の首魁《しゅかい》の少年を倒すために、私は、疎開先の農家の隠居家の後ろに、巨大な円柱のように三本並んで立っていた樫の木の太くて硬い幹を、学校の往《ゆ》き復《かえ》りにすばやく何度も腕を突き出しては殴って、人差指から小指に至る手の甲を、丁度一枚の板のように平らになるまで鍛え、その不自然な、畸型的な、胼胝《たこ》だらけの拳で、見事、中学校の校庭に積んであった堆肥の山の中へ、全疎開生徒の呪いと怨みを込めた一撃を与えることで、疎開いびりの命令者を、めり込ませて溜飲を下げた時のような、はげしい訓練からは、ほど遠いところで、日を送っていただけであった。

　あの時の、三月《みつき》にも及ぶ樫の木打ちに匹敵するほどの気力は、当然失われている歳ではあっても、せめてエキスパンダーを買ってくるとか、あるいは腕立て伏せぐらいならば、やってもいいはずであった。いや、やらなければ、その男を完全に打ち倒すのなどは、不可能なことは分かり切っていた。

　にもかかわらず、私は、そうしなかった。できなかったのではない、したくなかったのだ。この気持は、自分でもよくわからないところがあったが、多分、そのことによって、日常生活のダイヤグラムまで変えることは、それこそ、もっと惨めな気持を呼び起こすだけだと思ったのかもしれない。あるいは、単純に、めんどくさかっただけなのかもしれないのだが。

　という次第で、私はただ、その男を探し出すことにだけ、全神経を集中させることにした。これは、あてずっぽうの仕事ではない。利用する電車も東海道線で、しかも、どうやら、藤沢駅が乗降駅、または乗り換え駅らしい、というところまで分かっており、更に、通勤時間は、大体七時前後、あるいは、七時から、せいぜい七時四十分頃まで、ということすら分かっているのだし、これだけ条件が揃っていて、探し出せないようでは、すなわち、盲目でも見えるほどの好条件を充分に利用できないようでは、そんな男は、サラリーマンとしても失格だ、などと自分に言いきかせて、その翌日から、もう刑事のような眼つきになって車内を見まわす期間が続くことになった。

　だから、六月、七月、と、およそ二月《ふたつき》ほどの間というものは、十五号車、最後部、最左端の、自分の席すら捨てて坐らないことが多くなり、最も可能性のある藤沢駅探索を筆頭に、もしかしたら辻堂駅かとも思い、いっそ終点の東京駅の降車ホームで待ち伏せるのはどうだろうか、とも考え、果ては、小田急を、帰り路、利用してみて、つかまえる、という方法まで考えて、次々に実行してみたのだ。

　だが、結果は、藤沢駅の構造に精通したぐらいがおちで（ただ一度だけ、それらしい後ろ姿を、藤沢駅の、連絡跨線橋の下で、ちらりと捉えたような気がしたのだが、これは別人だった）、いたずらに時間が経つばかり、藤沢発、七時十分、十四分、十九分、二十三分、三十四分、果ては、藤沢始発、七時四十五分と、八時〇〇分の列車に乗るために、ホームの長い列に加わってみてまで探したのだが、ついに、その男の影も捉えることは出来なかった。

　私は探索をあきらめたわけでは、もちろんなかった。しかし、こうした待ち伏せによる方法が、ただ会社に遅刻するだけで、何の効果もあげられず、薄汚れた、黄色っぽい悔恨と疲労とが、奇妙に増大してくる屈辱感に、疲労だけを、重くからだの芯にまで染み込むのを許してしまうのは、何ともやりきれないことだった。

五月二十四日の理不尽な暴行以上に、その男は、その後の数十日を、私の人生から奪い取って、自分だけは姿を見せず、自在に私を操り、嘲弄して、支配し続けているような気がして仕方がないのだ。

私は、方針を切り替え、その男との、再度の出合いは、運にまかせることにした。結局、その他に道はなかったからでもあるが。

私は、再び、前のように、十五号車、最後部、最左端の席を確保し、かならず、そこに坐って通いはじめた。そうして、十一月――。


その朝の、東京駅までの五十八分間という奇妙な時間は、それまでの私の生涯で、ついぞ経験したことのないものだった。飢えと満腹が同時に襲ってきたような、あるいは、恐怖と勝利の陶酔に圧倒されてしまったような、それでいて、いや、だからこそ、その男に、どう対処したらいいのか、という具体的方策を何一つ立てられずに、いや、それはちがう、あまりにもたくさん立て過ぎてしまって、どこから、どう手をつけたらいいものやら分からず、ただうかうかと、夢のように過ぎ去ってしまった、不思議な時間だったのである。

とどのつまり、私は、ただ単純に、その男の後をつけることにした。それが最良のものではなくても、結局のところ、それしか実行にうつす段になると、何もなかったのだ。

ただ私は、尾行する、というよりはむしろ、その男に、強力な磁石のように引きずられて、九番線の降車ホームから、地下の北口通路、そして、教会の伽藍の中のような北口広場まで、改札口を出て歩いて行った。もう、その男が気がついているかどうか、などということすら忘れかけているほど、極く自然に、およそ、五メートルから七メートルほどの間隔で、ついて行く、という形になっていた。

そのまま、男が、北口の外へ出て、その続きにある階段を降りはじめた時、それでも、ほんのちょっとだけ私は、待てよ、このまま、この階段を降りて行くとすると、どうやら、丸の内のオフィス街が、その目的地でもなさそうだから、地下鉄日比谷線か、地下五階の、総武本線の快速電車に乗るにちがいない。……とすれば、かなり遠いところへ連れて行かれるかもしれないから、会社へ電話をしておかないと、無断遅刻ってことになっちまうな、などと、くよくよ考えながら、それでも電話もできないまま、階段を降りて行った。

北口通路を歩いている時に、私は、すでに、ああ、今日は遅刻だ、と、覚悟だけはできていたのだ。私の勤務先の会社は、浅草橋にあり、北口通路ならば、九番線の階段から数えて、四つ目の階段を昇って、すなわち、三番線の、大宮方面行、京浜東北線ホーム、または、四番線の、山手線内まわりホームに行かなければならないからである。ここから、神田、秋葉原と乗って行って、今度は総武線の各駅停車に乗り、次の駅が浅草橋で、そこから、ほんの五、六分で、私は会社に着けるのだ。毎朝、私は、この会社のタイムレコーダーを押すのが、八時三十分から四十分の間であり、もう十年以上も、この習慣を破ることはなかったのである。だが、また今朝も、あのいまいましい事件の日と、それから、藤沢駅探索の朝と同じことに、すなわち、サラリーマンにとって、最も不名誉な遅刻ということになりそうだった。いや、それは確実だ、と思い、あきらめて、その男の尾行に、全力をあげようと決意し直していた。

(ここで、少なくとも、こいつの勤め先だけは突きとめておかなければ……)

そのあとは、勤務時間外でもやれるだろう、と思ったのだ。

(地下鉄でも、総武快速でも、何でも乗るがいい。池袋でも、新宿でも、千葉でも、成田でも、どこまでもつけてやるからな)

だが、その男は、地下鉄丸ノ内線に乗る気配も見せず、エスカレーターに乗って、どんどん地下深く降りて行った。

ひとつだけ気になったことは、最初にエスカレーターに乗る時、ほんのわずかだが、足を停めて、天井の方を見上げるようなしぐさをしたことである。そこには時計など、ぶら下がっているわけでもなかったから、その動作は何だったのか、その意味は私の予測を越えていたが、たちまち、元の、慣れたところを歩く、安定した歩調を回復して、やや緑がかった、かすかに格子縞が混じっていることを感じさせる背広に包まれた広い背中を、こちらに向けていた。上から見下ろすと、上手に隠されてはいたが、頭の後ろの方が、やや薄くなっているのが、はっきり分かり、その猪首が、女のような撫で肩に繋がっているのは意外だった。こいつはウイークポイントになるかもしれない、と私は、それが、どこへどう繋がるのかも分からないような判断を下して、やや安堵したりして、地下五階の総武線ホームまで降りて行った。改札口を通る時、男は確かに定期乗車券をすばやく、慣れた手さばきで見せて通過した。これで少なくとも、その男の、通勤経路の主要な部分だけは明らかになったわけだ。

それにしても深いところにあるホームだな、と私は、あらためて感心している自分に気がついた。その男が乗る電車は、総武線以外ないことが分かると、安心して、周囲に眼が行った。取引のことで、この線が完成してから、二度ばかり乗ったことはあるが、意外にも、こんなにゆったりした気分で、あたりを見まわしたことはなかった。赤や緑色の丸に囲まれた矢印が、やたらに眼につき、クリーム色の、つるつるの四角い平面が、何もかも、幾何学的正確さで私たちを囲んでいる。その中を、四、五本はあるだろうか、鈍い光沢を放って、エスカレーターが何本も上下しており、その傾斜とは無関係に、階段状の金属の床に、ぬうーっと直立している大勢の無表情な人々が、上下にゆるゆると移動して行くのを見ていると、とても血の通った人間の群のようには見えず、どうしても、子供の頃、どこかで見たことがある未来都市風景などという挿絵の中の、極めて精巧に造られた人間によく似たロボットたちのようにも見えてきてしまうから、不思議だ。

（本当に、こいつらは、もはや人間ではないのかもしれないな）

と、一瞬そう思い、すると、当然、私も、それから少し先を、棒のように突っ立って降りているその男も人間ではなくなってしまうわけで、それはそれで面白い考えだ、と思ったりしていた。

実際、細い眼に光を走らせて、私を殴りつけた半年前のその男と、今、人形のように、エスカレーターを降りている緑色の背広の男とは、どうしても繋がらないところがあった。どっちも同じ人間だとすると、実際、人間てものが、いやになってくるほどだ。

地下五階のホームからは、津田沼行がほとんどであったが、明るい感じの金属の箱が、棒切れを纏めて自動的に処理するように、人の山を詰め込んでは、どんどん発車して、闇のパイプの奥へ消えていた。私たちも、実際、棒切れとどれほど異なるところがあろうか、などと、エスカレーターの続きの考えがまつわりついていたが、一方、その男の後ろ姿からは、片時も眼を離したわけではない。

その男はクロスシートではない、横に長くなっている椅子に腰を下ろしたので、私は、却ってクロスシートの、窓際を占領して坐った。ここから、新聞を読むふりをして、ちょいちょい視線を走らせればいいのだ。

男は、まだ腰を下ろしているという点が異なるだけで、またもや、ポケット判の本を開き、東海道線の車内に立っていた時と、上半身は、まったく同じ姿勢になっていた。なぜだか知らないが、そのことが、ひどく私の癇に障ってきた。やつが本を読むなんて許されないことだ、というへんな考えが、私の頭の中へ入ってきて居坐ったようであった。私の期待しているその男の姿は、あの、いつの日か、東京駅の中央線の電車の中で、いきなり貧相な男を殴りつけたちんぴらふうであると、ぴたりと納まるような気がするのだ。にもかかわらず、その男は、顔の面積や、眼鼻、それにからだつきから背広はどうであれ、その読書する姿勢、及び、そこから醸し出される雰囲気において、他の、あまり特徴的でない、会社勤めの乗客たちと、大してちがうものではなかった。ということは、この私とすら、第三者が大きな眼で見れば、まったく同じ項目に入れて分類し兼ねない（いや、まちがいなくそうするだろう）ほど、極めて似通ったものだということになる。それがいやだというわけではないのだが、それでは、この敵の輪郭がぼやけてしまうと言いたいのだ。こんなことでは五月二十四日の、座席奪取者のイメージが台なしになる……。

電車は、地下のトンネルを走り続け、その間に、新日本橋、馬喰町、という名の駅に停まった。その男は、どこでも降りず、私たちの、短い奇妙な旅は続行された。実際、暗闇の中なら、そこが、新日本橋などという正体不明の、どこだか分からないような土地だって、あるいは馬喰町という、江戸以来の伝統的な呼び名の土地だって同じことだし、私は、ただこの目隠しされた移動する金属の箱に腰を下ろしていることをがまんし、それから、次第に私にも似てきたその男の読書する姿勢をもがまんするだけで、もうまもなく答が出るのだから、と、そこだけに焦点をしぼって、時々、トンネルの中の、帯のように続いている通路を見ていた。

この新線の敷設が予告され、いよいよ工事がはじまって、浅草橋、両国を通る総武線の高架線の中から、鉄パイプ固めの、その工事現場を見ていた時、この線が完成したら、船橋や千葉の方へ通う勤め人は、どんなに楽になるだろうと考え、それが通勤時間短縮に繋がることだけに、一日も早く、工事が終って、快速電車が走り出せばいいのに、と、ぼんやり考えた日のことを思い出していた。それはつい、二、三年前のことなのだが、何だか、ひどく昔の、まるで黄ばんだ写真がたくさん並んでいるアルバムの中のことのようにも思われ、そして、ふと、そのアルバムの中に、細い木の葉を貼りつけたような眼をしたその男の、広々した顔が現われ、その男こそ、私以上に、この新線の完成を一日も早く待ちわびていたひとりなのだと思うと、どこだか知らないが、恐らく藤沢で乗り換えた小田急が数分か数十分走った先のある駅から、少なくとも錦糸町よりは先に決まっている、ひょっとすると、千葉に近い駅まで通っているのかもしれない遠距離通勤者の、その男の通勤時間を算出し、少なくとも自分と同じぐらいの時間は軽くかかるな、と思い、自宅から会社まで、二時間ちょっとはたっぷりかかる私自身の身の上に較べて、その男が、やりきれないことに、ひどく身近に感じられてきた。

この気持は、同病相憐れむ、という以上に、何だか、圧倒的に優秀な新兵器でめちゃくちゃに打ち破られてしまった離島の戦場で、やっと生き残った最後の二人の兵士という関係の中へ、私とその男を引きずり込み兼ねないものであった。

これは危険だ。少なくとも、今、私の眼の前にいる男は、私に理不尽な暴力を加えた敵ではないか、と思い直し、無理にも敵意を湧き立たせて、ともすれば、分かってしまおうとする心を踏みつけようと、監視を続けていた。

明るい世界が甦り、そこは高架線の錦糸町だったが、やはり、その男は動かなかった。

それどころか、新小岩を過ぎて江戸川を渡り、市川まで来たが、男の読書の姿勢は変らなかった。東京駅を出てからもう二十分も経っている。これだけだって、小田急江の島線内の、不明の駅から、一時間四、五十分はかかっているはずだ。

時間が経つのは、こうした場合、ある意味ではよくないことなのだ。獲物を手にした猫の気持なのだろうか、私は、その男をつかまえて、一体どうするつもりなのか、などと、私の、今の、この行為の土台になっている石をゆるがすような、とっくに大きな答が唯ひとつ出ているはずの問いを、あらためて頭の中で発していたりした。それは、足腰立たないほど殴りつけてやることさ、いや、場合によっては、殺しちまうほどでもいい、とにかく、お前の気のすむように、やられた通りのことを、その通りに、あるいはそれ以上に返してやるだけじゃないか、それ以外に何があるって言うんだい、と、答は決まっているのだが、殴る、殴られる、それだけしか答はないんだろうか、などと、うじゃじゃけた考えが入り込んでくる。それで本当に気がすむだろうか。たとえば殺してしまったとして……。だめだ。考えてはいけないのだ。気がすむかすまないか、とにかく予定通り、やってみるだけさ、と私は、いつのまにか手を離れて、だらしなく膝の上に拡がったままの新聞紙を、力を入れてたたむと、網棚の上に放り上げた。そこが船橋で、男は、そこで、すっと席を立ったからだ。東京駅から二十五分のところである。それにしても、秋葉原経由の時代よりは十分以上も、時間が短縮されている。

男が動き出すと、私の堂々めぐりの自問自答も、おのずから打ち止めになるのだ。私は、あわてて、その男との間隔を、五メートルぐらいに縮めて、改札口へと急いだ。その男が、東武野田線のホームへは降りず、真っ直ぐ、京成電車の側の、正面改札口へ向ったからである。

気のせいか、男の足が速くなったようであった。逃がしてはならないのはもちろんだが、私は、どうしても、その改札口でやらなければならないことがあるのだ。その男が、定期乗車券を出して見せて通過するかどうかということである。四メートルまで、男との間隔をせばめてみたが、ここでも男は、慣れた手つきで胸の内ポケットから定期乗車券を抜き出すと、悪びれた態度は、少しも見せずに、さっさと改札口の外へ出てしまった。

まちがいなく、この船橋が、その男の勤務先に近い下車駅であり、万に一つ、そうでなくても、この船橋から先にしか、それはないことになった。もちろん、この考えの中には、たとえば、市川か、または新小岩までの定期乗車券を、知らん顔で、堂々と改札係の駅員に見せて、改札口を突破する、などという手口は計算に入っていない。もし、私につけられていることでも探知しない限り、そんな犯罪的手口を用いる必要もないのだ。……だが、と私は、この、もしに引っ掛かってしまった。あるいは、このもしは事実かもしれない、だからこそ、少し足が速くなったのではないだろうか、私の尾行のやり方も、しろうともいいところの、ずさんなやり方だったからな、とも反省し、一方、勤務時間を考えれば、誰だって遅刻すまいとして、多少は早足にもなるだろうさ、と呑気な考えが、これを打ち消した。

だが、私の、そんな、あれこれの思惑をよそに、男の足はいよいよ速くなり、駅前左側の歩道を、かなりの大股で進み、三分ほどで、京成電車の踏切に達してしまった。ここは、いわゆる開かずの踏切で、広い舗装道路に、ゆるゆると上から踏切の横棒がワイヤに吊るされてきて、ぴったり道路を塞いでしまい、はね上げ式の遮断機のような空間がないから、一旦踏切の棒が降りてしまったが最後、その下を、からだをかがめてもぐり込まない限り、とても向う側へは渡れないのだ。

男は、京成電車へも乗る素振りは見せず、落ち着いて、横棒のあがるのを待っているふうであった。ここで、やっと私は追いつく形になり、やれやれ、あとは歩くだけだ、男の勤め先は、この男のはいり込む建物に決まったぞ、と、ほっとした。

そうして、眼の前を、まるで路面電車のように、悠々と、各駅停車の京成電車が、鈍く沈んだ色の巨体を、踏切で待つ人や車に、横っ腹を見せて通り過ぎた直後のこと、男は、不意にからだを前に倒し、踏切の棒が上がりはじめるのと同時に、レールを横切って行った。

(見破られたか⁉)

と思い、私は、焦って、男との距離を忘れてしまった。

だが、私を感づいたにしては、その速歩は定刻に遅れまいとする給料生活者の、極く自然な急ぎ方で、別に、後ろを振り返るでもなくただ道路なりに、三分、五分と、時間をかけて足を運んでいるだけなのだ。

私も考え直して、再び、元の尾行者の用心深さに戻り、見通しもいいので、男との距離は十二、三メートルは取った。ここでばれたら元も子もないからだ。

どちらを見ても特徴のない商店が立ち並び、その間には、三階建てか、高くても四、五階建てぐらいの貸ビルともマンションともつかぬ曖昧な建物が建っている大通りを、七、八分も進んだろうか。

男は、ひょいと、そんなビルの一つに姿を消してしまった。

私は、音を立てて歩道を走り、見栄えのしない、あたかも戦争前から建っているような感じの（もちろん戦争で破壊された船橋市には、そんなビルは一つもないはずなのだが）、そのビルへ、続いて駆け込んでいた。

「新産ビル」という名を持った、しかし、およそ、その名前にそぐわないこと甚だしいその建物は、真ん中に、寿命がきたためか薄暗くまばたきをしている螢光燈のついた細い通路があり、両側に、それぞれ会社のネームプレートを掲げた小部屋が四つぐらいずつ並んでいる三階建ての、小さな貸ビルであった。階段は、そのビルの入口の右側に細いのが一つあるきりだから、その男は、一階の廊下を隔てて八つある会社の、どこかに入ったのでなければ、その細い階段を昇って、二階か三階の、どの部屋かに、かならず居るはずなのだ。廊下の突き当りは便所で、各階とも同じ構造になっているとすれば、この便所を通って、その奥にでもあるかもしれない小さな扉でも開けて、ビルの裏へでも逃げない限り、それはもうまちがいのないところで、いわば袋のねずみというのが、その男の、今の姿と言っていい。そして、もし、どこかにあるはずの秘密の通路から逃げ出すのだとすれば、それは私の尾行を知っていたからであるが、少なくとも、藤沢駅から、このビルまでの間に、その気配を、私は感じ取ることが出来なかった。とすれば、どうしても、彼は、このビルのどこかにいるのだ。

さて、と私は立ち止まり、どうやって、彼をつかまえるか、最後の工夫をしなければならない、と、いっしょうけんめい考えはじめた。このビルの小部屋を借りている各会社を、全部一つ一つ当ってみるのも一つの方法だが、どういうわけか、不動産会社が多いところを見ると、それも憚られた。なにしろ、この世界には、いろいろ荒っぽいのも混じっていると聞いているし、それに、一つの部屋で、どたばたやって、それが他の部屋に聞こえ、その間に感づかれて逃げられてしまう、ということも、充分予想されるからだ。……と言って、一日、このビルの入口に立って、男が出てくるのを待つのも、何だか辛気臭く、ばからしいことのようにも思われ、結局、私は、廊下をうろうろして、扉が開いた時だけ、何気なくその部屋を覗いてみたりしたが、これも、たちまち、うさんくさい眼つきで、部屋の中の者に睨まれ、充分目的を達することはできなかった。また、二階、三階と、急いで昇ってみて、確かに、一階と同じ構造になっていて、ただ会社の数が少ないだけのフロアも、廊下から見てまわったが、その間にも、入口から、その男が逃げてしまいはしないか、と気がかりで、たちまち、がたがたと狭い階段を駈け降りては、入口の外へ出て、歩道を左右見まわす、と言ったありさまだった。とどのつまり、入口の右側、階段の、すぐ隣の、田舎の駅の出札口のような小窓から首を出した七十前後の老人に、何か御用ですか、と、老眼鏡のレンズ越しに誰何されて睨めつけられ、その男の風貌を詳細に述べて、どの会社の人か心あたりがありませんか、と訊いてみたが、答は一向に要領を得ない。

「なにしろ、二十一も会社が入っておりますからな」

というのが、小窓を閉める時の、老人のせりふであった。

私は、あきらめて、新産ビルを後にした。電話をして遅刻の言訳をし、船橋から総武線で浅草橋に行き、会社に着いたのは、十一時近かった。

　私は、自分のからだがひどく重くなってしまったのを感じ、空茶をいっぱい啜ると、不意に深い眠りに吸い込まれそうな気がして、おどろいた。そのおどろきは、何だか、何もかも終ってしまった、と、からだのどこかで感じているおどろきだった。終ってしまった、どころか、すべてはこれから始まるんじゃないか、しっかりしろ、と言い聞かせ、あそこまで追い詰め、確認したからには、もうこっちのものだ、復讐は、九分通り成ったのだとも考え、あとは、獲物の料理のやり方をたのしんで、まちがいなく止めを刺すことを心掛けるだけだと確認した。あわてることはない。あとは、いつもの十五号車の、自分の席で、じっくり考えを練ればいいことだと、附け加えた。にもかかわらず、同時に、それらのひとつひとつが、何だかひどく空想的で、とても実現不可能な、まるでひとごとのようによそよそしい、はるか彼方の世界のことだという感じもしていた。

　それから私は、船橋駅から、急に足を速めたその男の気持に思いが至り、もし、私の尾行を知っての上のことだったら……、と、東京駅での、その男の、意味のない停止と、何となく天井を見上げた姿が浮かんできた。すると、あそこで私の尾行を知ったのかもしれない、が、東京、船橋間の定期乗車券は、嘘ではなかった、しかし、尾行を知っていたとすれば、別の定期乗車券で駅員の眼を欺くこともあり得る、などと、あちこちに思いが散って、まるで頭の中で花火を打ち上げでもしたかのように混乱してしまい、その花火の散って行く闇の中に、私と同じ遠距離通勤者としての彼の車内読書風景が、一瞬くっきりと浮かび上がっては消え、ああ、こんなことでは、ろくな復讐も出来はしないな、と、頭を小さく振って仕事にかかった。

幽霊軽便鉄道《ゴーストライトレイルウェイ》

1

私が成田ニュータウンの自宅を、午前五時三十分に出発したのは、七月二十一日のことだった。妻は不機嫌な表情を剝出しにして、それでも寝巻きのまま起きてきて、

「クルマにだけは気をつけるのよ、あんたは病人なんだから」

と言って引き込んでしまったのは、結婚してから三十年この方、妻には絶対に理解出来ない趣味の世界につきあわされてきたことと、私の愛車ホンダライフを乗り回しての、鉄道廃線跡探索旅行だったからである。

近頃は、ブームとは言えないまでも、数年あるいは数十年前に廃止されてしまった鉄道を、その鉄道が現存していた頃の五万分の一の（場合によっては二万五千分の一の）地図と、遺物を頼りに、その路線の跡を、自動車で、あるいは足で探索して歩くという趣味が、アウトドア指向と相俟って、かなり普及してはいるものの、ついこの間までは、誰に説明しても理解してもらえない特殊な世界に、私が子供の頃からのめり込んでいたことと、レトロ趣味もいいところで、昭和四十九年製の軽自動車を、何と二十年以上も、だましだまし現役として乗りまわしているばかりか、今回のように、こんな乳母車みたいなクルマで、遠く東北地方にまで足を延ばしてしまう無謀さを、怒りの果ての無関心無

表情にまで、封じ込めてしまった妻ではあったが、さすがに、無駄とはわかっていても、一言口にせずにはいられなかったというところだと思った。

(所詮女にはわからない世界さ)

という意気がった考えとは別に、確かに私は病人だ、という意識はあって、そこを衝いてきたのだ。とはいうものの、定年まで一年足らずという歳を、小さな鉄の箱の中で、炎天下の真夏の田園をとことこ走っているわが身を見下ろしているもう一人の自分がいて、

(やっぱりおれは病人だ)

と自覚しないわけには行かない。

それは、これも近頃やたらにそれらしき本が店頭に並ぶようになったものの、私がホンダライフを、金をかけてまでレストアを重ね、チューニングを専門店に依頼して、時速百キロなどは軽く、高速道路だって、突っ走ったりしたのも、実は、手っとり早いから、と学生時代に三百六十ccの軽免許を取ったまま、忙しさにかまけて、普通免許に切り替えておかなかったせいで、今では乗りたくても六百ccの軽自動車にすら乗れないようになってしまったというのが事実で、決してサブロク丸(三百六十ccの軽自動車の愛称)を転がそう、などという今はやりのレトロカーブームにあやかって手に入れたものではなかった。

鉄道廃線跡探索とて同じこと、幼児の時、乗った成田のチンチン電車、成宗電気軌道の、ボディの裾のすぼまった馬車型の単車が、一本のポールを振り立てて、手動ブレーキの丸ハンドルを何回も回しながら、がいろん、がいろん、という不思議な音を立てて走っていた光景を、スナップ写真のように記憶していて、しかも、今では跡形もなく、この世から姿を消して久しく、ただ煉瓦造りの短いトンネル二つと、そのアーチ型の天井に架線の碍子《がいし》が残されているばかり、といったさみしい風情に心

を奪われたのがきっかけで、憑かれてしまった世界に過ぎなかったのだ。しかも、誰にも理解してもらえなかったこの趣味を、小学生の頃から買い始めた鉄道雑誌を見て、日本にも少なくとも数十人は同好の士がいるな、と慰めていたのが、にわかに数を増したのは、極く最近のことで、意外にも私としては、あまりうれしくないのは不思議だった。これは、多分、自分だけが知っていて、時々、秘密の箱の蓋を開けてはひそかに楽しんでいたよろこびを、突然予期せぬ闖入者に奪われてしまったからだということはわかっていた。

とはいえ、この道一筋で、五十九歳の今日まで続けてきた鉄道廃線跡探索は、もはや趣味の領域を越えて、四半世紀以上もの間、給料をもらい続けた私立桜華学園高等学校英語科教諭の職をも凌ぐほどであった。

〈コレホド長イ間憑カレテイルトイウコトガ極度ノ執着気質ノ証拠デアリ、ダカラ鬱病ダト医者ハイウノダ〉

二十日の、第一学期終業式を終えるのももどかしく、翌二十一日の早朝出発に備えて、カメラ、地図、双眼鏡、コンパス、定規、磁石、各種筆記用具等の七つ道具を、早めにチェックして、愛車に積み込み、ホンダライフの整備も怠りなく、早めに床についていた。

今回の旅は茨城県から栃木県に入り、西那須野～那須小川間を、昭和四十三年（一部昭和十四年）まで走っていた東野鉄道、西那須野～塩原口間を走り、昭和十一年に廃止になった塩原電車の跡を歩いて、黒羽に泊り、翌二十二日は忙しく、川桁～沼尻間を昭和四十四年まで走っていた磐梯急行電鉄

（または日本硫黄沼尻鉄道）、昭和四十六年に廃止になった福島電気鉄道の跡を見て、福島へ泊る。三日目には、稲子峠を越えて、高畠へ入り、昭和四十九年まで走っていた糠ノ目〜二井宿間の高畠鉄道の跡を調べ、山形市を過ぎて、神野木《かみのぎ》へ行く。奥羽本線の駅へは乗り込んでいないものの、神野木町の市街地区から最上川を渡って千百メートルのところに神野木町という始発駅を作り、朝日山地を北西に入って行って、再び最上川の左岸の町、新戸《につと》まで十一・二キロを降りて来た新戸軌道を調べるため、七月二十三日の夜は、とりあえず、神野木から割と近い朝日山地の麓の、老津《おいつ》温泉で一泊して、場合によっては、もう一泊して、福島県の小名浜に、二十四日か二十五日に泊り、磐城炭礦軌道、磐城海岸軌道、好間軌道の跡を見て、帰宅する。つまり二十五日か二十六日には成田ニュータウンへ戻ってくる、という予定のものであった。

〈今ハ何デモナイ、クスリダッテ何ニモ飲ンデナインダカラ。予定通リ着クハズダ〉

高畠で思いのほか時間を食ってしまったせいか、南北に延びた神野木町の、北のはずれを左折して、神野木大橋に辿り着いたのは、夏の日も終ろうとしている頃であった。橋を徐行しながら、最上川に落ちた入り日の黄金色の小波を眼にして、私は、僅かの間だが、ぐっと胸にくるものを感じていた。しかし、それも束の間、朝日山地をしばらく登って行って、「老津温泉」の標識の文字を頼りに、やや急勾配の、黒ずんだ林の中の、右に左に曲折する道を降り始めた時、ふと瘴気《しようき》にも似た気配のようなものが、私を捉えているのを感じたのである。

気をつけて走っていたにもかかわらず、対向車に一台も遇わないのも不気味だったが、前方に、ぽうっと明るくなっているところが見えてきたので、やれやれ、これで、ようやく休めるか、と近づいてみると、それは古い写真集で見た前世紀末のロンドンのガス燈にも似た箱型の街燈で、何と大きなヤモリが一匹、影絵のようにへばりついているのが見えた。

黒ずんだ木立ちの間から、どろりと鈍く光る平らな世界が広がっていたが、果してそこは小さな沼で、どうしてそんなところに不気味さを増幅させるように、沼があるのか、五万分の一の地図にも見当らなかっただけに、ただ私を怖い世界へ誘うためだけに存在している妖魔の、舞台装置の一つではないのか、などと、一瞬、ばかげた考えが過ってしまう。

大自然の中にいるのに、却って人為的な匂いのする恐怖に似た気持が湧き起こってくるのは、どういうわけだろう。

……と、その底から、ごおーん、ごおーん、……と車内まで、太い声が響いてきて、それはウシガエル、いわゆる食用蛙の鳴き声だとは、すぐに知れた。

そこからおよそ七分、大きなS字形のカアヴを降って行くと、ちょっと開けた窪地に、古めかしい二階建ての木造旅館が幾つか見えてきて、そこが老津温泉だった。

2

ひとは、生まれてはじめての経験をするような時、何か、虫の知らせといったものを、常に、誰でも感じるものなのであろうか。

たとえば、息子が戦場で敵の銃弾に心臓を射抜かれ即死した、丁度同じ時間に、台所で茶碗を洗っていた母親が、突然、心臓に激痛を感じて倒れ、思わず手にした茶碗を落として割ってしまった、というような体験を、八十歳を過ぎた老婆から、じっくり聞かされた、という話を、一度も耳にしたことはない、という人は、まず稀であろう。テレパシイとか、超常現象とか、近頃、喧しい論議はさておき、確かに、この老婆の体験のようなことは、誰の身にも起こり得ることだと思うし、いや、自分に限って絶対にそんなことは信じない、などと、殊更、異を唱えるつもりは、私には毛頭ない。ただ虫やねずみや蛇などと較べて、そういう感覚のはたらきは、太古はいざ知らず、現代の人間はひどく退化してしまって、ほとんどその機能を失ってしまったと思っているだけである。

しかし今はちがう。何か、うまく言いあらわせない、もちろん眼にみえないあるものが、水が乾いた土に染み込んでくるように、しいんと私の中に染み通ってくるのを感じるのである。

そして、この奇妙な感触が、正鵠を得ていたことを、すぐ思い知らされることになったのである。

「歓迎」「老津温泉へようこそ」という墨の滲んだ文字が読み取れる雪洞《ぼんぼり》提灯が、赤い縁取りだけを妙にけばけばしく残して、細い道の両側にコードで結ばれ、ところどころ明滅しているのが、わびしさを増幅していた。なぜか、あまり広くもない窪地全体が、この赤い縁取りをした雪洞提灯に覆われて、がんじがらめになり、身動きできない呪縛の中に、身を置いているようにも見えた。とはいえ、何とかぼんやりとでも光を放っているのは、そのうちの半数をちょっと越えるばかりで、夜ともなれば、誰かが、おざなりにスイッチを入れているだけで、ろくに点検もされていないことを示しており、もはや、この老津温泉を訪れる人も、ほとんどいない温泉街のわびしさを、却って浮き上がらせる効果があるような気さえしてくるのだ。

（どれが「元湯館」だろう？）

屋号の文字が灯火で浮き上がっているわけでもなく、おまけに玄関先も薄暗くて、旅館名も読み取れず、似たような古ぼけた旅館の群の中から、他所者の眼で探し出すのは楽ではなかった。

「どなたもいらっしゃいませんか？」
と声を張り上げ、
「こんばんは」
玄関の呼鈴を押し続けながら、私はあれこれ考え続けていた。
（この老津温泉というところに何が起こったんだろう？）
どの小路にも人影らしいものを見かけていないことに、私は気がついた。
声をかけて、無理矢理玄関先へ出てきてもらった「新元湯館」の主人らしい男のほか、この温泉地の、の建物にも、中には誰も住んでいないのではないか、という気がした。そう言えば、今しがた何度もに過ぎなかった。この窪地に建っている旅館のすべてが、いわばゴーストタウンを形成していて、どであって、その中でも、更に、この元湯館はさびれているな、と思わせるだけの、いわば比較の問題
だが、それは、この元湯館だけではなくて、十軒ほどはあろうかと思われる旅館のほとんどがそう
に営業しているのか、という疑いで頭がいっぱいになっていることが分かった。
た。しかしガラス戸は閉まっていて、人の気配は感じられず、すべてがひどく朽ち果てていて、本当
あわてて近づいてみると、「元湯館」という文字が、玄関のガラス戸に白く大きく浮き上がってい
た感じの、しかし規模だけは、大きな木造二階建ての旅館であった。
この窪地の温泉街の、最も奥まったところに、他の旅館とはちょっと離れて建っている、ひどく古び
声を出していると、ようやく顔を出した主人らしい六十男が、面倒くさそうに指差して教えたのは、
た。仕方ない。商売敵かもしれなかったが、そこで訊いてみるしかなかった。玄関から何度か大きな
と思ったが、近づいてみると、新の字が一つ余分についていて、それは「新元湯館」という宿だっ
（あった）

無人の不気味さを振り払うつもりで、私は更に大声を出していた。

「日観連加盟旅館」の緑色の円盤が、玄関の外から見えるように取り付けてあり、現に今回のような鉄道廃線跡探索の旅には、あらかじめ、必ずＪＴＢ発行の「時刻表」の巻末に載っている色ページの「ＪＴＢ協定旅館」または「日本観光旅館連盟会員旅館・ホテル」案内欄を見て、電話予約を入れてから出発するのが常で、この老津温泉を選んだのも、新戸軌道跡探索には絶好の位置にあり、ＪＴＢ協定旅館は一軒もなかったが、日観連観光旅館は二軒あって、その一つが「元湯館」であった。

一泊二食で、七千円から一万円、と安いのが気に入り、特に直接私の電話に出た年配の女将らしい女が、

「七千円でも充分おいしいお食事がつきますよ」

と、気さくな口調で引き受けてくれたので、どちらかと言えば、むしろ廃線跡探索旅行以外の、たとえば鄙びた山の中の温泉宿の風情のようなものに期待までしていたのである。

（どうかしてたな）

お化け屋敷の連なりのような老津温泉の実態は、ちょっと調べれば、あるいは、電話の相手と、もう少し詳しく話し込めば、簡単にわかったことなのに、鉄道探索の方にばかり意識が走っていて、「旅」という要素をないがしろにした当然の酬いであることを、否応なしに教えられたのは、すぐ後であった。

いつのまにやら私の手は、拳を固めて、軽くではあったが、「元湯館」と書かれた曇りガラスの、玄関の戸を、どんどん叩いていていた。

「お客さん？」

と、低く、嗄れた声が中から聞こえてきて、

「そんなに叩かなくとも開きますよ」

と、まるで魔法をかけたように、すーっと滑らかに玄関の戸を引いたのは、藤色の着物を、涼やかに、蜻蛉の翅を想わせる薄物のように身に纏った女であったが、私の眼を射たのは、豊かな白髪を戴いた年齢不詳の面長な顔立ちと、切れ長な眼の、鋭く妖しい光であった。

「あの、電話で予約した……」

と、切り出すと、途中で遮って、

「野平さんでしょ、千葉からいらした……」

歯切れのいい標準語が、女の口から滑らかに出てきた時、不意に、私は、なぜともなく、ぞっとしたことを覚えている。

「なにしろ当節は人手不足なもんでね。お客さんには、御迷惑おかけしちゃって、ごめんなさいね」

さ、どうぞ、と促されて靴を脱ぎ、早速出された宿帳に、野平佑介と書いて行って、それにしても物覚えのいい女だなと、ちょっと感心したが、この謎はすぐに解けることになった。住所、電話番号を書いて、前泊地、旅行目的、と書き進んで行こうとすると、

「お名前だけで結構ですよ、全部お書きにならなくても、……まじめな方なんですね、ほほほほほ」

と、妙になれなれしい、そして白髪に似合わない笑い方と、身のこなしを見せたので、

(場ちがいだな)

何もかもが、ちぐはぐな、期待はずれの、ゴーストタウンめいた老津温泉の旅館街と、老朽化した木造旅館にふさわしくない白髪の、妙に艶かしい身のこなしを見せた女将とを重ね合わせて、虫の知らせに似た、あの奇妙な感じに捉われはじめていた。

〈自分ト自分ノマワリノイロイロナモノガマタ噛ミ合ワナクナッテキタ。コノ感覚ガ、ヤハリオレガ治リ切ッテイナイトイウコトナノカ〉


「お風呂とお食事、どちらを先になさいます？」

鋭い眼の光も、微笑みの皺の陰に、すっかり消してしまって、女はてきぱきと訊いた。

「ううん。ちょっと腹も減ってるし、食事を先にしようかな。一休みしてから、出かけたいところもあるから……」

ようやく客と女将の、ありふれた会話になってきたな、と思いながら、私は、よいしょっと、大きな鞄を二つ持ち上げた。

「あ、お持ちしますよ、お一つ」

「いいんですよ。おばあさんには、失礼、おかみさんには、とても無理」

「結構ですよ、おばあさんで。だって本当におばあちゃんなんですからね。じゃ、お二階の方へどうぞ。あいにく若い者がちょっと見えなくてねえ」

と黒光りのする階段に足をかけた。

「あ、クルマ、あのままでいいんですね？　他にお客さん見えないようだけど……」

「ええ、ええ。今夜のおクルマの客はお客さんだけ。鍵かけなくても大丈夫ですよ」

さ、どうぞ、足もとに気をつけて、と女に続いて階段を昇る時、みし、みし、と一足ごとに嫌な木の軋む音が響くのは、鞄の重みのせいでもあろうか。事実、女が階段の板を踏んでも、何の音もしないのは不思議だった。

階段を昇り切ると、そこは二階の長い廊下の真ん中であった。廊下の幅は意外に広くて右手に腰高の窓が続いているのは、やはり、ここは北国で、南国風に低く開けておくと雪などが舞い込むから、という理由からでもあろうか、と思われた。しかし、その分、すべてががっちりと骨太で、良質の木材で作ったにちがいない風格を備えていて、建築後の長い歳月を偲ばせた。

「さ、どうぞ」

と、障子を開けて、床の間の、厚い座布団に坐った時、不意に襲ってきたのは、誰が描いたものやら見当もつかなかったが、今にも飛びかかろうとしている凶悪な形相の猛虎の眼であった。

「おどろいた！　ものすごい迫力ですね」

と、半ば世辞の意味を籠めて言うと、

「皆さま、そうおっしゃいますわ。いいでしょ、魔除けに」

と笑って、窓側の小さな板の間の籐椅子に手をやって、

「その籐椅子にお倚《よ》りになって、窓の下の谷川の、せせらぎをお聞きになると、とても、御気分がすぐれて参りますよ」

じゃ、ごゆっくり、ただ今、お茶を持って参りますから、と腰を浮かし、

「お夕食、そんなにお手間取らせませんから」

と障子を閉めて降りて行った。

あらためて部屋を見まわすと、十二畳はあって、次の間つきだった。襖を開けてみると、そこは四畳半ほどの小部屋だった。なるほど、耳を澄ませば、かすかに谷川のせせらぎが聞こえてくる。女が示した、古めかしい、まるで昭和の初めに流行ったような形の籐椅子に腰を下ろして、窓から宵闇を透かして、音のする方へ眼をやってみた。夜の庭の美しさを引き立てる装飾用の照明はなかったが、

どこからともなく洩れてくる明かりの中に、荒れ果てているが、意外にも見事な枯山水風の庭園が現われた。築山の風情を見せて小高く竹林が黒ずんで展がり、一幅の水墨画めいた世界の彼方から、妙なる楽の音を、遠く谷川の水が奏でているのだった。

かつては、この庭を見下ろしながら、一献傾け、さんざめく宵を過ごした賓客たちの姿が浮かんで消えた。

(あの女にはその頃の雰囲気があるな)

と私は独りごちた。

「お気に召しましたか?」

と女が入ってきて、

「これは神野木町特産の一口最中ですから」

どうぞ、と、お茶と最中をテーブルの上に置いた。

「明るい時御覧になるととても映えるんですよ、そのお庭」

女はまた音を立てずに出て行った。

〈スベテハ眼ニ映ルママデ意識トノアイダニ紙一重ノズレモナイ。私ハ正常ダ〉

ふと次の間の隅に、鏡台のようなものが置いてあったことを思い出して、坐り直したのに、再び腰をあげた。われながら好奇心の鬼だな、と自分でも、こうした場合、持て余すところがあったが、やはり、一度閉めた襖を開けると、確かに古めかしい鏡台が一つ、置き忘れたように、四畳半の片隅にあった。二つの部屋に置かれた花瓶や掛け軸、テーブルや籐椅子など、他の調度品とは、どう見ても釣り合いの取れない、安っぽい飴色の塗料が、ところどころ剝げ落ちた小さな鏡台で、ただ鏡掛けだけが友禅染のもので、華やいだ印象を与えたが、それが却ってその陰に何かを覆い隠しているような気配を漂わせていた。

(何かあるな)

それは鏡台に対して、というよりも、この「元湯館」という旅館に対して、中でも、あの女将に対して、頭を擡《もた》げてきた得体の知れない疑惑のようなものであった。

私はまるで、何ものかに追い立てられてでもいる者のように、おずおずと、その鏡台に近づいた。

〈ヤッパリ私ハナニモノカニ支配サレテイルノダロウカ〉

友禅模様の鏡掛けをはねのけると、人生の盛りを過ぎた男の、眼鏡を掛けた顔が現われた。

(ずいぶん白いものが増えたな)

いつまで、こんなことをやってるんだろう。私は、それ以上は、もう見たくないもののように、鏡掛けの布を急いで下ろした。

それから、私は、まるで泥坊が、あわてて抽斗《ひきだし》の中のものを漁るように、鏡台の小さな抽斗という抽斗や、小さな引き戸を、がたつかせて開けはじめた。中には、何も入っているわけではなく、ただ埃の屑のようなものが丸まっているだけであった。初めからそんなことはわかりきっていたことじゃないか、と自嘲めいた気分が湧き起こってはきたが、私は性分として、徹底的に追求しないではいられないのだった。そんな私が、何としても気になったのは、鏡台の右手の一番上の小さな抽斗が、いくらがたがた言わせても、頑として、開かないことであった。こうなると、私は、もう意地になり、何が何でも開けずにはおくものかと、そのすぐ下の抽斗を抜き出して、右手を下から奥へ突っ込み、その小さな抽斗の背を、指を揃えて力を入れると、一気に押し出そうとし始めていた。左手で抽斗の把手を持ち、一、二の三と、呼吸を整えて、把手を押すのと引くのを、同時にやってみると、拍子抜けするたやすさで、小さな抽斗が抜け落ち、思わず尻餅をついてしまった。同時に、ぽとりと落ちたのは、丁寧に折り畳んだ小さな長方形の紙包みであった。何気なく裏返してみると、恐らくは眉墨のようなもので書き記したらしい文字が達筆で書かれていて、

「南無」

と読めるのだった。南無阿弥陀仏の、あの南無である。

たちまち不吉な好奇心に襲われると、幾重にも折り畳んだ長方形の和紙を急いで開けて行った。

すると、ばらりと出てきたのは、恐らくは女の髪の毛を、十センチぐらいの長さに切ったもので、紙縒《こより》で一方の端だけ丁寧に束ねてあって、それを包んだ紙に、やはり眉墨を使って書き記した文字が読み取れた。

「ここまで来ても死ねない」

〈コレハ私ヘノメッセージナノカ、ソレトモ私ノココロノ中ノ声ナノカ。私ハ試サレテイル〉

その時、ぞっとする気配を、むしろ背中に感じて、手にしたものを、そのまま反射的に鏡台の小さな抽斗にしまい込んだ時、

「お待ち遠さま」

と、夕食の膳を持って、女が部屋に入って来た。というより、女は既に部屋に入って来ていて、鏡

台の抽斗の中のものに驚く私の一挙手一投足を、黙ってじーっと見下ろしていたのではないか、という奇妙な感覚になぜか私は捉われたのである。

「あら、まだお茶も……」

と、お茶と最中を横にずらして、女は広いテーブルに、器用な手つきで、小鉢や皿を並べて行った。それから、

「ちょっとお箸を取るのを待って」

と言い残すと、足音一つ立てずに部屋を出ると階下へ降りて行った。その挙動の素早さは、とても人間業とは思えないもので、だから、階段を降りる時の、ぎしぎし言う足音が、まったく聞こえなかったことも、当然のように受け止めていて、疑わなかった。

〈今ノ女ハ確カニ女将ダガ、ソレデハコノ私ハ誰ナノカ〉

お預けを食った犬の気持で、ぼんやりしていると、何やら強い香水のような、甘美な香りが漂って来て、

「お待たせしました」

と障子が開いた。

3

頼みもしないのに、ビールとお銚子を、捧げるように持って、女は部屋に入り、私の正面に坐った。

「あ！」

と、思わず私は、上擦った声を出していた。

「はじめまして」

と女は言った。

「はじめましてって……？　きみ、あのう、どうして……？」

うまく言葉が纏まらないうちに、

「どうして、何ですの？」

女は、けろりとして、私にコップを差し出した。

（きみは、女将さんじゃないよね。すると……）

やはり、女将の他に、従業員がいたんじゃないか、と私は、なぜか裏切られたような気分になったのは、不思議だった。

「おビールになさいます？　それとも、お酒？　お酒は『爛爛』という、この神野木、老津の、有名な、おいしい地酒ですよ。いえ、心配なさらないで。お勘定には入ってないんですから、このお酒と、おビール一本分は、ええ、そう、サービスよ、サービス。女将さんから、ちゃんと、言いつかってきたんですよう。さ、そんな怖い顔なさらないで。どちらになさいます？」

私は、あわてていた。何か、急いで言わなければならない。そして、この正体不明の女には、一刻も早くこの部屋から出て行ってもらわなければならない、と私はあわてていた。

「いくら、夏の宵の、一人旅の部屋だからって、悪い冗談は、やめてくださいよ」

私の怒りと非難は当然のことだ、という自信はあるのだが、なぜか、こちらも、半ば冗談に応酬する口調になってくるのは、何ともはがゆいことだった。

「何が冗談ですって?」

と女は、やや真顔になって答えた。

「このお酒はお客さんに対してだけではなくて、元湯館のお客様には、どなたにでもサービスに飲んでもらってるんです。だから、ご遠慮なく、どうぞ」

と、今度は、右手にビール壜を、左手にお銚子を持って、両手を延ばした。

「取り敢えずビールと行きますか?」

「弱ったな、どうも。お酒のサービスはよくわかりましたよ。でも、女将さん、一体、何のつもりで……」

「女将さんは、このお酒で、お客さんのお相手をするようにって言った人。あたしは女将さんじゃなくて、春子よ、春子。よく覚えておいてくださいね」

私は、黙ってコップを摑むと、右手を、ぐいと突き出した。

「とにかく、一口、咽喉に入れてから話そう」

ほとんど、やけくそ、という感じで、私は、ぐっとビールを飲み込んだ。あと二時間もしたら、出かけなければならないのだが、ビールの一口ぐらい、その頃には抜けてるはずだ、と高を括って、私は居直った気分になっていた。

「そう、その調子よ。疲れ取れるでしょう、ぐっとやると……」

と、たて続けにビールを注ごうと構える。

「一口だけだよ。もうちょっと経ったら、行かなきゃいけないところがあるんでね」

「明日にしたら……。もう、遅いよ、こんなに暗くなっちまって」

女は、気をゆるしたものか、山形訛りが出てきた。

「だめだよ。そのために、ここまで来たんだから」

「こんな田舎の温泉までってか……」

「そんなこと言ってやしないだろ。それより、きみ、ほんとに、この元湯館の女将さんじゃないんだよね?」

「くどい人、おら、きらいよ。あたしは、春子。女将さんは、階下《した》で仕事してます。第一、ほれ、ようぐ見てよ、この黒い髪。ぴちぴちしたこの白い肌。どうして、この春子さんが、あの白髪の女将さんと一緒になるのよ。冗談もいいかげんにしてよ」

私は、大げさにぐいっと、春子を名乗る女の前に顔を突き出して、眼鏡を掛け直した。

「さ、ようぐ見て、お客さん。あんた、きっと、眼悪いんだよ。ね、どう見たって、女将さんとあたしは、似ても似つかないでしょ」

確かに春子の言う通り、女将とは、髪が白と黒で正反対だ。肌もいろいろ塗って手入れをしたことはわかるが、年齢の差も二十年はあるようだ。決定的なのは眼の色で、女将のは黒だったが、この春子と名乗る女の瞳は、どちらかと言えば茶だった。

「きみは眼が悪いのかい、視力のことだけど」

「ははは。よぐわかるわね。そう、近視なの。眼鏡掛けないと、転んじゃうのよ」

「じゃ、ぼくのこと、眼が悪いのかなんて、笑えないな。わかった、わかった。きみは、確かに女将さんじゃない、春子さんだよ」

「当たり前じゃない。だけど……」

どうして、誰が見てもまちがえるはずのない二人を取り違えたりするのか、と逆に春子が私に訊く番になった。

「ごめん、ごめん。実は、変な話だけど、この旅館には、あの女将さんしかいない、と決めてかかっていたんだ。それに、着物の色合いと、薄物みたいな布地がとてもよく似てたしね。なぜか、女将が、突然、私をからかってやろうと思って、白髪の上に黒髪のヘヤピースを被ってさ、急いで若作りのメーキャップして、……それから茶色のコンタクトレンズして、あ、そうそう、きみの着物の柄は蜻蛉だけど、これも、よくわからないけど、一瞬のうちに藤色の無地の着物に蜻蛉の絵を貼り付けて、お酒を持って登場する。そんなふうに、きみが見えたってことなんだよ」

「実はね、本当は、わたし、ここの女将なの、お客さんのお見通しの通り」

と春子は右手を自分の髪に持って行き、ヘヤピースを取り外す仕草をして見せた。

思わず真顔になる私の肩を叩いて、

「ははは。そんなわけないでしょ。でも、お客さんの驚き方、真に迫ってたっていうか、あたしの方が怖くなっちまった……」

さあ、ご飯にしましょ、と春子は、打ち消すように、お櫃から急いで茶碗にご飯をよそった。

「あ、それ、蓴菜《じゆんさい》の天麩羅よ。この辺の名物なの。おいしいわよ」

春子は、まるで肉親に話すように、親しげに説明しながら、私に料理を勧めた。私も、辞退する春子に無理に酒を勧めた。訊きたいことは、山ほどあったからだ。

「でも、年齢はちがうけど、ここの女将さんによく似てるねって言われない？」

「また、その話」

「いや、親戚の人かなって思ってね、女将さんが変装したんじゃないとすると……」

「あんな上品な人と親戚なんてうれしいけど。……残念でした」

「上品かどうかなんて問題じゃないんだ。もし親戚でも何でもないとすると、……つまり他人の空似だとすると、きみのような顔は、この地方には、よくある顔だってことになるよね」

「そう言われてもね。自分じゃよくわからない。お客さんの説だと、自分に似た人が、この土地にも何人かいるってことになるわけね」

「きみ、ずーっと、この元湯館ではたらいてるの？　女中さんていうか、今は従業員ていうのかな、そういう立場なの？」

「また、明智小五郎みたいに……」

「別に、ぼくは警察官てわけじゃないけど、日本中歩いている者として、どうも、この老津温泉てところ、わかんないことが多過ぎるんでね。つい、あれこれ訊きたくなっちまうってわけだ」

またまた言訳がましくなってきたな、と思いながらも、膨らんできた好奇心を、何とかして満たそうと、前へ出ようとしていた。今夜の、これからの行動にも差し支えるな、というほどにも、私は追いつめられたような気持になっていた。

「いいわよ。あたしの知っていることだったら、どんなことでも教えてあげますよ。でも、あたしの知りたいことも答えてくれないとね。ギブアンドテイクでしょ」

「うん。それを言うなら、魚心あれば水心ってことかな。ま、いいだろう」

私は、できるだけ短い時間で、要領よく、この老津温泉に関する情報なら何でも手に入れることによって、今回の旅の最終目的だった新戸軌道廃線跡探索の役にも立つことがあるかもしれない、と思い始めていた。だから、どんなにとりとめのない情報でも、この春子の口から手に入れたものは貴重なものであるにちがいない、とさえ思ったのである。

「竜宮城みたいだったんですよ、あの頃はね」

この老津温泉を、いくら何でも竜宮城とは、浮世離れしたたとえだな、と妙なところで感心してしまったが、この周辺で生まれ育った人の眼には、温泉場の繁盛ぶりを伝える言葉として、他に何があるだろうか、と思い直していた。

「ここで一生過ごせたら、どんなに幸せだろうって、その頃本気で考えていたのよ。あたし、まだ小さかったから」

もう三十年以上も昔の話だ。最盛期の老津温泉街は十四軒の旅館を構えるまでに賑れあがったが、戦争たけなわの頃から伐採し始めた朝日山地に、ありとあらゆる木材を、新戸軌道から枝分かれする形で、蜘蛛の手足のように、拡げて行った林業専用軌道に乗せた材木を新戸軌道で、終点の神野木まで運んで来る。そこから先は専用のトラックで千百メートル、奥羽本線の神野木駅から全国各地へ散らばって行ったのである。戦後の住宅建設ブームにも乗って、この木材切り出しの景気は暫く続いたものの、お定まりの山林資源の枯渇、農山村の過疎化が進んで、昔の静かな朝日山地に還るまでおよそ四十年。営林署の役人や、建設会社、木材会社等に働く人々で、この老津温泉は、栄え、そして滅びたのだった。農山村の老人たちが米と味噌を持ち込んで四、五日ずつ逗留して行った湯治場が、たちまち竜宮城になり、そしてゴーストタウンになってしまった。

「今じゃ、お客さん来るのは、この元湯館と玉乃家と松木荘と花水館、この四軒ぐらい……」

と春子は指を折って数えてみせた。

「新元湯館は?」

と道を尋ねた旅館名をあげると、

「あそこはだめ。人はいるけど、やってないのよ。元々、ここの名前もって行って、『新』なんてつけたんで、昔っから大変だったんですよ、この元湯館はね」

最盛期を過ぎても十軒の旅館は残ったものの、今では営業を続けているのが四軒、辛うじて人が住んでいるのが三軒で、あとは朽ちかけた残骸のような、人の住まない建物ばかりだと春子は言った。

「きれいな着物着た芸者のおねえさんがぶつかるほど賑やかでね。あっちから三味線、こっちからバンドが聞こえてきたものよ」

そうだろうねえ、と私の中に、さびしいような、ほのぼのとした情感が湧いてて、

「その夢の続きで、春子さんは、この元湯館の仕事を手伝ってるってわけなんだね」

「そうなんだけど、ちょっとちがうの」

芸者の真似事のようなことを四、五年やってから、嫁いだ先は、この温泉街の窪地を十分ほど登ったところにある老津市街、と言っても十八軒ほど家が集まっているだけなのだが、老津十字路の角から二軒目の「スーパーオイツ」で、元は酒店だった。今では夫と死別したものの、長女夫婦が店を切り盛りしてくれていて、それなりに繁盛しているし、仙台の専門学校へ通っている長男も、来年の春には、戻って来て、食堂経営をやってみたい、と言っているから、まあ安心、というのが、今の境遇で、だから電話があれば、生き残りの四軒の旅館に、お手伝いとして、時々老津十字路から降りて来るのは、

「お金のためじゃなくて、この老津温泉のため。それだけなの。信じてよ。生き甲斐っていうか、あたしの眼の黒いうちに、ここが失くなっちまったら、申し訳ないような気がするの。ばかみたいだけど、本当なの」

でもねえ、と真顔で、春子は左の頰に指を押しあてて、

「それが、月に二、三回じゃねえ。しかも四軒合わせてよ」

と溜息をついた。

「みんな老齢《とし》だし、この先、いつまで続くかしらね」

それから、突然笑い出して、

「……恰好ばかり若者なんだけどね、たまに来る客だって、みんな爺さん、婆さん。鄙びた山の中の安い温泉宿、なんて観光ガイドブック信じて、やってくるんだろうけど、鄙び過ぎてて、びっくり。ゆうべ、お化けが出たなんて、うちのスーパーで、大声で喋ってんのよ」

「ほんとに、お化け出ないの？」

半ば本気で私は訊いた。

「出る、出る。本当に、お化けが出るのよ、ここに」

と、いきなり怖い顔になって、

「あたしが、そうよ」

と両手を胸の高さまで持ち上げて、だらりと下げて見せた。

「いいねえ、そういうの。好きだよ。……まあ、鉄道の廃線跡歩きなんてのも、鉄道の幽霊に会いにきたようなもんだからね」

〈医者ノ言ウ常識ノラインヲ超エテキテイルノヲ感ジテハイル〉

「そう、そう。すっかり忘れてた。話が変なところへ行っちゃって……。女将さんに怒られちゃう、ちゃんと仕事しないと……」

と、不意に春子は坐り直した。

「ほんとはね、幽霊は、この私さ」

この場合、われながら、うまい表現だな、と私は自分で感心していて、

「だけど、他人《ひと》はわかってくれないんだよ」

「わかりました、お客さん。正直に言うわ。こうやって、お客さんのところへ、お酒を届けて無駄話をするのはね、一種の雇われ探偵ってことなの。お夕食の時、傍で御飯よそったりして、身の上話なんかして、楽な気持にさせて、お客さまの職業やお住まい、旅行の目的、いろいろうかがって、それとなく、その時の心境、心やからだの具合を、女将さんに報告するのが、私の任務なの。でも今は肝心なことだけ教えてくれればいいわ。何で、おひとりで、真夏の暑い日に、大きな鞄二つも下げて、この老津温泉までいらしたのかってこと」

「でも、なぜ、客の心やからだの具合まで……」

と、私は、逆に切り返した。

「それはね」

と、春子は、声を落として、わざとらしく、顔を寄せると、

「ひとり旅の客はあぶないからよ。そう、もちろん、昔の富山の薬売りみたいな客とか、営業マンみたいな客は別よ。馴染みの人が殆どだし、一見の客でも、そういう人は、一目でわかるんですよ。それに学生。これは、ひとりでも、まあ大丈夫。お年寄りでも健康状態がよければ、ＯＫよ。問題は、中老の男。リストラ、リストラで、悩みがいっぱいでしょ、四十、五十ってのは。この春にもあったのよ、あの花水館でね。ご自慢の松の木の枝で、ぶら下がっちゃった男の人がいたのよ。丁度、お客さまぐらいの、年恰好の……。何も、あの松の木でやらなくたってって、ご主人、泣いてましたよ。ですから、お客さまのことも、よくうかがっておかないと……」

春子の顔は、次第に強張ってきていた。

〈ヒョットスルト、ソレハ私ダ〉

実は私も自殺の場所を探し求めて旅に出たのではなかったのか、という思いに捉われている自分に気がついた。私は、鉄道、特に私鉄廃線跡探索趣味を説明し、神野木町から新戸に至る十一、二キロの新戸軌道が、昭和三年から昭和四十二年まで、何と四十年間も走っていたことを、三十年前の五万分の一の地図を広げて、春子に説明する、というよりは、私は四半世紀以上も昔に消滅してしまった軌間七百六十二ミリ、通称二ブロク（軌間二フィート六インチ）が元気で活躍していた姿、いわば親友の生前の勇姿を偲ぶ生き残った男の心情の吐露という形で述べ立てていた。

「神野木駅から奥羽本線で鶴岡まで行って、また電車で湯野浜温泉まで行ったのよ、小学校六年のとき。修学旅行でね」

春子が新戸の三つ手前の山王の出身で、この駅から神野木まで二十年以上は、この新戸軌道を利用していたのは事実で、だから客がろくに乗らない、地方の弱小私鉄の車輌を「始終空（始終から）電車」と言って嘲笑の対象から、音が同じなので、「四十雀《しじゅうから》電車」と洒落て、一種の愛称にしていたことは全国到るところで行われていたことで、レールマニアなら誰でもよく知っているエピソードであったが、この新戸軌道にも適用されていたとは、むしろ微笑ましく、私はいよいよ新戸軌道との距離が縮まった気がした。

それからひとしきり私は春子から、機関車やガソリンカーのスタイルの移り変り、軌道建設の時、沿線農山村の地主や山林所有者が株券を割り当てられて、資金調達に苦労した話を、祖父が時々春子に話したことなどを聞いた。私は私で三十年間に、新戸軌道で使用されたドイツ、コッペル社製やハノーヴァ社製の小型蒸気機関車や丸山製作所製の単端式気動車の、ボンネット型バスに似たボディのことなど話した。雨の日に坂道を登り切れずに客が降りて客車をいっしょうけんめい押した話とか、徐行して走っている列車に跳び乗った話など、よくある話を、春子は熱心に私に話し、この老津温泉へは急勾配を上下しなければ到達できないので、現在の老津集落の、かなり先の畑の中にしか老津駅を作れなかったこと、資金が足りなくて、神野木町駅から奥羽本線の神野木駅までの、僅か千百メートルの部分に橋をかけられなかったことが、結局は新戸軌道も廃線に追い込まれ、老津温泉への客も途絶え、最上川中流最大の港で栄えた新戸町も過疎化して行くことになってしまった今日の姿を、教師の口調で説く私の言葉に、春子も深く頷いたのだった。

「ぱあっと行きましょうか」

何だか、しんみりしてきちゃったからね、と春子は、すばやく障子を開けて、廊下の行き止まりの腰板に立てかけてあった風呂敷包みを部屋に持ち込むと、使い込んだ三味線を取り出して構えた。

「お客さんも忙しいんでしょ。あなたも女将さんのところへ降りてって、安心させてやらないとね。……では、老津温泉が、いつまでも栄えることと、お客さんの大好きな新戸軌道を無事に終点新戸まで辿れることと、それから……」

「ずいぶん祈ることがあるね」

「そうよ。この頃は頼まれても祈らないんだけど、今夜は特別よ」

「じゃ、春子さんの健康と、その、何だっけ、スーパー何とかの発展を祈って……」

「では、一曲」

と、春子は三味線を弾き始めた。

「では、正調『最上川舟歌』」

一声張って歌い出した。

「酒田さ行ぐさげ達者《まめ》でろちゃ
よいとこらさのーせー
はやり風邪などひかねよにー」
それから囃子言葉の、
「ええんやあえええ、ええんやあええど
よいさのまかっしょ
えんやこらまがせ」
と、まるで、何者かが乗り移ったかのように、茶色の瞳が一点を凝視して別の世界へ入ってしまったかのようであった。思わず、そんな春子に打たれて、私は金縛りにあったかのように、坐り直していた。
うううううん、うううううん、……。
と春子の歌声の合間に、というか、歌声に重なるように、泣き声のような、唸り声のようなものが、同時に耳の奥に染み込んでくるような気がした。
「まっかん大根《だいこ》の塩《しょ》っ汁煮《しるに》
塩うしょっぱくて食らわんねえっちゃ……」
うううううん、うううううん、……。
謎の唸り声のようなものが次第に高まってくるのを、私は硬直したからだ全体で受け止めていた。
「ええええんやあええええ、ええええんやあええど
よいさのまがっしょ、えんやこらまあがせえ」
ぽろぽろん、と三味線の弦を弾いて、春子はそこで止めてしまった。

「お粗末さま」

と春子は、まだ硬直している私に言った。

「一番で終り？」

「そう。ここまでよ、今夜は。うっかり忘れてた用事思い出したもんでね。すぐ帰らなくちゃ……。ごめんなさいね」

と腰を浮かして、三味線を仕舞い、膳の上のものを片付け始めたので、あわてて、ぱちぱちぱち、と拍手するしかなかった。

「今、気がつかなかった？」

と私は、泣き声のような妖しい音のことを春子に訊くと、

「舟歌のお囃子でしょ」

「……じゃなくて、別の音が聞こえてきたんだけど……」

しかし春子は取り合わないで、てきぱきと食事の後片付けを続けているばかり。歯切れ悪く、取りすがるように語りかける私に、

「さ、幽霊も、お食事も、全部おしまい」

と、それ以上は言わせない強い態度で、大きな盆に椀や小鉢、お銚子などを載せ、部屋の外へ出ようとした。

春子と話すのは筋ちがいだと思いながらも、次の間の、鏡台の抽斗の中の一件を、早口に春子に話してみた。

「もう幽霊の話は終りって言ったでしょ」

と春子は、廊下へ出てしまって、次の間から、証拠の品を取りに行こうとする私に、

「女将さんにでも見せて相談したら」

と取り合わない。

「あ、それから」

と、一度閉めた障子を、また開けてから、

「お囃子の時、聞こえた声ってね、この部屋で死んだ人の声かもよ」

と声を落として春子は、

「嘘、嘘。庭の先の竹藪のお囃子なのよ。あたしの歌、あんまりうまいもんだからね」

それから、あらためて、

「今夜は本当にありがとうございました」

と深々と頭を下げた。

私はあわてて春子を呼び止め、千円札を三枚取り出すと、携帯用のティッシュペーパーに包んで、ほんの気持だけ、と春子に握らせた。

「そんなつもりで来たんじゃないけど……」

と、それでも慣れた手つきで素直に受け取ると、

「ありがたくいただいとくわ、今夜の記念に」

と春子は、そそくさと去って行った。

その時、私は妙な疑惑に憑かれた。

(ずいぶん、あわてて帰るんだな)

歌まで一番だけで帰っちまうし、鏡台のことなんか、話もろくに聞こうともしなかったし……。肝心の、うううううんという不気味な声を、こともなげに竹藪のせいにしてしまうのは、なぜだろう。

私は疑惑が噴き出すのに閉口していた。

（そうか。あの唸り声が、春子が出て行くきっかけだったんだ）

鏡台のことなんか、とうに知っていたから、取り合わなかったのだ。すべてが私にはよく見えてきたのだった。


〈アレハ幻聴ナンカジャナイゾ、断ジテ〉

この部屋には何かがある。この元湯館全体が何かに支配されている、私はそう確信した。

4

りりりりり、りりりりり、……。

突然、けたたましく電話が鳴った。見れば、床の間の隣の、違い棚の上に置かれた一昔も前の、黒い電話だった。まるで怖いものに近づく猫のような恰好で、恐る恐る私は、這いつくばって電話に寄って行った。七十年以上も昔の雰囲気を漂わせている部屋では、電話さえ異物だった。

「もしもし、お食事いかがでしたか？」

と女将の声がした。

明らかに、この元湯館に辿り着いた時に出てきた白髪の女将の声のはずなのに、なぜか私は、今、この部屋を出て行った春子と名乗る女が、また女将に戻って、電話をかけてきたような錯覚に襲われた。この二人をまちがえる、というよりは、私自身がまちがえようとしているのも、虫の知らせの一種であろうか。

「終りました。今、春子さんという人が下げて行きましたがね。それより何か……」

「お風呂いかがかと思いましてね」

「あ、お風呂！」

入りたいんだけど、出掛けるから、と断ると、

「お帰りは何時頃に……？」

と畳みかけてくる。

「そうですね」

と、右手ですばやく鞄を引き寄せ、中から時刻表を取り出す。昭和十五年十月号の「鉄道省編纂汽車時刻表」である。栞《しおり》を挟んだページを開ければ、新戸軌道が飛び込んでくる。神野木町、新戸間（非連帯）とあって、神野木町発新戸行きの最終列車は、何と午後九時十四分とある。終点の新戸着を見ると、午後十時二十四分となっていて、所要時間は七十分間であった。老津駅のところを見ると、神野木町から三・五キロ、新戸から七・七キロのところにあって、この老津温泉からはたとえホンダライフでも、レール撤去後に一部は舗装した軌道の道床を、トンネル二つをそっくり生かして、曲折する軌道の道床に達するまでは、直線部分の多い軌道跡に平行して、一般道路が通っているので、二十分か遅くとも二十五分あれば、新戸町のはずれにある昔の新戸駅跡へ行ける予定だった。もし暗ければ、フラッシュを焚いて写真を撮りたい。多少うろついたりする時間を考えて、九時前後に元湯館を出れば、遅くとも十一時前には、充分帰ってこられるなと計算して、

「ちょっと新戸まで行って来たいんですけどね」

だから、風呂はその後で、と言うと、帰って来るのは十一時でもいいが、入浴は九時までだから、

今すぐ入ってくれると助かるんだが、と言う。そうすれば、十一時頃でも玄関の戸を開けておいてくれる、という好意に感謝して、では、汗だけでも流してくるか、と電話の指示に従って、地下一階の風呂に向かうことにした。

こうして私は、何とか二十四年前の新戸駅の低いホームで、コッペルの牽く客車二輛、貨車三輛の二ブロク軽便、新戸軌道最終列車を出迎える手筈を済ませたのである。昔の最終列車を、その当時の時刻表に従って、終点で迎える、これこそまさに時空を超えた究極の桃源郷であり、にわか廃線マニアの、真似のできない世界なのである。

私は慣れた手つきで、タオル、歯磨き、歯ブラシ、剃刀、と洗面道具一式を、すばやく手にすると部屋を出た。いつもの癖で、入浴前のトイレを済ませておこう、と女将に教えられた通り、籐椅子の先の扉を開けようとした。……が、把手ががたがた言うだけで、どうしても開かない。何ということだ。部屋にトイレがないのに、夜中にトイレに行きたくなったら、どうするんだ、と文句の一つも言いたくなったが、まあトイレぐらい他にもあるだろう、と障子を開けようとした時、

「きい、きい、きい、きい、きい、きい、……」

と機械がうまく作動しない時のような音がして、それは何と、十二畳の座敷の天井で、ずーっとまわっていたはずの黒い羽根の大型扇風機であった。和風の天井に、それはひどくちぐはぐで、むしろ不気味な雰囲気さえ醸し出していた。あわてて電源を探すと、やはり違い棚の横の壁に、「扇風機」と書いてある木の札が打ち付けてあって、「入」「切」とスイッチが示してあったのを、あわてて「切」にして部屋を出た。

〈確カニオレハ病人ダガ、奇妙ナ唸リ声モ、キイキイイウ音モ、ミンナ理由ハ明々白々ジャナイカ。

今ノオレハ、昔ノ「トランコパール」カラ始マッテ、何回変ッタカワカラナイカタカナノ新薬ヲ、今ハ、マッタク飲ンデナインダカラ、幻聴、幻覚の筈ハナイ。タダ鏡台ノ中ノモノダケガヨクワカラナイダケナンダ……〉

5

階段までは廊下の片隅に、部屋が五つ数えられたところをみると、その二倍だから、二階だけでも十室あることがわかった。だが、どの部屋にも、人の気配が感じられないのだ。ひょっとしたら、この元湯館の客は、私だけなのではないだろうか。そう考えることは怖かったが、少なくとも二階に関する限り、私以外の客は皆無なのだ、と思えた。

気をつけながら階段を降りても、やはりみしみし鳴るのを気にして、一階の廊下を見まわすと、「風呂」という文字が見えて、地下へ降りるようにと矢印がついている。……とすれば、まちがいなくそこは風呂場なのだろうが、これほど老朽化した旅館に、地下室があることの方が、却って私には怖かった。

その地下へ降りて行く階段の手前に、何と「便所」と懐かしい文字があって、扉を引いてみれば、あの懐かしい木造りの便所なのだった。いわゆる朝顔と朝顔とが厚い木の板で仕切られているのが時代を感じさせ、つんと、眼にしみるような臭いがした。

不意に、ひやっと首のうしろに触れたものがあった。天井からの雫だと、すぐに気がついたが、こんな場合あまり気持のいいものではなかった。

便所を出て、今しがた、確認しておいた階段を降りると、たちまち白い文字で「ゆ」と書いた紺の暖簾《のれん》にぶつかった。「男」「女」と脱衣場だけは別になっているが、中はだだっ広い混浴の大浴場が地下いっぱいという感じで私の前に広がっていた。太い円柱が浴槽の中に数本、天井までどっしりとギリシャ神殿風に立っているのは、恐らく木造二階建ての元湯館全体を支えているせいなのだ。手前に、二つの小さな浴槽があって、これが老津温泉の源泉だと書いてあり、薬効なども箇条書きされていた。この茶色の液体が、万病に効くとは思えないが、折角来たからには、片足入れてみることにした。しかし源泉の方は、加熱する前の、湧き出した天然自然の温泉のままなので、かなり温かく感じたのである。それにしても風呂まで無人で、私の他は一人の客も入っていないとは……。

ころころ、音立てて溢れ出る湯の音は、無人の大浴場では、むしろ不気味に響いた。この後出かけるので、長く入って、からだを疲れさせてはいけない、汗を流すだけで、急いであがらなければと思うと、逆に歌の一つも歌って、気分をほぐし、その歌が終わったらあがれば、と大浴槽に身を沈めた。

「おばこくるかと
田んぼのはずれさ出て見ればよ
おばこ来もせで
用のない煙草売りなどやってくる」
そして囃子言葉は更に大きな声を張り上げて、
「ああこばええ
こばええって」
と精一杯の声で歌っていると、突然ぱちぱちぱちぱちぱちと拍手が響いてきた。
(客がいるんだ!)
驚いて、だだっ広い浴場を見まわしたが、それらしい人影もない。

「やあ、うまいね。うっとりするね」

と遠い一本の柱の向うからちらりと顔が見えた。と言っても頭には手拭いが載っているし、からだは、浴槽の中だし、顔もようやく半分しか見えない。

「お耳障りでごめんなさい」

声をかけてきた男の方へ近づこうと私は湯に漬かったまま、ゆっくり歩いて行った。

「そのまま、そのまま。そこで、どうぞ」

と男は、やや性急な口調で言い、これだけ広いんだから、お互いに、あまり近づかないで、入っていよう、と付け加えた。言われてみれば、それもそうなので、私はやや声を張って太い柱の向うに横顔だけ湯気の中にぼんやり見える男と話すことになった。

「いやあ、いいもんですね、こういうところで民謡を聞けるなんてね、特にご当地のね。あ、今のは秋田でしたかな。でもまあ、東北には、ちがいないや、ねえ。こまかいことは言いっこ無しにしましょ」

と、ひとりで喋って、

「失礼ですが、あなたも、やはり東京ですか?」

と、男は、私の方を見ないで、山形訛りの無い言葉で訊いた。

「ええ、まあ、生まれは東京ですが、今は成田のニュータウンです」

失礼な奴だな、自分のことも名乗らないで、と私は、人懐こい気分もどこへやら、こんな男と喋ってたら、新戸まで、最終列車のお出迎えに行けなくなっちまう、と早々に浴槽から出ようとした。

「新都民というやつですな。あたしも同じですよ。茨城県の龍ヶ崎です。生まれは東京ですが」

「成田と龍ヶ崎じゃ、目と鼻の先ですね」

と相槌を打ってしまい、自己嫌悪に陥ったが、やはり同宿の客がいたことの嬉しさが優先していて、再び湯の中に身を沈めていた。

「もう今じゃ、日本中が東京みたいなもんで、どこへ行ったって、建物も同じ、駅前通りも同じ、道路も、服も、言葉も、それに住んでるところだって、あの、団地っていうか、マンションていうか、コンクリの箱が、四階、五階って、重なっててね。龍ヶ崎も成田も東京もあったもんじゃない。みんな同じ、みんなのっぺらぼう。ああ、いやだ、いやだ」

ざぶざぶと、湯が動く音がしたので、男がこちらへ来るのかと思い、反射的に逃げ腰になっていた。声と遠見から察すると、少なくとも私より十歳は上のようだと思えたが、こんな愚痴を、ぐずぐず展開されてはたまらない、と思い、私も半ば立ち上がって、浴槽の縁の方へ、二、三歩後退したので、ざぶざぶと、湯を撥ねる音がしたはずである。

「とにかく、あなた」

と再び声がしたので、見ると、男は相変らず柱の陰に半分からだを隠して、右の横顔をこちらに向けたまま、まるで天の一角を睨むという姿勢を崩さずに続けるのだ。

「年に何回でもありませんがね、こういう鄙びた宿を訪ねては、まあこう言っちゃなんですけどね、いのちの洗濯させてもらってんですよ、あたしは。別に温泉じゃなくたっていいんです。あんまりごたごたと人のいないところでね、ま、ガイドブックなんかで探しましてね、これだって見当つけるんですよ。いかがですか？　あなたもその口ですか。お見受けしたところ、まだ私よりちょっとお若い方のようですが……」

そうか。定年後によくあるパターンだな、と私は思った。恐らく長年連れ添った妻に先立たれ、子供たちも成長して結婚し、同居していない、年金暮らしで、金はないが、暇だけは充分ある、そこで国内の、安宿を探し求めて、一、二泊の旅に出る、そう先は長くないが、かと言って自殺するわけにも行かない、とまあ、ざっと、こんなところだな、と、この男の正体に見当をつけると、私の考えもまた振り子のように戻って来て、早く新戸へ行って、その周辺に一分でも余計にいる方が、旅の目的にもかなっているんじゃないか、と言い聞かせて、からだを浮かせた。もはやこの男に、私の旅の目的や趣味の解説などして、つぶす時間はないのだ。その気配を察知したのか、首の位置を少しだけ私の方へ向け直して、

「何か失礼なこと申し上げて、お気に障りましたらおゆるしください。年取ると、どうも話がくどくなりましてな。一つだけ、ずっと気になってることがありまして……。よろしかったら、もうちょっとだけ。お手間とらせません」

急に声を落としたので、トーンも低くなったが相変らず柱の陰から出て来ないのはどういうわけだろう。用があるなら自分の方から寄って来るのが順当ではないか。それでも頭の上の手拭いを、やや顔の方へ下ろしながらではあったが、男の右の眼は、じっと私を見据えていた。不自然なほど鼻が高いのと、手拭いが下ろされてしまって、顔の左半分はどうしても見えないのだ。

「ま、少しだけでしたら……。これからちょっとクルマで出かけなきゃならないもんで……」

「すいません。実は、この元湯館のことなんですがね。あたしは昨日、結構、早く着きましてね。二時頃でしたかね。あの鄙には稀と言いますか、上品な女将さんと問答して、一階の、廊下の突き当りの部屋に案内してもらったんですがね。萩の間って言うんだそうですが、その時、ちょっと後悔したんですよ。いくら鄙びた温泉が好きだからって、ちょっと鄙び過ぎてやしないかって思いましてね。はははは、人間て勝手なもんでね」

男が急に言葉を押し出すスピードをあげて来たのは、どうでもいい話に耳を傾けている時間がない

のだ、という私の気持を読み取ったからにちがいない。

「この元湯館に誰かいるんですわ。つまりですね。その萩の間で、女将さんが運んで来たお茶をすすって、最中食べてますとね。ふうとか、ああとか、いや、そうじゃない、ううううう、かな。とにかく、誰か、その部屋の隅にでも、人のいるような気配がしましてね。あわてて、部屋中、声のするところ、探したんです。でも、よくわからない。……で、次の間があったのに気がついて、襖を開けてみると、隅っこの方に小さな鏡台がありましてな」

私は、ここで、思わず口を挟んでしまった。

「ところどころ、塗りの剝げた飴色の鏡台で、友禅染の、臙脂《えんじ》の布が鏡掛けになっている……」

「何で、また、あんた……」

男は、一瞬、柱の陰に深くからだを引いたが、すぐ乗り出して来て、

「……で、抽斗を、引っ張り出していたら、紙包みが出てきて……」

と男が言うのへ、

「南無と書いてあったんでしょう」

私は誇らしげに言葉を継いだ。

「一番上の右の小さな抽斗から」

「ちょっとちがいました。左上の大き目の抽斗です。でも、どうして、それを……」

「それから……」

と私。

「女の髪が出てきた」

また私は先まわりした。

「あ、そうです。……で、その先は？」

と逆に男が私を促した。

「『ここまで来ても死ねない』って書いてある」

と私は自信を持って断言した。

「ちょっとちがいますね、そこは。『苦しいからみんなで早く楽になりたい』でしたね、私どもの部屋の方の文面は」

男は勝ち誇ったように言ってから、

「でも、どうして、あなた、あの鏡台のこと御存じなんです？　あなたが着いたのは暗くなってからだから、あの部屋へ入ってませんよね」

私もおもしろくなり、言いたいこと、訊きたいことは山ほどあったが、すべてを打ち切って、「新戸駅」へ向かうために、今度こそ、と覚悟を決めると、ざばっと浴槽の中で立ち上がっていた。

「すみませんが、時間がないもんですから、これで失礼させてください。帰ってきてから、また続き伺いますから。十一時前には必ず帰って来ますので、お差し支えなければ、萩の間におじゃまします。遅くなりましたら、明日の朝でも、またお目にかかって……」

「あ、こちらこそ……。いや、それで、怖くなって、この旅館全部、階段や廊下ぎしぎし言わせて歩きまわって、部屋も全部覗いてきたんですが、私の他に、客の気配がないんです。そこへあなたが私の部屋の丁度真上の桔梗の間に案内されたんで、やれ嬉しやってこと言いたかったんです」

と、尚も早口に、私の背中に言葉を投げてくる。

「さっきの不気味な声だけじゃなしに、本当に人がいる、誰かいる、いいえ、私とあなたとあの女将の他にですよ」

「三味線持ったおばさんでしょう？」

と、また私は振り返ってしまった。

「あ、春子さんて、五十がらみの芸者あがりとかってね。その人、食事の時、五時頃来て、帰っちゃったけど、……違うんですよ。二階の廊下の突き当り、桔梗の間の反対の一番にね、女の子がいるんですよ、セーラー服着て……。ぎしぎしって、私のあと、誰かくっついてくるような気がしたから、振り返ってみたら、……いたんですよ、女子学生が。たった一人で、ぼーっと立っててね。はっと思ったら、いなかったの、ほんとですよ。それからトイレ、便所……」

「今、入ってきましたよ、トイレは。……だけど、何もいませんでしたよ」

私は浴槽から出て、上り湯をかけはじめていた。

「大便所ですよ、扉のある……。誰か走って逃げて行くんですよ、小さい男の子がね、だだだだだって……」

「見たんですか、それ？」

これで打ち切り、と言いたくて、私は大声を出していた。

不気味な声か音のところと、鏡台の話は大体合ってるな、ちょっと文面はちがうけど。女学生とか男の子とかって、何言ってるんだ、私を脅かそうってのか、とんだお近づきだな。

そうだとすると、と私はからだを拭きながら浴槽の方を振り向いた、次の瞬間、私は足を取られ、不様にタイルの上に、いやというほど尻をぶつけて、へたり込んでしまった。

柱の横に、ひょろりと立っていた、その男の頭上に手拭いがなくて、頭の右半分に白髪が後退して残っているものの、左半分はずる剝《む》けの眼球が半分は露出している上を、濃紫色に、茶色に、薄紅色にケロイドが覆っていて、眼と言わず、頰と言わず、塞いでいるのだった。そして、どうやら、左の腕は肩のすぐ下で切断されているらしく、まるで、何も無いのだった。

一礼して立ち上がり、男の方を見ないようにして、

「お先に」

と、ようやく口の中で言って、脱衣所へ逃げ込む私の背中に、

「空襲ですよ、東京大空襲。三月十日にやられたんですよ、Ｂ29に。……あなたならご存じでしょう、アメリカの爆撃機ですよ。カーチス・ルメイに十万人も殺されたんですよ」

浴場の天井にぶつかって、わんわん響く男の声は、気のせいか、泣き叫んでいるように聞こえた。

十年ほどの年の差しかない私に、Ｂ29の説明を付け加えるのも変だが、今はそんなことを気にしている暇はない。ひたすら、この男から遠のくことばかり考えて、脱衣場の自分の服が入った籐の籠に近づいた。

（わざと、あの男は、私に醜い姿を見せたんだ、きっと）

そうにちがいない、とひとりで決めて、脱衣所を出ようとした時、ふと、大きな籐の籠の中に、黄土色の布の塊を眼にした私は、すばやく、脱ぎ捨てられていた男の衣類を一つ、二つと手にしていた。そこには、成人男子の殆どが義務づけられていた国民服という名の上衣、ズボン、当時、巻脚絆と呼ばれていたゲートル、そして、何と戦闘帽と呼ばれるキャップまでが籠いっぱいに入っていたのである。

（あいつは……）

精神に異常を来している軍装マニアか、それとも、この世の者ではないのかな、と思い、どうも後者のように考えたがっている自分に気がついた。

〈玲子ト別レタノハ、アノケロイドノセイダケジャナイ。ソレニ大学ノ同ジ学科ノ女子学生トイウダケデ、玲子トオレハ、タダノフレンドニ過ギナカッタンダ。ソレニシテモ、アノ右ノ目尻カラ顳顬《コメカミ》サラニ生エ際ニカケテ恐ラクハ数度ノ整形手術ヲ経テモ消シ去ルコトガ出来ナカッタケロイドガ、左半分ノ類稀ナ美シサヲ際立タセテイテ、一種凄惨ナ美シサヲ醸シ出シテイタッケ。三月十日ノ東京大空襲ガ生ミ出シタ残酷ナ置土産ダッタノダ。大浴場ノ怪人ガ呼ビ出シタ亡霊トイウワケカ〉

6

私は急がなければならなかった。

選択肢はたくさんあるわけではなかった。すぐにも鞄を二つ持って、この元湯館を引き払い、どこか賑やかな町へ出て、別の宿へ移る。もう一つは、あくまで予定通り、すぐ新戸駅へ駆けつけて、午後十時二十四分着の最終列車を出迎えて、七キロ前後の道を飛ばして戻ってきて、今夜は徹夜になってもいいから、あの男の泊っているという萩の間へ行くか、あるいは何か起こるかもしれない、もっとくわしいことがわかるかもしれない、ということを期待して、じっと朝まで桔梗の間にいて、明朝早々、元湯館を出て、新戸軌道の跡を、じっくり調べて、予定通り、福島県へ行く。

私がとった行動は、やはりすぐホンダライフを運転して、新戸へ行くことであった。

「ゆ」という白い文字の紺の暖簾を押して、階段を昇ってすぐの木造りの便所に、もう一度私は入ってみた。念のために、半信半疑だったが、男の言うことを確認しておこうと思ったのである。

子供がいたずらをする時、よくやるように、六つばかりある大便所の木の扉を、私は、早足で、奥の方から、どんどんどんどん、と叩いて行った。

（見ろ！　何の変化も起こらないじゃないか！）

と、入口まで来た時、だだだだっと、大便所の下の方の土を蹴って、何者かが走り去る音が、はっきりと聞えてきた。

（あれか？）

だが、私は、すぐにそれが、便所の裏か横にでも寝そべっていた猫か犬の類であると見当をつけた。そして、

（何てことはない、つまらない話だ）

たとえ一刻でも、浴槽の中の男の言葉に気を奪われた自分を嗤《わら》ってやりたかった。

（もう一つあったな）

みし、みし、と一足毎に返事をするような古い木の階段の感触を確かめながら、私は全神経を集中して昇って行った。

二階の廊下が見えてきた。桔梗の間とは、反対の方向を見るようにと言ってたな、と私は、そろりそろりと首を左にまわして、廊下の左の突き当りを見た。……と、きらりと光るものがある。いそいで、階段から廊下へ出た。その時、折れ曲った階段の下から、みし、と音が聞こえた。誰かが、私の後を昇って来たのだろうか。じっと耳を澄ませているとまた、みしり、と今度は、三、四段下の木が鳴った。

（あ、これは、古くなった階段の板が元へ戻る時の音だ）

と、分かった。

すると、左の突き当りの光るものは何だろう？　……と私は、じわじわと、足を擦るようにして、廊下を進んで行った。もう正面に光るものは何も見えない。だが、次の瞬間光は揺らめいて、強くな

り、またすぐ弱くなる。更に近づいた私の眼に、はっきりと、絵本の中の少女のように、ぱっちりした二重瞼の、色白の美少女の顔が現われ、しかも浴槽の中の男の言葉のように、セーラー服を着ていて、スカートの上のところまでが浮かび上がって、映った。反射的に、私は、廊下の突き当り目がけて、半ば走っていた。もちろん、眼は突き当りから逸らしはしなかった。だが、その女学生は、まさに揺らめく光の、一瞬だけで、もう何も見えはしない。急いで、こわごわと、突き当りの壁の部分を、何度も触ってみた時ほど、情けない思いをしたことはなかった。

誰が仕掛けたものやら、アルミホイルに似た、薄い金属箔のようなもので、鏡のように反射するものが、床から縦十センチの間隔で、天井まで装飾用の羽目板に、貼りつけてあったのである。ある時、ある角度からだけ、女学生の上半身が映し出されるのは、その金属板が光源から、女学生の絵か写真を摘み出した瞬間だけであった。その原画は廊下からは見えなくて、果して、従業員が食事運搬の時に使う昇降機の窪みに、昔から貼ってあった縦長の、火災防止のポスターの絵であり、その光源は、昇降機の戸を開ける手もとを明るくするための小さな電球が灯される時か、左の窓から、太陽光線か、月の光が、ある角度で差し込んでくる時だけであった。

〈幽霊の正体見たり枯れ尾花とは、まさに、これだな〉

私の、玄関へ降りる足取りは、軽くなっていた。

「じゃ、新戸まで行って来ます。十一時には、必ず帰って来ますから……」

と、見えない女将に話しかけて、私は、急いでホンダライフに乗り込んだ。

〈隅田川へ飛ビ込ンダママ沈ンジマッタユッコノ方ガシアワセッテコトニナルノカ、ヤッパリ。手ヲ離シテ殺シタノハ、コノオレカ……。チガウ！　オレジャナイ、B29ダ、ユッコネエチャン殺シタノ

ハ、カーチス・ルメイダ、アメリカノ計画殺戮ダ、オレジャナイ、オレジャナイ！〉

7

先ずは温泉街をぐるりと迂回して走る勾配のきつい坂道を昇って、私は老津十字路へと出た。新戸軌道健在の昭和四十年発行のものと、つい最近発行された軌道廃止後の五万分の一の地図二枚が頼りである。「スーパーオイツ」が気になったが、目的地の新戸へ着くまで、今は寄り道している暇はないのだ。朝日山地の山麓の稜線添いに屈曲して、新戸まで僅か七・七キロの軌道跡の農道を左手に見て、最近開通した直線の県道を急げば、ほんの二十分ちょっと、と見当はつけてある。私は夜の一本道を、対向車のないのをいいことに、時速九十キロで突っ走った。野上駅の跡へ出れば、軌道の道床は、そっくり舗装されていて、途中、短いトンネルを二つと、岩沢という小さな駅の跡を通り過ぎて、二・三キロで新戸駅のホームの跡へ達するのだ。忘れた頃に立っている街燈の他は真っ暗な一本道だが、ハンドルさえしっかり直進にしておけば、このまま目をつぶって運転していても平気な気がする。

（こういう時こそ気をつけないと……）

眼を開けたまま、一瞬、居眠りして、そのまま、あの世に直行してしまった例などを、不意に襲ってきた睡魔の中で、ぼんやり思い浮かべていた。

（いろいろあり過ぎたからな……）

女将、春子、浴槽の中の男、……。日頃会えそうもない人たちの顔が重なって出てきた。夢を見ているんだ、と思っている自分がいた。

……と、人が二人、ヘッドライトの中にくっきりと浮き上がってきた。今どき珍しい戦闘帽に似た庇つきの帽子を被った少年と裾の窄《すぼ》まったズボンのようなものを穿いた少女だった。

腕木式シグナルのように、揃って右手を斜めに挙げていて、二人の間に、吸い込まれるように近づくと、私はクルマを止めた。左のウインドを開けて、

「どこへ行くの？」

と訊いても、無表情のまま立ってるだけなので、

「乗りたいのか？」

と私は畳み掛けた。人形のように二人はこっくりと頷いた。

「新戸までだけど、いいんだね？」

と私は念を押して、二人を後部座席へ乗せてやった。四ドアのホンダライフなので、この二人なら、別にきつくはないのだ。

私は猛スピードで直線の県道を走り、野上駅に着いた。ホームらしい場所の跡が少し高くなっているだけで、他には何もない。ここから二・三キロで新戸だが、軌道の跡を舗装した道を下るだけで、トンネル二つをくぐる他には大きなカアヴが三つあるばかり。河港の新戸へ降りるだけなので、山の中のようにS字形に屈曲するレール跡の楽しみはない。せめて、短いけれど、二つのトンネルに期待して、ゆっくりと右にカアヴして走る。たちまち短い第一のトンネルをくぐると、そこは岩沢駅の跡なのだ。

「昔、ここを小っちゃい汽車が走っていたんだよ、しゅっしゅっ、ぽっぽって……、黒い煙、吐き出してね」

私は、なぜともなくひとりで喋り続け、二人がどこから来て、どこへ行くのかとか、今頃、なぜ子供だけで歩いてるんだ、などと訊いていた。

バックミラーで見ると、多分、男の子は、小学校の高学年、四年か五年というところで、途中で脱いだ戦闘帽の下はイガグリ頭だった。少女の方は、夏なのに、厚手の黒いオーバーを着ており、衿からセーラー服みたいなものが見え隠れしていた。中学三年生といったところで、下窄まりのズボンと見たのは、昔のモンペというやつだった。だが奇妙なことに、二人は私の質問に対して首を縦にして頷くか、横に振って否定するだけであった。気になって私は、更に観察を細かくすると、この姉弟らしい二人は、どこか聾唖者のような身体障害者の施設からでも逃げ出してきたのだろうか、とそんな疑いすら湧いてきたのである。

〈コノ二人ハ誰カニ似テイル……〉

二つのトンネルは、いずれもコンクリートでアーチが固められた短いもので、昭和三年の創業では、もはや、トンネルに煉瓦を期待する方が無理だったが、岩沢駅ホームにコンクリートのフレームが残っていたのは、まあまあの収穫だった。三十年経ったにしては、軌道のホームらしい痕跡を残していて嬉しかった。ここからは、もう一・一キロで終点新戸である。

いよいよ第二のトンネルに入った。そこはちょっと長くて、軌道の気分を充分味わえるところなのだ。それに、夏でも中ほどまで来ると、ひやりと冷気に包まれた。私は更に充分気分を味わうために四つの窓を全開した。それも、ほんの二分足らずで前照燈の光が馬蹄形の出口を明るく摘み出していた。

「ほら、着いたぞ!」

と大声を出して眼を挙げると……。空席の後部座席が映った。トンネルの口を出るのと、ブレーキを踏むのが同時で、後ろにからだを捻ってみたが……。少年も少女も、二人の姿はどこにも見えなかった。今まで二人が坐っていた痕跡すらなかったのである。

（幽霊なら、シートが濡れている、なんて、よく言うけど）

するとあの二人は幽霊ではない。

（そうだ！）

と、新戸駅への下り勾配を五百メートルほど左に大きくカアヴして走りながら、昔、似たような経験をしたことがある、と言っていた大学時代に聞いたサークル仲間の話を、私は思い出していた。

「ハイウエイ何とかって言ってたな」

私は、声に出していた。疲労が重なっている状態で、夜の直線道路など飛ばしていると、一瞬、催眠状態に陥ってしまって、乗せたこともない乗客を乗せたつもりになってしまう、タクシー運転手がよく体験するとかいう話で、

（まさか、わが身に……）

と思い、『ハイウエイ・ヒプノーシス』という、むずかしい言葉を思い出していた。

やはり医者の言う通り脳内に何か不足しているのかもしれない、と認めようとしていた。だが、それだけは、浴槽で会った男のことなど、どうしても説明がつかない。

〈セルトニントカドーパミンナドトイウ脳内アミン増減説デ亡霊ハ説明デキハシナイ。浴槽ノケロイド男トオレハ喋ッタシ、トンネルマデハ確カニ少女トソノ弟ラシキ男ノ子ヲ乗セテイタ。シカモアノ少女ハユッコネエチャンニチガイナイ。トスレバ、ネエチャント手ヲツナイデイタノハ私ダ。アア許シテ、ネエチャン、オレ、アノ時、大川《オオカワ》ノ中デ手ヲ離サナカッタラ……。ホント、オレ狂ッテナンカ

イナイ。四十年前ダッテ、東京医大ノカトーセンセーガ、オレノコト、デメンティア・パラノイーデス、ナンテ診断シタケレド、国府台病院ノカミムラセンセーハ、コレハマダ強度ノノイローゼノ段階ダッテ言ッテ、頭ガ割レルミタイニ痛イ電気衝撃療法ハ二回ダケデ中止シタジャナイカ。イイカ、簡単ニ分裂症ダ、鬱病ダッテ言ウンジャナイ〉

鉄道廃線跡探索自体が、大きく言えば幽霊探しみたいなもんだから、その副産物と考えれば、この不思議な体験こそ望外の収穫ということになるわけだ、と私は無理に納得しようとしていた。

目的の新戸駅は予想通りで、ホームはバスの発着所になり、待合室はそのままバスの待合室となっていて、売店も昔の姿で、たたずまいはくすんでいてシャッターが降りていたが、ちゃんと片隅に残って営業している風であった。いよいよだ。

三番線まであるホームの一番左の端に立って、私はコッペルに牽かれた二輛の客車を、右手を挙げて、出迎えた。やや気忙しげなスチームエンジンの音が、甲高く構内に響き渡り、幻の乗客たちが、ばらばらと降りて来て、改札口を出て行く。出迎える人も待合室には何人かいて、くぐもったような山形訛りが充満していた。戦争中であったら、今、私が乗せたはずの、少年少女のような姉弟がいるはずだった。私はシャッターを何回も切って、幻の終点の最終列車到着風景を記憶のアルバムにしまい込んだ。

待合室を出ると、駅のヤードのはずれに小さな碑がひっそり立っているのに気がついた。野の花が一輪供えてあったからである。よくある例だが、こういう私鉄の短い生涯を十行前後で纏め、記念碑として建てたものである。これも御多分に漏れず、その例に過ぎず、新戸軌道創設者の頌徳碑であった。ちょっと他の頌徳碑と異なっているのは、その末尾に、この軌道で生命を落とした者の霊を慰めるものである、と結んであったことである。トンネル工事や架線工事で死んだ者を慰霊する碑は珍しくなくて、トンネルや橋の傍らにひっそり建てられている例はよくあるが、軌道創設者頌徳碑の末尾に記載されている例は珍しかったので、丁寧に読んで行くと、内容は、次のようなものであった。

――昭和二十年四月二十日夜、新戸軌道岩沢トンネルの軌道敷を歩行中の、成毛彦三郎、妻・春子、長女・里美、長男・英司の四名が、下り新戸行の最終列車にはねられ、全員が即死したというのである。新戸軌道開業以来四十年間で、人身事故はこれだけなので、安全第一を心がけてきた軌道としては、唯一の遺憾な出来事であって、心から死者の冥福を祈るものである、と結ばれていた。またしても私は、元湯館についてからの一連の出来事と、この碑とが、何か深いところで繋がっているような気がして、合掌して碑に深々と頭を下げ、カメラに収めると、駅のまわりをゆっくりと見まわし始めた。

8

新戸町の中心部までは、いわゆる駅前通りが、そのまま残っていて、これは軌道廃止後すぐバスターミナルに切り替えたために、さびれなかったのだと思われた。こういう通りには、必ず何軒かは軌道全盛時代のことを、くわしく知っている人がいて、たとえばある店に七十歳か八十歳以上の老人がいれば、役場の資料以上の貴重な話が聞けることを、私は経験で知っていた。コンビニ風に改造して営業を続けている昔の雑貨屋、酒屋などを見つければいいのだと思い、一番駅に近い「仙台屋マーケット」という店に入ってみて、碑のことを訊くと、たちまち生き字引の老婆が出てきて、熱心に説明してくれたのである。

「おそろしいこってすよ。ほんとに、おそろしいこってすよ」

とリフレインのように、間に挟みながら、入歯のせいか、やや聞き取りにくくはあったが、繰り返された話はこうだ。

――成毛彦三郎は、東京の尾久で家具製造会社を、小さいながらも堅実に営んでいた。昭和二十年三月十日、東京大空襲に遇い、一命は取りとめたものの、頭部、顔面の半分がやけただれ、左手も失い、右足もひきつれてしまって健康と財産を一夜で失い、妻の春子の実家である元湯館まで、当時、女学校二年の娘、里美と、小学校五年生の息子、英司とともに、いのちからがら一家四人で、元湯館に身を寄せたのだった。元湯館は、若い頃東京の、さる実業家のところに行儀見習いに出ていたという、実姉の忍が戦死した夫に代わって、立派に切り盛りしていたのである。子供がいないのは辛かったが、姑を抱え、時代に乗ったこともあって、夫の生前に元湯館を繁栄に導いたのだった。しかし妹の春子一家四人が転がり込んできてからは、戦争末期だったこともあって、元湯館は、諍いが絶えず、僅かひと月経たないうちに、客足も一人、二人と遠退いて行くようになった。ひとつには、成毛彦三郎の、理由はどうであれ、恐らく醜怪な姿が旅館内外を歩きまわることにある、というのが忍の言い分だったが、隣近所の者も気の毒に思いながらも、皆、忍の味方になるのだった。そして四月のある日、自殺か他殺かは不明だが忍は庭の続きの竹藪の中で服毒死を遂げていた。その夜のうちに春子の実子、姉の里美、弟の英司、そして成毛彦三郎は元湯館を出て、あたりを彷徨い、結局、新戸軌道の岩沢トンネルを歩いていて、新戸行の最終列車にはねられた、ということなのであった。

「まったくもって恐ろしいこってすよ」

と結ぶ老婆に、私はとどめの質問をした。

「元湯館は、その後どうなりました？」
「さあねえ。よぐわがんねども、誰か、忍さんに似たような、器量よしで、腕のいい人が跡継いでるって、そう聞いでるけど、……それとは別に、組合みたいなところで管理して、保養所みたいになって、交替で勤めている女の人いるとかって話も聞いてっけどね。……どっちみち、あすこは、はあ、おしめえだね」

〈二時間半ノ地獄ノ劫火ノ中デ、死者八万三千、化ケモノニサレタ傷害者十八万五千六百五十七ト書イタ本ガアッタッケ。嘘ダ。オレハ二十万ダト思ウ。イヤ三十万カモシレナイ。無差別空爆三月十日大虐殺ノ犠牲者ハ三十万ダ。ケロイドオ化ケハ死人ト同ジダカラダ。ハハハハハ。コノ「仙台屋マーケット」ノ老婆ハ何モワカッチャイナイ。女学校二年ノ娘ハ里美ジャナイ、ユッコネエチャンダ。小学校五年ノ弟ハ英司ジャナイ。コノオレダ、野平佑介ダ〉

9

私は帰りを急いだ。元湯館に何か変ったことが起こっているような気がして仕方なかったからである。だが老津十字路まで来た時、無駄とは思ったが、十字路から二軒目、と聞かされた「スーパーオイツ」を探してみることにした。

しかし、果して、と言えばいいのか、「スーパーオイツ」という店はなかった。徐行するホンダライフの前照燈の明りでは「スーパーオイツ」という店を探し当てることは出来なかったのだ。夜のせいかとも思ったが、たとえ、昼間、丁寧に探したとしても、そんなスーパーがあるとは思えなかった。

だから春子という女性も存在していなかったことになる。

窪地のゴーストタウン、老津温泉へ入る間ももどかしく、私は元湯館の玄関前に立っていた。そしてもう何もかもヨミ通りであったが、どんどんガラス戸を叩かなければ開かないのだった。

「はい、はい。今、開けますよ」

と出て来たのは、やはり白髪ではあったが、今夜、出かけるまで、ずーっと私と対応していたあの上品な老婆とはまったく別の女性だった。そしてそのことを当然のように私は受け止めていた。この老婆に訊くことはもう何もなかった。ただ確認のための一言を除いては。

「今夜、誰も泊り客はありませんよね、ぼくの他には……」

「ええ、お客さまだけですよ、今夜、お泊りの方は、野平さん」

と老婆は謎めいた微笑みを浮かべて、

「主《ぬし》の居なくなったこの温泉場の旅館に管理人として、私は組合から週交替で派遣されてるだけなんですけどね」

と訊きもしないことをつけ加えると、さっさと私に背を向けて、ガラス戸に鍵をかけた。


〈ワカッタ。忍ハ彦三郎カ春子ニ殺サレタノダ。アルイハ争ッテイテ忍ハ事故デ死ンダンダ。ソノ死体ヲ庭ノ奥ノ竹藪ニ隠シテ、二人ノ子ト妻ノ春子ヲ道連レニ、彦三郎ハ岩沢トンネルデ新戸軌道ノ終列車目ガケテ飛ビ込ンデ一家心中ヲ遂ゲタノダ。彼等ハ、四十日遅レノ東京大空襲ノ被害者ダッタンダ。ミンナ、ソノコトヲ同ジ東京大空襲被害者ノ片割レノ、コノオレニ知ッテモライタカッタンダヨネ〉

その時私は庭の奥の裏山の方で何か低い唸り声のようなものが、うううううん、うううううん、と響いてくるのが聞こえるような気がした。そして、それを新戸軌道のコッペル社製小型蒸気機関車のホイッスルではないだろうか、と私は思おうとしていた。

〈モウ、オレハ病気ナンカジャナイゾ。スベテヲ、アルガママニ受ケ入レルコトガ出来タノダ。楽ナ世界へ出ラレタンダ。死出ノ旅ノ、ホンノ入口ダケレド……〉

カンダンケルボへ

――「戦友の遺骨を抱いて」――

カンダンケルボという言葉が、日出男の頭にはっきり刻みつけられたのは極く最近のことだった。正確には今回の旅行のほぼ一週間前に、息子の照雄から電話が入った時からと言ってよかった。電話はマレーシアの首都クアラルンプールからのもので、照雄はホンコンに本社のある航空運輸会社のクアラルンプール支社の日本人マネージャーをやっていたのだ。日本最大の航空会社の出向社員なのだが、会社自体は子会社で、社長の日本人は出向社員ではなく、クアラルンプールの支社にはイズマイルという五十八歳のマレー人の支社長がいるのだ。バンコック、シンガポール、ジャカルタ、マニラ等にそれぞれ支社があり、現地人の支社長と日本人のマネージャーがいて、もちろん数人から数十人の現地人社員がいるのだ。扱う品目は大小さまざまで、自動車からカメラにいたるまで多種多様だったが、運搬する飛行機が親会社のものという制限があるだけなのだ。

「やっぱり行くんだろ?」

と照雄が面倒臭そうに言った。

「どこへ?　あ、そうか。なんだっけ、カンチャナブリーじゃなくて……」

日出男は、ようやく今回の旅行の肝心な目的を思い出すと、目的地のマレー語の地名を並べようとした。

「ナムトクへ行ってクワイ河マーチでも口笛で吹こうってんじゃないだろうね?　ぼけちゃって、もう……」

ははははは、と、とても六千キロ南東の赤道に近い国の都からの電話とは思えない大きな野太い声が受話器から響いてきたので、

「口笛かあ。それもいいな。『戦場にかける橋』だな。早川雪洲もいいけど、いいかげんなアメリカ人のウィリアム・ホールデンもよかったな。でも一番印象的だったのはイギリス軍将校のアレック・ギネスだよ。捕虜になっても昂然と胸を張って頭を反らしてな、英軍司令官の矜持を失わなかったのには感心したな。一遍行って乗ってみたかったなあ、泰緬鉄道。あの木橋渡ってみたかったよ。……」

際限もなく懐旧の世界へのめり込んで行く日出男に、

「もういいかい？　何だか、シンガポール行きさえ危なくなりそうなんだけど、本当に大丈夫なんだろうね、今度のシンガポール行き」

声を落として照雄が投げやりに言った。

「いや、お前がクワイ河マーチなんて言うもんだから、つい思い出しちゃってね。それにしても、いいなあ、お前は、それに乗ったんだから……」

「その話は、終り。とにかくカンチャナブリーじゃなくて、カンダンケルバウ。わかった？」

気を取り直し、噛んで含めるように言葉を押し出す照雄は三十七歳で、父の日出男は六十九歳になっているのだった。

「ああ思い出したよ。カンダンケルボだ。カンチャナブリーじゃない」

「当り前だよ。それにケルボじゃない、ケ、ル、バ、ウ」

と一字ずつ区切って照雄は発音してみせた。

「いや、おやじの書いた、確か『昭友会』とかいう薄っぺらな会報に載っていた文の中じゃ、バウじゃなくてボになってたぞ。カンダンケルボ。そうだよ、思い出した、思い出した」

どうしてすらすらと「昭友会」という大昔の、ガリ版刷りの会報の文の中のカタカナが口をついて出てきたのか、自分でも不思議な気がする日出男だったが、不意に自分の父親が生き返ったような気がして声が弾んでいた。

「赤井順蔵が蘇ったんだ、若いおやじがカンダンケルボから……」

思いがけなく父のフルネームを口にした自分の言葉に驚く間もなく、照雄は、

「おいおい、おやじは赤井日出男だよ、おれにとっては、残念ながら。今夜、遅いから、これで切るけど、明日の晩までに、こっちの立てた案でいいか、どうか決めといてよ、間に合わなくなっちゃうから。明日の晩が期限だからね、かあさんときちんと決論出してよ。山下奉文とパーシバルだからね。イエスオアノウだよ」

電話切るからね、とクアラルンプールからの声は途絶えた。

(イエスオアノウとはしゃれた幕切れだな)

と妙なところに感心して、日出男は、

(カンダンケルボか……)

あらためて、父の順蔵が丸二年間指揮をとっていた昭南特別市の、まだ見ぬ街のことを考えていた。

シンガポール。

赤井日出男にとって、それは特別な響きを持つ言葉だった。昭和十六年十二月八日。世田谷小学校四年一組の日出男は、数え年十一歳、満十歳になったばかりだったが、朝早くラジオから流れてきた

甲高く、上ずった男の声で、「……十二月八日。六時。帝国陸海軍は今八日未明、西太平洋において米英両国と戦闘状態に入れり……」という言葉が繰り返されるのを聞いて、（戦争だ。戦争が始まったんだ、アメリカ、イギリスと……）と、子供心に、どきどきするような一大事が日本に起こったことを知った日だった。すぐ後から、それは大東亜戦争と名づけられたことを知った日出男は、日ならずして、日本の攻撃が、主としてハワイとマレー半島に加えられたことを知らされ、毎朝、新聞の第一面に大きく載る戦線の略図には、黒くて太い矢印で日本軍の進攻状況が描かれていて、マレー半島関係のものが最も多いのに気がついた。自転車に乗って進撃する日本兵の写真と共に、シンガポール目指して、急進している様子を伝えていた。大本営発表を中心とするラジオ放送は、ニュースだけではなく、音楽、ドラマはもちろん、すべての内容が戦意昂揚に向けられ、学校では教師や生徒同士が、家庭や隣近所でも、親や大人たちが戦争の話、特に日本軍の緒戦大勝利を話題の中心に据えていた。中でもマレー半島北部の細くくびれたところ三ヶ所に上陸した日本軍がシンガポール対岸のジョホールバルに二ヶ月足らずで到達したスピードは日本中を沸き立たせ、千キロ以上の密林の中を、一日二十キロのスピードで進撃する「皇軍」の破竹の勢いを驚きの表情で伝える担任教師の言葉と同時に、シンガポール陥落は今日か明日かと、ラジオ、新聞で煽り立てる二週間が続き、ついに昭和十七年二月十五日、シンガポール陥落が大きく報道されたのだ。たちまちイギリス軍司令官パーシバル中将に「イエスかノウか」と降伏を迫る日本軍司令官山下奉文中将の、無条件降伏の場面が写真と共に大きく「号外」として発行され、日を置かずに東京はじめ日本中で提燈行列や旗行列が行われ、記念切手は印刷発行が間に合わないので、いつも使っている切手に、「シンガポール陥落」と赤い文字を刷り込んだだけのものが大量に売り出される始末だった。

そのシンガポールが、大東亜戦争を始めた大日本帝国大勝利のシンボルの都市ではなく、日本から六千キロも離れた東南アジアの、赤道に近いイギリスの「東亜侵略の拠点要塞都市」でもなくて、昭南特別市と改称してからは、軍人だけでなく、軍属という身分で、日本人全体が、東南アジア諸民族解放のために、身を挺して聖戦目的完遂のための占領統治に邁進する使命を帯びた父の赴任地として、日出男にとってはまったく個人的な極く身近なものになったのは、昭和十七年の十月のことだった。

ある日、父の順蔵が、突然、シンガポールへ行く、と宣言したのである。

この時からシンガポールは、ラジオや新聞から飛び出して、順蔵だけではなく、母や兄の悠一や日出男の四人、つまり赤井家全員の身近な場所になった。そしてそれは決して赤井家に素直に受け容れられたという意味ではなかった。それどころか、母の真沙江は、えっ！ と短く驚いた後で、たちまち父の順蔵が、単身、軍属としてシンガポールへ出かけることを知って、

「悠一、日出男、みんなでお父さんを止めるんだよ！」

と呼びかけるのだった。

順蔵が一週間後の十一月一日付けで、昭南特別市の警察部に配属されることになり、まもなく七つある警察署の一つの署長に任命されるというのである。

「それ、命令なの？」

「まあ、命令みたいなもんだ」

というような曖昧さを残す順蔵の言葉があったにちがいない、ということが母の抗議から日出男は、兄の悠一とともに理解した。いわゆる「赤紙」のように、有無を言わせない召集令状の類いの命令が下ったのであれば、父、順蔵の伝え方も、それを受ける母の言葉や態度も異なったものになったはずだ。というわけで日出男は子供心にも、何か強大な力の勧奨のような言葉に、順蔵の自発的な承諾があって応じたにちがいないとは、極く自然に理解して、寧ろ、そんな父を、気持の中では励ましさえ

していたのではないか、と、父がシンガポールへ出かけて行った年齢を越えるあたりから、その時のことを時折振り返ってみるような場合には、その時の父の気持を考えるようになっていた。

桜田門の東京警視庁が、シンガポールへ行く前の父の勤務先だった。警防課というのがその名称で、帝都東京を空から護れ、と数年後には、カーチス・ルメイ指揮による東京大空襲によって二時間ちょっとで十万人も殺される現実の地獄と化してしまうことになる敵機空襲防御対策の、ありとあらゆるケースを想定しての訓練指導計画の立案実行を行うために新設された部署なのだ。

昭和十一年の秋、山手線の渋谷から西へ四キロ、目黒区に新設されたH警察署に次席（警部署長の次の）警部補として三十五歳で抜擢された父の順蔵は、その後四年、郊外電鉄の新設発展に伴って急速に拡大し続ける田園調布と地続きの高級分譲住宅地と、侵蝕され崩壊して行く農村社会の諸矛盾の処理に忙殺されてきた。

昭和十二年七月七日に支那事変（日中戦争）が起き、重慶に首都を移動した中華民国に、海洋渡洋爆撃という名の空襲が繰り返し行われ、日本、ドイツ、イタリアの間で三国同盟が結ばれ、「紀元は二千六百年」などと国を挙げて歌って騒いでいた頃、順蔵は桜田門の警視庁警防課へ転任しており、やがて十二月八日の大東亜戦争が勃発したのだ。

「空襲何ぞ恐るべき」とか、「護れ大空祖国の空を」などという歌を子供たちが遊びながら口ずさむ頃には、軍艦の時代から飛行機の時代に戦争の形態が変わりつつあり、空襲空爆の実行者でもあった日本の、首都防衛の有力な立案計画実践の司令機関として、警防課の任務は重く、実際、羽田飛行場から飛び立った小型プロペラ機に乗って「帝都上空を視察」したり、三越劇場の舞台で、爆弾、焼夷弾、毒ガス弾等の一般家庭への投下爆弾と、その消火防災に全力で取り組む一般大衆の心構えとその方法の指導訓練を主催実施する責任者として、三十八、九歳の父、順蔵が、夜遅くまで、生き生きと取り組んでいる姿は、子供心にも頼もしく、前人未踏の新しい仕事に打ち込んで、その成果や心構えを雑誌数ページに図解入りで掲載した署名記事など開いて見せられると、内容はよく理解できないままに、父の笑顔を見て、日出男もその悦びを分かち合ったつもりになったものだった。

その時の父の笑顔と、その一、二年後の、突然のシンガポール行きの決意表明とが、どう繋がるのか、もちろん十一ヶ月前の、大東亜戦争勃発という大事件が、何も彼も変えてしまったであろうことは、たとえ小学三年、四年、そして五年生で、満十歳の少年の日出男と雖も分からないわけではなかったが、父の心の中の変化を十全に摑み取るには稚な過ぎたとも言える。

「命令だったのか、それともかなり本人の自由意志を尊重した志願だったのか、なんて、今更訊かれてもなあ……」

と悠一は弟の日出男から眼を逸らして煙草に火をつけた。

今回のシンガポール行きは、不意のことでもあり、いわば、出たとこ勝負で、息子の照雄の案内に、ほんの二、三日身を委ねるだけのことと割切っていた日出男だった。にもかかわらず、東京へ出たついでとはいえ、本郷三丁目の兄、悠一の家へ足が向いていたのは、やはり今回の短い旅の目的の核の部分に、父、順蔵のシンガポール時代の輪郭を、少しでもはっきりさせてから出かけたいと思ったからである。それには日出男にとって、三歳年上で、父のシンガポール行きの時、すでに中学二年になっていた兄の悠一を擱いて他にいるはずもなかった。それに、うっかり聞き流していたが、デュッセルドルフの会議へ出た帰りにシンガポールへ寄った、とか、日程に隙間が出来たので、ちょっとシンガポールへ寄ったとか、ここ二年の間に、少なくとも三、四回は聞いたような気がしたことを思い出したのだ。

（あれだけ、ちょこちょこシンガポールへ寄ってるんだから、何か摑んでるかもしれない、少なくともおれの知らないことを……）

と、なぜか安堵に似た気分に捉われたのには訳があった。

「もうちょっとおやじも融通がきけばな……」

「世渡りはゼロだな、歯痒くなるよ」

「やっぱり水戸の三ぽいなんだな、とどのつまり……」

「まったくバカなんだよ、おやじは……」

何かの拍子に飛び出す悠一の、順蔵に対する非難がましい言葉が、酒が入っていた時のこととはいえ、かりそめにも自分の父に対して吐き出す言葉ではない、と、突然、前後の脈絡もなしに、兄に食ってかかっている自分がいて、父の何が兄の意に添わなかったのかの訳を知ろうともしないで、

「バカはないだろう、おやじに対して……」

というふうに、理由抜きの日出男の、唐突な反撃に、ただ呆然として無言になった悠一の、昔の表情など思い出して日出男はおかしかった。

（理屈っぽい、飽きっぽい、怒りっぽい、という、いわゆる「水戸の三ぽい」は当っているとしても、バカだけは、子が父に、冗談でも言うべきではない）

などと三十年も昔のことなのに、兄の悠一をなじったりしたことの方が、今となっては、おかしく、懐かしくさえ感じている日出男ではあった。

（話の様子じゃ、シンガポールへ、何度か寄った、というのも、旅の都合もあったろうが、やっぱりおやじのこと、気になってたんだ）

と考えて、日出男は妙に悠一との距離が縮んだことが嬉しくさえあった。

（やっぱり年齢《とし》というやつかね）

「おれも、あっちこっち、いろいろ探してみたんだよ、シンガポールへ寄るたびに……」

悠一は灰皿に、まだ長い煙草を押しつけると、重い腰をあげて、後ろの書棚に手を伸ばすと、ゆっくり左の方へ動かした。たちまち七、八冊の書物をテーブルの上にばらばらと置くと、

「多分、これだったな。かなり詳しいリトルインディアの拡大地図があるんだ。うん、カンダンケルボってのは、インド人街にあるんだ」

意外にすばやい手つきで、一冊の本の巻末の地図をテーブルの上に大きく拡げてみせた。

「いいか、日出男。もっと顔くっつけてみろ」

七十二歳の悠一は、半世紀を越える昔の少年に戻っていて、三つ年下の弟、日出男に呼びかけるのだった。

（水戸の三ぽいは、兄貴の方にこそ強く遺伝しているってわけか）

強引な悠一のもの言いに、父、順蔵の血を嗅ぎつけた日出男が、実は常日頃口を開けば、

（お前はおやじの生まれ変わりだなあ）

と悠一に言われていたことを思い出しておかしかった。


順蔵は明治三十三年の生まれだった。それは一九〇〇年で、十九世紀最後の生まれだ、というのが口癖になっていた。水戸から二十キロ北に、守護大名佐竹氏支配の城下町、常陸太田市がある。徳川の天下になって秋田へ追われた佐竹氏の常陸太田から旧主の色を消すために黄門、徳川光圀が西山荘を設けたことは夙に有名だが、中世の城塞都市とも言える馬の背のような丘陵の上の街から降りて源

氏川とその支流を更に四キロ北へ、比高二、三十メートル前後の山のV字形の山間部の道を辿れば、山肌に食い込んでへばりついたような五十軒ほどの全戸農家の集落が、順蔵の生まれたところだった。阿武隈山脈の南端で、二十キロ北へ入れば、そこはもう福島県だった。

順蔵は旧制中学のある常陸太田まで、およそ六キロの道を四年余り徒歩で通い抜いたのだ。五年に入ってから三ヶ月通わない月日があり、そのまま退学してしまったのである。その短い時間が、順蔵の生涯を決めた重大なポイントになった。この山の中腹の自宅へ登る道の途中で、雨の日に滑って、首から紐でぶら下げていた切り出しナイフで腹を突き刺し、腸に達する大怪我をしたため入院治療に三ヶ月を要した、というのが父の説明で、父の下腹部を斜めに抉ったような長い傷痕を風呂場で見せられた幼時の日出男は脅えて、一瞬、思わず後ずさりしたほどだった。卒業目前の大事な時、生半可学年百人の中で五番以下に下がったことのない成績を入学以来維持してきただけに、授業に遅れてしまった、成績が下がったのを苦にして、今で言うノイローゼになり、結局、中学四年修了で中退する羽目になった。同級生の、同じランキングの成績だった者が旧制高校から帝大へと、いわゆる当時の日本のエスタブリッシュメントの道を順調に進んで行くのを、複雑な思いで、横眼で見ながら、歳も遅れ、東京へ出てから働きながら、ようやく私大の夜間部を了《お》える頃には、立身出世が青年の唯一のコースのようになっていた明治生まれの若者の挫折のスタートラインに立たされた大正半ばの青春だった。

（まったく兄貴は要領ってものがわからないんだよ、いくら教えてやっても……）

と、順蔵の弟で、長年、裁判所判事を勤め、裁判結審数日本一の記録を持ち、勲二等の表彰を受け、八十六年の生涯を閉じた喜久雄が言い続けたせりふだった。高田、帯広、津、福井、下妻、……と、地方の裁判所を廻って歩き、東京へ出張のたびに、杉並の順蔵宅へ一、二泊しては、少しの酒で酔うと、必ず口にするのが、このせりふだった。――せっかく旧制中学四年修了の資格があるんだから、どこでもいいから東京の受け入れてくれる中学校の最終学年に編入して卒業資格さえ取ってしまえば、苦しい「専検」の試験を一科目ずつ取得して、何年も廻り道して、人生を無駄にすることはないのに、と。近衛連隊除隊後、郷里の遠い親戚筋の男で、旧制太田中学の先輩でもある男から、明治以来、水戸っぽと薩摩っぽの強いのは法曹界、狭くは警察なんだ、との呼びかけに応じて、特別深い思いもなく、近衛連隊で兵役を果たした者の、次の勤務先ぐらいの気持で、警察の人になっていただけの、二十二歳の青年だった。長年、高校の歴史教師を勤めた日出男は、近衛連隊も、裁判所も警察も、明治大正時代には、いわゆる官軍系の薩摩、長州、それに桜田門外の変以来の常陸出身の者に比重を置いて、有利に大量に採用していたということが分かった。

「あれは、やっぱり腰掛けだったのかなあ、おやじにとっては……」

と日出男は、自分の方から、悠一に感懐を洩らすように、半ば独語めいて口にすることが、中年過ぎてからの二十年の間に何度かあった。

「取り敢えずは、そうだったかもしれないな」

若い時の悠一の返事は、気のないもので、それは訊く方の日出男の調子にも対応したものと言ってよかった。

「人生に、腰掛けなんてものは無い！」

四十歳を越えた頃から、おとなしい悠一にしては珍しく強い断定的な言葉が返ってくるようになった。その後の、日出男のどんな言葉も拒絶する、という姿勢の、取り付く島もないこわさだった。そういう時、やや間を置いて日出男に向き直ると、

「お前が××大の史学科へ行って、高校の教師になったのだって、絶対に腰掛けじゃなかったはずだ。おれだって、新聞記者になったのだって、今、こうやって大学で講義してるのだって、みんな自分が望んだことで、誰のせいでもない。まして、本当は、白いことやりたいんだけど、今、取り敢えず黒いことやっておこう、なんてこと、この世にあるわけのもんじゃない……」

一つ一つ言葉を区切って、話し終える時は、日出男はもちろん、もう誰の顔も見ていないようだった。そして、この問答は、悠一、日出男の兄弟には還暦まで持ち出されることはなかった。それが、数えの七十歳を迎えた悠一の、ささやかな小宴を、兄弟の父の骨を納めてある霊園のある鎌倉の日本料理屋の一室で開いた時、

「日出男、おれも、多分お前もそうだったろうけど、たまたま何かの拍子で入った会社や役所で、男ってものは、いっしょうけんめい働いて死んでくんだよなあ。……おやじだって、きっとそうだったはずだよ」

と、悠一は低い声で結んだのだった。

その時、思わず涙ぐみそうになったのを、四年前のことなのに、日出男は覚えていた。大人になってからの日出男が、何かの折に、ふと三十代後半の父の心の襞を推量した時、必ず行き着く一つの場面があった。

それは多摩川の、東横電車の鉄橋からあまり遠く離れていない川下の土手で、土手が水面に接触するところ、苔むして坐りのよくない大小の石の上に足を置いて、持ち慣れない大小の釣竿を川面に垂れている若い父子の風景である。父が三十九歳の順蔵で、息子の日出男が八歳で三年生になったばかりの小学生だったことは言うまでもない。六十年を越える昔のことなのに、その場景だけが、セピア

色に変色したアルバムの中のスナップ写真のように、不思議な鮮明さで記憶の襞から浮かび出てきたことが幾度かあるのだ。

住まいのあった「府立高等」駅から東横電車で三つ目、自由ヶ丘、田園調布と乗ってきて、その次の線路なりにカアヴしたホームが、多摩川園前で、十分足らずのところだった。改札口を出て、左へ曲がり、しばらく小さい店の前を何軒か通って、更に左へ曲がり東横電車のガードをくぐれば、すぐ多摩川の土手に登ることになるのだが、その途中の小さい店へふらりと入って、順蔵は、釣竿を二本、自分の分と子供用の日出男の分を購入して、練り餌から、小さいながらも魚籠《びく》まで揃えると、好奇心旺盛な日出男の申し出のままに、自分の釣竿以外のすべてを持たせて、多摩の川辺に立つのだった。この、あまりにも唐突な俄釣師の登場は自分と父のことだけに、一瞬、八歳の小児、日出男に畏怖の念を喚起するのに充分だったが、小さいながらも釣竿を手にした日出男には、日頃見慣れた多摩の川面が、突然、大小の魚族の群れ飛ぶ神秘の世界に変っていたのである。

思えば、時折小雨の降りかかる蒸し暑い日の午後だったから、それは多分六月の梅雨どきのことだったのではないか。どのくらいの時が、この父子の上を通り過ぎたであろうか。小学校三年になって間もない日出男にとっては、二、三時間を越える、ひどく長い時間であったのだが、あれはほんの一時間、ひょっとすると、三、四十分ぐらいだったのではないか、とさえ、おとなになった日の日出男には思えるのだった。大がかりな出で立ちの川釣りではあったが、収穫と言えば、それでも大きな手長海老一匹に過ぎなかったという笑うに笑えない事実だったことだけは、何十年経っても、その時の、やや赤味を帯びて大きな前肢を真っ直ぐ天に向かって伸ばした不運な手長海老の勇姿を思い出すほどだから、多分、子供の頃、父の順蔵が故郷の源氏川の支流で小魚を獲ってからというもの、おとなになってからの二十年以上の間、釣などは思い出すことさえ一度もないままに、その時に至ったにちがいないとは、この時のことを、いつ思い出しても日出男の行き着く結論だった。

父の順蔵は悩んでいる、と日出男は子供心にも直感的に思ったのだと今にして考える。梅雨どきの、雨の切れ目の日曜日の午後の一刻、不意に八歳の子を連れ出して、自宅に一番近い多摩川べりに連れ出すと、俄釣師を装った（あるいは、その短い時間の時だけ本当にそうなった）三十九歳の父の鬱屈した気持だけは、その時、八歳の小学生だった日出男には、なぜか胸苦しくなって息が詰まるほどの気持で、年毎に迫ってくるのを感じるのだった。日曜日のはずなのに、なぜ小学六年生の兄、悠一が傍にいなかったのか、何よりも母の真沙江は、まだ三十四歳の若さだったのに、父と次男日出男と一緒に、わずか三駅、十分足らずのところをついてこなかったのか。考え出せば、いよいよ解釈不能の泥沼に落ち込むばかりの、謎の一挿話となったのだ。

おそらくは、その時の父、順蔵自身に訊いてさえも即答出来るはずのない人生の謎の瞬間を、後年、その時の父の三十九歳という、年齢を通り過ぎた時あたりから、折に触れて、じわじわと考え始め、勝手な結論を引き出しては、その頃の日出男は、悦に入ってさえいたのである。

「多分、昭和十五、六年頃、おやじはいろいろ悩んでいたんだと思うよ。こういう言い方は誤解されると困るけどな。警察ってのは軍隊みたいな階級社会だからな。巡査から始まって、巡査部長、警部補、警部、警視、その上に警視正というのがあるけど、まあ五段階になっていて、大正昭和の初めの頃は、高等小学校出がほとんどだったので、おやじみたいに旧制中学四年修了でも、専検、私大卒ということになると高学歴の極く少数派だったわけなんだな。それで外勤をほとんどやらないで、十年ちょっと勤めただけの三十代前半で、新設の東京郊外の警察署で、警部署長の次席とはいえ、起用されてシャカリキに働いたために、また桜田門の本庁内に新設された帝都防空部署の警防課へ転出を命ぜられたってわけだ。そこでまたまた新しい仕事に熱中して、その方面の雑誌に短い論文を幾つか発表したりしたもんだから、工業都市川崎の対空防衛部新設で、今で言うスカウト、ヘッドハンティングされたってわけなんだな。目前に迫っていた敵の空襲空爆から地上の施設や民家を、どうやって護るか、という設計図を思う存分引ける場へ移るべきか、それとも古巣の東京警視庁に留まって、大機構の中に身を置く安定性に身を委ねたままでいて、また下るかもしれない次の部署転出命令に素直に従うべきか、四十歳という人生の折返し点で大いに悩んでいたんだな、きっと」

悠一の長口舌は理路整然としていて明快だった。しかしそれを聞いた日出男が、当時、私立大学附属高校内の、人事をめぐる派閥争いのごたごたに巻き込まれての左遷の渦の底に埋没しかけていた後《あと》厄《やく》の年のせいもあって、頭では理解出来ても、学歴社会の機構内の、本人の意向無視の抜擢、起用、転出、という視点からのみの捉え方には、悠一が、海軍兵学校一年で敗戦を迎え、旧制東京帝国大学出身という経歴を抜きには考えられない不透明感を拭えない澱のようなものが残るのを感じた。それは日出男が、私大出で、勤務先も、別の私大ではあったが、その附属高校がその勤務先だったということも大いに関係があるということだけはわかっているつもりだった。

「とにかく今はカンダンケルボとは言わない」

と悠一はテーブルの上の地図の一角を指差した。

「十年以上も前になるけど、確かに『カンダンケルボ病院』という名の大病院があってな、それを目印に、そのあたりをうろついて、年寄りを見つけて、警察署のこと訊いてみたんだけど、答は一つなんだよ。今度の戦争の後に来たから、知らないって言うんだ。四、五人のインド人や中国人に当ってみたんだけどな」

「英語通じなかったんじゃないの？」

「シンガポール英語ってのは、簡単なんだよ。試しにやってみろよ、あっちへ行ったら」

「やっぱり探して歩いても無駄かもしれないな。半世紀以上昔のことなんだから……」

日出男の気持の半分は萎えてきていた。

「こないだ行った時には、もう病院もなくなっていて、そのあたりはMRTっていう地下鉄っていうかモノレールのリトルインディア駅になっちまってな。でも、すぐ近くにケルボホテルっていう名の小さなホテルがあったんで訊いてみたけど、これもだめ。でもその先にバッファロウロードっていう名の短い道路があって、片側にごちゃごちゃ小さなインド人の店が並んでたから、あのあたりだったんじゃないかなとは思うんだ。何しろバッファロウは水牛だろ。水牛はケルボで、カンダンてのは、柵って意味のマレー語ってところまでは突きとめたんだ。……ま、二、三泊で簡単な聞き込みだけで、たった三年半、千二、三百日の昭南特別市時代のこと覚えてる者なんて、もうほとんどいないんじゃないかな」

「父を尋ねて三千里の旅は、今更無意味ってわけかもね。でも照雄も、ここへ来て、なんだか張り切ってるんで、おれも死ぬ前に一度シンガポールってとこ行ってみたかったんだよ」

気落ちしかけた様子の弟の日出男に、

「そうとも。一度は行ってみるべきだな。何しろ、あのおやじが『戦陣訓』ならぬ『南方へ征くに当りて訓《さと》す』なんて、仰々しい表紙をつけた半紙十枚に墨書した一種の遺書までおれたちに書き残した昭南特別市のあったところなんだからな。カンダンケルボはさておき、セントサ島の『蠟人形館』や『シロソ砦』『チャンギ刑務所博物館』なんか見て廻るだけでも一度は行ってみるべきだな、せっかく照雄君が同行してくれるんだったら……」

と悠一はシンガポールリピーターらしく熱心に勧めるのだった。

「南方へ征くに当りて訓《さと》す」という予期しない言葉が、悠一の口から出た時、日出男は、父を失った中学二年生と小学五年生の兄弟に戻って、一頻り、いわば父、順蔵の遺書ともいうべき半紙十枚ばかりの中折りで、紙縒りで綴じ、右肩上がりの楷書で墨書された文書を頭に浮かべて懐かしくなった。「父は御国のために一身を抛って南方に征くに当り、我が子悠一日出男に一言訓す……」というような決まり文句の書き出しに始まり、その九割が、天皇、大日本帝国、母に対する忠孝を説く体の、当時は大真面目だが今となっては空疎な文字の羅列で、子供心にも当時の男性の単なる儀式以上のものには映らなかったしろものである。

「今考えれば、ある意味で、滑稽とさえ言える行動だけど、あの大真面目な姿勢を骨の髄まで貫いて生きていたってことは、四十になるやならずの男の生き方として、うじゃじゃけた今の世から見たら、うらやましいとさえ思えるんだよ」

しんみりと声を落とした悠一に日出男も応えた。

「おれ、ほとんどの言葉忘れちゃったんだけど、二つのことだけは、今でもはっきり覚えてるよ」

「二つってのは?」

「うん。人間は一度志を立ててその世界へ入ったら何があっても死ぬまで貫け、っていうのと、もう一つは、いかなる場合でも人間は、自分にも他人にも正直であれって文句なんだ」

「そんな言葉あったたな」

「志を立ててってとこは、おやじがシンガポールから帰ってからずっと後のことだけど、おれが将来の進路について相談した時、どんな道を選んでもいいけど、決して後悔することのないように好きなものを選べっていうやりとりがあったし、正直ってことについちゃ、……」

「耳に胼胝《たこ》だけど、あれはすごい。何しろ生死を分けた正直だからな」

中国人の宝石商が挨拶の時、手土産として置いて行った高価なネックレスや首飾りなどの宝石類を、父と同じ立場にあった日本人の殆どがそのまま内地の妻等に送ってしまい、それを理由に昭南特別市が再びイギリス領シンガポールに戻った時、報復軍事法廷が開かれ、その事実を証言した贈り主の言葉を根拠に死刑が執行されたのだが、順蔵だけが宝石を受け取らなかったと中国人宝石商が証言したことと、インド人の部下が、華僑商人殺害強盗殺人集団のマレー人グループを捕えたこと等を証言したため、オートラム刑務所で二ヶ月服役しただけで、ジュロンの一般日本人抑留所へ六ヶ月収容された後、敗戦翌年の夏には釈放された事実を、悠一、日出男の兄弟が、正直の報酬として死刑免除になった父の、賄賂を突き返した時の言葉を繰り返しては、その「超人」ぶりを、寧ろ笑って語り合うのだった。

『大日本帝国の男は、そういうものは決して受け取らないのだ！』

この話は赤井順蔵の、水戸っぽ的剛直さが生み出した強運の挿話、というより、悠一、日出男がその子等に繰り返し伝えているうちに、たとえば、

「おれだったら、おじいちゃんみたいな言動出来るかどうかなんて自信ないよ」

と日出男は照雄に一蹴されてしまうばかりになっていた。悠一の長男の健太の方へ話が延びて行くと、置いて行ったネックレスを受け取ったからって、強奪されたみたいに述べ立てて死刑執行するなんて、所詮戦勝国イギリスの残忍な報復行為に過ぎないし、一口で言えば、他人の国へ入り込んできた侵略者に報復する口実にされただけじゃないか、とやり返されてしまった、という兄の苦笑いを日出男は、空しく耳にしただけだった。

昭和一桁生まれの、悠一、日出男兄弟にとって、父、順蔵の、この行為を見る眼は、讃歎に近く、自分だったら父と同じ言動が可能だったか等の、想像の入り込む余地など毛ほどもない絶対的なものだった。

「あの、口やかましいおふくろも、この話が出た時だけは静かになったものな」

と言ってから、ふふふ……、と悠一は含み笑いを洩らした。

「よそのおとうさんは、おかあさんやお前たちにいろんな物送ってくるのにね。うちのおとうさんたら……」

そんな愚痴めいた言葉が、母、真沙江の口からこぼれるのを、小学校も卒業が近づいた頃、日出男は確かに幾度か、耳にした記憶があった、

「朴念仁のおやじが、そのぶきっちょな性格故に、敗戦後三十五年の生命を授かり、妻や子を喜ばせた善き夫たちの殆どが報復死刑にされて、四十歳前後でこの世から抹殺されちまったんじゃ、いわば銃後の母だったおふくろも、ぐうの音も出なかったってわけなんだな」

と、母の真沙江に対しても、毒舌に似たせりふを吐き出すのを忘れない悠一だったが、敗戦後、時が経ち、年齢が高まるに比例して、なぜか母、真沙江の、父の、順蔵に対する訳もない嫌悪感が高まってきて、時に非難攻撃の形をすらとることがあるのを、すでに高校生になっていた日出男としては、理解を越えるところもあった。

順蔵がシンガポールへ去った翌年の春、父、順蔵の北茨城の生家へ祖母を訪ねて行った帰りに、人影もまばらな水戸の偕楽園で母子三人のスナップ写真を撮ってもらって、昭南特別市の父へ送ったその一枚の写真を見て、イースト・コーストパークの浜辺で、思わず泣き出してしまった、と順蔵は、

「悠一も日出男も痩せっこけて、ひょろひょろしちまって、おかあさんも、髪がほつれて、けわしい

眼つきになっててなあ……」
と繰り返し、
「ああ、母子三人を日本へ残してきて、おれは悪いおやじだなあって、しみじみ考えちゃって……」
と締め括るのが常だった。
「そのあと必ず、おやじが、あれ歌うもんだから……」
と悠一が言うと、日出男が低い声で歌いだした。
「一番乗りを　やるんだと
力んで死んだ　戦友の
遺骨を抱いて　今入る
シンガポールの　街の朝」
「戦友の遺骨を抱いて」の一番だった。
シンガポール陥落の日の夜に、当時、陸軍の主計軍曹だった逵原《つじはら》実が作詞し、その夜のうちに海軍の軍楽隊員が作曲したという歌である。
「男だ　なんで　泣くものか
噛んでこらえた　感激も
山から起こる　万歳に
思わず頬が　濡れてくる」
父の声は、オクターヴの高い、五十歳に近い男の声とも思えない、きれいな声だったことが、却って真沙江の癇に障ったようで、
「やめて！　そんな変な歌、歌うの」

と、殆ど必ずと言っていいほど、中断せざるを得ない運命の曲だった。

父が懐旧の情を籠めてしんみり歌い出せば、必ずヒステリックな母の声で中断されたこの歌は、日出男にとっても、耳に胼胝が出来るほど聞かされ、自らも口ずさんだ「加藤隼戦闘隊」「空の神兵」「ラバウル航空隊」などのような、いわゆる軍国歌謡として、戦争中、日本中を覆っていた聞き慣れたメロディではなかったので、母の想いとは違ってはいたが、かなり違和感のあるもので、おしまいまで聞き続けたいものではなかった。それが、私大文学部史学科へ通い出した昭和二十年代後半のある日、ふらりと入った映画館で、小津安二郎監督の映画を観た時、気がつけばスクリーンから、この曲が明瞭な日本語で流れてきて、日出男は驚いた。

「異国の丘」などと同じで、戦地の兵士の中から生まれて、兵隊の間に、口から口へ広まって行った、いわば自然発生的な歌で、専門の作詞家、作曲家、流行歌手、レコード会社の手によって大量販売された歌ではないところが、二十代前半の日出男には別の意味で胸に迫ってくるものがあるのだった。それ以来、日出男にとって、父の口ずさむこの曲の意味は変わってはきたが、と言って、しんみり、最後まで聞き通したいものでもなく、そのうち、父も歌わなくなってしまい、敗戦後十年も経たないうちに、赤井家の茶の間からは、永遠に消え去ってしまった不運な歌ではあった。

それが、悠一とともに、五十代、六十代、……と年を取るにつれて、兄弟が時折会えば、アルコールが廻ると共に、断片的に、二人の口にのぼる機会が増えてきたのは事実だった。

「あんまり、ぞっとしない文句の歌なんだけど、あの四番だけは、ぐさりとくるところがあって忘れられないいんだな」

と悠一は、順蔵のＤＮＡを少なくとも咽喉にだけは絶対に受け継いでいない低い声で、ゆっくり歌い出すのだった。

「友よ　見てくれ　あの凪いだ
マラッカ海の　十字星
夜を日に継いだ　進撃に
君と眺めた　あの星よ」

途中から輪唱した日出男が、短く言葉を挟んだ。

「最後の五番なんだけど……」

すぐメロディに乗せたのは、

「シンガポールは　落としても
まだ進撃は　これからだ」

と、前半だけで、

「どうしても、その後が出てこないんだ。というより、はじめから知らないんだな。おやじもその先を歌ったことなかったんだから」

「まだ進撃はこれからだ、か。かなしくなっちまうな、まったく」

と悠一がつぶやき、

「赤紙一枚で、軍隊という機構の中にはめ込まれて、ひたすら進撃させられて、遺骨になっちまった、この時代の男たちの、かなしい姿に対する嘆き節みたいに聞こえるんだよ、この歌は」

「やっぱり兵隊が作った歌だからだな、歌謡曲専門作詞家じゃなくて……」

そろそろ、と腰をあげる日出男に、これだけは持って行けよ、と悠一はシンガポール関係の本を三冊渡してよこした。一冊だけ、粗末な感触の、それでも三百ページ近い茶色の、簡易装丁の本があって、表紙に日章旗をなびかせた椰子の葉で迷彩を施したつもりの戦車がカラーで染め抜いてあって、題名に「大東亜戦史、マレー作戦、朝日新聞社刊」とあり、裏返してみると、自転車に乗って鉄兜を被った日本兵の姿が描き出されていて、¥一、〇〇〇（一円）とあった。ぱらぱらとめくると、有名な「山下パーシバル両将軍の歴史的会見」の写真を含んだ数十枚の写真と、何枚かのマレー半島とシンガポールの地図が載っていた。

「昭和十七年十二月発行の本だからな。必ず返せよ」

と言って悠一は笑った。

「ブキテマには行ったの？」

と日出男が訊くと、突然、悠一は立ち上って、両手を大きく前後に振りながら足踏みして、

「『ブキテマ高地の戦いは、日本歩兵の粋《すい》と知れ』」

と、「歩兵の本領」という軍歌の替え歌を歌った。元歌は、「奉天戦の活動《はたらき》は……」というのである。

「ははは……。おれも、その歌、旧制中学一年の時、軍事教官の、戸山大尉殿から教わったよ。……それで、兄貴はブキテマ高地には？」

「うん。二時間ばかり、タクシー乗り廻して山ん中走り廻ってみたんだけど、結局、よくわからなかったな。もちろん記念碑なんて無いしな」

兄弟の会話は、ようやく終って、日出男は本郷三丁目の悠一の家を後にした。ほんの二時間足らずの滞在時間だったが、日出男にはひどく長い時間に思われた。父の順蔵が若くて元気のいい時代から、七十代、六十代になった自分たち兄弟の生涯を、あっちこっち行きつ戻りつして、挙句のはてに、「戦友の遺骨を抱いて」まで歌ったりしたせいかもしれなかった。

「ようこそ、クアラルンプールへ」

と、おどけて一メートル八十センチのTシャツ短パン姿の照雄が深く腰を屈め、右手を肘で直角に曲げて左へ伸ばし、深々と日出男と弘子に挨拶した。照雄の妻の美子は、Tシャツ、ジーンズ姿で、にこやかに微笑んで、

「いらっしゃい、おとうさん、おかあさん。お疲れでしょう」

と日出男、弘子の、黒いキャリーバッグと大型旅行ケースを持つために手をかけた。照雄が四輪手押しキャリーケージを持ってくると、すばやく積み込んで、空港構内を押して行った。半年前に一度来たことのある空港構内なので、立ち並ぶ飲食店免税店なども、むしろ懐かしさを覚えさえするのは不思議だった。エレベーターを乗り降りして、駐車場の照雄のプルトンという三菱とマレーシアの合弁会社製の自動車に乗り込み、クアラルンプール市内目指して一時間余り、七十キロの高速道路を突っ走れば、夜目にも高々とツインタワーが見えてきて、息子夫婦が住む街、クアラルンプール市街に入っていた。成田から八時間半の日出男、弘子夫婦の旅は、たちまち終了することになるのだった。ライトアップされたノーマン設計のスルタン・アブドゥル・サマッド・ビルのムーアふう建造物を迂回し、同じくムーアふう建造物のクアラルンプール中央駅前を通り、八キロ郊外の高台にあるバングサ地区の、ブキバンダラヤにあるマンション三階の照雄、美子の住居に着いたのは、十時に近かった。

「さあ、どうぞ」

「長旅ごくろうさま」

息子夫婦に促されて、日出男夫婦が入ったのは、真ん中に広い空間を配した三LDKのバユアンカーサコンドミニアムである。中国系マレーシア人の所有で五階建て、居住者の殆どが白人系アジア系の外国人であり、セキュリティは厳重で、ガードマンの護る鉄の門は人もクルマも容易に入れないものだった。

「明日十八日の夜十時ジャストに、おやじ念願のマレー鉄道一等夜行寝台列車の個室で一泊して、朝八時にはシンガポールに入れるからな。今夜よく寝といてよ」

強調する照雄に、未練がましく、

「クアラルンプール始発かい、それ？　バンコックから来るオリエント急行型じゃないだろうね？」

「月二、三回の運行だから、長期滞在して乗車待ちして、二、三十万円出せば、豪華なオリエントエクスプレスの乗車気分味わえるけどね」

「そりゃそうだろうな」

と大きな窓の下の、クアラルンプール郊外の山に囲まれた住宅街の夜を見て、日出男は納得した。

「だけど、このＫＴＭのプレミアナイトデラックスだって、個室二部屋シャワー付きで、百四十リンギはするんだからな。クアラルンプール始発で週二回ぐらいしか出ないんだよ」


シャワーを浴びると、たちまち眠ってしまったのは、成田発午後一時半だが、神奈川県小田原の自宅を出た午前七時から数えると、十五時間を越えていて、ジェット機のスピードと乗り心地は申し分なくても、やはり、日本から六千キロ南の赤道に近い国までの長旅は、七十歳目前の夫と五歳年下の妻には、からだの芯のところでこたえていたせいにちがいなかった。二度目の訪馬という安堵感も入眠のよさに拍車をかけていたのは言うまでもなかったが……。

明くる十八日、日曜日の朝は快晴で、ベランダからモスクの一部が見下ろせる回教寺院から、コーランを誦みあげる朗々たる声が湧き起ってきて、日出男は目が覚めた。

十時過ぎにコンドミニアムを出ると、クアラルンプールの旧市街へ降りて、中国系のマレー料理の店へ入り、四人で食べた。屋台料理屋ふうの気楽な店で、油っぽい料理の味はともかく、日本を去ること六千キロ南方の国にいることを忘れさせた。

一旦バングサの照雄宅に戻ると、雑談を交しながら、わずか二泊の予定ではあったが、女達もいることなので、四人のシンガポール行きの身仕度をして、紅茶の国でもあるマレーシアの紅茶と、クッキーを中心に皿に載せたイギリスふうのティータイムを過ごすと、クアラルンプール中央駅十時丁度発車の列車までには大分時間があったが、夕食を市内の日本料理店でとろうと照雄が提案し、

「いきなり毎食油っこいこちらの料理ばかり口にしたんじゃ、年寄りのからだによくないもんな」

と照雄は六時にプルトンのアクセルを踏んでいた。

三十分でケラン川沿いにアンパン通りに入り、まるで銀座の横路地に面した小料理屋ふうの、格子の入ったガラス戸に白い暖簾を下げた店に入った。「しのだ」と墨書された平仮名が読み取れた。

「和食は健康にいい、というんで、この通り、世界各国の人で大繁昌なんだ」

と照雄は、奥の畳敷きの小部屋へ案内されながら説明した。註文を取りに来た日本語の上手な女店員の後に、「いらっしゃい」と入ってきた五十がらみの店の主人と照雄が親しげな大声の日本語を交して、

「二十年前に横浜から来て店を開いて成功したんだ」

と日出男たちに説明した。勤務先の会社の者や顧客と、よく来るのだと言う。

天麩羅蕎麦を中心に、漬物等野菜料理を加えたものを、四人は時間をかけて食べた。

「地球も狭くなったわね」

と弘子が言い、

「和食が健康にいいとか言って、すきやきやしゃぶしゃぶみたいなもの、しょっちゅう食べてる中国人の金持ちもいるらしいよ」

と照雄が笑った。

マレー鉄道（KTM）プレミアナイトデラックスが、クアラルンプール中央駅を出たのは、定刻の二十二時丁度だった。機関車の、すぐ後ろの車輛の一号室、二号室が、日出男と妻、弘子の部屋で、三号、四号が照雄と美子のものだった。二号、四号の扉は鍵がかかっていて、狭い通路から入れないのだが、この偶数の部屋はトイレとカーテンの降りたシャワー室になっているのだった。一号、三号の奇数の部屋が、上、下二段のベッドが進行方向の右側にあり、左側が大小の荷物置場になっていて、ベッドを畳めば、向い合わせの、小さなクロスシートになるように作られていた。下段は百三十八・八リンギ、上段は百十一・八リンギだった。一リンギは日本円の約三十円だから、下段が四千百六十四円、上段が三千三百五十四円と、シンガポールまでの四百キロの距離を考えれば、かなり安い。発車までの一時間、持ち上げられないほどの大きな荷物を持った大家族のインド人、マレー人、中国人などで、ごった返していた改札口前の待合室風景が嘘のように、個室寝台、普通寝台、一般普通座席の三段階に吸い取られてしまって、がたんと発車した時、かなりの重量を長い連結車輛が受けとめて走る夜の四百キロの鉄路を想像したりして、日出男は思わず独り笑いを洩らしていた。

途中、幾つかの駅に小まめに停車するのを気にしているうちに、うとうとしてしまったが、不意にがたがたと揺れ方がひどくなって目が覚めたのは、多分レールがバラスできちんと固められてないせいだろう、などと勝手に想像していると、まもなくジョホールバルの駅に停まった。

ウッドランド・トレイン・チェックポイントで下車して、入国審査、税関検査を済ませるのに、かなりの時間費すので、シンガポール駅到着が、朝の八時過ぎになるのは無理もなかった。

高いアーチが三つ口を開けている大英帝国時代の、重厚な駅舎のシンガポールステーションを後に、タクシーで、ハーバーフロントセンターへ駆けつけると、マウント・フェーバーへ廻るロープウェイに乗って、シンガポール海峡を足下に見下ろし、セントサ島へ入った。先ずセントサ島へ行って、蠟人形館、シロソ砦は必ず見るように、と兄の悠一に言われた見学先を、二日間繰り返す日出男の主張に従って、一行四人は、迷わずケーブルカーの人となったのだ。

料金の高いケージ（ケーブルカーの車輛）は足下が透明なプラスチックの厚い板で出来ていたので、海の上を渡る時だけは、からだが浮きあがる感じで気持が悪くなった。気がつくと、昔の中国の宮殿風の豪華な建物を乗せた遊覧船がゆっくりと眼下の海峡を滑っていた。ゴンドラの前方には森が広がっていて、更にその先に広がっている海が見えた。

「こんな島に、ポルトガルが来て、オランダが来て、イギリスが来たんだな。それから日本が来て……」

と突然、照雄が、独り言のようにぶつぶつ野太い声で言い出した。

「千日ちょっと占領して、またイギリスが来た。……マレーシア連邦になって、それから独立して中国系のリー・クアンユーが首相になった」

四人がゴンドラに乗っていた時間は十分とはなかった。

「シンガポールって何人《なにじん》の国なの？」

と弘子が訊いた。悠一が必ず見るようにと言ったのは、「イメージ・オブ・シンガポール」という名の資料館で、蠟人形館と呼ばれたものを新装して開館したものらしかったが、島内諸民族の歴史について具体的に展示説明されていた内容が豊富過ぎて混乱したようだ。

「八割近くが中国系で、十四パーセントがマレー系、七パーセントがインド系っていう構成の多民族国家なんだよ。面積は淡路島ぐらいしかないけどね」

と照雄がガイド役を引き受けた。

「ほとんど中国人の国って感じ受けるけどね」

と美子が補足した。

「たくましいのねえ、中国人て。世界中どこにでもいて……」

「世界中どこにでもか……」

と弘子の言葉を日出男が引き取って呟いた。

「マレーシアではマレー系の人が多くて約半分。中国系が三割弱で、インド系が一割弱ってとこかな」

と美子が言った。

「多民族国家なのね、マレーシアもシンガポールも」

弘子の言葉に、日出男が続けた。

「ま、日本も古い多民族国家だけどな、もっとたくさんの人種が、あっちからこっちからやってきて……。この話は長いから、今は止めとくけど……」

一家四人の家族写真を、館内のスナップ写真屋に撮ってもらうと、シャトルバスで島の西端へ行き、更に小型のバスに乗り換えて、シロソ砦へ移動した。前世紀のイギリス軍の堡塁や第二次世界大戦で、日本軍と最後まで闘ったイギリス連邦軍の、文字通り最後の砦となったコンクリート造りの半地下式砲台が幾つか残っていて、イギリス軍の将校、兵士を模した人形が、機械仕掛けで、英語の号令を発する仕掛けになっていて生々しかった。

「こんな大砲で日本軍にタマを打ち込んでたのかしら?」

と弘子が言えば、日出男もすかさず答えた。

「日本も空から地上から弾丸が無くなるほど撃ちまくったらしいよ」

「ずいぶん死んだんでしょうね？」

と美子。

「イギリス連邦軍がおよそ九千人で、日本軍は英霊三千三百柱と本には書いてあったけどね。実際は、この倍なのか三倍なのか、……。戦死者の数ってものは、いつもはっきりわからないんだよ。だからその時の政治の都合で何十倍にも桁数を増やしたりして大騒ぎするんだけどね」

と日出男は言った。

機械仕掛けのイギリス兵が、「ＦＩＲＥ！（撃て！）」と叫んでいる声を背にして、四人は百五十年前の大砲の砲身の前で、自動シャッターで写真を撮影して砲台を設置した高台を降りて来た。山腹の大きな記念館のどの部屋にも、シンガポールへ進攻してくる日本軍の写真やパネルや蠟人形が展示されていて、フォード自動車工場で、山下奉文中将とパーシバル中将の、二月十五日夜の、有名な会見によって、イギリス連邦軍の無条件降伏が決まった「イエスオアノウ」の場面の前で、日出男の足は固まってしまった。

「ああ、あったあった！」

と、かしゃかしゃシャッターを切ったのは照雄だった。

「敗戦の翌年にヤマシタホーブンは絞首刑になっちまったんだよ、フィリピンの刑務所で」

「何だか気味が悪いわね、人形って。よく出来過ぎていて、生きてるみたい」

と弘子が言い、

「こわいわね、ほんと」

美子が言えば、

「何が?」

と照雄がきつい口調になった。

「もう二度とこんな瞬間は、人類に来ないだろうな。それだけは言えるよ。だから、こうやって凍結されてるんだな、きっと」

「絶滅の瞬間まで、殺し合い止めないだろうけどね、人間は」

と日出男は、人形をあとにした。


宿はラッフルズホテル同様、コロニアルホテルの代表の形で、スコッツロードを登って行ったところにあるグッドウッドパークホテルで、トンガリ屋根の優雅な高級ホテルなのだが、照雄夫婦が、親孝行のつもりで、日出男夫妻のために、二泊分予約しておいてくれたのだ。ドイツ人の社交クラブとして建てられた、ガーデンプールのある豪華なもので、日出男にとっても、息子の好意は、予期しなかったことだけに嬉しかった。オーチャードロードを少し横に入ったところにあるマレーシア料理店へ入り、ちょっぴり辛い海老や野菜を食べた。ホテルでは豪華な気分を味わう余裕もなく、紅茶を一杯飲んだだけで、日出男と弘子は、夜行列車の不充分な眠りの代償を支払うように、たちまち眠りに落ちてしまった。


翌二十日火曜日、グッドウッドパークホテルを出たのは、朝の八時だった。バイキング方式の朝食だったが、あまり食欲もなくパンと野菜を少し口に入れただけで席を立ってしまった日出男夫妻に、照雄は不満のようだった。

「ちょっと早過ぎるよ」

日出男を除いた三人の気持を代表して、照雄は、呼んでいたタクシーの助手席に坐ると、バン、とドアを閉めながら、不機嫌に言った。

「うん。もう一、二時間ゆっくりしてからの方がよかったかもしれないけど、何しろ、今日一日で、カンダンケルボへ行かなくちゃいけないし、出来たら、ブキテマ高地や、チャンギ刑務所博物館にも行ってみたいんだ。今夜もう一晩泊ったら、明日はもうクアラルンプールへ帰らなくちゃならないんだからな」

タクシーは四人を乗せて、オーチャードロードをドービーゴートを通ってリトルインディアへ向かった。


カラフルに染め分けられたリトルインディアの拡大地図を広げて、ＭＲＴのリトルインディア駅の出口に四人は並んだ。

「先ずロコール運河沿いに、ブキテマロードをセラングンロードまで行ってみよう」

と照雄が言った。

「カンダンケルボっていうのが水牛の柵だと言うんだから、兄貴の、悠一伯父さんの言う通り、バッファロウロードってのがあるんだから、そこへ行ってみようよ」

と日出男が言うと、

「この、でっかいビルは何？　ずうーっと先まで続いているけど、その何とかロードの、もっと先まで、ビルだらけなんじゃないの？」

弘子が続けた。

「とにかく、ここまで絞り込んできたんだから、どんどん歩いて行けば、すぐ白黒つくよ」

この照雄の発言に対して美子がとどめを刺した。

「何だか無駄足になりそうね！」

「思惑は終り。さ、歩いて歩いて」

照雄の言葉に四人はブキテマロードを、かなり速足で進んで行った。

「ベンチがあって、樹があって、本当にきれいな街ね」

弘子が言った時、

「あ、インド人の葬式だ」

不意に照雄が、左手の大きなビルの凹んだところを見て立ち止った。

「日本人みたいに遺骸を隠さないんだよ」

だが人垣に覆われて、日出男にははっきりわからなかった。

「地図にはテッカセンターって書いてあるけど」

美子の言葉に、

「あとで、ちょっと入ってみよう」

と、照雄は先を促した。

セラングンロードにぶつかったところで、地図を開けば、左に曲り、同時にそこまで延びていた巨大なテッカセンターに沿って左折し、更に進んでリトルインディアアーケードの前を左に曲れば、そこはバッファロウロードで、テッカセンターを一まわりしたことにもなるのだとわかった。

「まさか、この橋じゃないだろうな」

突然、照雄が、セラングンロードの巨大な街路樹の幹を背に振り向いた。ひとり先を歩いていての不意の動作だったので、三人は、びくっと機械仕掛けの人形のように揃って立ち止まった。

「ゆうベグッドウッドパークホテルのフロントにいたポーターのマレー人にカンダンケルボのこと訊いておいたんだけどね……」

ポーターは五十がらみで、カンダンケルボに親の代から住んでいたとのことで、父から聞いた話として照雄に伝えたのは、次のようなものだった。――シンガポールを占領した日本は、なぜか中国人と、マレー人、インド人を別に考えていたようで、その頃、日本人は中国と戦っていたので、中国人は敵国人と単純に考えていたようだとのことで、百年も二百年も昔に来た中国人の子孫なのに中国大陸で戦っている中国人と同一視していたんではないか、それに較べて、マレー人、インド人は、日本の後押しで、すぐ独立させるからと激励されていた三年半だった。ただ日本軍はこの三つの人種をうまく見分けられないらしくて、ズボンを脱がせて、割礼の儀を受けているのがイスラム教徒のマレー人で、受けてないのが中国人、という屈辱的分類をしていた、という話や、ロコール運河のどこかの橋の上に、中国人の首が、幾つか並んでいて怖かった、という話を何度も聞かされた。肝心の警察署は、若い時に、赤煉瓦四階建ての建物を見たことがあって、ずいぶん前に取り壊されたはずだが、多分、今はマーケットになっていると聞いている。（父がかなり前に死んでからは、カンダンケルボには行っていないからよくわからないが）――

「こわいこと言わないで、そのマレー人の言葉通り歩いてみたら……」

弘子の言葉に促されて、一行四人は、ブキテマロードから第一番目の角を左へ曲ることにした。そこがバッファロウロードで、テッカセンターの裏手に当るのだが、やはり二階建てのマーケットになっていて、人の出入りがはげしく、狭い通りの右手には、ごちゃごちゃ小さな店が並んでいて、香辛料店、カセットCD販売店、線香等宗教用具販売店、小鳥屋、宝石屋、インド料理店などが軒を並べ、インド音楽が店内から流れ、線香の香りや、インド料理の匂いと混じって、独特な香りが、セラングンロードの方に、広がっていた。カラフルなヘナタトウで肌を飾った女達が歩き、インドの一角かと見紛う街の雰囲気だが、よく見れば中国人やマレー人の店もあって、少なくとも、半世紀は住んでいた白髪の小さいからだを店頭に晒していた。

「ここに何か書いてあるわ」

と美子が信号のある街角の歩道からマーケットへ通じている三角形の小さな広場の入口に、黒く光った縦長の石があり、小さい文字が刻まれているのを見つけて言った。

「日本語だな」

と日出男がゆっくり読んで行った。——ここはカンポンケルバウとも言うが、カンダンケルバウと呼ばれていた場所で、マレー語で水牛の柵のあるところという意味である。インド人が多く住み、蛇つかい、小鳥を使った占い師などが軒を並べていた。——

「でもなぜ日本語なんだ?」

と立ち上がって、照雄、日出男、それぞれのカメラのシャッターを押すと、三脚を立てて、四人の記念撮影を終え、バッファロウロードへ入った。

少し進むと左へ入る路地のようなものがあったが、すぐにそれは、テッカセンターから出る大量のゴミの搬出トラックの出入りの通路だと知れた。更に進めば、テッカセンターのビルが終る先に小さな公園があり、バッファロウロードは、そこで終りなので、折り返して、左側の小店舗をゆっくり戻って行った。照雄が、中国人、インド人と高齢の店主を選んでは、公用語の英語を、相手に合わせてシングリッシュと呼ばれる現在の諸民族の単語を混えた、ある意味では簡単な英語で尋ねまわった結果を持って、バッファロウロード入口の石碑の前で待っている三人のところへやってきた。

「確かに赤煉瓦四階建ての建物が、この一角、今はテッカセンターになっているところに建っていた。

それはイギリス統治時代からの警察署だったそうだ。中国人とインド人の老人は、日本占領下の昭南特別市の前から、ここに住んでいたというから間違いない。宝石屋と線香屋のインド人は、戦後ここへ来たというからあてにならないけど、二十年ぐらい前に警察署は移転してしまって、赤煉瓦の建物は壊されて、テッカセンターとインド人マーケットになってしまったそうだよ」

照雄の報告を聴いて、日出男は、たちまちガリ版刷りの「昭友会」会報の中の、父、順蔵の記事を思い出していた。――四階建て煉瓦造りの一、二階は事務室、三階はホール、四階は巡査の独身寮で、裏手の敷地四千平方メートルは世帯持ち家族のアパートで、そこから三百メートル離れた奥に二階建ての署長官舎があって、一階にボーイ夫婦が住んでいて炊事をしていた。その二階に父、順蔵が七百日余り寝起きしていたのだ。

「このあたり一帯がそうだとすると、悠一伯父さんの尋ね歩いたところと大体一致してるよね。……このあたりが全部そうだった、と中国人の老人も言ってたしね。もう九分九厘間違いないと思うな」

照雄の結論に否応のあるはずもなく、日出男は、また三脚を立て始めた。

「では、あらためて、はるばる父を尋ねて三千里じゃなかった六千キロの旅の締め括りに記念撮影を……」

と日出男は、テッカセンターのオレンジ色の壁の前に三人を並べた。

「何だか背景が殺風景ね」

と弘子が言うと、日出男がすぐその言葉を引き取った。

「仕様がないだろ、警察署なんだから。でも、ここが、照雄のおじいちゃんが、華僑商人殺害事件の殺人強盗集団の一味を、頭目のマレー人ハッサン以下四名を検挙、市長賞を受けたり、昭和二十年に入り、一月に来襲したB29が大量に爆弾投下した時、徹夜で死傷者の人命救助に当ったり、辻強盗、自転車窃盗の殆どすべてを検挙して、管内住民に大いに感謝されたことが、インド人、マレー人、中国人の部下の信頼を生んだ場所だったんだ。照雄のおじいちゃんは、中国宝石商の、宝石装身具贈与を突き返したことと相俟って、『トアン（旦那）赤井は、インスペクター赤井は公明正大な署長だった』の証言で、イギリス軍の報復軍事法廷でも、他の同じ立場の日本人が処刑された時無罪になり、寧ろ、裁判終了の後、オートラム刑務所から退所させられて、敗戦の年の十一月からはイギリス軍調査部隊の特別待遇の補助要員として活躍させられたほどだったんだけど、その赤井順蔵氏が、この場所の、この空気を吸っていたかと思うと、六十年後とは言え、何とも言えない気持だなあ」

「念願達して、満足したでしょ」

弘子が言って、記念撮影は終り、四人はセラングンロードへ出ると、しばらく無言でゆっくり歩き、左手のヒンドゥー教寺院、スリ・ヴィラマカリアン寺院へ入って行った。たちまち極彩色のゴーブラムという高い門が眼に入り、くぐり抜けて中へ入ると、大勢の信者が声をあげ、身を屈して祈る姿の中で、四人も自然に合掌し頭を垂れて祈り、寺院を後にした。振り返る日出男の眼に、青空をバックに眩しくゴーブラムに彫りこまれた破壊神シヴァやヴィシュヌ神、そしてシヴァ神の妻カーリーが、神聖な動物の牛や猿等とともに、鋭く飛び込んできた。ヴィラマカリアンというのは力の女神カーリーのことで、このカーリーを祀って建立された寺院なのだ。日出男は、カーリー神は常に生け贄を求める恐ろしい女神であることを、あらためて、思い出してしまった。父の順蔵はもちろん、間もなく終るはずの自分の生涯も、今、息子の照雄も、人生の真っ盛り、父の順蔵同様、三十代の半ばで、抜擢され、奇しくも、シンガポールとクアラルンプールと四百キロの距離があるとは言うものの、同じ文化圏の、四十年前には、マレーシア連邦という同じ国に赴任してきたということは、偶然を越えた、運命とでも呼ぶしかない力を感じないわけには行かず、すべてはカーリー神の贄なのではないか、などという妄想に、一瞬、捉えられていた。

「浅草に、こんなところなかったかしら」

と美子が言い、弘子と二人が連れ立って、小さなインド風の服を並べた店へ入ったり、宝石屋を覗いたり、鳥籠がいっぱいぶら下がっていて、派手な色の羽根に覆われた小鳥が、日出男の知らない声で鳴き立てるのを楽しんだりしながら、四人はまたセラングンロードをブキテマロードと交叉するところまで戻ってきた。

「ここでインド料理でも食べてお昼にするか」

と照雄はテッカセンターの中へ入って行き、ずらりと並んだ屋台スタイルの店の中から、インド料理の店の前へ立った。

その奥がKKマーケットとあり、インド系の店の人に訊くと、KKこそ、このあたりの本来の地名、カンダンケルバウの頭文字からとったのだということが分かった。

南インド風のインド料理は、バナナの葉がお皿のかわりというのも面白く、ライスに、チキン、クラッカー、ピクルス、頭がそのままついているフィッシュヘッドカレーで、びりっとくる辛さが、リトルインディアであることを思い知らせてくれた。

「おじいちゃん、四十はちょっと過ぎてたよね」

と不意に照雄が言い、

「まあ、今のお前より、ちょっと上かな」

と答えながら、息子が自分と同じことを考えているのを感じて、日出男は、くすぐったい気がした。

「抜擢されたんだよ、今の、お前みたいに。でも、それは本人を仕事に熱中させるけど、人生的には どうかな。考えてみると、おれも三十代の前半に、『長』という名前のつく責任者にされて、年齢以上のことをやらされて、病気になるほど働いたんだがな」

あとの方は愚痴めいた独り言になっているのに気がつき、日出男は、この会話の続きを打ち切った。


「ブキテマへ」

とタクシーの運転手に助手席から照雄が行先を告げても、タクシーは停まったままで、しばらくの間、マレー系の運転手と照雄が、シングリッシュで言葉をやりとりするのを、後部座席の三人は、辛抱強く待たねばならなかった。

「どうしたんだ、乗車拒否か?」

と日出男が訊くと、いらついた口調で照雄が言った。

「ブキテマって言ったって、広過ぎちゃって、どこへどう行くんだって言うんだよ、運ちゃんが。当然だよ、地図見たって、ブキテマってのは、ブキテマ自然保護区(ブキテマリザーヴ)のことなんだから、クルマの入れないところだらけだし、具体的に、どこへ、どう行くのか言ってくれなくちゃ、クルマ出せないって言ってんだよ」

「だからブキテマ高地ってことしか知らないんだから、ブキテマで一番高い山の、頂上へ行けなきゃ、その麓のどこか、行けるところまででいいって言ってくれよ」

としか、日出男には言えないのだ。

「仕様がねえなあ。分かったよ。じゃ、何とか自然保護区の入口か、その近くの、ちょっと高い山の麓まで行ってもらうことにするよ」

こうしてタクシーは一挙にスピードをあげてブキテマロードを一気に北へ向かって走って行った。

ビルだらけの市街地から三十分足らずで、車窓に緑が迫ってくるにつれて、高層ビルは低い屋根の家屋に譲って行った。

「あれ、見てごらん」

不意に照雄が左手を指差した。

「おとうさんなら分かるはずだよ」

「ずいぶん古ぼけた建物だな」

日出男は、横広がりの大きな建物を見ていて、声をあげた。

「昔のフォード自動車工場だ、ヤマシタホーブンとパーシバルが会見した……」

「山下奉文《ともゆき》」

と照雄が訂正した。

「え、何、それ？」

と美子が言った。

「イエスかノウかって山下将軍がイギリスに迫ったんでしょ、耳に胼胝《たこ》よ」

弘子が投げやりに言うと、日出男は力を入れて、

「昭和十七年二月十五日午後六時四十分から一時間、山下中将がパーシバル中将に無条件降伏を迫ったんだよ、イエスオアノウってね。結局イエスとなって、午後十時、全戦線に停戦命令が下って、俘虜九万七千八百名、死者八千二百十名（ジョホールバル突入まで）と、この本に書いてある」

と、バッグの中から、悠一に借りてきた「マレー作戦」を取り出して読み上げた。

「それ、大本営発表だろ」

照雄が皮肉れば、

「まあ、そうだけど、別の本でもイギリス連合軍の死者約九千人というのは記憶があるよ。C・W・

ニコルさんのお父さんが戦死してるそうだし、オーストラリア、アイルランド、インド等加えれば、これは本当だろうな。ただ、日本軍の死者三千三百は怪しいし、別の資料によれば、シンガポール島上陸前に、すでにマレー半島南下戦線で、山下中将率いる二十五軍の死傷者四千五百人、そのうち死者一千八百人、負傷者二千七百人とあるので、それにブキテマ高地の戦いの死傷者を加えたら、日本軍は二倍、三倍になるかもしれないな。東京大空襲の死者だって、アメリカの発表じゃ八万数千人だけど、実際は十万人を軽く越えてるらしいからな。死者の数は永遠にわからないというのが真相だな」

「『昭南』と呼ぶようになったのは、その翌日からかな?」

と照雄が訊いた。日出男がまた本を開いた。

「大本営発表。二月十七日正午。シンガポール島は爾今、昭南島と呼称することに定められたり」

一声張った声を弛めて、日出男は続けた。

「それが昭南特別市になって、お前のおじいちゃんの順蔵が八ヶ月後の十月に東京から赴任して来ることになったんだよ」

タクシーは、マレー鉄道沿いに走っていたウッドランドロードを狭い道路に右折してマレー鉄道のガードを潜った。

「中国人も死んだはずよね」

突然、弘子が言った。

「千五百人も二千人も義勇兵が日本軍と戦って戦死してるんだから、運転手が日本語わからないからって、この話、もうやめるよ」

と照雄が言って、こわい顔になった。

広い直線のハインドヒードドライヴを十分あまり進んでぶつかったところが、ブキテマ自然保護区のヴィジターセンターだった。猿が放し飼いされていて、足下にまとわりついて餌をねだったりしたが、あたりは鬱蒼たる緑の樹林に包まれていて、割合広い道が山頂に向って、うねうねと続いていた。コンクリで造られたセンター事務所のカウンターの中から、案内のパンフレットを受け取ると、片言で日本語を喋る陽気な四十歳前後の男が、ノートを取り出して、

「これから話す私の日本語、三つのうち、そのアクセントの話し方が、どれが一番正しいか、番号で教えてください」

と、「こんにちは」「ようこそブキテマ自然保護区へいらっしゃいました」「ごゆっくり頂上へ」等と十項目ほど書いた日本語を順番に読み上げ、番号に○か×をつけさせた。上手な日本語で満点に近かった。

「ありがとうございます。ごゆっくり、どうぞ」

と促されて、四人は山頂へ向って歩き出した。八百種を越える植物や、猿を始め、リス、ジャコウネコ、さまざまな小鳥等を、自然のままの状態で保護している高地だけあって、樹木や花の名称を記した札が表示されていて便利だった。途中でウォーキングをする中国系の人たちと幾人か擦れ違ったが、中には健康のためか、後ろ向きに登って行く人もいて、このきれいに整備された山から、日英両軍の死体の山が出来た激戦の匂いを嗅ぎ取るのはむずかしかった。

「ほんとに、ここが、今度の戦争のブキテマ高地かな?」

と日出男は、足が三人より遅くなり勝ちなので、やや無理をして急ぎながら、声に出した。

「地図だけで言えば、この先のブキテマサミット百六十四メートルより高い数字の山はこの島にはないんだけどな」

かなり詳しいシンガポールの地図を左手に持って歩いている照雄の歩く速さも鈍ってきていた。

「ちょっと見て。よろけて足すべらせたらあぶないわね」

と弘子が立ち止まって、右手の樹の間から下の崖になっている緑の広がりを指差した。

「ほんと、こわいわ」

と美子が言えば、

「やっぱり、ここしかないな、ブキテマ高地は……」

と日出男が断定した。

三十分ほど登ると、右手にサミットパス（頂上近道）とあって、人ひとりやっとの細い樹の幹で土を留めた階段が、うねうねと百段以上続いていた。四人は口も利かず、はっ、はっと息を吐きながら二十分ほど昇って行った。

「あのセンターから頂上までは百二十メートル登るんだから、きついわけだよ」

日出男は言いながら、左手にある小さな建物が金網の高いフェンスで囲まれていて、立入り禁止の表示が貼りつけてあるのを見ながら、目前の山頂地点へ接近した。スコールが来るたびに残る小さな水溜りの連なっている小径の近くに、コンクリの土台石のようなものを見つければ、ブキテマ戦のイギリス軍のトーチカの跡ではないか等と思いながら、日出男は、三人が先に登ってしまった頂上の、東屋ふうの屋根と柱に椅子を配置した一段と小高い広場に、ようやく辿り着いた。

「やっぱり年ね」

と冷やかす弘子の声を尻目に、日出男は、すばやく猟犬のように直径七、八十メートルの円形に盛り上がった山頂から樹林に覆われた眼下の風景を見下ろして、足早にぐるりと廻って歩き、シャッターを切り続けた。その一角に低い塔のようなものがあって、立入り禁止と書いた表示板のある金網の高いフェンスがあるだけで、山頂へ登る小さな短い石段の突き当りに、大きな赤い石があって、近づけば、Ｂｕｋｉｔ Ｔｉｍａｈ Ｓｕｍｍｉｔとあって、Ｈｔ・１６３・６３ｍと読めた。四人は石を囲んで自動シャッターで記念撮影した。並んでみると、石は意外に低くて四人の胸の下までしかなかった。一瞬この海抜の数字が、「マレー戦記」の１７７メートルと違っているのが気になったが、この島には、他に、この高さに匹敵する山はないので、戦争前の測量と、戦後の厳密な測量のやり直しによって訂正されたにちがいない、と日出男は一人で勝手に決め込んだ。

「これで、おとうさんの気も済んだわね」

「おれだけじゃない、照雄もだ」

「うん、却ってわからなくなったことも出てきたけどね」

と照雄は、歯切れの悪い返事をした。

「何が？」

と美子が訊いたが、

「一口じゃ言えない」

と照雄も、ばしゃばしゃとシャッターを切った。

「結局、山のてっぺんの取りっこしたのよ、猿山の猿みたいに。男ってのは、みんなそう、どこの国でもね」

と弘子が怒ったような声で言った。

「それじゃ、かわいそう過ぎて、死んだ者は浮かばれないよ。人間がサルの一種であることは確かだとしてもだ」

日出男は、

「テンガー飛行場からブキテマ高地に攻め込む時には、肉弾白兵戦になり、陣頭指揮してた牟田口兵団長や井野参謀は、手榴弾で重傷を負うほどだったって、本に書いてあったな。この山と谷に入ってからは、何回も突撃を繰り返すんだが成功しないで、トーチカの中から射ち出す銃弾を浴びせられ、イギリス連邦軍と日本軍の屍体を踏み越えての乱戦で、二月十一日午前三時にブキテマ高地の頂上を、ようやく奪取して日の丸の旗を掲げることが出来たって書いてある」

ゆっくり山を下りながら話した。

「英軍死者九千、日本軍死者シンガポールだけで三千三百（マレー半島の死者一千八百を加えれば五千百）、合計一万四千百（日本軍の死者を公表通りとしても）。だから『ブキテマ高地の戦いは日本歩兵の粋と知れ』と歌った子供のおれとしても、こうやって歩いてると、山の上から谷の底から、日本人兵士だけじゃなくて、イギリス人、アイルランド人、オーストラリア人、インド人、マレー人、中国人の、二十歳《はたち》そこそこの、若い死者が、呻きながら死んで行って、こうして、土になって、草や木や鳥になって、ここに棲んでるような気がして仕様がないんだよ」

「ちょっときれいごとだな、それじゃ……」

と照雄が混ぜ返した。

「いやほんとさ。もうすぐおれも、そっちの世界へ行くからなんだ」

「おとうさんの気持はわかるけどね。おれに言わせりゃ、屍体は腐って、虫に喰われて、骨だって、まだそこらに半分埋まって転がってるかもしれない。理不尽に殺されて、半世紀経っても、呪いの声は消えやしない、と思うがな。おれが、その年で死んだら、そうなるってことだけどね」

「うん。いいこと言うな。照雄の言う通りだ。ここへ来る前に、奇しくもおやじが若い頃二年間勤めていた近衛師団司令部の跡に出来た国立近代美術館で、丁度、藤田嗣治展やってたのを、行列して見てきたんだがな、シンガポール総攻撃の絵があって、でっかい絵の右の下に死んだ日本兵の片眼が飛び出してぶら下がっていて、ゲートル巻いた足がくの字に曲ってるんだよ。その屍体の前に銃を構えた勇ましい日本兵が、不気味な屍体を覆い隠してるんだ。他にも有名なアッツ島玉砕の絵やサイパン島玉砕でバンザイクリフ（崖）から海へ逆さまに飛び込む女が描かれていてな。そのでっかい絵がなぜか薄暗い照明の部屋に展示されてて怖かったな。戦争の真実を描き切ったフジタのことを、三流画家が戦犯に仕立てあげてフランスへ追い出しちまって、長い間フジタは画家の戦犯扱いされ続けてたんだよ」

「何のために？」

と照雄が訊いた。

「自分の身の安全をはかるためにか？」

「まあ、そうだな。わるいのはあいつで、自分は戦争に協力なんかしてないから命だけは助けてくださいって、命乞いしたんだな。くわしく言うと、マッカーサー司令部から逮捕状が出たわけでもないのに、藤田一人が戦争画描いた全日本人画家の責任を負って出頭してくれないか、と画家の一人が藤田に頼みに来たんだよ。そんなことで日本人に嫌気がさしてフランスへ帰化して、レオナール・フジタになって、二度と日本へ帰ることはなかったんだ」

「聞いただけで胸糞わるくなってくる。汚ねえ奴等だ」

「ああ汚ねえ奴等なんだ。同じ日本人のくせにな。自分も下手な戦争の絵を描いてたくせにな。でも、日本人にはそういうところがあるのも事実だよ」

と父と子の会話は終らない。

「アメリカやイギリスと戦争する前に、中国とも何年も戦争やってたんでしょう、日本は？」

と弘子が言い、

「どうして世界中の国と戦争やったのかしら?」

と美子が訊いた。

「後から考えりゃ、狂ってたとしか思えないけど、その時はそうじゃないんだよねえ、おとうさん」

と照雄が笑いながら言った。

「こんなところで、こうやって歩きながら喋ることじゃないけどな。二・二六事件の頃から断片的な記憶が残っていて、支那事変という名の日中戦争が始まった翌る年、小学校へ入学以来、提燈行列や旗行列に花電車、勇ましい軍歌に流行歌、国じゅうが、年寄りも子供もまるで今のサッカーの試合みたいに盛り上がってて大騒ぎしてて、そのまま大東亜戦争が始まって、勝った勝ったって言っているうちに、小学校了えて中学生になった頃には、東京が火の海になっちまって、広島長崎へ原爆落とされて、あっという間に負けちまったってことなんだよ、どうだい、わかるかい?」

日出男もなぜか笑いながら冗談のように喋っていた。

「でも、あっという間じゃなくて、八年もあるのよね、そうなるまでには」

弘子が真顔で言うと、美子もまともに受けた。

「何百万人も死んだんでしょう、八年の間には?」

「三百十万人てことになっているんだ、統計では。兵隊が大体二百万で、老人や子供や民間人が百万だな」

照雄が言えば、美子が訊ねた。

「相手の中国やアメリカは?」

「その倍も三倍も、何倍もだよ。世界中が全部戦争やったんだから」

「人類の人口減らすためなんだって言うんでしょう?」

と弘子は日出男に問いかけた。

「そう。大きく言えば、サルの変種の人間が増え過ぎたのは事実だからね」

「それを言うなら、それから六十年経って、今じゃ、六十億越しちゃった人類は、また殺し合いやることになっちまうよね」

と照雄が投げやりに言うと、

「その論法で行けば、近いうち大規模な殺し合いやることになるだろうな、まことしやかな理由を、お互いにくっつけて……」

日出男も受けて、

「ま、その前に、おれの生命が終っちまうと思うから、わかんないけどね。死ぬってことは、世界が終るってことだから」

「多分、おれ、生きてるから、困るよ、それじゃ……」

と言う照雄に、弘子が母親の言い方になった。

「よしなさい、いいかげんに、そんな暗い話」

「でも、本当に理由考え出して、人類は戦争やり続けるかもね」

と美子は真顔で言った。

「理由はあったよ。イギリスの『東亜侵略百年の野望をここに覆す』って歌の文句の通り、阿片戦争でわかるように、アジア人を搾取奴隷化の対象としてのみ捉えて二百年に及ぶ侵略植民地化を推し進めてきた毒牙を折って、アジア諸民族を独立せしめ、大東亜共栄圏社会を建設するための戦いを、大日本帝国がやってきたってわけなんだけどね」

と日出男が言えば、

「結果は廃墟と死人の山だったんだよね」

と照雄が附け足した。

「それに百年二百年消えない怨みが残った」

気がつけば、ヴィジターセンターに戻っていて、あらためて四人は、Ｂｕｋｉｔ　Ｔｉｍａｈ　Ｎａｔｕｒｅ　Ｒｅｓｅｒｖｅ　と白く描かれた大きな石の前で記念撮影を済ますと、タクシーを拾うために広いハインドヒードドライヴをウッドランドロードへ出るために歩き出した。

「ブキテマ高地へ、はるばるやってきた甲斐のあるような話題だったわね」

と弘子は言った。

「戦死者の霊魂が、私たちに語らせたってことなんだよ」

と日出男が続けた。

「さ、マレー鉄道のガードをくぐったけど、次はどこへ行くんだ？」

と言いながら照雄は先に立って、ウッドランドロードとぶつかるロータリーへ行き、手をあげて、シティ方面から来るタクシーに向かって右手を挙げていた。


マレー鉄道と、右に左に併走して、およそ三十分。クランジロードへ右折して、突き当りに、クランジ戦没者記念碑が建っていて、広大な共同墓地が広がっている巨大な石碑には、１９３９―１９４５とあって、第二次世界大戦で戦死した英連邦軍の将兵が眠っていて、一般のイギリス人の死者を含めて、その数は二万四千人に及んでいる。イギリス人将兵の死者四千人となっていて、また数字が合わないのだ。墓碑銘を読んで行くと、二十一歳、二十三歳と若い兵士も多いが、インド系の人名もかなりあって、大英帝国連邦には、アジア人が含まれていたことも、あらためて知らされた。

「広くて、明るくて、お墓とは思えないわね」

と美子が言った。

「でも死者がそのまま埋まってるんだよ、いくら明るくても、墓は墓さ」

と照雄が言い、

「おじいちゃんは、もしこのシンガポールで死んだら、やっぱり靖国神社へ祀られたのかな」

と訊いた。

「軍属だったから、それはどうかな。靖国神社みたいに合祀なんて一纏めにしないで、こうやって一人一人墓碑銘書いて祀るのがいいと思うけどな。長州人が戊辰戦争の時死んだ仲間の戦死者を祀った招魂社を明治の初めに作ったのを、長州人以外にも「国のために」戦死した全日本人の戦死者を祀るようにしたのが靖国神社っていう装置なんだから、長州人と戦った者は祀られてないしな。長州明治政府がまだ続いているとすれば、いろいろ問題が今後とも起こる神社と言えるな。いずれにせよ、おじいちゃんは日本へ無事に帰って、八十歳まで生きたんだから、強運の人と言っていいな。おばあちゃんには、ずいぶん愚痴られたけどな」

日出男が余計なことを附け加えると、

「女としては当然じゃない。子供二人残されて四年も帰ってこないんじゃ……」

と弘子が別の方向へ話を持って行った。

「おばあちゃん、ちょいちょい、おじいちゃんに文句言ってたの、おれも聞いてるよ」

と照雄も言うので、思わぬ方向へ話が逸れて行ってしまった。

「大体、女ってものは口やかましいってことのほかに、おれには、おふくろが、おやじの生涯を認めていないところがあるように見えることがあってな」

「それ、どういうこと？」

　と照雄が、クランジロードを戻って、ウッドランドロードの歩道を歩きながら訊いた。セレターエクスプレスウエイを横断して、MRTにクランジ駅で乗って、オーチャードへ戻るつもりなのだった。

「おばあちゃんの生家ってのが、養蚕業の種紙の問屋で明治大正と大儲けして一財産つくった家でな。おばあちゃんの兄、おとうさんの伯父さんて人が東京帝国大学の理学部工学部二つも出た建築家で学者だったことや、抱き茗荷の家紋のある坂東平氏直系の江戸時代の名主だったなんてことを、ひいばあさんあたりが古い書類を引っ張り出して、天領になった延宝年間に観音堂建立して幕府から表彰状もらったなんてもの見せたりして、吹っ込むもんだから気位の高い女になっちまったのがまちがいだったんだな」

「自分が出たのは女学校だけだって言ってたのに……」

「昔は女は学校へ入れないことになってたんだから仕様がないとしても、それでおじいちゃんを何となく低く見るのはまちがいだって、おれも若い時から日本の歴史の説明までして、言い続けたもんだったんだよ」

「大学で史学やった歴史の教師なんだから、当然のことだよ」

「そうなんだ。赤井家の家紋の丸に一文字だって、那須家の紋章だし、佐竹の家臣団だったために、徳川が常陸太田へ進攻してきた時、帰農したことや、幕末に天狗党の乱に加担したことも、阿武隈山脈の源氏川の谷間に住んで、二百五十貫で佐竹氏と契約していた証文のある家なんだから、旧制中学五年の時にノイローゼになって、自殺未遂して、人生のスタートラインで挫折して、不運なスタート切ったからって、実力で充分評価された人生だったんだから、寧ろ誇りに思うべきだって、おれはお前には言いたいんだけどな。どうも、おばあちゃんも、やっぱり女だったもんで、そこらへんは何度言って聞かせても無駄だったようだったけどな」

いつのまにか父と息子、妻と息子の嫁、という話相手の二組に別れて、振り返れば、七、八メートルの距離が出来ているのだった。

「おじいちゃんのおなかの傷ってのは、やっぱり、おやじは、自殺未遂だと思ってるんだね？」

「転んで怪我したなんて本人の言訳は、おれは信じてないよ。九分九厘、おれの眼に狂いはない」

「根拠は？」

「志を立てたら貫けとか、好きな道を進んで、たとえ失敗しても後悔しない人生を送れって、ことある毎に言い続けたおやじだったからさ」

「正直であれってのもあったよね？」

「そりゃ言うまでもない。正直貫いて生命をもらったおやじの言うことなんだから。身を以って証明してみせたわけだ」

喋りながら日出男は、こういうことを、遺言のように息子に伝えている自分を、いつのまにか、もう一人の自分が見ていて、しかも、かなり満足していて、このまま死ねるな、と附け加えていたりした。

二十五分ほど歩いて、高架駅のクランジからＭＲＴに乗り、四人は、六十年の昔、日本軍の主力部隊が進攻したマレー鉄道沿いの、ウッドランドロードから、飛行場のあったセンバワンを通り、イーシュン、ビシャン、トアバヨと集合住宅の林立するベッドタウンをまわる南北線でオーチャードへ出た。その時、さあーっと雨が降りかけてきた。

「スコールよ、急ぎましょう」

と、美子が足を速めた。

「親孝行させてよ」

と不意に照雄は、半ば駆け足になって、よたよた走り出した日出男と弘子を、地味だが重厚な感じのする中華料理店へ連れて行き、夕食はペキンダックになった。その夜も、グッドウッドパークホテルの、ガーデンプールの椅子に寝そべって、リゾート気分を満喫する余裕もなく、入浴すると、たちまち寝入ってしまった。


六月二十一日、水曜日。予定では、今日がシンガポール滞在の最終日で、夜の八時二十五分にはクアラルンプールへ向けて飛び立つことになっているので、慌しい気分で朝食をとった。

飲茶専門の、ホテル内の瀟洒な明るい店で、烏龍茶を何杯も飲みながら、行先について話を進めた。

「ジュロンの日本人収容所ってのは無理だろうな」

日出男が切り出すと、

「社用で何度もジュロンの会社を幾つか行ってみたけどね、全部ジュロンというのが番地に入っていて、大げさに言うと、シンガポールの西の半分はジュロンなんだよ。昔はジャングルが残っていたらしいけど、今じゃ、工場と住宅だらけだもんなあ」

照雄の言葉に、日出男が未練たらしく言った。

「チャンギ刑務所博物館へは必ず寄った方がいい、と悠一伯父さんも言ってたし、今でも刑務所が残っているそうだし、日本占領時代はイギリスの将兵が、戦後は日本の戦犯が収容されてたところだから、ちらりとでもみたいしなあ……」

「チャンギは飛行機に乗る前に、早めに行ってじっくり見られるし、おじいちゃんが二ヶ月ばかりいたオートラム刑務所ってのも丁寧に探せばわかるだろうけど、今日の昼の日程としては無理だな」

　オートラムという言葉に引っ掛かったのは、数年前に、軍事裁判と日本人収容者被虐待の証言に関する記録の本を読んでいて、シンガポール裁判の記録のところに、殴打、拷問、睡眠妨害、脅迫等の精神的肉体的被害を受けない者は一人も無く撲殺者二名を筆頭に多くの被害者を出した戦慄の刑務所の名として記載されていたことを思い出したからである。未決囚の戦犯容疑者たちは常に不安に脅かされ、近い将来、自分の身の上に襲いかかるはずの死の裁判に対する不安よりも、今の自分の身に直接襲いかかってくるさまざまな暴力を恐れて日を送っていた、とあったのだ。順蔵が、日夜、イギリス人の拷問を受けながら、報復軍事裁判を受けるまでの六十日の時間を思えば、結局は、昔の部下たちの証言で無罪になったとしても、日出男にとっては見るに忍びない場所だったのだが……。

　照雄の提案で、わずか二泊の滞在なのに愛着の気持が高まって去り難いグッドウッドパークホテルを後に、スコッツロードを下ってオーチャードロードへ出た。

「ショッピング忘れないでね」

　弘子が美子と並んで強く言ったので、オーチャードロードからプラスバサーロード、最後はラッフルズブールヴァードへ出て、ラッフルズホテルへ行き、何か食べてから、飛行機が出るまでの間に、見られるところを見ることにした。二階建てのバスが縦横に走り、高い街路樹の葉が空を覆い、行き交う人も、ヨーロッパへ行った時のような違和感もなく、日出男は、もうずいぶん前から歩いている通りのような感じがするのだった。伊勢丹、高島屋などと日本と同じ名の店があるのもさることながら、バッグから衣類と触って歩く女達の後について、ラッフルズホテル内の名店の列に出入りするまでは、少なくとも十数軒の店舗を出入りしており、ラッフルズホテルアーケードの大書店で照雄と戦争の大画集など並んで開いて覗いた後、シュロやシダ植物が覆っていてテーブル椅子のある内庭にからだを投げ出してくつろいだ時には、ホテルを出てから三時間近く経っていた。ここへ泊ったという、サマセット・モーム、チャップリン、ヘルマン・ヘッセ等の気持など想像しながら、ひとりくつろいでから、四人が合流して、ホテル内の店でイギリスふうのアフタヌーンティーを飲んだのは、午後の一時を廻っていた。ダージリン紅茶に、三段重ねの皿に盛られたケーキやクッキーを食べ終えた時には、普通の昼食をとった時より腹が張っていたほどだった。

「おやじの気の済むように、とにかくジュロンと名のつくところまで行って、とんぼ返りする。それから急いでチャンギへ行けば、ミュージアムも充分観て、夜、飛行場へ着く」

照雄の指示通り、シティホールからMRT東西線で、終点のブーン・レイへ行った。終点の三つ前にジュロン・イーストという駅名があって、南北線乗換駅だった。車窓から見れば、高層住宅とチャイナガーデンの駅名にあるような広い池と緑地が広がっているだけだった。

「気が済んだろ。だだっ広い湿地が広がっているところへ住宅と工場が増えて行って埋め尽くしているところなんだ」

「ま、ジュロンてところが密林だったたってこと想像出来ただけで、成果として、この風景だけ、この高いブーン・レイ駅のホームから写真撮って、次のMRTでチャンギへ行くよ」

日出男と照雄の父子は、弘子と美子も入れて、かしゃかしゃとシャッターを切った。

幾ら淡路島ほどの小さい島だからって、西端のブーン・レイから東端のチャンギ・エアポートまでは四十キロは越えていて、終点へ着いた時は三時半になっていた。

最終入場時間の四時半までの間に、チャンギ刑務所の、戦前の監視塔のある棟だけは残っていると いう情報を頼りに、タクシーを急がせて、高い塀越しに、頭のところだけカメラに収めると、何とか、日本占領下時代に、イギリス連邦軍の捕虜によって建てられたイギリス様式の木造りの礼拝堂へ入り、ミュージアム（博物館）へ入ることが出来た。

場内はパネル展示が主で、日本占領下の日本軍の残虐行為を示すものが多く、丁寧に解説の英文を読んで行くと、ＫＥＮＰＥＩＴＡＩ（憲兵隊）という文字が相当な数にのぼり、爪と指の間へ千枚通しを打ち込む拷問とか、中国人の生首を晒した写真等もあって、照雄がホテルのポーターのマレー人から聞いた話というのを裏づけるものだった。日出男が驚いたのは、スラッピング（平手打ち）という単語が何度も出ていて、ジャパニーズパニッシュメント（日本人の罰のやり方）と説明され、その屈辱を記してあったことだった。小学生から中学生時代に、敗戦の日まで、教師の、上級生の平手打ちが日常茶飯事で、これを受けない日は稀だった少年時代を日出男は思い出していた。

（平手打ちは現地人にとって死ぬほどの屈辱だったんだな）

あらためて、日出男は考えた。

声も立てずに、静かに見学して歩いている見学者は白人が多かったが、女性職員の説明が始まったので、マレーシアとシンガポールへ日本軍が進攻してくる大きな地図の前へ行ってみた。

「……というわけで、日本はマレーシアの錫とゴムを狙って侵略したのです。……」

と、ヨーロッパ系の血を混ぜた顔立ちの中国系の中年の女性の解説の中の、

「ティンアンドラバー」

と繰り返す英語の単語が、なぜか鋭く耳の中へ打ち込まれるのを日出男は、情けない思いで聞いていた。

（錫とゴム欲しさだけに侵略したわけじゃないぞ！）

口に出さずに日出男はひとり文句を言っていた。

出口に近い図書販売のコーナーで、「ザショーナンイヤーズ――日本占領下のシンガポール1942―1945」という題名の、リー・ジョク・ボイという中国人の書いた英文の三百五十ページの重い写真入りの本と、「戦場ガイド・マラヤ・シンガポール攻略・大英帝国軍事史上最大の惨事」という大きい写真地図を、日出男は購入した。

外へ出ると、ログハウスふうのカフェがあって、弘子と美子が冷たいものを飲んでいた。

「あたしたち日本人は鬼か悪魔ね。気持悪くなって出て来ちゃった」

「五十年経っても百年経っても日本は罵られ続けるのね」

と美子も言った。

「千年経っても消えないだろう。……日本も八百年前の怨みぶつける頃かな」

ふふふ、と照雄が悪い冗談を言った。

「心配するなよ。その前にヒトが絶滅しちゃうから」

日出男の口からも毒が吐き出された。

空港に戻ったのは六時過ぎだったが、

「中華料理食べたくない」

という弘子の提案で、四人が立っていた場所から一番近いところに横に広がっている日本の食事を食べさせる店で、天麩羅定食を食べた。

二十時二十五分発、二十一時三十分着で、四人はシンガポール発クアラルンプール行きのJL七二一便に乗った。上空にいる実際の時間は三十五分ぐらいで、およそ四百キロだから当然だが、四日前に入国審査停車時間を入れて、八時間を越えた夜行列車の旅と較べていた。

「さ、これで小田原へ帰ったら、安眠出来るわね」

と弘子はにやにやしながら、これで五回目の、同じせりふを浴びせた。

「カンダンケルボ見てきたから？」

と日出男は受けて、

「うん、リトルインディアもそうだけどな、ブキテマとかクランジとか、チャンギとかって歩きまわって、いろんなこと考えさせられちゃってな。却って眠れなくなるな、これじゃ」

「今夜、蛍見れば、安眠出来るよ、おじいちゃんに会えるんだから」

と照雄が言うのは、スランゴール河口の自然公園で、是非蛍を見て、明日二十三日の金曜日に帰るように、すべての手配を済ませていたのだ。結局、明日の夜、クアラルンプール発成田行きの便に乗るまでの日程、行程のすべては照雄の指示に従おうと、日出男は弘子と暗黙の合意をしていたのだ。

トーストと紅茶で軽い朝食を済ませたのは九時過ぎだったが、

「じゃ、いいね。おれ、今日のお昼まで休暇取ってあるんだけど、ちょっと早めに家を出るから、一緒に会社へ来て、支社長に挨拶してもらって、それから、この間、話した通り、出入りのP社の、リピーター向きの、市内トボトボ観光三時間ていうの、手配してあるからね。それで一廻りして、ここへ来て一休みしたら、夜、七時頃、おれ、帰ってくるから、それから蛍見に行くと、丁度いいんだよ」

ということになり、照雄の運転するプルトンに乗り込んだ。二十分ほど走って、旧市内へ入るところで、美子が降りた。海外駐在社員の妻たちが集まって作っている手芸のサークルの会合の日なので、シンガポールで買った菓子を手土産に集会へ出ることになったのだ。更に三十分近く走って、ツインタワーの少し先に、照雄の勤務先の航空運輸会社の支社のあるビルの前でプルトンは停まり、クルマを置いてくるから、と照雄は駐車場へ去った。日出男と弘子が、その事務所が三階にあるビルの入口で待っていると、照雄がやってきて、会社の応接室へ連れて行かれた。

文社長のイズマイル氏は愛想のいいマレー人で、六十に近く白髪まじりの髪ではあったが、精悍な風貌の持主だった。

照雄と連れ立って応接室に現われ、形通りの握手で挨拶を交し、小田原から持参のクッキーを渡して腰を下ろすと、インド系の女性社員の運んできた紅茶を啜りながら、ほんの十分足らずの間ではあったが、照雄のマレーシア公用語の英語と日本語の通訳で日出男、弘子の日本語を英語に、イズマイル氏の英語を日本語に変えて、短い会話を幾つか重ねることになった。シンガポール訪問以来、頭に引っ掛かっていた言葉を、日出男が発したのは、カンダンケルボはどうだった、と訊くイズマイル氏に、照雄が答えた後のことだった。

「半年前に来た時に、スルタン・アブドゥル・サマッド・ビルの近くの歴史博物館の三階やマラッカの歴史博物館にも、日本の三年半の占領時代の日の丸や武器や自転車まで飾ってあるのを見て驚いたんですが、あなたは、一日二十キロのスピードでマレー半島を南下してシンガポールへ進んで行った日本軍や、三年半に及ぶ日本の占領や、大東亜戦争という名前の、今度の戦争について、どうお考えですか？」

長い日出男の質問に対するイズマイル氏の答は、意外なほど簡単なもので、拍子抜けするほどのものだった。

「私は、日本の占領が終って、またイギリスの植民地に戻った後で生まれたので、父親から繰り返し聞かされた言葉なんですが、『日本のスローガンはよかった。でもそのスローガンを実現するやり方がまずかった』というものでした。おとなになって、いろいろな人と話してみても、皆、同じこと言ってましたよ」

イズマイル氏との話はすぐ終ってしまい、握手をして別れたが、言葉はいつまでも残った。聞き返したりはしなかったが、スローガンというのは、積年の白人によるアジア支配を断ち切って独立し共に手を取って栄えて行こう、という、いわゆる大東亜共栄圏思想であることはわかったが、占領地域で日本語を押しつけ、日本語の歌を歌わせ、現地の人の歴史と文化を無視して日本の言語、風俗、習慣のすべてを短期間に無理矢理に押しつけたことだということは、チャンギの博物館で買った本をちらりと見ただけでもわかった。極端な例が、スラッピング（平手打ち）に代表されるやり方が非難されていることも同時に理解出来た。

（やり方がまずいってことは、スローガンもまちがってたってことにもなるんだよな）

日出男は、その考えに追いつめられて行くのを感じていた。

「先ずクアラルンプール発祥の地から始めましょうか」

Ｐ社の市内トボトボ観光三時間コースのガイドは四十歳ぐらいの中国系の男で、やや額が禿げあがってはいたが、流暢な日本語で、笑みをたたえながら、力強く日出男と弘子に話しかけた。もちろん照雄から連絡があって、Ｐ社のマネージャーと一緒に応接室に現われ、名刺を渡して、自己紹介があったのである。

「私はアネス・ウーと言います」

名刺にはＥｒｎｅｓｔ　Ｕｈとあって、ウーは漢字ではニンベンにゴと書きます、と言ったので「伍」をウーと発音するのだとわかったのだ。百リンギずつ払ってくれとマネージャーが言うので二百リンギ渡して、ＬＲＴやバスなどに乗ったり、歩いたりして、ＫＬ（クアラルンプール）二度目三度目で、有名な観光スポットの殆どを見終ってしまった日出男、弘子夫婦のような二人、三人の個人旅行客の利用が最も多いという特殊な観光なのである。

アンパンというアンパン・ラインの始発駅からLRTに乗って十一番目の駅、マスジット・ジャメで降りると、ケラン川沿いに歩き、ゴンバック川とY字形に合流するところを優雅な街燈の立ち並んだ橋の上から見下ろして、

「クアラルンプールというのは泥んこの河口という意味で、ここから錫やゴムその他の物資を船で海に積み出したんです。それが今日のマレーシア連邦の首都の源です」

と説明し、日出男と弘子のスナップ写真を撮ってくれた。

「ここから歩きましょう」

と、御存知でしょうが、と断りながら、やはり一番芸術的ですばらしい眺めだから、とスルタン・アブドゥル・サマッド・ビルを正面に見るムルカデ広場に連れて行って、一八九七年にイギリスの建築家ノーマンが建築した赤煉瓦の建造物で、四十一メートルの時計台はイギリス式だが、全体にアラビアふうの優雅なもので夜はライトアップされ見事であると言う。更に、すでに御覧になったでしょうが、と前置きして、一九〇〇年にイギリス人のヒューボリックによって設計されたマレー鉄道のクアラルンプール中央駅のモスクふうの屋根と白亜の外壁、イスラム寺院ふうの尖塔を説明した後で、

「こうしてイギリス人は次々に芸術的大建造物を建てて現地の人を驚かせたのですが、すべて地元のイスラム文化を尊重して取り入れ、そこへイギリスの色を附け加えるというやり方で、うまく現地に溶け込んでしまうんです。だから、二百年近くもこのあたりを支配しているのに現地の人には全然怨まれたりしないんです。短い時間で自分の国のやり方を現地の人に押しつけたりしないところが上手なんです」

と言って、ちょっと黙った。

（それに較べて、日本人はたった千日ちょっとの占領で、いつまでも怨まれているのは……）と続けたかったのだろうと思い、日出男は、先刻のイズマイル氏の言葉を思い出して、暗い気持になった。

ウーさんは、インド人街、中華人街と歩き、大きな屋台で、飲茶をとり、セントラルマーケットに入ってヤシの実を割って中の水を飲んだり、マレーふうの菓子を食べたりしながら、最後に、現地の玩具だと言って、木彫りの大小の蛙の背の小さな凸凹に、蛙の腹の丸い小さな棒を抜き出して転がすと、けろけろっと、雄蛙雌蛙の大小の鳴声を発する一組を紹介したので、いい土産が出来た、と購入した。日出男と弘子は三時間のトボトボ観光を終えると、タクシーで、バングサの照雄の住居に戻った。

「ちょっと早いけど、途中で夕食とるから」

という照雄の言葉でバングサを出たのは、七時少し前だった。ニョニャ料理にするからね、というので、坂を下ったところにある専門店に入った。中国料理とマレー料理を合体させたもので、代表メニューのロバは豚肉を湯葉に似た皮を巻いて揚げたものに、香辛料を五種類使ったものである。その他独特の料理法でこしらえた海老や、チキン、レタスなどの野菜が添えてあり、味は変っていても、かなりおいしいものだった。

「さて、これから夜道を一時間半飛ばすからな」

と照雄はプルトンに乗り込んだ。

クアラ・スランゴール自然公園に着いたのは十時近くて、今にも雨が降りそうだった。時間が遅いせいか、カンポン・クアンタンの船着場から、丁度四人乗りで一艘のボートを、一人の船頭が手漕ぎで暗闇の中へ漕ぎ出して、マングローヴの林が暗い水の中に根を下ろしていて、蛍の群で光っている場所目がけて進んで行った。ごろごろと遠雷が響いてきて無気味だったが、幸い、ぱらぱらと、ほんの一刻雨粒が落ちてきただけで、およそ一時間の蛍見物は無事に進んで行った。ただ残念なのは、クリスマスツリーを何十本も暗い川の両側に張りめぐらしたように見える、という話のようには展開せず、ところどころで特定の樹だけが、確かにクリスマスツリーのように光っているばかりだった。

「どうしたのかしら、もっとたくさん光っているはずなのに」

と美子が言うと、

「ちょっと遅かったのかな。十一時頃までしか光らないって聞いてたけど……」

と照雄が言ったので、

「明るいうちから光ってたんで、もう疲れちゃったんじゃない」

と弘子が混ぜっ返した。

「いいよ、いいよ。これだけ光ってれば充分だよ。ただちょっと残念なのは、日本の蛍みたいに飛びながら、すうーっ、すうーっ、と光ったり消えたりしないで、つけっ放しの豆電球みたいに、いつまでも光ってて消えないのは、風情に乏しいと思うんだけどね」

と日出男は、それでもせいいっぱい息子夫婦の好意に感謝の気持を表わして口にした。

「こんなんじゃない。もっと、あっちもこっちもぴかぴかと光っててまぶしいくらいなんだよ」

と照雄は、いらついた口調で言った。

「いいんだよ、日本の蛍と種類がちがうんだから」

「そうよ。日本は日本、マレーシアはマレーシアよ」

と弘子が日出男の言葉に同調した。

「ほら、おとうさん。あそこ見て……」

と美子が左に伸ばした手の先のマングローヴのクリスマスツリーが、不意に明滅して、数十匹の蛍がふわふわと上下した。

「あら、聞こえたのかしら」

と弘子がおどけて言った。

「そうだよ。あんまり不平不満並べるから、それなら見せてやるぞって意地を見せたんだよ」

と照雄も笑った。

「あれ、おじいちゃんの蛍じゃないかしら。意地になって、負けず嫌いで……」

と弘子が、ますますおどけてみせた。

「おじいちゃんだよ、きっと。だって、今朝、照雄が、おじいちゃんに会わせてやる、なんて約束したから、おじいちゃんが乗り移って、日本の蛍みたいに、ひらひら飛んで見せたんじゃないかな。きっとそうだよ」

日出男も喋ってるうちに、本当にそうかもしれない、と思えてきた。

「蛍は死者の霊魂、て言い伝え、本当に日本には昔からあるんですか？」

美子にあらたまって訊かれると、日出男には自信がなかった。

「ずうーっと前から、そういうこと聞いたことはあるけどね……」

「でも、遅く来たのに、せいいっぱい光ってくれて、蛍さんありがとう」

弘子が締め括った時、小舟はぐるりと大きく旋回して帰路についた。

「いいもの見せてもらったよ。おじいちゃんにも会えたし……。カンダンケルボへも行ったし……。

ブキテマ高地にも行ったし……。ありがとう、照雄。おれは、もう言うことないよ。……最後に、お礼に、おじいちゃんが、おれのおやじが、シンガポールから帰ってきて、しばらくの間、歌ってた歌、歌うからな。嫌だと思っても、ちょっと聞いててくれよ」

「よしなさいよ、こんな車の中で……」

弘子が止めた。

「ははは、おかあさんと同じだな。おやじの歌うの、いつも嫌がっててな。……でも、歌うよ」

日出男は低い声で歌い出した。

「一番乗りを　やるんだと
力んで死んだ　戦友の
遺骨を抱いて　今入る
シンガポールの　街の朝

男だ　なんで　泣くものか
噛んでこらえた　感激も
山から起こる　万歳に
思わず頰が　濡れてくる

負けずぎらいの　戦友の
遺品《かたみ》の国旗《はた》を　とりだして
雨によごれた　寄せ書きを

山の頂上に　立ててやる

友よ見てくれ　あの凪いだ
マラッカ海の　十字星
夜を日に継いだ　進撃に
君と眺めた　あの星よ

シンガポールは　落としても
まだ進撃は　これからだ

……その後《あと》、知らないんだよ、きっといい文句があるはずなんだが」

すると野太い声で、照雄が続けた。

「遺骨を抱いて　俺は行く
守ってくれよ　戦友よ」

「どうして、照雄、知ってるんだ、そんな文句？」

日出男は運転席のシートに手をかけた。

「ふふふふふ。クアラルンプールのカメラサークルで歌謡曲の鬼がいるんだよ。そいつに訊いたんだ」

「そうだったのか。……でも、それが本当だとすると、意外に月並みな締め括りだな。『まだ進撃はこれからだ』の後、知らない方がよかったな。悠一おじさんも言ってたけど、おれが好きなのは、

『夜を日に継いだ進撃に』って言葉だな。戦争の歌っていうより、何だか、かなしい男の生涯の歌みたいな気がして、切なくなるんだよ、歌っていると。……ひたすら戦いに戦って、死んで行くだけのかなしい男の姿が歌われてるみたいに感じちゃうんだよ」

翌六月二十三日、金曜日、JL七二四便は、二十二時五十分、日出男と弘子を乗せて、クアラルンプールを出発し、六月二十四日、土曜日、六時五十五分、成田に到着した。

古い電車

街道の霧は深かった。

満男は注意深くブレーキを踏んだ。そうしないと靴がブレーキの右側に滑り落ちてしまい、あらためて落ちた足を持ちあげてブレーキを踏み直さなければならないのだ。すると、当然思わぬ力が右足に加わってしまい、予期しない急ブレーキとなって、がくんと小さな軽いボディのクルマは、つんのめるような形で止まってしまうことになるのだった。早い話が、それほどブレーキの小さな踏み板がひどく擦り減っていて、つるりとした頭部の丸い鉄の棒になってしまっていたのだ。それも当然、満男の運転するクルマは、四十年ほど前に流行ったスバルレックスという軽自動車で、排気量が三六〇ccしかないのだった。しかも、満男がこのクルマを買ったのは、昭和四十年代も後半の、小さな中古自動車販売店からで、その時点で、すでに、三万キロは走行していたのである。更に驚いたのは、問題のフットブレーキの小さな踏み板が、異常に擦り減って、その右側が丸くなってしまっていたことだった。

どうして、そんなぼろグルマを買ったのかと訊かれれば、ただ異常に値段が安かったから、としか言いようがなかった。もちろん値段だけでクルマ選びをする者はいない。満男の場合は、理由は二つだった。一つは、満男の免許証が、いわゆる限定免許で三六〇ccまでの軽自動車しか乗れない軽免許所有者に過ぎなかったことだった。もう一つの理由は、免許取得直後に、何とかやりくりして購入した、当時人気抜群のスバル三六〇を得意になって乗り廻していたものの、飛行機会社の創り出した自動車というわけでもあるまいが、何となくふわふわした感触で、頼りなげで、なぜか大地にしっかり根を張っている、いわば重量感とでも言うべきものが欲しくなってきたのだった。軽自動車に重量感を求めるとは皮肉な話だが、乗り始めてから三年を越え、走行距離七千キロのあたりから募る不満が広がってきて、クルマに乗る回数も減ってきた頃、スバルレックスが四ドア型の新車を売り出してきて、かなりの台数を街頭で見かける機会が増えてきていた。たまたま職場の同僚が通勤に使っていたのを、ちょっと借りてハンドルを握ってみたところ、買い替えるなら、これにしようと思い込んでしまったのだ。それからでも三年ほどの歳月が流れてしまったが、予想を越えたひどく安い値段で、発売五年後に何とか手に入れて、ハンドルを手にした時、願えば叶う、とはこのことかと、満男はめぐりあわせのようなものに、とても感謝したことを覚えている。だからフットブレーキの小さな踏み板の右側がかなり丸くなっていたことなど、あまり気にはならなかったのだ。

それにしても、それからの歳月は長かった。かれこれ三十五年は過ぎ去っていたのだが、その間、満男は、歳月の長さを考えたことは一度もなかった。そんなことを言うのは、おんぼろスバルレックスを購入して、レストアと言えば聞えはいいが、パーツつけ替えを繰り返し、途中で捨てて、次の新車を購入しようともしないで、今日まで三十五年間、だましだまし乗り続けてきたことなのである。それほど、そのクルマが気に入ったのか、と仮に訊かれれば、気に入るも入らないも、満男にとって、そのスバルレックスはもはやからだの一部となってしまったからだ、とでも答えるしかない関係なのだ。第一、そんな自問自答すら、毛筋ほども脳裡に浮かんだことなどありはしなかった。

（都季子が、……世思男が、助手席や後部座席に、いつもかならず坐っていたっけ）

どこから湧き出したものやら、まるで、巨大な綿の幕を引き延ばしたような霧に包まれて、ぽんこつのスバルレックスが、置き去りにされた荷物のように、街道の端に停まっていた。

（ヨシオ！）

と隣のシートに、ちょこんと小さな尻を乗せて、前屈みにフロントグラスに鼻先を押し付けるようにして、進行方向をにらんでいる四歳の息子に、満男はハンドルを握ったまま呼びかけた。

（もっと後ろへさがってないと、怪我するよ！）

（ほら、背中、ここへくっつけて！）

と後部座席から両手を延ばして、世思男の両肩を摑んで、助手席シートの背もたれに押しつけようと、からだを伸ばしたのは、満男の妻の、都季子だった。

（却って、あぶないから、体重移さないで！　今、飛ばしてるんだから、クルマのバランス崩れちゃうんだよ）

（もっと大きいクルマにしてよ。これくらいでクルマ傾いちゃうんじゃ……）

それから、軽く、とん、と満男の背を叩いて、

（しっかりハンドル握っててね、頼りにしてるんだから）

そして、くすっと笑って、息子の小さい肩をシートの背もたれに押しつけ、自分も、どかっと後部座席に腰掛け直した。

（ああ、おとうさん、がんばるからね）

思わず、最後の言葉が強くなったのを、満男は自分でも感じて、うつ伏せになっていたハンドルから、のろのろとからだを起こした。

（夢か！）

丁度その時、こつこつこつ……、と助手席のウインドをせわしげに叩く音が満男の耳を打った。からだを左に捩って、助手席に斜めになり、ウインド越しに眼をやると、霧の中に子供の顔が現われた。左手でのろのろとウインドを降ろすと、

「じいちゃん！」

と甲高い声が飛び込んできた。

「マサトか。どうしたんだ、今頃？」

「開けてよ、ここ、じいちゃん」

と、マサトと呼ばれた少年は、左の前扉を、こんこんと叩き続けた。

「開いてるよ」

と満男は扉を開けながら言って、からだを操縦席に戻した。

「何やってんだ？　こんな霧の中で……」

と満男が言うと、

「じいちゃんだって、何やってるんだ、こんなとこにクルマ停めて？」

と少年も負けていない。

「じいちゃんか。夢見てたんだよ、ちょっと」

「夢って、何の夢？」

びっくりしたような、丸い瞳を、少年は、白髪混じりの長い眉毛で覆われた満男の細い眼に向けた。

「子供の夢さ、マサトぐらいの……」

「おじいちゃんの？」

「そうだよ」

と言ってから、助手席にからだを滑り込ませてきたマサトの小さい右手を引っ張り上げて、きちんと助手席に坐らせた。

「学校は？　もう終ったのか？」

黄色いビニールの覆いを被せたランドセルを、小さい両の掌で、ぱんぱんと叩いて、満男に笑いかけると、マサトは、

「お昼で学校終ったんだけど、そのあと、三時までずうーっとシミン祭りの練習してたんだ」

「ああ市民祭りか？」

S市の市制施行二十周年を記念して始まった男女性別年齢を問わない市民自由参加祭りのことを指していることは、七十五歳の満男でも充分わかってはいた。

「……で、マサト、何やるの？」

前照燈をつけて、注意深くのろのろとクルマを走らせながら、満男は訊いた。

「マサカド様行列やるんだよ、小学校の生徒みんなで」

「マサカドって、あの平将門のことか？」

思わず、運転中ではあったが、満男はちらりとマサトの、ふくらんだ頬の横顔を見た。

「決ってるじゃん。マサカド様は学校の裏山向こうの城に陣地作ったんだもん」

「参ったな、こりゃ。くわしいんだね、今どきの小学生は。確かに、あの裏山の尾根はずっと向うの将門の砦のあった旗立山まで続いてはいて、石碑まで立ってるのは事実だけどな。……それにしても、マサトは、その行列で何やるんだ？　マサトだからマサカド様か？」

「小三のぼくがマサカド様のわけないだろ。マサカド様は小六の順ちゃんだよ、和泉屋の……」

「ははは、そうだな。マサカド様は偉い大将だもんな。……じゃ、オキヨ王か？」

「お、くわしいじゃん、じいちゃん」

「あたり前さ。マサカド様の子孫なんだから」

「じいちゃん、ほんと？」

マサトの小さな右手が、ハンドルを握る満男の左腕を摑んだ。

「ほんとだとも。だから、じいちゃんは強いし、絶対に死なないんだ」

「だめだよ、じいちゃん、嘘ついいちゃ。マサカド様は、ずっと若い時に、ここを（と左のこめかみに人差し指を当てて）弓で射られて、それで死んじゃったんだ。首斬られた時も、その首が空飛んできたんだけど、また射ち落とされちゃったんだ。だから絶対死なないなんて嘘だよ、嘘に決ってるじゃん」

「ははは。よく知ってるな、マサト。それじゃ、じいちゃんがマサトの役、あててやろうか。……マサカド軍のサムライの大将だろ？」

「じいちゃん、すごい！」

と、マサトは両手を大きく開いて、ぱちんと両の掌を合わせた。

「大将じゃなくて、大将の次のヒトだけど、サムライはサムライなんだ。マサカド様の、すぐ後について敵の陣地に攻め込むんだ」

「そうか、そうか。偉いんだなあ、強いんだなあ。じいちゃん、見たいなあ」

「今度の日曜日だよ。じいちゃん、見に来てよ。グランドスクエアの入口の門のところから出発するんだ。お昼からだよ。忘れないでよ」

スバルレックスは、それでも、マサトを乗せた時よりは、かなりスピードをあげていた。

「あ、よく見えるようになってきたね、じいちゃん」

とマサトはフロントグラスに額をくっつけるように、からだを前に乗り出した。確かに霧の幕は急速に綻びてきた。午後四時過ぎの傾いた陽光が霧の幕を貫いて射し込んできたので、満男は、急いでフロントグラスの上の日除けを、先ず運転席の上に下ろし、次いでマサトの眼の上を覆った。


その名も、俗に将門街道という国道二一六号線は、満男が一時停車して、ちょっとまどろんだところから上りになって大きく左へ曲り、しばらく進んでから、なだらかな傾斜を降って、ゆったりと大きく右へカアヴした山の根かたに五十軒ほどの集落があった。街道沿いにはガソリンスタンドや、コンビニ、居酒屋、ラーメンショップなども並んでいて、千葉県の、このあたりでは、よく見かける、似たような家が並んだ分譲住宅と、敷地の広い、昔ながらの農家が混在している典型的な首都通勤圏の風景が広がっていた。バス停に「野間」とあって、日中は一時間に一本だが、朝夕は三本ずつ往復のある私鉄バスが、この街道を通っていて、更に十五分ほど先の、広大な田の中の直線部分を突当りの、旗立山という巨大な筒型の大地の裾を終点のS駅へ回り込んでいるのだ。この街道を、スバルレックスを、逆方向に走れば、濃い霧で停車していた場所の少し先に、小学校へ続く三叉路があり、更に進むと二つの大きな山のように田の中へ突き出た台地の間の谷間を、瀬尾という名の二十軒ほどの小さな集落を通り過ぎ、低い峠を越えて、広々とした畑地の中に農家の散在している集落まで三キロの道程が続いているのだ。広野というバス停のある十字路を左へ二分ほど入ったところが満男の家だった。

秋もかなり深まってきた十一月も半ばの、その日も、三時を少し出たかという時間に、満男は家を出た。重い欅の引き戸をがらがらと引いただけで、もちろん鍵など掛けなかった。ほとんど毎日、このところ満男は、陽が傾く頃になると、百年は続いたはずの、この古い家を後にして、愛車のスバルレックスへ乗り込み、のろのろと十字路まで出ると、通称マサカド街道、国道二一六号線へ突当り、クルマ一台来ない道路を右左に首を振って見て、右折してゆっくりと街道へ入るのだった。別に行先はどこと決めてあるわけではなかった。市町村合併を機に、村役場勤めを止めてしまってからというもの、健康法を兼ねて、自宅敷地の続きにある小さな畑で、汁《しん》の実のためだけの野菜作りを細々と続けているばかりの満男は、魚や卵などの食糧やら、歯磨きチューブなど身の回りの品物を購入するために、野間やS駅前の商店街へ出かけなければならない、という必然的理由はあったのだ。とはいえ一たび家を後にすると、ただ当所《あて》もなく、マサカド街道を往ったり来たりしては、S駅に近いグランドスクエアやら、旗立山へ登って、遊園地の廃墟へ入り込み、朽ち果てた電車に乗ったり、小学校の近くなどを走り廻り、走行距離にして、十キロから二十キロ、時間にして一時間から、せいぜい二時間、いわばクルマの散歩という走り方で、停まったり休んだりして、広野の古い家へ戻ってくるのは、大抵、日もとっぷり暮れて暗くなる夜の入口だった。

満男の運転するスバルレックスが、珍しいクルマだったせいもあって、今では、このあたりの名物になっていて、一《ひと》昔前に起こったレトロカーブームの時など、満男が、まだ六十代だったこともあり、長い庇のキャップにサングラス、黄色いジャンパー姿で操縦席に坐り、夏などウインドを開けて、ぶすぶすぶすぶすぶす……、というエンジン音を立てて街道を走って行く姿を待っていて、声をかけて、手を振ってくれる人が、子供たちばかりではなく、結構、いい年の農婦などもいて、エンジンを止めて木陰で休んでいると、魔法瓶の茶などをもらって飲んだりしたこともあったほどだった。満男も、これに応えるかのように、ゴーグルつきのドライバーキャップや庇に、派手な刺繍のついたキャップを被ったりしたこともあった。そしてそれは、さびしい満男の私生活の裏返しの表現のようにも思われた。何よりも満男自身が、そのことをよく知っていたのだ。レトロカーブームの始まった十五年ほど前に、満男は、もう独りぼっちの暮らしをしていたのである。

だからマサトに、子供の夢を見てた、と言った時、「おじいちゃんの？」と訊かれた時は、辛さが、じいんと染みてきたのだ。

（この期に及んで、死んだ子の夢を見るとは！）

ようやく首が坐った頃から、子供椅子を重ねたりして、満男は助手席に世思男を坐らせていたのだ。マサトと同じ小学校三年ぐらいの時は言うまでもなく、親と一緒にいるのが恥ずかしいと思うようになる小学校の上級生になる頃まで、だから、助手席の主はずっと世思男だったのだ。そして、その一人息子は、もう、ずうーっと前から助手席に乗って、はしゃいだりすることはなかった。高校一年の冬、この世を去り、助手席にも、古い家にもいなくなってしまったのだ。左下肢から発生した骨肉腫が原因だった。患部の脚を切断し、制癌剤に苦しんで、十六年ちょっとの短い生涯を閉じたのである。その日からでも二十六年、およそ四半世紀が過ぎ去っていた。満男は、このぽんこつのスバルレックスを、パーツを付け替え、ボディの色も、二度変えたことがあった。最初は世思男が死んだ時のことで、弔意を表したわけではないが、真っ黒に塗装し直していた。二度目は妻の都季子が世を去った後で、何となく萌黄色に塗り変えたのだ。そしてそのまま十四年、汚れも混じって、今では草木の一部のような自然色になっていた。

それでもこのぼろグルマを手離したくなかったのは、一人っ子の世思男が、十年も腰掛けていた助手席を捨てたくなかったせいかもしれなかったのだ。そしてその気持を、いよいよ深めたのは、息子の世思男に代って、妻の都季子が、後部座席から助手席に移って坐り、息子が世を去った昭和五十七年からは、助手席の主は、妻の都季子に変っていたからだった。それは、しかし、十四年という短い年月に過ぎなかった。しかも最後の四年間は乳ガンで入退院を繰り返していた都季子を、背もたれを倒して病院への送り迎えに使うためだけの助手席になってしまい、すばらしい紅葉の散りかかる渓谷などを観賞して悦ぶためのものではなくなっていたのだ。

そしてそのことが、却って都季子の姿を、このぼろグルマに封じ込めることになり、いよいよ廃処分することが躊躇《ためら》われる羽目になっていた。その平成六年からでも十二年、満男の他は、一匹の牡猫以外に住む者もない、だだっ広い百年前の農家同様、スバルレックスを始末する考えなど、どこからも浮かんでくることはないまでになっていた。生後三ヶ月ほどの仔猫の時に、まぎれ込んできて住み着き、そのまま、古い農家の主となって、のっしのっしと大きなからだで、わがもの顔に歩きまわっていて十五年にもなる満男の同居者の牡猫大吉が、この夏、裏山の中で倒れて息を引き取ってしまってからの三月《みつき》というもの、もはや満男は、文字通り、天涯孤独の身となってしまったのだった。

妻の死後十四年、スバルレックスの、夕方乗り廻しは変らないものの、ここ四年は、その目的がすっかり変ってしまった。独り暮らしのわびしさ払いという意味が、Ｓ市の整形外科受診というもので、かなりの割合を占めるようになっていたのだ。というのも駅に近い花田整形外科では、西式の健康体操の指導実践なども行っているので、両足のしびれ状態が長引き、薬物治療だけでは症状が軽くならないので、牽引療法の外に、金魚運動とか、毛管運動、合掌体操等の指導訓練を受けに、週二回ほど、一時間足らずではあったが、夕方近くの、比較的治療室の空いている時間を狙って立ち寄る、という目的も加わっていたのだった。とはいえ、経過は一進一退で、四年というもの、治療効果があるのか、ないのか、症状はほとんど変らないのだが、変らないということは、悪化進行していないということだから、やはり効果があったと考えるべきだ、と思い直して、ヴィタミン剤や血流促進剤を処方してもらいに行きがてら、運動療法も継続していたのだ。

「ほら、もうマサトん家だ」

街道のなだらかな傾斜を、ゆっくり右へカアヴして、くくくくく……、とスバルレックスも一息ついた楽な声を出して降って行った。

「これからハナダセンセイんとこ行くの、じいちゃん？」

満男の通っている整形外科病院のことを訊くマサトに、

「行かないよ、今日は、もう」

「霧で見えなくなっちゃったもんね、今日は」

生意気な対応をするマサトに、ちらりと眼をやって、満男が言う。

「マサトこそ、じいちゃん、霧で、学校出たところに停まってなかったら、どうしたんだ？　この峠、左へ曲って、右へ曲って、野間のマサトん家へ行くのに、四十分かかるんだぞ。おまけに霧ん中ふっ飛ばしてくるクルマに蹴っとばされていのち落しちゃったかもしんないんだぞ。三メートルと先見えなかったんだからな、さっきは」

「大丈夫だよ。たんぼ突っ切れば、学校の西門から野間ん家まで、すぐだもん」

マサトの抗弁には力が入っていた。

「そうか。いつも通ってる田の中の清兵衛堀沿いの道歩けばってことだな。でも、それじゃ、学校入口の三叉路まで歩いてきた分だけ損しちゃうよな、じいちゃん来なけりゃな」

「じいちゃんの負け！　だって、マサト、こうやって乗っちゃってるもん」

自分の咎の意外な勝利に、シテヤッタリという満面の笑顔で、マサトは歯を見せて声をあげ、からだを揺すった。

「ははは。頭いいぞ、マサト」

「それより、じいちゃん、ハタタテ山の電車にも乗んねえのか、今日は？　霧晴れてっけど……」

「ああ、その気ねえな、今んとこな」

人家がだんだん増えてきて、海の中へ突き出た岬のような山から黄や赤の木の葉が段だら模様を作って迫っている根かたの集落へ、二人を乗せたスバルレックスは、とことこと入ってきた。

「ほら、もうマサトん家だぞ。姉ちゃん、首出してっかなあ」

二人は、実際血の繋がっている祖父と、その孫の姿で、野間の集落まで、ほんの二十分足らずの今日の旅を閉じようとしていた。

二人の、このような関係はマサトが小学校へ入学した年の冬からだから、もう、かれこれ足かけ三年、丸二年以上もの間、続いていた。きっかけは、たまたま、普段入らない小学校西門前の狭い道へ入り込んだ満男が、たまたま午前中の授業を終えて下校を急ぐ一年生の群の最後尾に、左足を引き摺りながら、懸命に級友たちに遅れまいと歩いている小さい男の子に、気がついたことだった。これがマサトとの出会いだった。警戒の眼つきで後退りするマサトを、血の繋がった祖父の慈愛に包んで、満男はマサトを助手席に坐らせ、野間の、マサトの家へ送ったのだ。マサトの家は、野間の、どちらかと言えば、北のはずれで、旗立山に突き当たる広い田の中の一本道の入口にあたり、だから、S市のセンターに位置するS駅にも、野間の南端にある家よりは八百メートルほど、駅には近いことになるのだ。

小学一年生の二学期も終りに近いその日から、小学三年の秋の今日まで、足かけ三年、丸二年、日数にしておよそ七百日、頭の分だけ背が伸びたマサトと、眼に被さるほど長く延びた眉毛が、更に白さを増して長くなった満男の、七十三歳から七十五歳までの年月だったが、もはや誰の眼にも、血の繋がった祖父と孫に映る二人で、事実、週の半分は、二人を乗せたスバルレックスのフロントグラスに仲良く並んだ姿を見せて走り去る場面を近隣の人たちに見せていたのだ。

時間帯は、午後遅くから、夕陽の沈む頃がほとんどで、学校入口の三叉路からマサカド街道を、ゆっくり上下して、左、右とカアヴして、野間の北のはずれ、マサトの家までだったが、S市のグランドスクエアとか、旗立山の、巨大な筒型の台地の上など、定《きま》ったコースで、花田整形病院へ寄る日が時々廻ってくる他は、よく飽きもしないで、というほどのものだった。この二人の、短い短い旅は、ほとんどが、野間の北のはずれの、古ぼけた腰板のある古めかしいガラスの引き戸が四枚嵌まった湯浅商店の倉庫のように奥行きの深い土蔵倉を改造したにちがいない建物の前で、終りを告げるのが常だった。

とととと……、というスバルレックスのエンジンの呟きがのろくなると、古ぼけたガラスの引き戸を開けて、なぜか、いつも頭に何か黒い布を巻いたり、茶の帽子を載せたりしている女が上半身を乗り出して、にっこり笑うのだった。女は、とても若く、子供っぽく見えて、マサトの姉ではないかと思わせたり、またその反対に、ひどく老け込んでいるようにも見える時があって、どう見てもマサトの母親にちがいない、とも思えたりするのだ。

「ほら、かあちゃんが待ってるぞ」

彼女の姿を見ると、満男は、つい口に出して、マサトに話しかけた。

「かあちゃんじゃねえよ」

怒ったように言って、マサトは、そんな時クルマを飛び出して、後をも見ずに、ガラス戸の中へ駆け込んだ。

そんな時、軽く会釈して、女はマサトとガラスの引き戸の向うにたちまち姿を消してしまうので、声をかける間もなかったのだ。尤も満男とてそんなつもりもなく、ほぼ同時に、満男はアクセルを踏んで、旗立山に向かう、広大な田の中の直線道路を突っ走るのが常だった。

湯浅商店という小さな店が、マサトの親や祖父の代から、あるいは、もっとずっと昔からある「何でも屋」、今で言う小さなコンビニのように、パンや牛乳から、駄菓子のようなものや靴下や封筒、便箋など、それから昔は販売するのに「専販」の認可の必要な塩、砂糖、そして煙草などを、恐らく百年を越えて売ってきた店であることは、満男が住んでいる広野の集落の者なら、誰でも知っていた。だから、満男とマサトの前に、待ち構えているようにガラス戸の奥から上半身を突き出し、笑って会釈して、マサトを吸い取るように、ガラス戸の奥に消えてしまう、その女が、一体、誰なのか、……マサトの母なのか、それとも年の離れた姉なのか、あるいは、そういう血の繋がった濃密な人間とは、まったく別の、たとえば異次元の世界からの使者で、孤独な満男に、マサトという八歳の子供を、孫のように送り届けてくれているのか、などと途方もない妄想以上の、ばかな考えに憑かれる瞬間さえあって、しかも、そのことを疑ってみようともしないで、そのまま受け容れている自分の心の動きを、不思議とも思わなかったのだ。ちょっと気を入れて、広野の隣近所の人の言葉に耳を貸すだけで、何も彼もはっきりするというのに、何故か、そうすることを、頑なに拒んでいる自分が、満男の中で、いよいよ大きくなって行った。

そしてその日も、そのようにして、三人は出会って、別れ、スバルレックスは野間を後に左に折れて田の中の一本の直線道路を、街道の導くままに、旗立山に向って走って行った。まるで「狐の嫁入り」みたいに、釣瓶落しの速さで、スバルレックスの右のウインドの向うの、紫色の棚引く雲の彼方に沈もうとする夕陽を、右の頰に感じながら、たちまち、旗立山の上の広場への道を登って行った。

旗立山は巨大な筒型なのに、横から裏へ廻ると、裾が長く延びていてその細長い尾根はうねうねと小学校の裏山まで続いていた。大きく高く見えるものの、眼下が昔海だったという伝承があるだけに、広大な田が区画整理されて整然と広がっている場所に立って見るからで、実は、比高三、四十メートル程度の台地だった。ただ、こういう地形の常として、頂上部の自然の凹凸を利用して、物見櫓を作り、空濠を掘り、馬揃えの広場を切り拓いたりなどして、恐らくは、千年も、あるいは、それ以上も昔から、砦になったり、山城になったり、時には、この地域の小さな行政府さえ置かれたかもしれない、と思える古代の遺構だった。奥深く仄暗い所には小さな鳥居のある祠さえあった。平将門の乱の伝承が、この地に数多く残っているところから、当然将門の乱の一大拠点となったことも事実だったろうと思わせる要素を備えていた。台地の中の小高い丘の上の石碑が、ほとんど文字の読み取れないほど古いものから、第二次世界大戦の「忠霊塔」の碑に至るまで、幾つかの石碑が建っていて、地名の旗立、というのも、将門の乱の時の旗、というよりはむしろ、時代を下って、室町時代末期、いわゆる戦国時代の、各地の土豪が、古城や砦を利用して、更に補強構築した拠点の一つの、要衝ともいうべき台地で、その時代の土豪の旗を立てた山、という意味の地名ではないか、という郷土史の著者の説を、満男は年毎に信じる度合いが深くなってくるのを感じていた。

スバルレックスを、二抱えもある、何故か煉瓦造りの巨大な二本の門柱の前に止めると、満男は、台地の西の奥に十五年ほど前までは、何とか営業していた遊園地の廃墟へ足を踏み入れた。

暗紫色の雲の向うの残照を受けて、輪郭のぼやけた遊園地が、ぼうーっと現われた。夢の中の光景に似ていた。どこの遊園地でも備えていた観覧車、回転木馬、豆自動車とそのコース、ぐるぐる廻る二人乗りのコーヒーカップ、高くて長い滑り台、そうして敷地の柵沿いに楕円形に、ぐるりと敷設された豆汽車のレールと、ミニ蒸気機関車（もちろん外観だけで蓄電池で走っていたのだが）、そこに連結した幌つき屋根の四人乗り客車数台を備えていた遊園地だった。更にこの遊園地の開園以来の特徴は、本物の古い電車が置いてあることだった。

　古い電車というのは、十キロほど離れた「お不動さん」で有名な成田市内を、明治時代末期から、敗戦の前年の暮れまで三十五年間、不動尊から駅前を通って宗吾霊堂まで五・一キロの距離を二十分で走っていた成宗電気軌道の車輛を一台、そっくり払い下げてもらったものを、豆汽車発着ホームのはずれに設置して置いてあったのだ。そして初めは、入園者を自由に乗車させているだけだったが、ただ置いてあるだけではつまらないから、昔のようにレールの上を走らせてみようというレールマニアグループの要望もあって、一周二百メートルと遊園地にしては比較的長い楕円形の狭いゲージのレールの外側に、もう一本のレールを敷設して、一三七二ミリの軌間を作り、ボディも塗り替えて、土、日に限り一時間に一周だけ走らせていたのだ。ただマニアグループとしては残念だったのは、架線を張って名物のポール集電装置から電気を取り入れることは許可にならなかったので、蓄電池で走るしかなかったことだった。それでも人気を呼んだのは、下窄《すぼ》まりのセピア色、ダブルルーフ、八つ窓、牛よけ金網つき、鉄製丸ハンドルの手動ブレーキ、客席は運転手立席のあるオープンデッキを通って、一段昇り、小さな両開きの中扉を開けて入り込む両側横並びシート、定員客席十六名という明治末期の標準型路面電車だったことで、昔を懐かしむ中年、老人の客はもちろんだが、小学校入学前の幼児や小学生たちまで、馬車型の古い車輛の乗り心地を楽しんで好評だった。中学一年生の二学期の終り、十二月十日の午後、戦争末期で、すでに東京空襲が幾度か行われて敗色濃厚な当時だったが、廃止を惜しむ大勢の乗客の間をくぐり抜けて、何とか運転台のデッキに乗り込み、不動尊から成田駅前までの千百メートルの坂道を登って行き、煉瓦造りのイギリス式トンネルを二つくぐり抜けて下車した体験を持つ満男も、何度も、この旗立山の遊園地に足を運んだ。しかしいわゆるバブル経済も崩壊し、S駅周辺に東京から引越してきた若い夫婦も定年を迎えて、少ない子供たちの姿も、ちらほらとしか見られなくなると共に、遊園地も閉鎖され、廃止されて十五年もの歳月が流れ、施設のすべてが消え去ってしまったのだ。煉瓦造りの巨大な二本の門柱と、半ば朽ち果ててはいるが、塗装の剝落した電車の残骸だけが、レールの一部と共に無惨な姿で残っているのだった。レールマニアグループが、責任を持って維持するからと申し出たために、他の施設撤去の後も、車輛の長さだけを残したレールの上に暫くの間、門柱と共に展示されていたのである。S市としても、次の旗立山利用計画が実施されるまでの間は、年に数回の除草清掃は続けてはいる筈だが、遊園地全盛時代のように手の廻るわけでもなく、遊園地内の敷石や煉瓦、コンクリートで作った通路の周囲に、まだらに生い茂っている雑草が、秋も終ろうとする廃墟に、恰《あたか》も、近隣の子供たちが名づけた「お化け電車」を飾る冠のようにも見えるのだった。この日も満男は電車の中の人となった。満男は茶褐色の枯草の無数に生い茂った小さな柵を分けて進み、のろのろと、電車に乗り込んだ。斜めに傾いてはいたが、運転台のデッキと、中扉の半分は壊れていても、一段高いところに、客席の痕跡は留めていた、一枚もガラスの残っていない窓枠の下に、長いシートの残骸も片側だけしか残っていなかったけれど。「お化け電車」と呼ばれるようになってからも、満男は、スバルレックスで煉瓦の門柱まで乗りつけては、一人で、最近はマサトと、電車に乗り込んでいた。もちろん、元気よくレールの上を走っていた時に、世思男と、都季子と乗ったのは、数え切れないほどだった。

だが今は、満男は、文字通り、たったひとりだった。そしてもはや、雲の彼方の、どんな光も、太陽からは漏れてはこなかった。それでも、何となく、手許がほんのりと明るく、漆黒の闇に陥っていないのは、雲を通して洩れてくる月の光なのか、あるいは、煉瓦造りの門柱の横に、不釣合いに立っている、ただ一本の場ちがいに洒落たデザインの街燈の、故障しているのか、せわしなくチカチカと瞬いている明りのせいだろうか。

満男は、恰も三十年以上も勤務している運転手のようにデッキの真ん中に立った。左手で、もはや、びくともしないコントローラーに手をかけて廻し、たちまち元へ戻すと同時に、右手で、やはり動かない丸ハンドルブレーキを廻した。それから、ガラスの無い正面の窓へ右手の人差し指を突き出すと、ありもしない信号を指呼確認してから、後ろを向いて一段昇り、半分壊れた中扉を開けて、客席の残った進行方向左片側のロングシートに腰を下ろした。と言っても、もはや満男の腰かける場所は、シートの左奥に一人分だけようやく坐れる残骸が残っているだけだった。

それでもしびれた両足を引きずって十歩ほど進むと、遠路背負ってきた荷物を投げ出すように、どさっと自分のからだをシートに投げ出した。

「ミツオ……」

ずうーっと遠くの方から、自分を呼ぶ声が、ここへ坐ると必ず、満男には聞こえるのだった。電車へ乗るのは、だから、そのためかもしれなかったのだ。

「ミツオ……」

声は次第に近づいてきて、それは母の声に決まっていた。

「宗吾までは乗らないよ。ミツオは駅前で降りるんだよ」

「ソーゴまで行きたいよ」

しかし電車は、京成電鉄成田駅前広場を右に急カアヴして、省線成田駅の右脇の終点で停まった。停車直前、低いプラットホームへ跳び降りた満男に、

「こらあ、死にたいかあ！」

と運転手がどなったのは、昭和十四年の夏のことで、満男は小学二年生で七歳、母は三十四歳だっ

た。

　マサトが小学二年生の春、前の年の秋に知りあった二人がスバルレックスでやってきて電車に乗り込んだ時、満男はマサトに、じいちゃんが初めてこの電車に乗ったのは、今のマサトと同じ小学二年生の時だよ、と言った。

（マサト……）

と、満男は、ガラスの入っていない窓枠に背を凭せ掛けて、からだを斜めにしながら、声に出さずに呼びかけた。不意にからだから力が抜けて行く感じで、声が出なかったのだ。

（ヨシオ……）

と、自分では意識しないのに、出ない声で、満男は、もうこの世にいない息子に呼び掛けた。

（トキコ……）

十四年前に死んだ妻の名を、ほとんど動かない唇から声を出さずに呼び掛けたのを最後に、うっすらと眼を開けた半眼の姿勢のまま、満男は動かなくなった。

　後には、せわしなく、ちかちかと不規則に明滅する、ちょっと離れた街燈の弱々しい光と、暗紫色の不吉な雲の塊越しに洩れてくる見えない月の淡い光の中に、百年前の小さな路面電車のセピア色の車輛が一台、朽ち果ててはいたが原形を失わずに、夢の中の場景のように、ぼうーっと浮き上っているばかりだった。

母里《もり》

おはぐろとんぼ。

木洩れ陽の、光の縞を受けて、艶を放ち、幽玄な黒を四枚の翅に溶かして、垂直に、……と思えばたちまち水平に、開閉する様は、あたかも天地の呼吸の律動を形にしているかのようにさえ映り、エメラルド色の大きな複眼から、ほっそりと長く、時に黄金色の煌きを示して伸び縮みする尾を指針に、地表すれすれに進んで行く、神秘の昆虫。

舗装された二車線の県道が、鋭く左折するところに、短く草が生えてはいるが、時たま人が往復しているらしく思われる緩やかな勾配の、半ばケモノ道めいた狭い坂道が右に延びていて、その左側には小さな棚田が奥まで展開していたと思わせる雑草生い茂る先窄《すぼ》まりの小さな谷間を昇って行った時、手にしていた二万五千分の一の地図から離した私の眼に、小さな黒い閃きが眼に飛び込んできたのだ。

おはぐろとんぼ。

異界への先達のように、迷える者を導いて行く空翔ぶ虫の後を、一歩一歩昇って行きながら、私はいつのまにか、月山、富田城址へ登った前日、七月三十一日に、その時の私を重ねていた。

すでにその前日の三十日、月曜日。出雲地方私鉄廃線跡探索旅行、第一日目、私は、出雲市（旧出雲今市）から立久恵峡を通り出雲須佐に至る十八・七キロを三十九分で走っていた出雲鉄道の跡を訪ねていた。親切な一畑電鉄バスの運転手のおかげで、半ばあきらめていた須佐神社にまで参拝出来たことは望外のことだったが、三十五度に迫る炎天下の私鉄探索の疲れも充分取り切れない翌三十一日、午前五時半に起床すると、米子の宿から山陰本線の各駅停車に二駅だけ乗って、荒島駅に降りたのは午前七時だった。小さな無人駅舎の前にエンジンをかけて待っていた七時六分発の、黄色い小型の広域生活バスに乗り込むと、たちまちバスは走り出した。最後部のシートにぼんやり坐っている老婆の他に、客の姿は見当たらなかった。

荒島、出雲広瀬間八・三キロを二十二分で走っていた広瀬鉄道という名の電鉄の跡を確認するのが私の旅の目的の一つだったが、幼い日に乗ったことがあるという運転手の、ここが、……駅の跡、ここが軌道の跡と、説明して行くのを聞きながら、終点の広瀬バスターミナルまで行って、丁寧に謝意を述べると、更に附け加えられた案内の言葉に従う月山、富田城址を訪れていたのだ。

飯梨川に架かる富田橋を渡り、「楽寿観音霊場」という木札が掛けてある中華風の瓦屋根のある赤門をくぐり、苔むした急な石段を昇って行った時のことである。鬱蒼たる緑の樹木に覆われて、石段の脇の山肌に滲み出した水の、筋に沿って、四枚の黒い翅を垂直に水平に閉じたり開いたりしながら、石段を昇る私の数十センチ先を、同じ速さで昇って行く昆虫の姿に気がついた。

おはぐろとんぼ。

父の転任に伴って、東京の麻布区材木町から引越した目黒区中根町の借家の隣に、「矢野さんのおばさん」と、その娘の「きよこさん」という母娘二人が住んでいて、子供心にも色白の、凛とした表情を常に崩さなかった「おばさん」は、長男、次男と二人の男子を結核で失くしていて、恐らくはまだ五十代と思われる未亡人だったが、小田原大久保藩の藩士の娘で、士族であることを誇りにしていて、折に触れては口にしていた。陽の当たる玄関先に大きな甕を置いて目高を飼い、仔を孵《かえ》していて、成功した時には硬い表情も綻びるのだった。一人娘の「きよこさん」も、タイピストになったとかで、「洋装」姿で、颯爽と、ハイヒールで路地の石を蹴って、丸の内へ通っていた。二・二六事件の起こった昭和十一年の秋から、「大東亜戦争」の始まる直前の昭和十六年十月まで、満五年弱のことで、私が満四歳半から八歳までのことだった。十九世紀末のヨーロッパの貴婦人の間から流行が始まり、髪を大きく高く結いあげた、いわゆる二百三高地という髪型で頭を飾り、亡夫や二人の死んだ男の子を偲ぶ仏壇の前に坐る時間の多い暗い奥座敷からは、ほとんど線香の匂いの途絶えることはなかった。

その暗い部屋の続きの狭い廊下の先の、ガラス戸の向こうには、大きな八つ手や青木の植込みのある小さな庭の緑の葉の重なりがつくり出す昼尚暗い空間を、おはぐろとんぼの黒い翅が幾重にも重なって、狭い空間を塞いでいた。麻布材木町の、それまでの幼児の世界には存在しなかった神秘の虫が、眼に見えぬ異界の呼吸に応えるかのように、四枚の黒い翅を垂直に水平に開閉しながら、時に燐光を放つ細長い胴体を舵棒に、薄暮の暗がりを上下する姿におののき、怖れた私は、しばらく立ち竦んでいた。……が、たちまち駆け込んだ台所に、エプロン姿の母を捉えると、目撃したばかりの畏怖の光景を伝えずにはいられなかった。

「英次郎。いいかい。オハグロっていうとんぼなんだよ、それ。絶対に摑まえたり、殺したりしちゃ、いけないよ。シオカラやムギワラとんぼと違うんだからね、オハグロとんぼは」

俎板の上で、ことことせわしなく何か夕食の材料の具を切っていた手を休めて、なぜか、いつになくきつい表情で、母は切り口上になっていて、台所の入口の障子に手をかけて立っている私にかがみ込んで話し始めた。

「いいかい、英次郎、オハグロってのはね。ただのとんぼじゃないいんだよ。ほら、ハネの使い方だって違うだろ。普通のとんぼは、シオカラやムギワラは、それどころか、大きな鬼ヤンマだって、とんぼってものは、空飛んでる時は、こまかく四枚のハネ、眼に見えない速さで震わせていて、木の枝や何かに止まる時は、ぱっと大きく四枚のハネ広げて止まって、それから、すぐ、ちょっと、ハネ広げたまま、もっと下に向ける。ね、知ってるだろ、英次郎だって」

「うん」

と思わず私は声に出して頷いていた。

「それがね。オハグロだけは違うだろ。飛んでる時だって、飛行機の翼みたいに、四枚のハネ広げたまま飛ばないで、ひらひら、ひらひら……。まるで蝶々のハネみたいに広げたり窄めたり、そう、鳥のハネみたいにって言ってもいいけどね。とにかく、ひらひら、ひらって、空飛ぶんだよね。いや、空なんて高いところへあがって行ったりしたの、おかあさん、見たことないね。いつも、ひらひらひらって、地べたすれすれに、低いところばかり飛んでるんだよね。どうしてかしらね。きっとわけがあるんだろうけど、おかあさんにはわからないのよ。それに、薄暗い、しめっぽいところへだけ出てくるんだよ。それから止まる時には、きれいに、ぴったり四枚のハネを天に向かって合わせて止まるんだよ。英次郎。お前も、その恰好、その姿見たんだろう?」

「うん」

と、再び私は声を出して頷いた。

「あれは、きっと、何か、ホトケサマみたいな尊いお方を拝むために、ぴったりハネを合わせているんだね、きっと。ほら、にんげんがホトケサマの前でぴったり両手を合わせる時のようなものなんだよ、きっと」

一息入れると、母もしゃがみ込んで、私と同じ高さになって、右手を私の頭の上に置くと、不意に真顔になった。

「だから、いいわね。オハグロってのは、ただのとんぼじゃないのよ。英次郎は、まだちいさいからわからないだろうけどね。オハグロとんぼってのは、あの世の、この世ではない、あの世の使者、お使いの虫なのさ。どう？　わかった？」

「それで、おとなりの、ヤノさんちのおばさん家《ち》へだけ来るんだね、家《うち》の庭へはこないで……」

一気に私は、まくし立てるように喋った。母へ向かって、というよりは、あの矢野家の裏庭の暗がりに群れているおはぐろとんぼが幼児の私の口を借りて言わせたとしか言いようがなかった。

「きよこさんの、おとうさんやおにいさんたちが、みんな、お仏壇に入っていて、おばさんが、しょっちゅうお線香あげて、お経誦んでいるからでしょう。その声聞いて、お線香の匂い嗅いで、それでオハグロさん、飛んで来るんだよね、おかあさん」

「ああ、そうだよ。その通りだよ。英次郎、お前、ほんとにいい子だねえ」

いつのまにか、涙ぐんでいた両の眼を、掌を大きく広げておさえると、不意に、母は、幼い私を、思いっきり強い力で抱きしめた。

「こどもはカミサマってのは本当だねえ。こどもはカミサマでホトケサマなんだねえ。英次郎、お前はホトケサマだよ。あのオハグロとんぼさんと同じなんだよ。だから、まちがっても、ホトケサマのお使いのオハグロさんをたたいたり、摑まえたり、殺したりすることなんか、絶対にないよねえ。いいかい。おかあさんと約束だよ」

と母は、自分の小指と私の小指をからめて、二、三度左右に振った。

「ぼく、オハグロさんのこと、じっと見てるよ。それからオハグロさんの後ついて行くよ」

「ああ、そうしておくれ。……でも、ずっと、いつまでも、後くっついてっちゃ、いけないよ。危ないからね」

「危ないって？」

　意外な警告に、思わず訊き返すと、

「ほら、家《うち》の後ろに、ずっと空き地が広がってるだろう。あの先の柵の向こうは、呑川《のみかわ》って大きな、深い川があってね。あそこから飛んでくるんだよ、オハグロさんは。だから、また、あの川へ帰って行くんだからね。あそこまで、後ついて行ったら、深い川の中へ落っこっちゃうんだからね。オハグロさんは追っかけたり、後ついてったりしちゃ、だめよ。ホトケサマのお使いなんだから」

　これが、私とおはぐろとんぼとの遭遇の、初めての記憶だった。


「赤門」に続く苔むした石段を導いて昇らせてくれたおはぐろとんぼは、厳倉寺への登り口の井戸の前へ着いた時、いつのまにか姿を消していた。（役目は果しましたよ）と私は言われたような気がした。だから御子守口から登ってきた道と合流して、千畳ヶ平から太鼓壇、続いて奥書院平へ登り、武家屋敷の並んでいた花の壇から谷へ降り、井戸に水が溢れている菅谷口からの道と更に合流して、御殿平の広場から大手門跡を含んだ広場を横切り、三の丸二の丸から本丸、更に最奥部の勝日高守神社へ登る七曲りの、昼尚暗い急な狭い坂道を登り始めた時、どこからともなく、黒い翅のガイドが、一匹だけでなく、二匹、三匹と私を先導し始めると、これはもうおはぐろではない。短い栄華の後に毛利氏に滅ぼされた尼子氏の残党武者の生命の蘇りとしか考えられなくなっていた。こうして私は、何とか兜を、ぽっこりと山の頂きの高いところへ伏せたような富田城を究めることが出来たのだ。

　早朝出立の故か、これほど広大な富田城なのに、人っ子ひとり見かけることなく、ただおはぐろとんぼ数匹に導かれて目的を達した私は、半ば走るように月山を降り始めていた。その時、頭をいっぱいにしていたのは、まるで六十年以上もおはぐろに遭わなかったような気がする自分の人生と、それだけに鮮烈な印象を焼きつけられたままの、幼時の、隣家の狭く暗い庭に集まってきたおはぐろとんぼの群の姿だった。そしてそのすぐ後に蘇った話は、尼子氏の隆盛を導きながら、毛利元就の謀略にのせられて闇討ちされて滅亡してしまった尼子経久の次男國久の一族が起こした新宮党のことで、有名な山中鹿之介幸盛のことではなかった。悪辣な手段で富田城を奪い取った尼子氏八十年の栄枯盛衰を思って下山したのである。野望渦巻く戦国武将と家臣団、その家族の亡者千万人に追われて、元の赤門石段上の御子守神社の前へ来た時、

「どうでした? ぐるっとお城見て来られたですか?」

と、八十歳に手の届こうという人品卑しからぬ白髪の老人に声をかけられた。服装から推して、この富田城址の、何かの仕事の関係者であるとは、すぐに知れたが、何とも形容し難い品の良さの溢れた老人の顔立ちに、胸をつかれる思いがした。富田城廃城となって四百年の今尚、生きかわり死にかわって、執念の尼子氏の血を引く者の化身か、……などという思いが、一瞬、脳裡を過ったのも事実である。馬揃えの馬場の隅に椎の巨木が立ちはだかっていて、昭和の初めには毛利軍の打ち込んだ銃弾が幾つか残っていた、とその由来の立て札のある樹の皮をしばらく摩《こす》っていたので、尼子氏滅亡無念の思いが、ざらついた感触となって掌にいつまでも残っていた。私は、なぜかあわてて苔むした石段を降りて、赤門をくぐり抜けて振り返った時、先刻、同じ石段を案内してくれたおはぐろとんぼの姿を見かけなかったことに気がついた。他のことに気を取られていたので、気がつかなかったのかもしれない、という思いが、ちらりと浮かんだが、また戻ってその姿を確認する気にはなれなかった。ただ見方によっては円筒状に突き出した奇怪な姿の月山山頂に、富田城の本丸を頂いた尼子氏八十年の、一族郎党老若男女の霊魂が、廃城後四百年の間、棲み続けて宙に満ちている気配は否めず、赤門

の石段に足をかけた私を導き、更に大手門址から本丸への七曲りの山道の暗い木立の中を何匹も現われて案内してくれた神秘の昆虫こそ、六十年を越える昔、隣の矢野家の暗い庭に舞っていた、母の言う異界への先達だったのだ、と思い起こしていた。

おはぐろとんぼ。

だから、八月一日、水曜日、私鉄廃線跡探索旅行第三日目こそ、本命の「伯陽電鉄」なので、バスの始発時間の関係もあって、ホテルのヴァイキング朝食もしっかり摂ると、七時半に、米子駅前から日ノ丸自動車のバスに乗り込んだ。法勝寺まで三十分。大正十三年から昭和四十二年まで四十四年間走り続けた伯陽電鉄、昭和十九年に山陰中央鉄道となり、昭和二十八年からは、日ノ丸自動車法勝寺電鉄となった十二・四キロを三十七分で走っていた鉄路の廃線跡探索を始めた。

米子市駅は、道笑町に入り込むそれらしい路盤の跡をそのまま道路として使用している空間を、前夜、確認しただけで、「米子市駅」そのものの跡はついに定かにはわからなかった。米子駅北口から出たバスは陸橋を渡ってしばらくの間、国道一八〇号線（いわゆる出雲街道）に平行して走っていたので、四十年前に電車の車窓から眼にしていた風景と、ほとんど変らない景観をたのしむことは出来た。

鉄道のかなりの部分が、拡幅した道路に吸収されていたが、郵便局とその裏手の、法勝寺終点に滑り込む電車の姿は、想像するまでもなく、ありがたいことに、四十年前そのままの姿で、一八〇号線を渡ったところにある小学校の敷地の片隅に安置されていた。現場は校舎改築工事が行われていて、目隠しの丈高い金属板で遮蔽されていたが、写真を撮るだけだからと、現場の監督に頼んで、中へ入れてもらった。

コンクリート製の幅一メートルほどのホームを作り、六本の鉄骨に丁寧に屋根を取り付けて覆われたスペイスに、下半分はマルーン色、上半分は明るいクリームホワイトに塗り分けられ、十枚窓のダブルルーフ、パンタグラフ集電装置の、立派な車輌で、強い夏の陽射しの中、203とナンバーが前面に白く描かれている車輌の前に立てば、次の瞬間、ごおーっと音立てて、そのまま動き出し、私は確実に轢き殺されるような錯覚に襲われた。それほどの、現役当時そのままの手入れの良さだった。

一枚のガラスが割れていたのを奇貨として、早速、首を突っ込んでカメラを向けた。ロングシートに板張りの床は、やはりきれいに保たれていて、たちまち幻の乗客数名が腰かけている姿を捉えることが出来るほどだった。運転席には、真鍮製の大きなコントローラーと黒いエアブレーキが備えつけられていて、気持よく動かしてくれる運転手の登場を静かに待っているようにさえ見えた。更に眼を近づけると、コントローラーの上部には、「東洋電機製造株式会社」の文字が盛り上がっているのが読み取れた。

(ああ生きていた。半世紀近い時を越えて、今にも走り出しそうじゃないか!)

奇蹟と呼ぶしかない感激の中で、私は、一枚また一枚と、デジカメはもちろん、十年前のリコーマイポート三三〇スーパーで撮りまくるという感じにさえなっていた。

腕時計に眼をやると、すでに九時をまわっていた。

背中につけた小型リュックには、二万五千分の一の地図と、鳥取、島根の簡単な歴史の小冊子しか入っていなかったが、すでにかなり暑くなりかけていた。夏の陽射しは、何としても防ぎながら、これから少なくとも、七、八キロの、場合によっては、それ以上の距離を歩き続ける覚悟を決めると、早速、阿賀までの一・七キロを一八〇号線の一部と化した道床を歩き始めた。行き交う自動車も数えるほどしかなく、ほとんどが見渡す限りの青田の中で、三十分もかからなかった。

阿賀駅跡から終点の母里までの五・三キロを十四分で走った支線が、今回の廃線跡歩きの目玉ともいうべき部分なのだ。昭和五年一月一日から、敗戦前年の昭和十九年十月三十一日に、戦時鉄材利用のため不要資材供出の勧告に応じて、十五年間の短い生命を閉じた母里までの路線跡で、特に鳥取、島根両県の県境を、海抜二百メートル強の低い山の連なりではあったが、曲線のトンネルで抜ける部分に、期待は膨らむばかりだった。

幅の広い鍔のついた軽い登山帽を目深に被り、県道一号線として生まれかわった路盤の跡を、〇・八キロ歩いて、「原」、更に〇・五キロ歩いて「猪小路」まで来た時、一号線よりも北の、猪小路集落に近い田の中を走っていたのではないか、と迷ったが、たとえそうであったとしても、ほんの僅かの間隔で平行して走っている一号線の方が、南側の丘陵沿いの直線で、道路の半分が樹陰になっていて涼しかったために、迷わず進んで行った。更に一・五キロ先に、隧道口東停留所があったはず、と、そこへ焦点をしぼり込んだのだ。

その途中、猪小路集落の西端のあたりで、尿意を催した私が、南側の崖の横に階段状の小径を見つけて、しばらく登って行くと、狭い墓地に入り込んでいた。墓地と言っても小さな墓石が十基あるかないかで、しかも、ほとんどが幾重にも新旧の苔に覆われているばかりでなく、欠けたり埋まったりで、彫られた文字の判読が困難なものばかりであった。墓石の数の少なさと古さから考えて、恐らくは、猪小路の西端に近いどこかに居を構えている農家の一家だけのものに違いないと、見当はつけられた。

墓地では仕様がないな、と降りようとした時、一番奥に、比較的新しいが、小さな墓石が立っているのが眼についた。近づいてみると、どうやら、昭和十二年の六月に六歳で死去した童女のものだと読めた。当時は、満年齢ではなく、いわゆる数え歳に決まっているから、六歳は、今の、四歳か、ひょっとしたら五歳になっていたのかもしれない、幼稚園児に相当する年恰好の、着物姿の幼女を、私は勝手に描き出して、滑らないように気をつけながら狭い山道を降りると、一号線に近いところで用を足して、再び樹陰の県道を歩き始めた。

（昭和十二年に数えの六歳ということは、昭和七年生まれということになるな。……すると、今、生きていれば、数えの七十六歳、満七十四歳か五歳ということになるわけだから、何だ！　おれより一つ年下じゃないか）

一瞬、私は、生後千五、六百日で世を去るのと、二万七千日ほど経って、まだこの世に生きているのとでは、何もかも違い過ぎていて、その差など想像さえ出来るものではない、という思いが閃光のように光って消えるのを感じた。だが猪小路駅跡から、西へ一・五キロの与一谷集落に至る直線県道一号線の樹陰を歩きながら、何度も反芻したことは、「支那事変」勃発直前に死んでしまった幼女と、少女時代に「大東亜戦争」に遭遇し、敗戦と繁栄の時代を迎え、親子が殺し合いして、「國《くに》」もいつのまにか溶けて失くなり、山野だけになってしまった現在の「日本」に、七十歳を過ぎて、ただ息をしているだけの状態で生きているのがいいのか、……などということまで、思いをめぐらしていることだった。そして、それは、この鳥取県西端の西伯町のはずれの夏の日を、四十年も昔に失くなってしまった私鉄の廃線跡歩きなどやっている死者とほぼ同じ年の、今の自分のことなのだ、ということまでは、私はわかっていた。

気がつけば、一号線が築堤の上をゆるやかに登りながら鋭く左へ曲り、山の根に突き当ると、たちまち右にカアヴを切って、更に登り続け、両側を開削した山の奥へ消えていた。二万五千分の一の地図に眼を落した私は、一号線が左へカアヴしているその地点から右へ曲って、突き当りの山を登り、左へ曲ればトンネルの入口に辿り着くにちがいないと思い、路盤の跡を探って、曲り角を右に折れて山の方へ直進しようとしたが、草のせいだけではなく、あまりにも幅が狭過ぎて、どう見ても、時たま人が往き来する農道にしか見えない、人ひとりがやっとという道しか見当らないのだ。念のため、十メートルほどその道に分け入ってから再び県道に引き返した私は、道路なりに左へ大きくカアヴして、小さな川を渡った三叉路の下に小さな池があり、数軒の農家ふうの家が小さな集落をつくっていて、バス停の標識が立っているのにぶつかった。見れば「与一谷」とあって、広域生活バスが一日に二本だけ法勝寺との間を走っているのだった。地図を開けば、与一谷の更に五百メートルほど先に隠尾という小さな集落があり、「かくりょう」とルビが振ってあった。たちまち私は、落武者部落を思い浮かべ、突然、それが、ここから十キロちょっとしか離れていない尼子氏とその家臣団の誰かが切り拓いた集落ではないのか、などと突拍子もないことを妄想したりした。

結局、与一谷を後に、急いで先刻疑って入り込めなかった右手に枝分れしている草深い農道まで戻った時、半ば草に埋もれていたので初め気がつかなかったのだが、半円形のコンクリの塊が農道入り口の右手に立っていて、よく見れば橋台の片割れであると知れた。対岸の橋台がないのでわからなかったが、ずっと歩いてきた軌道跡の一号線を左折しないで、橋台の片割れに繋いでみると、幻の鉄路は極く自然な登り勾配で山の中へ入って行き、その取っ掛かりのところで旧道を跨ぐための橋台にちがいないと見当がついた。夏草が丈高く生い茂ってはいたが、頼りない農道から土手のような道床が延びているのが見て取れた。それでも疑いを晴らすように私は静かに登って行った。左手の棚田の跡に生い茂る丈高い草と、ようやく見分けがつくほどの道を一歩一歩踏みしめて行くと、山のしぼり水がちょろちょろとしみ出していて、踏みしめる靴底に弾力を感じ始めた時、私は、前日、あの富田城を案内してくれた黒い昆虫に先導されているのに気がついたのだ。

おはぐろとんぼ。

いつのまにか三匹に増えてきたおはぐろとんぼに導かれて、心なしか私の足取りは軽くなった。不意に畳十枚ほどの面積の、芝生のように短く、きれいに刈り揃えられたような草が敷きつめられたと見まがう広場に出た。

私は、ほっとすると同時に、思いがけない小さな広場を見まわし、丁寧に地図を広げて見れば、今、上ってきた不安な農道の右上の、草に埋もれた橋台の片割れに続く開削部分こそ伯陽電鉄の路盤で、だからこの小さなスペイスこそ「隧道口東」ではないかと思い、鬱蒼たる樹木の緑と、その背後の山肌を見まわすと、ほんの五十メートルもないところに、ぽっかりと暗い馬蹄形の巨大な穴が、口を開けているのに気がつき、それは確信に変った。

不意に、がさがさと音がして、広場からトンネルに続く路盤の草の中を、ほっそりと小柄な蛇が一匹、するすると横切って行った。

（しまへび！）

小さな灰色の爬虫類の進んで行った先はトンネルの中ではなかったが、五匹ほどに増えたおはぐろとんぼが導いて行くトンネルの中には、水滴の落ちるかすかな音が響いていた。

「マムシとハチに注意！」

という立て札が、いたるところに立っていた昨日の富田城の広大な領域が蘇ったが、今は立て札一つなく、ただ完全に暗黒の、しめっぽい縦長の円筒型の空間がぽっかりと口を開けているばかりだった。

（とうとう、ここまでやってきた！）

なぜか、そう思い、一瞬立ち止まった私は、意を決してトンネルの暗闇の中へ入って行った。そうして、数歩入り込んだものの、当然のように進んでいた私の足は、不意に動きを止めた。

懐中電燈を持ってこない私が、マムシやヤマビルを全く恐れなかった、と言えば嘘になるが、入口から二十歩ほどのところで、ぴったりと私の足を止めたのは、そのような直接的肉体上の被害でもなければ、暗闇を怖れる生物の本能というような種類のものでもなかった。それは、触れてはならないものに触れる恐怖、見てはならないものを見せられる恐怖、残り少ない世にある日々が、取り返しのつかない認識を迫られることで破壊されてしまうかもしれない恐怖、といったようなものだった。

あらかじめ二万五千分の一の地図で計測していたトンネルの距離は二百数十メートルほどのもので、東口から西口まで、見事に、均質に、きれいな左曲りのカアヴを描いていた。私は暗闇の中で、進行方向に向って、あるいは正反対に、今、進んできた方向から百八十度逆の方向に、カメラのシャッターを押して、一歩一歩踏みしめながら、何度も立ち止っては、前後左右、上下を確認しながらゆっくり進んで行った。ふしぎなことに、フラッシュの光の中にも、あれほど大勢で私を先導してくれたおはぐろとんぼの姿は、もう、どこにも影も留めてはいなかった。

そうして、まるでそれと引き換えのように、理由もなく、母が、……七月のはじめに十七回忌をすませたばかりの、平成三年七月十日に満八十六歳で世を去った母が、私の頭をいっぱいにしており、トンネルいっぱいになっていた。その姿、画像や映像ではなく、姿も形もない、ただ母という存在だけが、じわっと、私という頭やからだ、否、存在自体を満たし、トンネルをいっぱいに塞いでしまっていた、とでも表現するしかない、普通では捉えられない奇妙な感覚に捉えられてしまったのだ。

（おかあさん）

やはり、そう呼ぶしかない。かあちゃんでもかあさんでもママでもなく、本当に、私は、小さいときから、息を引き取る瞬間まで、私は母を呼ぶ時、そう声をかけていたのだ。

トンネルの距離は短いのに、左曲りのカアヴがきついせいなのか、入口の東口からの光は、たちまち途絶えて、出口の西口からの光は一条も入ってこない、そういう漆黒の闇は、距離にしては、ほんの数十メートルのはずなのに、私にはひどく長く感じられた。もう、このまま永遠に、この世から光というものが消滅してしまって存在しなくなったのだ、とでも思わせるような、長い闇の時間が塞がっていた。

〈おかあさん。おかあさんが死んだのは数えの八十八で米寿でしたね。おとうさんは数えの八十一だったから、七年長く生きたんですよね。ずいぶん長く生きたわけだけど、今じゃ、平均年齢なんて数え方があって、男も八十に近くなり、女も八十をずっと過ぎてしまって、百歳過ぎた人だって万単位で数えられる世の中だから、おかあさんもおとうさんも、今なら普通のことで、草が種から芽を出して葉をつけ花を咲かせて実をつけて枯れて行くみたいなもんだし、虫が卵から生まれて大きくなって卵を産んで死んで行くのと同じことなんだから、ほんとは、お陽さまが照ったり、水が流れたり、風が吹いてきたりするのと同じで、まったく天然自然の現象なんだけど、ぼくだって、こないだ生まれたばかりだと思ってたけど、四十八の時、おとうさんが死んじまって、去年、二十三回忌終えたばかりだし、おかあさんだって、ぼくが五十九の時死んじまって、今年、鎌倉で十七回忌の法要すませたばかりなんですよ。だから、こうして、たちまち七十過ぎちまった息子のぼくが、もうすぐおかあさんのところへ行くのは、時間の問題で、草が枯れるように、虫がじっと動かなくなるように、極めて自然なことなんだけどね。ぼくのお迎えが近づけば近づくほど、一度は理屈の上で割り切って片づけたはずの、いろいろなこと、やはり、直接、おかあさんの口から聞いてみたくてね。いえ、どうせ、近いうちに、おかあさんのいる世界へ行けば、すぐわかることなんですけどね。今も言ったように、そちらの世界が近づけば近づくほど、どうしても、じかにおかあさんの声を聞いてからって気持が高まってきて、どうにもならないんですよ。

あれは平成三年から四年のことですから、もう十五、六年も経ってしまったんですよ。だから、いいでしょ、直接訊いても……。簡単なことなんです。マルバツか、イエスノウで答えてもらえばいい程度のことなんです。十五、六年経つうちに、感情的な部分は自然に風化したというか、殺ぎ落とされてしまって、いわば話の芯、というか核のようなところだけしか残ってないんだから、医者の問診みたいに、反射的に、機械的に答えてくれさえすればいいんです。

おかあさんとおとうさんの結婚は、初婚者同士のものだったんですか。おとうさんは初婚だけど、おかあさんは再婚だったんじゃないですか。だって、ぼく、いやおれだけじゃなく、今年、七十八になる兄だって、五十六になった妹だって、そのこと知って、みんな驚いて、最初、声も出なかったんですよ。おかあさんが死んで、暫くして、相続の手続きしなくちゃならなくなって、……もちろん、相続なんて名乗るほどの財産があるわけじゃないけど、昭和二十七年に買った東京、杉並の六十坪ばかりの宅地と、貯金が少しだけ残っていただけのことだけど、知り合いの人から紹介された税理士の人の助言で、……たとえわずかの財産でも、他に相続する権利のある者が、後から出てくるとまずいから、という言葉で、念のために、おかあさんの戸籍謄本を取り寄せた方がいい、というので、千葉県栄町役場から、おかあさんの戸籍謄本を取り寄せたんです。というのも、おかあさんの生家の豊住村興津は、戦後の町村合併で、旧安食町、今の栄町へ編入されてしまっていたからです。しばらくして町役場から郵送されてきたおかあさんの戸籍謄本を見た時のぼくのショックを、おかあさん、想像出来ますか。だって、おかあさんは、おやじの久保木信蔵と、初めて婚姻関係を結んだのではなく、その欄の一つ前に、戸澤貴雄という男性と結婚していたことが記載されていたからです。つまり平田富美子という娘が、一度、大正十二年に、戸澤貴雄の妻になり、その夫と死別して、大正十四年に、久保木信蔵という男と再婚していることが、明らかになったということなのです。

今の世なら、別に騒ぎ立てるほどのことじゃありません。結婚する。離婚する。そして再婚する。うんざりするほど、身のまわりで耳にする話です。でも、大正末期の日本ではどうだったでしょうか。わかりますよ、ぼくには。夫と死別なら「寡婦《やもめ》」、生別なら「出戻り」という単語が、戦後まで残っていたぐらいで、初婚に破れた娘の、再婚の道は、厳しく制限され、塞がれていたはずです。だから、ぼくは、おかあさんの再婚を責めているんじゃありません。おかあさんが、おとうさんの久保木信蔵と再婚して、大正十五年に生まれると数時間で死んでしまったぼくの姉に当る初子という名前の姉や、ぼくの兄の優市、それからぼくと、妹の万里子と四人の子が生まれ、少なくとも三人の子は、こうして今も健在で、何とか、それなりの暮らしをしていることは、おかあさんにも、充分うれしく、喜んでもらいたいことなんですけどね。だからこそ、今のぼくという存在があるのは、おかあさんと、久保木信蔵というおとうさんのおかげで、もうすぐその生涯が終るにしろ、人並みの人生を送れたことに対する感謝、一度は、この世に、生命という形を授けてもらったことに対する、ありがたいという気持は、日を追って増幅しこそすれ、決して否定抹殺したいと思っているものではないんですけどね。ぼくとは血が繋っていなくとも、ぼくを生んでくれたおかあさんと、たとえ短い期間でも深い縁で結ばれていた戸澤貴雄のことを、何もかも、というわけには行かないとしても、少しは話してくれて、おかあさんの人生を分けてもらいたかったんです。ただそれだけなんです。楽しければ楽しいなりに、辛ければ苦しければ、その辛い苦しい体験を、息子のぼくにも、少しは分けてもらいたかったんですよ。

すべては過ぎ去ってしまい、消えてしまったことで、肝心のおかあさんだって、十七年も前にあの世へ行ってしまったんだし、おとうさんだって、多分、おかあさんが、いわゆる再婚の女、たとえ前夫と死別したにしても、初婚の女でなかったことは知らずに死んでしまったはずなんだし、こういうことを根掘り葉掘り穿鑿することが、おかあさんだけでなくおとうさんに対する、大きく言えば死者への冒瀆とも言えないことはない、というぐらいのことはわかっています。早速、伝えた兄の優市も妹の万里子も、それによって、自分たち子供が、どういう行動を起こしたらいいのか、ほとんど見当もつかなかったのも事実です。でもぼくと兄は動き出しました。じっとしてはいられなかったんです。誤解しないでください。一言も、自分の再婚のことや前夫のことを語らずに死んだおかあさんの生涯を、くどいようですが、冒瀆するためでは、もちろん無く、かと言って、ぼくたちの、単なる好奇心を満足させるためでは、更になく、ただ何もかも、いいことも辛いことも引っくるめて、まるごとおかあさんの生涯を、自分の中に引き入れて受けとめ、自分のものにしたい、言い換えれば、おかあさんとの一体化を強めたい、という一途な願望以外のものではなかったのです。信じてください。おかあさん。だから、ぼくや兄が動きまわって知ったおかあさんの生涯の、どんなに驚くべき事実にぶつかっても、ぼくも兄も妹も納得し、自分のものとしたんです。ほんとですよ、おかあさん。

明治三十七年に生まれたおかあさんは、幕末には没落したとはいえ、千葉常胤の末裔（墓地に建っていた碑文をぼくも読みましたがね）を名乗る江戸中期までの名主、庄屋を勤めた平田忠左衛門の家の娘として、祖母からは名誉と誇りをしっかり植えつけられ、祖父の忠吉の才覚と時代の先取りを実行に移して、まだ鉄道が佐倉までしか通じてなかった明治の初めに、蚕の種紙の問屋を始め、千葉県はもちろん、茨城、埼玉方面にも販路を拡張して、一財産作り、長男は当時の東京帝国大学を卒業させ、おかあさんは女だからと、それでも同じ豊住村北羽鳥に出来た実科女学校を卒業させたんですよね。おかあさんの兄、ぼくの伯父が帝大卒業後、農林省の役人となった時、当時アメリカを中心に世界へ生糸を輸出していたため、二百人の女工の手で生糸を精製して輸出していた家の、当時、目白の日本女子大学へ通っていた娘と結婚したように、同じく製糸、衣服製作関係の取引のあった茨城県の龍ヶ崎の、いわばネットワーク関係にあって、大勢の若者を養成していた、同業者の家へ卒業後に実務学習の意味で住み込みで行ったんですよね。そこで、その家の息子の戸澤貴雄と、結婚することになり、その人がおかあさんの最初の夫となったんでしたね。

戸籍謄本からその人の本籍地を知った私は、常磐線で佐貫《さぬき》へ行き、昔の龍ヶ崎鉄道に七分間だけ乗って、龍ヶ崎市を訪ね、尋ねまわってようやく戸澤家を探すことが出来ましたが、南北に長い街並みの中ほどに八坂神社があって、その周辺は、何と戸澤履物店、戸澤理髪店、……という具合で、戸澤だらけだったことと、それこそ泊り込みで、徹底的に尋ね歩けば、あるいは、おかあさんが住んでいて、おかあさんの夫となった戸澤貴雄という人の生家や、もしその人の墓でもわかれば、割合その家を見つけ出すのは簡単なのではないか、とまでは思いついたんですが、なぜか、そのやり方を私が実行するのを妨げる力がはたらいて、私はそのまま帰路についてしまったんです。そこまで探り出さなくてもいいだろうって声が聞えてきたような気がしたのも事実です、それから、おかあさん。おかあさんが死んだ翌《あく》る年、まるでおかあさんのあとを追うように亡くなった五歳下の弟、千葉県栄町の安食駅の近くに住んでいたぼくの叔父の明成さんを訪ねた私と妻に、叔父は実にあっさりと、戸澤貴雄との結婚の、朝鮮半島における生活、二年足らずで夫と死別してしまった不幸な生活。そのすべてを、淡々と話してくれたんです。その三月後に、叔父さん自身が心不全で亡くなってしまったほど弱ったからだを半ば横たえての話でしたが、訥々と、休み休み話す口ぶりだったせいもあって、おかあさん、曖昧なところはかけらもありませんでしたね。

戸澤貴雄という人の二十代後半の、背の高い、男性から見ても立派な顔立ちの男で、日韓併合後十年の朝鮮に赴任して行った警察官だったんですね。といっても、兄と二人で調べてわかったことですが、朝鮮半島を植民地化した明治政府が、万単位の大量の軍隊を派遣したことを諸外国から抗議されて、外側だけを特別警察官派遣という形に変えて、内実は武装した大勢の日本人を送り込み、給料も特別に高くして、大都市だけではなくて、地方の主要拠点にも、実質は、ほぼ軍隊の中隊、小隊、分隊の組織と変らない形で、配置して、治安維持に当てさせていたんですね。だから今で言う衣服縫製メーカーの生家へ時々帰って来た、陸軍で言えば、青年将校とも言える戸澤貴雄が、当時、十七、八の、娘だったおかあさんを見初めたことと、貴雄の父母も積極的に祝福したことで、特別警察の幹部への道の途上にある貴雄の前途に、おかあさんはもちろん、祖父の忠吉も有力な取引先との縁組には、寧ろ積極的に賛成したのではないか、という明成叔父さんの解釈を、ぼくも充分納得したんですよ。でも、そのことが、戸澤貴雄の、延いては、おかあさんの悲劇のもとになったってわけですね。偽装軍隊と言ってもいい特別警察の、いわば部隊長格の戸澤貴雄がある日、抗日パルチザンの襲撃によって殺されてしまった、とぼくは思ったんです。もちろんそんなことまで明成叔父さんが言ったわけではありません。元山という北朝鮮の地名を、叔父の明成さんが覚えていたところを見ると、多分、戸澤貴雄の最期の場所は、その奥の山の中の、小都市か山間部の田舎町のような気がしますがね。そのあたりで死んだというだけで、病死か事故死か、肝心のところは明成叔父さんだって知らないんだし……。

　ここから先は、おかあさん、ぼくは叔父の明成さんと、今でも千葉県の興津に住んでいる八十九歳の叔父の大六さんの言葉から組み立てた話だから、いわばぼくひとりの妄想かもしれないので、その通りだよ、とも、全然ちがうよ、とも発言出来ないおかあさんには、おもしろくない話かもしれないことはわかりますけどね、ぼくも兄の優市も妹の万里子も、何とか話の筋道だけはつけて、納得したかっただけだから、許してください。もうすぐ皆そちらへ行きますから、その時、正確なことを教えてくれればいいんですから。

明成叔父さんも大六叔父さんも、戸澤貴雄という人が、おかあさんの結婚前には何度か興津へ遊びに来たようで、二人とも男の子だったせいか、ドイツのライカというカメラを持っていて、何枚も写真を撮ってくれたことを証言しているんです。もちろん男の趣味としてのカメラは、今では何でもないことですが、当時、ライカを撮りまくることが出来るということは、かなり金まわりのいい人だったことがわかります。こういう小さいエピソードから思いも寄らぬ生活の実態が浮び上がってくるものですよね。

たとえば、ぼくが小さい時、おかあさんは、時偶《ときたま》、おとうさんは（もちろん久保木信蔵のことですけど）、あんまりお金持ってないから、女中さんを二人も三人も雇うわけには行かないんだよ、世の中には、そんな人もたくさんいるんだけどね、と言ってたのを聞いて、八雲尋常高等小学校の、同級生の家にも女中さんのいる家はたくさんあったけど、二人も三人も、……と大勢いる家はほとんどなかったことから、ぼくが、今、思ったのは、植民地時代の朝鮮の生活の体験を語っていたのではないか、ということなんです。

おかあさん。でも、そんな話は、みんな予期しない死を、何とか逃れて、久保木信蔵と結婚してからの話で、元山の奥の山の中の町で多分パルチザンの襲撃で殺された戸澤貴雄と、その妻だったおかあさんが、なぜか殺されずに生き延びたわけですが、それは女子供は殺さない、というパルチザンの仏心のようなものによるものなのか、あるいは、特別警察の援助部隊が、急を聞きつけて駆けつけて救出したのか、今となっては、よくわかりません。事実としてわかっていることは、大正十二年の暮に、おかあさんの母親、ぼくの祖母が下関まで駆けつけ、十日ほど滞在して、おかあさんを連れて帰ってきた、という事実です。これは叔父の明成さんも大六さんも、千葉県から一歩も出たことのない祖母が、何日も汽車を乗り継いで遥か遠くの下関まで出かけて行ったのは、娘であるおかあさんの命を助けるため以外のなにものでもないことは、誰が考えてもわかります。

おかあさん、ぼくは更に想像を、いや妄想かもしれませんが、膨らませて、この、おばあさんの下関行きを考えたんです。それは、おかあさんが妊娠していたのではないかということなんです。それも、胎児が、かなり成長していて、外からでも、それとわかるほどだったのではないか、ということです。それだからこそ、元山の奥の駐屯地でも、いわば敵軍の部隊長でもあった戸澤貴雄は殺されたけれど、妊婦だった妻のおかあさんの命は奪われなかったのではないか。そして多分元山から船で送り返されてきたおかあさんが、極度の心身障害で、下関で倒れて入院し、戸澤貴雄との間の子を流産してしまったのではないか。更にその後の体調回復が、とても順調には行かなかったのではないか。そう思うんですよ、おかあさん。もちろん繰り返しますが、ぼくの妄想が、かなりの部分を占めていることは認めますがね。こうしないと、どうしても話が繋らないんですよ。

おかあさん。ぼくはだんだんかなしくなってきたので、もうやめます。でも、ここまで喋ってきたので、もう一つ二つ、ぼくにとって、一番肝心な事実だけ附け足して終りにしましょう。それは、ぼくが、小学校へも入っていない、小さい時に、時々、おかあさんが変な言葉を使うな、と思ったことがあったんです。なにかお昼のおかずをあてにして食器戸棚を開けながら、

「ああオプソだ。オプソの缶詰だ」

と笑いながら言ったことです。未だに覚えているところを見ると、きっとおかあさんは何度も繰り返したからなんでしょうね。それから五十年も経って、たまたまぼくがＮＨＫの語学番組の中のハングル講座を聞いていた時、

「さあ、今日はオプソヨの勉強をしましょう」

と言って、オプソが「からっぽ、何もない」という意味だと知った時、なぜ、おかあさんが朝鮮語を知っているのか、と不思議に思ったことがあったんです。それともう一つ、今、思えば、含蓄のある重いせりふになりましたが、敗戦まで、あと三ヶ月、という昭和二十年のある日、母の実家の興津に疎開していた中学二年生のぼくが、いつにない歯痛で悩んでいると、今日は幸い、天気もいいから、長竿村の遠い親戚の歯医者さんに診てもらおうよ、と言って、利根川を手漕ぎの渡し舟で渡って、茨城県の長竿村へ出かけて行った時のことでしたが。興津集落六十軒のはずれから、利根の渡し舟の発着所へ向って青田の中を歩きながら、不意に、ぼくに話したことは、戦時中の中学二年生には、とても衝撃的なもので、だから、今でもよく覚えているんですけどね。

「英次郎。よく覚えておくんだよ。人間てものはね、よその国や、よその国のヒトのこと、いばったり、ひどい目にあわせたりするもんじゃないんだよ。国やヒトってのは、なにも日本や日本人だけじゃないんだからね。チョーセン人だって、シナ人だって、インドネシア人だって、みんな仲良くやさしくしなくちゃいけないんだよ。日本人だからって、いばり散らして、チョーセン人のことひどい目にあわせたりすると、仕返しに殺されちゃった人もいるんだよ」

あまりのことに、

「それ、誰のこと?」

と訊くと、

「興津のはずれの……兵衛どんの家でチョーセンに行ってた人のことだよ」

と、かなり具体的な返事が戻ってきて、事実として、そんなことがあったのかどうか確かめる術もなかったけど具体的に凄絶な内容だけは、今でもはっきり覚えているんです。でも、おかあさん、それ、まさか、おかあさんの恐ろしい体験じゃないでしょうね。ぼくは興津から安食駅まで四キロの山道を、成田線の安食駅まで通っていた二年半の疎開生活の間の一年ほど、同じ集落のはずれに、朝鮮からの引揚げ者の一家が住んでいて、その一人が、ぼくの一級上の、ぼくの通ってる中学とは別の中学の生徒で、時たま一言二言口を利くだけの間柄だったけど、おかあさんの話の真偽は、子供心にも時間が合わないので尋ねる術もなかったんですよ。

ああ、おかあさん。ごめんなさい。何だか、わけのわからない、ひどいことを言ってきたような気がして、申し訳ありません。気分こわしたら謝ります。でも、これだけは信じてください。何だか、この真っ暗闇の中へ、ひとり放り出されたら、急におかあさんが出てきてしまったんですよ。いえ、おかあさんの姿は全然見えません。ただ、おかあさんの存在、おかあさんていうものに、ただぼわあっと包まれているだけなんです。ええ、本当です、もうすぐなんです、ええ、もうすぐぼくもおかあさんのところへ行くことになってるんです。そうしたら、今、ぼくが、つべこべくどくど喋ったようなことにも、もっとくわしく、わかりやすくぼくに聞かせてくださいね。）

ゆっくりと、ほとんど擦り足のような足取りで、闇の中を進んで行く私の眼に光が射し込んできた。馬蹄形の光の輪は、左に大きく湾曲している闇の世界から、ぐんぐん黒い色を拭い去って行った。すると、ひらひらと神秘の昆虫が黒い翅を上下して群れている姿が見え、そこはもうトンネルの出口だった。

（ああ生き返った！）

半ば声に出かかり、幽界を逃れ切った者のように、私は二台のカメラのシャッターを何度も押した。

それにしてもなぜ私は母の存在を感じたのか。それが暗黒のトンネルの中だったのは、トンネルこそが母体のシンボルだったからなのか、更に言えば、終りの日の近づきを感知した私が、それと気づかずに、廃線跡探索とは言え、母里へ行くトンネルを尋ねてきたわけは、そこにあったのか、という思いが忍び込んでさえきたのである。

隧道口西とでも呼ぶべき停留所があったのかどうかも、その場に立ち尽くしていた私の頭からはなぜか消えていて、三匹四匹と数を増やしてきたおはぐろとんぼの群や蟬の合唱、鋭く空気を切り裂く小鳥の声、そして何よりも緑のトンネルを洩れてくる強い夏の陽射しを、両手を広げて慈雨を浴びるように私は搔き集める仕草を続けた。

トンネルの出口からほんの百メートルも進まないうちに道が二手に分かれていて、右の雑草生い茂る道が鉄路の跡であることは一目瞭然だった。しかし私はがさがさと、十メートル進んで路盤の感触を味わっただけで二股に引き返し、急いで左の坂道を降りて行った。気がつけば、おはぐろとんぼはすべて姿を消していた。すぐ今入り込んだ鉄路の跡を下から見上げることになったが、そこには家が数軒見え隠れしていた。地図を広げれば、たちまちトンネルへ入る前に分かれてきた一号線が再び私を呑み込んで、もはや二キロとない終点母里までの道を辿ることになった。ここから一号線を戻れば、先刻行く手にあったはずの隠尾《かくりょう》集落であり、先には才ケ峠を越えて、守納を過ぎ、その先は母里だった。一号線に平行した高い山裾を鉄路は延び、東母里へかけて降って行くような勾配になってはいたが、才ケ峠から福寄集落へ入るところや、守納の北の農道は道床が削り取られていた。東母里の蛇喰川を渡る曲線の小さな築堤は、地図の標識のようには残っていなかったので、路盤の跡は、あれかこれかとわからなくなり、結局大きく迂回して、県道に架けられた橋で蛇喰川を渡ることになった。

母里は松江藩から分かれた一万石の小さな城下町で、藩主の松平氏は江戸屋敷に常勤のため、家老職が切り盛りしているという、いわば陣屋級の、小さな城下町ではあった。それでも豊原地区から伯太川を渡り、市街地へ入るところには、小さいながらも、一目でそれとわかる映画のセットのような武家屋敷が、ひっそりと並んでいて、黒板塀に沿って流れている狭い掘割の水は澄んでおり、見るからに涼やかで、場ちがいに大きな鯉が群なして泳いでいた。たまたま一尾の緋鯉を見つけた私は、なぜともなく、それが母親の化身のような気がしたのだ。それは意外に長い鯉の寿命と大きな真鯉の群の中で、ただ一尾悠然と、動じる風もなく、しっかりと泳いでいる緋鯉の姿に、トンネルの中で感じた母の存在と重ねてのことかもしれなかった。それにしても、あのトンネルの中の母の存在は何だったのか、と思い、地図の中の母里《もり》という地名に眼が行き、文字の魂が呼び出した霊気のようなものではなかったか、という思いが走るのを感じた。

今では伯太町と、町名まで変ってしまって、「母里」の文字は集落名として残るだけの地名になってしまった町はずれの、ガソリンスタンドの中の飲料水自動販売機で、ポカリスエットなど買って咽喉を潤おすと、山陰本線の安来駅へ通じているバス停を尋ねた。

橋を渡って向うに見える大きな建物が、安来市の商工センターだと教えられ、重くなった足を引き摺るようにして、半ばロータリー状になっている役所の前のバス停を見ると、広域生活バスが、あと一時間半も来ないことがわかった。

母里駅跡を不明のままにして町を立ち去るのは残念と思いながらも、せめて、その痕跡だけでも訊いてみるかと、冷房装置が利いていて、ひやりと冷気漂う安来市伯太町庁舎の商工観光課と標識のあるカウンターで、若い女子職員に、六十三年前に廃止になった電車の終点を知る者がいるかどうかという尋ね方をした。すると、……さんならと、五十がらみの男の職員を連れてきて、今では、母里駅構内は、藤原建設という会社になっている、そして、その大きな赤い屋根の建物のすぐ裏だということまで、指差して教えてくれるのだった。それなら現場へ往復しても尚バス発車の時間までには余りあるだろう、と高をくくったのが災いしたものか、大きな赤い屋根の向こうを、いくらうろついても、母里駅跡はわからないのだ。やはり縁が無かったのか、と再びあきらめかけて、赤い屋根の建物に戻ると、そこは公民館で、十二時から一時までは昼休み、と貼り紙があり、人っ子ひとりいない空き部屋ががらんと並んでいるばかり。仕方がない。やはり縁が無いのだ、と廊下を出ようとした時、はずれの細長い部屋で、ひとり昼食を摂っている中年の女性が眼に入った。思い切って、母里駅跡を尋ねると、食事をやめて廊下へ出てきた。いくら何でも食事を中断して案内してもらうわけにも行かず、口で教えていただくだけで結構です、と案内を固辞する私に、

「ついてきてください。とてもわかりにくいから」

と、すたすた先に立って歩きだした。ひたすら恐縮して、細い裏通りに出ると、左に右に、何度も曲って、距離はそれほどでもないのに、なるほど口での説明は無理だったな、と納得して、その献身的案内に、ひたすら恐縮するばかりだった。藤原建設、というのは、駅の構内で、レールが何本かあったところで、ホームはここに残っているから、と、今は、個人所有の畑と、物置に隣接している三段ほどの古ぼけたコンクリートの小さなホームの階段を教えて帰って行った。

あわてて石段に腰かけて自動シャッターを切り、狭い畑に延びている短いホームのコンクリートを見つけて、腰を下ろし、何度もシャッターを押した。念願は達した。

ああ、今、私は「母里駅」にいる。このホームから、あの法勝寺の小学校の校庭に置いてあったクリームホワイトとマルーン色の伯陽電鉄が、昭和五年から十九年までの十五年間、朝の六時から夜の

十時まで、一時間に一度ずつ、阿賀までの五・三キロを十四分で走っており、更に米子市までの一〇・七キロを三十一分で走っていたのだ、ということが、六十三年前のことではなく、眼前のこととして感じられたのだ。それはトンネルの中の母の存在が、十七年前のことではなく、今のことだったのと同じだった。そしてそれは、やはり「母里《もり》」という文字と、その霊の為《な》せるわざにちがいないと思った。

五年前に世を去った妻が出て来なかったわけも、これで明らかになったが、では次は妻良《めら》とか嬬恋《つまごい》へでも行けば、妻に会えるにちがいない、と半ば冗談のようなことを考えて旅を終えた。

子《こ》生《なじ》

――私鉄廃線跡探索奇談――

平成十九年三月二十五日は日曜日で、前夜のテレビの天気予報によれば、当日は降りみ降らずみの、春先特有の天候で、傘の持参は不可欠とあったので、一とき躊躇《ためら》う気持が起こりはしたものの、あれこれ思いをめぐらしてみても、この日を措いて他にはないと決断して、私は大磯発七時五十四分の電車に乗った。

八時近い電車に乗るなんて、昔の私だったら、大袈裟に言えば小躍りしたにちがいなかった。というのも勤務先のS高校に八時十五分までに到着するためには、通勤所要時間一時間四十分乃至五十分を差引けば、どうしても六時三十分前後には自宅を出ていなければならなかったからである。相模原市の最南端にあるS高校までは、直線にして三十キロ、たとえ曲折の多い地道をとことこ走って行ったにしても、三十四、五キロ程度のもので、たとえ信号待ちが多く、かなりの渋滞に見舞われたとしても、小一時間もあれば充分なはずで、それならば、七時半近くに自宅を後にすれば、八時十五分に着くのは造作のないことだったからである。にもかかわらず私がそうしなかったのは、私が、今日の自動車時代の到来を見通す力に欠けていて、単に実地試験がないから、などという安易な気持で、まだ二十代の半ばに遊び半分で二十回ばかり教習所に通って、軽自動車運転免許証しか手に入れてなかったからなのだ。しかも軽自動車と言っても三六〇cc限定免許というもので、当時流行ったスバル三六〇とかマツダキャロルなどという、いわば乳母グルマじみた馬力のもので、現今の六〇〇cc以上の軽自動車ではなかったのである。その報いは、三十年以上もの間、勤め人の黄金タイムともいうべき朝の一時間弱の時間を睡眠時間から、電車通勤時間に捧げる羽目に陥ってしまったことである。

だが、よくもたちまち過ぎ去るのが人生というもので、不平不満の電車通勤生活も、六十歳の定年を迎えて、不意に消えてしまえば、その日から五年後の今日、友人の経営する小さな予備校や、長年勤務した私立高校経営者の口利きで、社会福祉の専門学校の講師の口が、英語教師という教科の上で恰好の立場だった故か、週に三日ほど続いてはいても、一校二齣ほどの担当であり、早くても九時開始の時間までに間に合えばいいのだし、場所も町田、厚木、と、いずれも駅から五分ほどの、急行停車駅だったこともあって、通勤時間は二十分以上短縮され、気がつけば、七時どころか七時半まで床の中にいてさえ、勤務先に遅刻するということは絶対になかった。更に週七日のうち四日は自宅にいるのだから、いつの間にやら起床時間は八時、九時に、時には十時近くになってしまうことさえ屢々あって、残り少ない人生を、こんな自堕落に送っていていいのかと、反省の気持さえ起ってきたほどだったのである。だから七時五十分大磯発に乗る辛さを計算に入れない私ではなかったが、この朝ばかりは別だった。もはや何回も残されていないにちがいない「私鉄廃線跡探索」、中でも、廃止直前の私鉄を乗りに行く旅に出る回数など片方の手の指を折り曲げるだけかもしれないと思えば、陳腐なたとえだが、初めて遠足に出かける前夜の小学生の気持に似ているのに気がついて、思わず私の頬は弛んでいた。

東京駅までの七十分は、自分の縄張りの内とでもいうべき意識が燻っている故か、思わずうたた寝してしまうほどの楽なスタートではあったが、九時四分に東京駅に着くと、長い地下道を通って三番線の山手線に昇り、八分の乗車時間を終えて、上野駅十六番線の、特急「フレッシュひたち15号」に乗り込むと、なぜか、よその国へ旅立って行くような気分に捉われるのは不思議だった。東京で生まれて育った私だが、父の故郷が北茨城の常陸太田市の奥で、千葉県の成田の北十キロの利根川沿いの町が母の生家であることを思えば、いわば父祖の地へ帰る旅になるはずなのに、見知らぬ遠い国への旅立ちの気分になるのはどういうわけだろう。小学校入学前の幼時から数え切れないほど訪れ、東京大空襲の後の二年間は、千葉県の母の生家に疎開して幼時を過した記憶が鮮明だというのに……。

ともあれ「フレッシュひたち15号」は定刻通り九時三十分に上野を出発した。途中停車駅は松戸と土浦だけで、五十七分後の十時二十七分には石岡に着いていた。目的地に達する時間を最小限にするために、余分な出費とはわかっていたが、予め特急券と座席指定券は前日、平塚駅まで出向いてみどりの窓口で購入しておいたのだ。快適でぴかぴかの車内に身を置いた一時間足らずの時間こそ、私が、父祖の地に近づく旅が、却って、あたかも見知らぬ国への旅立ちの思いを掻き立てた元凶であると知らせてくれる時間となった。半世紀の昔、朝早く東京麻布材木町を後にして、都電と山手線と上野発の蒸気機関車に牽かれる木造客車に乗り換えて、水戸からガソリンカーに乗り換え、常陸太田からバスに乗って三十分、更に一時間歩いて日が暮れてから、ようやく辿り着いたのが父の故郷だったのだから、ぴかぴかの特急電車で、あっという間に水戸へ着いてしまったのでは、どうしたって、父祖の故郷というよりは、見知らぬ国への旅と、からだが勘違いするのも無理はないな、と私は思わず苦笑いしていた。

石岡から鹿島鉄道乗り場へ行くには跨線橋を渡るだけだから、二分後の十時二十九分発の鉾田行きには何とかぎりぎりのところで間に合うはずだった。

「フレッシュひたち15号」を降りるや、天慶二年、平将門が襲撃した常陸国府所在地跡のある北口にはちらりと眼を向けただけで、薄暗く粗末な跨線橋を小走りに急いで、傷んだ階段を駆け降りると、五番線の鹿島鉄道のホームに出た。こんこんと軽やかな音が聞えてきて、雨模様の天候とホームの構造と相俟って、ただでさえ薄暗いホームが、二輛編成の気動車の影で塞がれていた。見ると、アイボリー色のKR五〇〇形で、予め調べて来たところでは、これは平成二年、鹿島鉄道自社発注の新潟鉄工所製のレールバスだった。先頭には、青空の色に似たブルーラインの帯留めの位置に当るところに丸い銘板が貼ってあって、

「みなさんさようなら83年間　２００７・３・31　鹿島鉄道」

と書いてあった。

最終日の三月三十一日までは、まだ一週間残っているのに、老いも、若きも、カメラ片手に、狭いホームのあちこちや、車内に群っていて、ぶつからないように場所を移動するのが難しいほどの混雑だったのは、雨模様とは言え、日曜日だったせいかもしれなかった。

二輛編成だったが、後部車輛の方が空いているのは、鉄道マニアの常として、どうしても先頭車輛の車窓にへばりついて撮影したい、という願望からの当然の成り行きだった。

急いでホームの端から、二度三度と携行していたデジカメとリコーのマイポート三三〇という銀塩フィルムの大衆カメラをせわしなく構えて、素早くシャッターを押して気動車の最期の姿をフィルムに収めると、

「まもなく発車しますから、お急ぎくださあい」

という駅員の声で、あわてて後部車輛に駆け込んだ。

二輛編成の気動車は、常磐線の上り線に平行して暫く走ると、大きく左にカアヴして台地に入り、大正十三年六月に開業した常陸小川まで七・一キロを十五分で走り、田部川を渡ると霞ヶ浦の小波を、右手に間近に見て、桃浦から浜に達するのに更に十五分かかった。開業から二年二ヶ月後に七・三キロ延伸して、汽船に乗り換え、霞ヶ浦を南下して、鹿島神宮に達する航路が開かれていたのだ。更に二年後には玉造町まで一・四キロ、そして遂に昭和四年五月には鉾田まで十一・四キロレールを延ばして、全線二十七・二キロの単線鉄路が完成し、鹿島神宮参詣客は、鉾田から北浦を船に乗るか、バスに乗り換えて北浦東岸を南下するかの、いずれかの方法で鹿島神宮に達することが出来た。陸路、神宮までの延伸計画がないわけではなかったが、世界恐慌に続く戦時体制が固められて行く当時の社会経済情勢の中では、頓挫しないわけにはいかなかった。

武甕槌神《たけみかずちのかみ》、経津主神《ふつぬしのかみ》、天児屋根命《あめのこやねのみこと》を祭神として祀った鹿島神宮は、古来、軍神《いくさがみ》として尊崇され、戦地に赴く将兵の、武運長久を祈る参詣客を運ぶのが文字通り「鹿島参宮鉄道」の使命であった。千葉県の香取神宮から潮来経由で利根川を渡って南から鹿島神宮へ達する道と、鹿島参宮鉄道経由で北から参詣する方法と二つあるコースの、どちらかと言えば、やはり軍神でもある香取、鹿島と二つの神宮参詣を兼ねる参詣客の方が多かったのも事実だが、参詣客が増えてきたことは、支那事変（日中戦争）、大東亜戦争（アジア太平洋戦争）と戦線が拡大し、戦地に赴く将兵が増えるにつれて参詣客も増え、鹿島参宮鉄道も栄えて行ったのだ。それは同時に、敗戦による参詣客の減少に比例して乗客も減少し、敗戦直後の一時的農村繁栄期を除いて衰退の一途を辿る農業人口の減少は、大正末期開業から八十三年に及ぶ鉄路の廃業を招来するに至っていた。沿線の団地や学校に焦点を合わせて、細かく駅の数を増やしてみたものの、いわゆるモータリゼイションと沿線人口の減少によって、他の私鉄同様廃線の運命を甘受せざるを得ない日が、遂に来てしまったのだ。社名も戦後は、二十年前に廃止になった筑波鉄道や龍ヶ崎鉄道や常総鉄道と合併して「関東鉄道」と改名していたが、今では「鹿島鉄道」（通称かしてつ）と名乗っていた。

石岡出発と同時に、進行方向とは正反対の最後尾の車窓からシャッターを数回押してみたものの、やはり進行方向最前部の車窓にへばりつくのが鉄道マニアの正道であることをたちまち知らされると、私は躊躇することなく、次の石岡南台でドアが開くや否や、急いで二輛編成の、前の車輛へあわてて移動して、最前部の車窓に群がっている子供達のうしろに陣取った。

玉造町から急カアヴで台地に入った。江戸時代には、那珂湊から涸沼経由で巴川に入り、北浦から利根川経由で江戸へ入る「奥川廻し」で通った道である。鉾田駅のホームへ到着するまでは尚二十二分を要したが、視野を曇らせる程度だった小雨も、かなり粒が大きくなっていて、両脇をホームに挟まれた形の終点へ、単線のままのレールの上を滑り込んで停止した。始発の石岡駅から所要時間は五十三分で、十一時二十二分だった。

カメラの砲列と人混みをかき分けて、木柵の、昔ながらの小さな改札口を通り過ぎようとした時、左手の駅舎の中の広い部屋で、鉄道廃止記念品の販売や模型の展示が行われていた。入ってみると、ＨＯゲージ模型のレールがぐるりと張り巡らされていて、鹿島鉄道の現行気動車の模型気動車が走り廻っていた。ビデオテープやＣＤや記念アルバムも販売されていて、今、乗ってきたばかりの気動車始め、現有全車輛の動態が収められているのだった。何本も購入希望の手が突き出されている熱気に煽られたわけでもないが、私もビデオテープ一本と車輛の写真が載っている本を一冊購入して改札口を出た。昔ながらの暗く小さな待合室ではコーヒーやジュース等も、地元の中年の女性が数人販売していて、ちょっとしたお祭りの風景だった。

それにしても、人は何故鉄道の、殊に私鉄の終りの日が近づくと、こうして集まって来るのだろう⁉　それも、いわゆるレールマニアと呼ばれる鉄道好きの人々だけではなくて、更にこの鉄道を小さい時に利用したとか、常日頃利用しているので廃止になってしまうのはさびしいとか、わかりやすい理由で、惜別の思いで集まってくる、というのならわかるのだが、日頃、この私鉄とは何の関係もない、遠隔地から、はるばる列車を乗り継ぎ、場合によっては近くの町に宿泊までして、撮影に、録音に駆けつけるのだろうか、という疑問に対する答となると、どうにも明快に人を納得させるものは一つもなくて、恐らくは当の本人も、自分で納得出来る答は永遠に見つからないのではないかと思うのだ。鉾田駅舎の狭い待合室の、ごった返している人混みの中で、なぜかお祭りの賑わいに似た空気をひしひしと感じれば感じるほど、七日後には運行を止めて消滅してしまう鉄路と駅舎に、私は自分の生命まで重ねて立ち尽くしているのに気がついた。私は急いで雨粒が感じられるほどに密度を増してきた降りの中に広がるバスターミナルに続く広場を、じっくり見て、折り畳み傘を鞄から取り出していた。一度は広げたものの気が変って、駅舎右手に続く蕎麦屋に入ると、熱い野菜蕎麦を啜った。丁度昼飯どきに当っていたせいか、狭いカウンターにのめるようにからだを預けてどんぶりで顔を隠す仕種で、ラーメンやうどんを食べている鹿島鉄道見納めの客の青年と中年の眼鏡男から左右を固められて、私はこれから後の時程を素早くめぐらせていた。これから、旭村の子《こ》生《なじ》を訪ね、人見修治の安否を尋ねてから、またこの鉾田まで戻って来て、再び鹿島鉄道に乗って石岡まで出て、常磐線経由で、大磯の自宅へ、今日中に帰るという計画を、いかに無駄なく順調に運ぶかということなのである。

すでに四年前の平成十五年十一月二十五日に私は、一度このコースを辿って、鉾田駅に、ほぼこの時間に着いていた。その時の目的は、「鹿島軌道」跡の探索だった。今の鹿島鉄道は存続をあやぶまれてはいたが、たとえ廃止になるにしても、まさか四年足らず後のこととは、その時は思いも及ばなかったのだ。しかもその時は、人見修治が協力してくれたのだった。高校の同級生でもあり、大学、職場と、青壮年期は、私とは全く無縁のところに所属していた人見だけに、五十過ぎてからの同窓会の席で、一、二年に一度顔を合わせる程度の間柄には戻っていたが、何しろ人見と私とでは、大学が経済学部と文学部、勤務先が商社と学校と、ほとんど接点のないところに所属してきたせいもあって、嚙み合うところが、ほとんど無かったのだ。高校時代に一年生、二年生と、二年間に亙って、三号まで発行した文芸部の薄い雑誌に、俳句やエッセイを載せていた男とは、とても信じられないほど、話題も嚙み合わない三十年間ではあったが、その前年の春、定年を迎え、茨城県は鹿島灘の、子生というところへ、世田谷のマンション住まいを捨てて、いわば独り隠居と言ってもいい生活を始めた頃から、急に高校の文芸部時代の距離を取り戻していたのだ。もともと子供が無かったところへ、定年の二年前に癌で妻を失くしていたので、厭世的気分の中での東京脱出ではないのか、と、格別問い詰めたわけではないが、何となく私には想像出来た。それにしても、なぜ、引越し先が鹿島灘の近くなのかは見当がつかなかった。

十一月も下旬ではあったが、その日は快晴で暖かく、神奈川県の大磯の自宅から三時間半ちょっとで、十一時半近くには鉾田へ着いていた。その当時も、今と同じ年代ものの改札口に近づくと、人見修治がにこやかに大きく手を振っていた。黒いスキー帽を被り、黒い太縁の、一時代前に流行った度の強い近眼鏡を掛けて、白髪の前髪が縁に被さり、ひょろ長いからだの上半分を、よれよれの茶色のジャンパーが包んでいた。約束通り私を出迎えてくれたのだ。子供の頃からの鉄道好きが昂じて、十代の後半からは私鉄の廃線跡探索を主として、折に触れて、日本全国を歩き廻っている話を同窓会で人見に話したことがきっかけで、手紙のやりとりも回を重ねるようになり、ついに、定年後一年半を過ぎた平成十五年の秋に、鹿島灘転居後の人見の独り住まいの訪問と、「鹿島軌道」という、たった六年で消滅してしまった私鉄廃線の跡を探索してみたいという私の積年の思いが繋がって、人見との鉾田駅での出会いとなったのだ。

私鉄廃線跡探索は、あくまで鉄道好きの個人のもので、後にも前にも、私以外の人と行動を共にしたのは、この鹿島軌道だけだった。

「おれのヴィンテージカーでよかったら、喜んで提供するよ。何しろ、おれも子生の住民として一年越えたし、その鹿島軌道ってケーベン（軽便）のことは、地元の爺さん婆さんから、嫌ってほど聞かされてるんでね。いや、七十年以上も昔、鉾田から線路が延びてきて、汽車が着いた時、みんなで旗振って、子生の駅で出迎えたなんて話をね」

思いもよらぬ長電話で、一杯入っているとしか思えない口調で、私の、鹿島軌道探索を快諾したばかりか、是非子生の自宅に一泊するように、と強調し、

「今、ほとんど線路の跡なんかわかんねえらしいんだけどね、あんたが資料持ってるんなら、おれも一度、終点の大貫ってところまで行ってみようよ。その先の大洗までは何回か行ってみたことあるんだよ。割と近いんだよ。とにかく鉾田の駅まで迎えに行くから、どこと、どこと、どこって見たいとこ教えてよ。ほんの二、三十キロのことなんだから、何回行ったり来たりしたって、おれの愛車で充分だよ」

と、ヴィンテージカーが愛車に変ってはいたが、有無を言わせない強引な勧誘に、私も受け答えしながら、乗ってきていて、受話器を置いた時は、妻に冷やかされるほど、すっかりその気になっていたのだ。それどころか、二万五千分の一の地図はもちろん、五冊ほどの、鹿島軌道に関する資料を載

せている本や、古い時刻表、その当時の鉄道案内図を、出発までの一週間、熱心にコピーして準備している自分がおかしかった。これも時間に拘束されない定年後の楽しみの一つ、と割り切って、週三回の、専門学校と予備校の講義のある週日は避けて、曜日は日曜と決めて、更に人見と連絡を取り合った。成り行きがどうなるかはわからなかったが、私の計画では、鉾田駅に昼前に着けば、鹿島軌道跡探索と人見家訪問と食事の時間をすべて足しても、夕方六時には、また鉾田駅に戻ってきているはずで、たとえ夜遅くなったとしても、その日のうちには、妻がひとり待っているわが家に帰れるから大丈夫と、人見の独り住まいに多少の興味はあったが、一泊するようにと勧める人見の言葉に従うつもりはなかった。


「よく来てくれたねえ」

　と両手を広げて大仰に歓迎の意を示すと、

「オクルマがお待ちですから、どうぞ、こちらへ」

と、おどけて見せながら先に立って歩く人見の後ろ姿は、私と同じ六十二歳にしては、老け過ぎていて、なぜか傷ましいという言葉が頭に浮かんだのは、何となく汚れて見えるズボンのせいだけではなかった。駅舎をぐるりと右へ廻る形で、柵沿いに駅舎の正反対の位置に向かって大股で歩いて行く人見の肩越しに、広大な芦原が開けていて、北浦に続く芦の湿原だった。巴川が流れ込んでいる江戸に通じている最奥の港町、鉾田の姿が私の頭に甦った。貨物ホームの跡などレールが数本並んでいる先に、藤色の、どちらかと言えば、第一次世界大戦のドイツの戦車を思わせるような小さな自動車が明らかに錆と埃をそのまま装飾にした感じで停まっていて、それが人見の言うヴィンテージカーの愛車だった。

「どうぞ、そのまま、お乗りください」

と運転席の右の空席へ私を誘導してみせた人見は、

「お気に召しましたかな。わが愛車のシトロエンです」

と説明した。二人が乗り込むと、その重みでぐらりとからだが沈むような奇妙な懐かしさが、じわりと伝わってきたが、キイを入れると、ぶすぶすす……と馬の鼻声じみた唸り声を残して、鉾田の街を出離れ、旧道の坂を上る時は、おんおんおん、……と辛そうな声音に変ったが、二人合わせれば、とうに百歳を越えている、老いの入口に差しかかった男二人に、実に相応しい仲間として、これからの時間を共にすることになった運命を私は喜んだ。

「先ず始発駅の鉾田だったな」

予め知らせておいた探索希望の場所数ヶ所を書いた手紙に同封の地図を広げて、私に示しながら人見が口火を切った。

(そうだ。始発駅だけは、しっかりと確かめないとな)

何しろ平成十五年のその時点で、鹿島軌道が廃止になった昭和五年五月二十一日から七十四年半の歳月が流れており、鉾田、子生間七・五キロを開業した大正十三年五月二十日からでは八十年も経っているのだから、私鉄廃線跡探索で最も大切な事前の資料古地図読み込みでも、大した収穫は期待出来ないだろうということは、四十年を越える経験で充分わかってはいた。

その時から更に八年ほど前に、廃止後六十年の山形県の谷地軌道跡を探索した時、営業年月二十年の軌道だったにもかかわらず、頼りにしていた最上川の木造橋脚は流失して跡形もなく、新旧の図面を睨み合わせて、ようやく終点の谷地駅跡を確認し、神町駅の跡は果樹園内の境界線を示す畑の耕作の具合を調べて路盤跡から逆算しただけに終った苦い思い出があったのだ。それでも、どの資料にも載っていない国道二八七号線から枝分かれしている県道の右端が細い農業用水堀を渡る時、軌道の重さに耐えるコンクリートの橋台に似た遺構が残っていたことを発見して小躍りした記憶だけは残っていたが――。

私の体験から言えることは、極く一部の例外を除いて、廃止年月の長短と遺跡の多寡は比例するということなのだ。まして開業二年後の大正十五年五月二十一日に子生、大貫間十キロを延伸して総延長十七キロになったとはいえ、営業廃止までの年間が、たった六年間では、いくら資料を睨んだところで、鉾田、大貫の両終点と、営業開始後の最初の終点だった子生駅だけは、何としても確認し、あとは、思わぬ発見、という土産があれば見ッケモノと思って出て来ただけで、寧ろ、本来ひとりのものである廃線探索の旅にしては、初めての友人、人見修治と同行してその家へ寄るということの方に比重がかかっていることは充分自覚していたのだ。

鹿島軌道「鉾田」駅は、鹿島参宮鉄道（今の鹿島鉄道）駅から、およそ一キロ近く東の台地にあって、その中間にある市街地からも急な坂を上らなければならず、高低差は少なくとも二十メートル、中には三十メートルに達するところもあるのだから、軌間七六二ミリの軽便鉄道としては、北浦の港に近い市街地に接近して駅を作れなかったにちがいないことは、坂道を登るシトロエンの苦しげなエンジン音の息づかいからも、たちまちわかるほど単純なことだった。

「どう見てもここなんだけど、殺風景なターミナルだなあ」

「七十年以上も昔なんだから、ま、こんなもんか」

問答しながら廃線跡を見て歩く違和感というよりは、楽しさのようなものが先に立つのは不思議だった。

「鉾田桜本」と書いてあるバス停留所のポールが立っている二号線の歩道沿いのブロック塀に囲まれた「有限会社酒井産業」の敷地が鉾田駅で、二階建ての住宅と作業場か物置のような建物の前に、庭にしては広過ぎる敷地があって、資料に載っていた四、五台の客車、ガソリン機関車の写真を重ねてみると、充分納まるスペイスであると確信した。併用軌道だった二号線の県道の端へ出るカアヴの具合も、まさに昭和三年の五万分の一の地図の道路にぴったりと嵌った。日の丸の旗をぶっちがいに立てて、花と紅白の幕に包まれ、無蓋貨車一輛と六つ窓の木造客車一輛を牽いて、ホイットコム製五トンガソリン機関車が、「祝開通」の月桂樹で飾り立てた門を潜り抜けて、大正十三年五月二十日、晴れの開通記念式典会場を後に、歓喜の警笛を響かせて、未舗装の今の県道二号線の端をゆっくりと進んで行く姿が、写真の域を越えて遠い日の自分の体験になっていた。さ、急がないと……、と私はデジカメ、リコーマイポート、三脚とせわしなく操作して、もちろん人見とシトロエンもとり込むことを忘れず、軌道の跡を追った。ただし地図の上のことに過ぎなくて、現場には毛ほどの痕跡もなかった。安房、樅山と進み、その先で今の東海バイパス、国道五十一号線と合流する路上を樅山宿、勝下と走り、当時の終点、子生へは右折して専用軌道を少し進んでかなりの広い空間まで来たが、そこが鉾田から七・五キロ、三十五分の子生駅跡だった。

「たった七千メートルちょっと走るのに、三十五分もかかるとはな」

自転車以下のスピードじゃ、とても、このシトロエン様には及ばないな、と人見は、ふふふふふ、と声にして笑って見せた。

「予想通り、と言うと負け惜しみみたいだけど……」

と私は前置きして、なぜか広々とした空地のままの子生駅のヤードから、大正十三年開業時の終点として側線、転車台を備え、更に二年後の大貫までの延伸後も唯一の中間交換駅として、この小軌道にしては大規模な施設を維持したまま六年間の生命を全うしたことは、明らかに伝わってきた。シャッターを押し続ける私に、これから五十一号線と交叉して次の荒地に着く前に専用軌道の曲線が僅かの間ではあるが見られるから、ゆっくり走り抜けて、その先の、

「わが家で、ちょっと軽く腹ふさぎと行きましょうや」

と、上機嫌な人見の声に誘われて、確かに唯一ヶ所だけだ、と人見の言う軌道の路盤跡の湾曲がほんの二百メートル足らず続いている畑の中の小砂利を敷いた農道を、まるでおいしい果実を噛みしめるようにのろのろ走った。また方向転換すると、まるで反芻するように引き返してきて、子生方面に進むと、五十一号線を郵便局やコンビニ等もある子生中心街の方へ戻ると、小さな県道を右に折れて、住宅が続いてはいるが、一軒だけ少し離れている小住宅の前で人見はクルマを止めた。そこが人見の家で、この先、子生原、大成を通れば、鹿島臨海鉄道・大洗鹿島線の「鹿島旭」駅まで二キロ半ほどだと言う。その駅から徳宿、新鉾田と南へ乗れば、ほんの七、八キロ、十分ほどで着くので、急ぎの場合と、クルマへ乗りたくない時など、七、八回は利用したと人見が説明した。五十一号線、二号線と、軌道跡の道を大貫、大洗、水戸方面に通じている茨城交通バスは本数が少なくて急ぎの場合には間に合わないので、ほとんど乗らないということだった。

南天やセンリョウの赤い実だけがたくさん生《な》っているのが目立ち、実の無い柿やイチジクの木に囲まれた庭とも畑とも境い目のない空間に無雑作にシトロエンを押し込んで、やけに白く塗り変えた跡ばかりが気になる玄関の場ちがいに大きな木の扉をがちゃりと開けると、

「ようこそ、わが庵へ」

と、スキー帽を脱いで白髪の頭を下げ、右手を大きく広げて、西欧の中世の騎士の挨拶じみた礼をして私を中へ招じた。口先の空元気に反比例して、あらためて人見の老けぶりが気になったが、勧め

られるままに、五分ですべてが見渡せるほどの、それでも三間ほどの「家」の応接間ふうに作られた部屋のソファに尻を落としてみると、この家自体、建築後恐らくは二十年とは経っていないはずなのに、強い風の一つも吹けば、そのまま崩れ去ってしまうような不安な気持を私が抱いてしまったのは、やはり私自身、人見から見れば忍び寄る老いを隠し切れずに、それでも何とか突っ張って生きている哀しさが滲み出ていて、隠しようもない疲れた男に過ぎないからであろうか。

「とにかく腹拵えしましょう。先ずビールで乾杯、と行きたいところだけど、すぐにまた愛車の運転控えてるし、もう突っ張るトシでもないからウーロン茶用意しておきましたので、どうぞ」

と素早く大き目のグラスに焦茶の液体を注ぎ、勝手に右手を掲げて、

「先ずは、武田義男先生の……」

と大声を出した。

「センセイはやめましょう」

「武田義男の健康と、鹿島軌道探索の旅の成功と……」

「人見修治の健康と将来を祈って……」

私も乗ってきて調子をあわせると、

「将来なんて無い！」

と、不意に人見が、それまでのすべてを壊す声を出した。

「とにかく二人の健康だけは、しっかり祈って、乾杯！」

と私も大声で叫んでいた。何故か不吉な嫌な方向へ逸れて行って、何も彼も噛み合わなくなり始めた気がしたが、不意に、すべては、古びてはいないのに朽ち果てた雰囲気を感じさせるこの家の佇まいに原因がありそうな気がし始めた。

「ちょっと待っててな。ほんの五分か十分だから……」

と人見が逃げるように、廊下の続きの台所の方へ駆け込む仕草になったのは、私と同じ気まずさを感じたからではないのか、と私は思った。

……と、にゃあ、と猫の鳴き声がして、わが家にも、入れ代わりのように、短い廊下に大きな一匹の猫が現われ、のそりと私の方に近づいてきた。わが家にも、八歳の牡猫がいるが、これほど大きくはない。恐らくは生後十年はとうに越えたはずの、眉間に、大小の黒い縦の線を刻んだ頭から背、尾と横縞の黒い筋が走り、灰色の柔毛に覆われてはいるが、顔と胸、前肢から腹にかけて純白の、オリエンタル種のブチ猫で、緑色の大きな眼球を見開いた、牡猫である。思わず私は、にゃあ、と猫語で挨拶していた。猫好きの人なら理解してくれると思うが、好奇心旺盛な哺乳類の猫は、自分に話しかけてくる人間の猫語を聞き分けて反応するものだ。歩みを止めて私を見上げた猫に、掌を両方大きく開いて、お出でお出でのサインを示したが、犬と異なり、ほとんどの猫はこのサインには応じないものだ。果して大形ブチ猫は、一とき私に興味を示しただけで、くるりと向きを変えると、人見の消えた台所らしき場所の方へ悠然と歩み去ってしまった。それも当然で、好奇心旺盛な猫が、来客の品定めに出て来たが、飼い主の人見が台所で何やら食事をしているので、自分も相伴にあずかろうとそちらへ向ったというだけのことで、こうした場合、わが家の猫も、いやどこの猫でも、この行動パターンは同じはずだ。

そして、猫が見抜いた通りの動きで、人見が、

「お待ち遠さまあ」

と横長の大きな盆の上に、皿、小鉢、茶碗を二人分きれいに並べて運んできた。手際よく、覆いの白布を取り払えば、何と、ちょっとしたレストランそこのけの食事が並んでいた。

「わざわざ取り寄せたの⁉」

と驚く私に、

「お褒めにあずかるとはかたじけないが、あいにく、みんなおれの手作りでね」

もともと食事の仕度をするのはきらいではなかったが、定年二年前に乳癌で死んだ妻が、再発治療を含めた五年間の闘病生活の間に、食事の準備から料理作りの腕があがったのだと人見が説明した。

お昼前に鉾田に着くのは知ってたから、軌道の鉾田駅の跡と、子生駅の跡を見れば、先刻のレールの跡ぐらいしか、このあたりに遺構や遺跡はないんだから、当然ウチで昼飯ってことになるんで、涸沼の鰻を二日ばかり前に買っておいて、今、温めただけのことで、後は漬物とか、佃煮とか汁ものなど、全部、昨夜のうちに準備したものばかりで、ただ並べ方のバランスがうまくなっただけなのだ、と、それでも誇らしげに言った。

「これから行く大貫は大洗の入口だし、涸沼も眼の前なんだから、鰻の昼食とはこれ以上無しのご馳走ということですね、ありがとう」

なんとなく他人行儀の言葉づかいになっている自分が気になり始めてはいたが、よく考えてみれば、高校時代のうちの二年間のクラブ活動と、三十年以上のブランクの後に、十年間で、六、七回の同窓会と、ここ一年ばかりの文通の他は、人見修治という男をほとんど何も知らないと言ってもいいほどなのだから、その彼と私との距離を、どういう言葉で埋めればいいのか見当もつかないのは当然だった。

「どうだ、うまいだろ、タマスケ」

あらゆる意味で心尽くしの昼食も、まるで立ち食い蕎麦を口に入れる速度と大差ないほどの速さで終ろうとする頃、人見修治は、いつのまに抱え寄せたのか、大きいブチ猫を膝に乗せたまま、鰻を大きく千切って食べさせていた。

「おもしろい名前だね」

調子を合わせて、私もタローという名の、生後八年の三毛猫の牡を飼っていることを話し、

「タマスケ君は幾つになるの？」

と猫に訊いた。すると、調子よく、にゃあと答えたので、

「そうか十歳か。元気でいいな」

と重ねると、もう十二歳で、人間ならとっくに七十歳は越えてるし、そろそろお迎えも近いと思ってるんだと附け加え、

「おれと同じさ」

と自嘲的な笑い方をした。たちまち私は出迎えに来てくれた鉾田駅で出会った時の、なぜか年齢以上に老けた人見修治の印象に対する驚きと、その言葉を重ね、本当に、そうなるかもしれない、と理由もなく思ってしまった自分に気がついた。そう考えると、妻の死とそれに続く定年退職と、この鹿島灘の子生へ中古住宅を購入しての転居、……と何も彼も、投げ出して、ただ死を待つばかりの老人の心境の表われとも考えられなくはないが、六十二歳という年齢を考えれば、男の平均寿命七十八歳の日本では、いかに何でも早過ぎる、と自分の年と重ねて、強く否定して、払い落したかった。それにしても、別に茨城県と深い関係があるわけでもなく、まだ現役の時、何度か釣に来たというだけの縁で、二十年以上も前から、その環境と地価の安さから、鹿島灘の大洋村とか旭村とか百万円台で五十坪以上の土地が購入出来て、一千万円も出せば、四ＬＤＫぐらいの家なら楽に建てられるという謳い文句が頭に染み込んでいたのが、定年を機に、妻と暮らした東京のマンションを捨てて、あまり深い考えもなく、まるで生まれ故郷へでも帰るように、この土地へ移ってきたのだ、という人見の説明には、それなりの説得力があった。

だから、鹿島臨海鉄道の「鹿島旭」駅から三十分近くも歩き、一日指折り数えるほどしか走っていない子生のバス停留所からでさえ十分以上も歩き、鉾田へ出るにも、バスで二十分、鉄道で十分はかかるのは充分承知の上で、百坪近い土地と、築十二年の、半ば捨てられた三ＬＤＫの安普請の家だったが、購入価格が一千万円を割っていることが嬉しくて、一度不動産屋に案内されただけで、その場で契約してしまったというのだ。妻もなく子もない六十男には、年金暮らしの老後生活ではあっても、新鮮な魚や野菜が手に入りやすく、空気がきれいで海も近い、というのは満更不動産会社の誇大広告とばかりは言えない嬉しい暮らしと言ってもよかった。

「さ、タマスケ君、おとうさん、もう一仕事してくるから、おとなしくしているんだよ」

大猫の鼻に自分の鼻を押しつけて、語りかける言葉が幼児向けのものだったので、思わず私は、

「ちょっとトシがずれているような気がしますが」

と茶化すと、

「おじいちゃん、もう一がんばりしてくるからな、しっかりお留守番頼んだよ、タマスケ爺さん」

と、わざとしゃがれ声で言って、

「これが普段の会話だけどね」

と笑った。

「さ、そろそろ大貫まで行きますか、秋の陽は釣瓶落しだから」

と私は立ち上がった。

再びシトロエンの客となるまでに、鉾田を出てから二時間と経ってはいなかったが、それでも一時は廻っていた。荒地、上釜、と進んで行く先は、すべて五十一号線の左側に敷設された専用軌道なの

だが、その跡と覚しき土地はすべて農地、宅地等に戻ってしまって跡形もなかった。日本原子力研究所の敷地の北のはずれ辺りから、五十一号線を横切って、再び成田、夏海、と終点、大貫へ向って右側に専用軌道が続いているはずなのだが、どの資料、地図を開いても、今では拡幅された五十一号線に、すっかり吸収されてしまったらしく、まるで痕跡も摑めなかった。途中、荒地を少し出離れたところや、上釜の先のカアヴ、昭和十年の旅行案内図に、海水浴場の記号も載っている夏海のあたりは、シトロエンを停めて、人見と二人でうろうろきょろきょろと草の根を分けるような探し方までしてみたが、ついにすべてが徒労に帰した。ただ原子力研究所のある成田から夏海、大貫から見た鹿島灘は砂浜そのものに接しているだけに、たちまち地球そのものの大きさが、私ばかりか人見と二人を虚無的にしてしまうほどの力で呑み込んでしまい、口も利かずに、しばらくの間棒立ちになって、遠々と沖合に眼を放ち、潮騒を耳にするばかりだった。

「あとは大貫終点の写真一枚が頼りだね」

と人見が弱々しく私に同情した声を出した。

「いや、まさに予想通りで、前原山バス停から松の木を頼りに終点に立って、ガソリンカーのエンジン音を聴くだけさ」

と私が、数分後に着くはずの、七十三年前の大貫駅跡を描写して見せたのは、あながち負け惜しみばかりではなかった。

砂の海から足を抜き取るように、二人はのろのろと歩いて、またシトロエンの世話になった。それから私が口に出したバス停までは十分とかからないのに、人見は、今更らしく感嘆の声を出した。旧道と国道の分岐点も、その先の旧道の二股も、全然迷うことなく、左、右と私が誘導の声を出したからである。

「ここまで頭に納まってるんじゃ、気動車もホームも、連絡バスも、何も彼もお見通しだね」と人見が半ば茶化した口調で言った。

「その通り、六つ窓の丸山製作所製単端式気動車のエンジンの音から、駅前の松林の向うで待っている水濱電車磯濱駅まで一・六キロの無料連絡バスのエンジン音とのダブル演奏の音まで、先刻から鳴ってるのが聞えるよ」

私も調子に乗って、はしゃいだ声を出した。

「鉾田も台地の終点と街の千メートルを無料バスで繋いでたそうだし、この大貫も無料バス連絡じゃ、まるで、頭としっぽの無い蛇みたいなもんで、長生き出来るわけないやね。何、考えてたんだろうね、鹿島軌道の経営者は」

人見まで鉄道マニアの古参のような言い方をして、そのことの方が私にはおかしかった。

「それもこれもみんなこの軌道の運命だったのさ、六年間の命のね」

「ま、その頃の、乗り換えを繰り返したお客さんの気持になって磯濱まで行ってみるか」

ふたりはシャッターの音を撒き散らしながら、何の変哲もない、低い石垣や、金網のフェンスに囲まれて曲りくねった数本の樹木が散らばっている空間に、ポンド数の低い七六二ミリゲージの数本のレールと倉庫風の駅舎にホーム、そして単端式気動車一輛を重ねてから、またシトロエンの客になった。狭い旧道をのろのろと水濱電車の大貫駅の跡を目指して進んで行くと、たちまち半世紀前の大学三年を終える頃、父の故郷へ、祖母の葬儀に列席するために出かけた帰りに、足を延ばして水戸駅前から水濱電車に乗って、この狭い旧街道に口を開いていた小さな大貫駅で降りたことを思い出した。シトロエンを降りて記憶にあるそのあたりを、昭和六年十二月二十五日印刷の「大日本帝国陸地測量部」の五万分の一の地図を頼りに、大洗マリンタワーのあたりから旧道を辿って行くと、割合たやすく大貫駅の跡と曲線を描く単線レールの跡は辿れたが、昔、ただ砂浜にレールを敷いただけのような曲りくねった線路を左右に揺れて走り、曲り松、などという停留所を通って、終点の大洗まで行った思い出だけを五十年の歳月の中から引っ張り出しただけで、シトロエンの向きを変えてもらった。今回の旅に水濱電車はなかったからだった。

「まさに鉄キチだね、武田は」

と人見を呆れさせただけで、私たちは帰路を急いだ。時計の針は四時に近づいていたが、

「今夜はゆっくりして行けや」

と夏海、成田、と五十一号線を戻りながら、当然のように語りかける人見を振り切って、では、せめて、コーヒー一杯だけ、と再び子生の人見の家へ、あきらめて誘う声にだけは、私は素直に従った。また日をあらためて、ゆっくり泊りがけで来るから、という私の言葉を、人見は、半ばあきらめて承諾してくれたのだ。

「ああ、おいしいコーヒーだ、喫茶店やれよ、この腕なら」

と世辞ではなく、心底、私はその味を褒めた。

「お昼の鰻と言い、こんな奥に引っ込んでないで、鉾田か磯濱へ出れば、人見に勝てる店は少ないんじゃないかな」

と余計なことまで附け加えて、私は荒れ果てた外観の子生の人見邸を辞去した。当然のように樅山、安房と、国道五十一号線、県道二号線と、来た時とは逆に鉾田へ戻り、そろそろと気をつけて二十メートルの高さを鹿島鉄道鉾田駅裏まで降りて行った。もちろん十七時二十一分発の石岡行きに間に合うように計算して子生を出てきたのだ。

「じゃ、またな。奥さんによろしくね」

と黒いスキー帽の下からはみ出した白髪を太い黒縁の眼鏡にかぶせて、深く皺の刻まれた顔を崩して、人見は意外に人懐こい笑顔を、改札口の木柵の向うから見せた。

「いろいろお世話になりました。また来るよ。元気でね。からだに気をつけてな」

たんたんたんたんとエンジンを唸らせていた二輛編成の気動車が、ぷわあん、と警笛を鳴らして、単線レールの上を、両側から挟んでいた鉾田駅ホームを後に、ゆっくり離れて行った。まるで子供のように、人見がいつまでも手を振っているのが車窓から見えた。

そしてそれが私が見た人見修治の最期の姿となった。


それからわずか四年と五ヶ月後に、人に話しても、到底信じてもらえない、もちろん私自身いくらあれこれ思いめぐらしても理解出来ない、しかし確かに、証拠と言えば証拠とも言えるものを残して消え去った人見修治のことを、ここへ書き記して、この私自身を納得させようと思うのだ。

鉾田駅前には、私鉄終点としては、かなり広い空間があるのだが、それは各方面に蜘蛛の手足のように延びている関東鉄道バスと、同じ関東鉄道系列のグリーンバスの発着所が塞がっていて子生から大洗駅へ通じている茨城交通バスの発着所は、まるで継子のように広場のはずれの路上にあった。鹿島軌道の跡に沿って走るのは、このバスしかないので、予め調べてはきていたのだ。十一時九分発だから、昼食にはちょっと早過ぎたが、これから三十分近くバスに乗って、子生の人見修治の家を訪ねるには丁度いいタイミングだと思った。四年前のように人見が昼食をご馳走してくれる可能性はゼロにちがいないと思えたからである。

その日の子生訪問は、鹿島鉄道（旧鹿島参宮鉄道）の見納めと言うよりは、子生の人見修治の消息確認こそ、本当の目的だったのではないか、と、考えれば考えるほど、その比重がわからなくなってきていた。というのも、人見家訪問の翌平成十六年と十七年の正月に年賀状のやりとりをした後、一昨年と今年と人見からの年賀状が途絶えて二年経ち、電話をかけても通じなくなっていたからである。こうしてバスの発車時刻まで、詳しく調べて鉾田へやってきて、定刻にやってきた茨城交通バスのシートにいそいそと腰を下ろして安堵したところをみると、やはり子生行きこそ今日の旅の本当の目的だったのではないかという確信が湧いてきておかしかった。

五十一号線の子生バス停に降り立って、きょろきょろしたのも束の間、通い慣れた自宅に帰るサラリーマンの足取りで、たった一度人見のシトロエンで来ただけの街道から、さっさと狭い道を右に入り、住宅と畑が入り混じった地区をおよそ十分。気がつけば丸四年五ヶ月前にシトロエンで乗りつけた人見修治の家の前に立っていた。

オモトやセンリョウ、名も知らぬ雑草が枯れ葉の間に若葉も交え、イチジクや柿、南天の、手入れを受けなくなって久しい、曲りくねった枝ぶりが、小さな古い家を隠すようにはびこり、レトロな西洋館風に作った応接間らしき空間が、不規則に割れた両開きの窓ガラスから、中のソファまでが見える半ば廃屋と化した建物こそ、紛れもない人見修治の家にちがいなかった。あの時見たのとおなじ場ちがいに大きな玄関の扉は、土色に汚れてはいたが、塗り変えたばかりだったことを思い出させる痕跡を、まだしっかりと残してはいた。

もちろん鍵など施してなくて、風が吹けば勝手に開閉している引きずったような半円形の黒い筋がコンクリートの三和土《たたき》に残っていた。

（まるで浅茅が宿だな）

そうか。どんな事情かは知らないが、人見修治が、この家を去ってからでさえ、とうに二年以上の歳月が流れていることは、もはや誰の眼にも明らかだった。

それでも未練たらしく私は意外に重い扉を力まかせに押し開けて中へ入って行った。土足のままというのは気が引けたが、ぎしぎしと音立てる短い廊下を廻り、意外に広い台所へ入り込んだ時、にゃあ、と猫の鳴き声が一声聞えた。気のせいではない。あの時の大猫にちがいない、と勝手に私は決め付けていた。タマスケという変わった名前の、胸と腹が白く、頭から背、腰、尾と黒いブチの牡猫の姿まで、まざまざと昨日見たばかり、というほど新鮮に、その姿が脳裡に浮かんだ。不意にからだを捻ると、私は腰だめの姿勢で破壊も免れたような台所から続きの八畳の和室、更には私も一とき腰を下ろしたソファのあった洋間へと、猫を探し求める姿勢そのままで、どたどたと歩きまわっていた。畳は破れ、それでも意外にそのまま敷きつめられていたのに較べて、洋間の破壊はひどく、ソファは破れ、装飾の多い電燈の笠は割れ、大きな花瓶が割れたままになっていて、まるで誰かが入り込んで故意に壊してまわったようにさえ見えた。猫の姿はどこにも見当たらず、今しがた聞いたのも、廃屋の雰囲気につられた気のせいだったのか、と思い直し始めた時、私は、いきなり小さな隠し部屋のような、板張りの空間に入り込んでいた。四畳半ほどの、その部屋は、この家の北に突き出た特別仕様の部分で、しっかりした引き戸があった。開ければ、突然、主人が、ぬっと顔を出しそうな、意外にきれいな部屋に見えたのは入口だけで、奥の三分の二は、いわゆるごみ部屋、というよりは本やノートや紙類などが堆《うずたか》く積み上げては崩れたにちがいない本と紙の散乱したような紙屑部屋だった。足の踏み場もなく、手近のノートなど引き出せば、数十冊の本やノート、紙の類《たぐい》が、そのまま崩れてきてからだが埋まってしまいそうに見えた。入口に近い、ようやく立てるだけの隙間の隅に、一尺四方ほどの木箱が二つ放り出されていた。何となく私はその一つに腰かけて見まわすと、どうやら箱を二つ重ねて伸び上がれば届くところを最上段にした書棚にぐるりと囲まれていたところへ、手当り次第に雑誌や週刊誌までも捨てないで、この狭い部屋へ放り込み、気がつけばただのごみ部屋になってしまった、というのが真相らしく思われた。それにしても、商社マン時代から溜め込まなければ、この紙屑の山の出現はあり得ず、人見修治の意外な面に今更気がついて、私はただ呆気にとられるばかりだった。

理由はわからないが、払っても払っても湧き起こる黒雲のような人見修治失踪イコール死という不吉な予想を、私は拭い去れないまま、闇雲に右手の届く先の本とノートの山を突き崩してみた。日記とかメモとか書きつけたような人見の消息を知る手がかりが見つかりはしないか、と単純に考えたのだ。そしてまるで奇跡とでも呼べばいいのか、何の変哲もない一冊の薄いノートに行き当った。

三十枚綴りのB中横罫と印刷されたあまり汚れてないノート四、五ページに、太い万年筆のようなもので書き込まれた奇怪な内容を伝える大きな文字にぶつかった。

また「海の幸」だな。夕方五時は、朝の五時から十二時間も経っているんだから、腹ペコも絶頂で、何食べたって無我夢中でうまいんだ。それはその通りだ。でも、それにしても齢のせいか、半分も食べないうちに、もうむかついてきて、食べ続けるのが辛くなるんだ。別にまずいとか食べにくいってわけじゃない。たとえば今日のは「ひらめ味」だ。これだけ取り上げれば、そりゃ申し分ない、ぜいたくな、おいしい晩飯にちがいない。もしおれが野良猫だったら、ひらめなんて魚を死ぬまでに捕まえて食べられるかどうかって貴重品なんだ。それはよくわかっている。でもそのひらめを魚そのものの形をしたナマの姿でなく、丸薬みたいに、丸く固めた乾いた団子の形で、立て続けに口へ放り込まなければならないのが、辛い、というか、あきてしまった、というか、とにかく不自然でいかにも飼い猫って感じになるところが嫌で、癪なんだな。この間、「海の幸」って印刷してある袋から、ざらざらと「飼い主」のシュージが白い瀬戸の容れものに入れた後で、袋の字を読んでみたら「高齢猫用」って印刷されてるの見て、おれ情けなくて、すっかり滅入っちまったよ。そりゃ十四歳じゃ仕様がないとは思うけどな。いつもシュージが「人間なら、お前はとっくに七十歳越えてるんだぞ」なんて意地の悪いこと言うしな。でもいいんだ。確かにシュージの言う通り、世田谷のはずれのおれが捨てられた多摩川の土手のあたりをそのままうろついていてたら、とっくにおだぶつで、今頃は十回忌ぐらいにはなってたはずだから、生後ふた月のおれを拾ってくれたシュージと死んだ奥さんには、いくら感謝しても感謝し過ぎることはないってことだけはわかっている。幸い、ペット同居可ってマンションだったのもツイテたしな。奥さんはおれが八つの時死んじゃったのは悲しかったけど、おれだって癌で苦しんでた奥さんをずいぶん慰めてやったつもりだぜ。鳴いたり、いっぱい舐めたりしてやってさ。でもそれもずいぶん昔のことで、こっちへ移ってきてからだって、もう五年になるしな。ここへ来た時十歳だったおれも、今じゃ十四だしな。月日の経つのは早いものよ。何故おれがこんなこと書いてるかっていうと、この頃シューージが変なこと言うんだよな。

「お前も、いっぱしの猫としてこの世に生をうけたんだから、そろそろ自分の爪で魚でも虫でもつかまえてきて食べたらどうだ。こんな丸薬みたいな猫用フーズや缶詰ばっかり町役場のチャイムに合わせて、パブロフの条件反射みたいに食べてないで、一旦この家出て四つの足で自由にどこでも走り廻っておなかいっぱいにして帰ってきてみろ、この家は寝るだけにして。食べものにありつくのに三日かかったら、どこへ寝てもいいから、ここへ帰ってこなくてもいいぞ」

これって、どうにでも取れる言葉だよな。猫本来の生き方を示した励ましの言葉ともとれるし、年中纏わりつかれたんじゃうるさくて仕様がないから、少しはおれをひとりにしてくれっていうシュージの悲鳴なのかもしれないとも思えてきて、それもそうだと思いながらも、ぐずぐず躊躇《ためら》ってると、こんなこと言い出すんだ。

「タマキチ君、わかってるよ。日頃繰り返してる言葉とちがうんじゃないかって言うんだろう。人間ならとうに七十歳越えてるぞって、おれが言ってることだろう。そんな爺さん猫のおれを冷たく突き離して、餌は自分で見つけてきて食べろ、なんて今更薄情じゃないか。それともおれが爺いになって動きが鈍くなって猫らしく走り廻らなくなったから、かわいくなくなったから、体良くこの家を放り出して野垂れ死にさせようって魂胆じゃないだろうな、なんてことまで考えてるんだな。……わかってくれよ、タマスケ。みんな誤解だよ。そうじゃないんだよ。おれはタマスケで、タマスケはおれなんだ。確かにお前はもう爺いだけど、おれも爺いさ。今どき六十四なんて青年じゃないか、なんて人生八十年時代だって叫んでる奴もいるがな。トシってのは本人の意識の問題だから、おれが爺いだと思ったら爺いなんだ。極端な話、二十でも三十でも、『俺はもう爺いだ』と思ったら、もうそいつは爺いなんだよ。そのおれが言うんだ。いいか、タマスケ。同志として親友として言うんだがな。十四年前に多摩川の土手の下で、おれたちに見つけられるまで河川敷の草を二ヶ月近くも食べてひとりで生き抜いてきたじゃないか。虱《しらみ》だらけで、まともに抱くことも出来ない赤ん坊の捨て猫だったけど、タマスケ、お前は猫として生物として、ひとりで生き抜く力に満ち溢れていたんだ。その姿を見て、おれも死んだ女房も感動してウチへ連れて来たんだ。その日からタマスケはおれたちの子になったんだ。毎食野菜を要求する変った猫だけど、野草を御飯がわりに食べて生き抜いてきたんだから当然だよな。そんなところもおれたちはますます好きになった理由だ。でもおれが今言いたいのはそんなことじゃない。お前が朝の五時には缶詰の、夕方五時にはドライフーズ、いずれも最近では高齢猫用と印刷された文字が大きく赤く浮き出したもので、こういう努力を重ねれば、あと少なくとも二、三年はタマスケも生きられる。うまく行けば、二十歳まで五、六年は生きられる、と考えたからだ。丁度、定年二年前に女房に死なれて、子供もいなくて、あとは好きなことして、一日でも長く生きようと、こんな田舎の安い古家を買って、空気はきれいだし、野菜は自分で作って、海が近いから新鮮な魚を食べて、無農薬米食べて、好きな俳句やエッセイでも書いて、時間に縛られないで、老後の独身生活を謳歌しようと考えて、三年間過ごしてきたわけだけどな。よく考えてみれば、年金もらって、千回太陽が昇って沈むの見て、計画通りの生活送って、何も不満も無くなっちまったんだな。そうしたら、ある夜、不意に訳もなく怖くなったんだ。いや死ぬことじゃない。こうして千日過ぎてしまったことなんだ。タマスケが十四になり、おれも昔の数え方で六十六となってしまって、あと三千回お日様拝めば七十六になっちまうことなんだ。生きてればタマスケが二十四になるはずなんだがな。ああ、ダメだダメだ、こんな暮らし全部ダメだ。タマスケ！　おれもお前も動物だ、生き物なんだ。お前は今日から猫用フーズを捨てて、外へ出す。外で何かつかまえて食べて生きる。食いものが無ければその場で死ぬんだ。お前ひとりに、そうはさせない。おれもこの家を出る。自分で食べものを探して食べる。食べものが見つからなければ、そこで死ぬ。それこそが生き物の本道だ。タマスケよ。飼い猫をやめろ。おれも、人見修治も飼い人をやめる。さあ、この家を出よう」

いつものように、下手な抱き方で、ぎゅっとおれを抱きしめて、まるでお経でも読む時みたいな、静かな調子で、白髪まじりのおれの頭をゆっくり撫でながら、独り言のように、喋り続けるんだ。おれも年甲斐もなく素直に受けとめたことは、その翌朝から家を出て、一まわりしては家へ戻ってくる、また外へ出かけては戻ってくる、もちろん、腕が鈍っているからショーリョーバッタぐらいしか捕まえられなかったけど、それでもただ銜《くわ》えたまま急いで家へ入ると、シュージはまるで自分が捕まえたように喜んでくれたっけ。もちろんいつも通り缶詰もドライフーズもそれまでよりはちょっぴり少な目だったがくれたしな。よく見るとシュージは足を延ばして里山に入っては、野草みたいなもの摘んできては茹でたり煮たりして食べてたようだがね。そんな暮らしが、どれほど続いたのか。おれの食料採集の範囲も広くなって、捕まえる虫の種類も増え、野鼠の子まで銜えてくるようになる頃には、シュージの外出の距離や時間も増えていて、しかもシトロエンを利用する回数もどんどん減って行ったことは確かなんだ。そうしたある日、ついにおれの恐れていた日がやってきた。

国道五十一号線を越えて海が見えるところへ行けば魚が手ではない、口に入ると知ったおれは、その日も小さな雑魚の仔を一尾口に、それが釣師がまちがって落したものであることはとぼけて、年甲斐もなく半ば駆け足で家へ戻るとシュージの姿を探した。単純に褒めてもらいたいためだった。だがどこをどう探してもシュージの姿はなく、まさか、と庭に出てみたがシトロエンも消えていた。

その夜おれはすべてを理解した。もはやシュージが二度と帰ってこないこと、このおれを置いて、どこか遠くの知らない場所へ出かけ、そして多分、今頃はこの世から、どこか遠くの別の世界へ行ってしまって、永遠に帰ってこないにちがいないということを。そしておれがひとりでも寿命が尽きるまではひとりで生きて行けるように語りかけて、そう仕向けたのだということを。

この先、どれだけ生きるかわからないが、シュージ、何て水くさいやつなんだ、どうしてこのおれを一緒に連れて行ってくれなかったんだって叫びたかったのも事実だが、逆に、よくわかったよシュージ、この家だけは、おれひとりでしっかり守って行くよ、おれが死ぬまではな、って低い声でシュージに語りかけていた。

およそ十ページはあろうかと思えるノートの中の文字が、だんだん乱れて読みにくくなってくるのを、眼に近づけてじっくり読み取りながら、最後の文字に辿りついた時の、私の気持を、どう表現したらいいだろう。しばらくの間、小さな木箱に腰をおろしたまま、私は狭いごみ部屋とも言える書斎を見まわすと、変哲もない薄いノートを極く自然に私の小さな鞄に収めた。訳もなく私は、これは人見修治の、私宛ての遺書なのだ、と勝手に決め込んだからである。高校生の時代はもちろん、定年後も、人見修治が、作っていたかもしれない俳句もエッセイも一字も見ていない。まして小説を書いていたなどと聞いてもいない。だからまるでタマスケという大きなブチ猫が、こんなものを書き残すはずもなく、喋り言葉で、定年後三年の心境をタマスケに語ったというシュージの言葉こそ、人見修治失踪の真相を自ら述べたとしか思えなくなった。考えてみれば、これほど乱雑なごみ部屋の中で、この一冊のノートだけを極く自然に、私の手に触れ、取りあげられたのは偶然以上のことと言えた。

そうか、この部屋へ私が必ず辿り着いて入り込むことを確信して、否応なしにこのノートを私に摑み取らせたにちがいない、そう私は受けとめた。すると、たちまち、子を生まなかった妻に先立たれ、幾千万年に亙って伝えられてきた生命の流れが、自分のところで断ち切られてしまう、という絶対の孤独の思いで、漂着したのが、子生《こなじ》という地名の土地だったのだと思い当った。子を生す（産む）ところ、常陸の言葉で「こなじ」。その地霊に呼び寄せられ、数百日の寝起きの果てに砂地にしみ込む水のように消えてしまった男、それが人見修治だったのだ。

そこまで考えた時、不意に込みあげてくるものがあって、思わず私は涙をおさえた。

その時、にゃあ、と先刻この家へ着いた時に聞えた猫の声が耳に入った。あわてて、どたどたと台所の中から庭に続く方角を見ると、一匹の大猫の尻と尾の部分が見え、悠然と玄関の扉の方へ歩き去るのが眼に入った。すかさず玄関に駆けつけて大きな木の扉を開けてみたが、もはや猫の影も形もなかった。灰色と黒の横縞模様の尻と尾が、四年五ヶ月前に見た記憶の中のタマスケと同じで、想像上の上半身も大きいからだから類推すれば、あの時のブチ猫と同じではあったが、ノートの中の文を信じれば、平成十七年に十四歳のタマスケは、今では、十六歳を越えているはずだが、最近の猫の平均寿命から言えば、あり得ないことではない。更に猫は人には懐かないが、家には懐く、という俗言を信じれば、一声残して半身を見せた大猫がタマスケであっても不思議はないが、そう信じたい自分を否定した私は、いや日本ではよく見かけるブチ猫だから、平成十七年の、人見修治失踪（？）の日から二年以上も、餌もなく、この古家に居ついている訳はない、と、すべてを打ち消して、またごみ部屋に戻った。それからあらためてぐるりと一わたり見まわすと、もうどの本やノートにも手をつけないで、人見修治邸だった古家を後にした。

子生から茨城交通バスに乗って鉾田駅前に着いたのは四時をまわっていた。雨模様ではあったが、一とき雨粒は姿を消していた。鹿島鉄道最終日を一週間後に控えて混み合っている待合室とホームを避けて、駅前広場からぐるりと駅裏にまわってレール沿いに寧ろ巴川方向に足を延ばし、丈高く残っている枯れ芦の茎の林を入れ込んで、二台のカメラのシャッターを押し続けた。

十七時八分発石岡行きの見納め客で満員の二輛編成気動車の最前部の窓にへばりつき、浜、桃浦と霞ヶ浦沿岸の小波が眼に入ると、発車から三十分近い間、レールと沿線の風景で塞がっていた私の脳裡に、何の脈絡もなく、奇妙な思いが広がっていっぱいになっていた。

（あのノートに書かれた文こそ人見修治ではなくて、タマスケ自身が記したにちがいない）

猫は十年越えて生きると化けて人間になるというからな、と附け加えていた。

成田^{なりた}

やっぱり、ここから始めなくちゃね、ちんちん電車は。成宗電気軌道の名前で、明治四十三年十二月十一日に開通した時は、成田山門前と言ってね、才賀藤吉っていう金持ちが始めた会社なんだ。

その日のモノクローム写真を見たことがあるんだけどな、開業に際して新造した十五輌の東京市電型ダブルルーフ、下窄《すぼ》りの、牛除け金網のついた四輪単車のポール集電装置電車で、八つ窓のセピア色、鉄製丸ハンドルの手動ブレーキの運転台から、中扉を開けて、一段高く昇れば、向い合いのロングシートの客席があって、電車が発車する時、車掌は必ず吊り輪をぶら下げている横棒の上を通っている白くて太い木綿製の綱の元の取っ手の木を握って、運転席でもある客席より一段低い車掌席のデッキから、二度引っ張ると、運転席の頭上に取り付けてあるベルが、ちんちんと、律儀に二度鳴ったものだ。ま、あんたも明治村に動態保存されている京都市電堀川線の保存車輌なんかで、その感触を味わったことがあるだろうから、くどくど言わないけどな。その電車全体を屋根の上まで金モールなどで飾って、前照燈の上の車輌ナンバーのところに日の丸の旗などぶっちがいに立てて、一・〇五キロ、終点の成田駅前へ向って出発する写真の話に戻るけど、今の信徒会館のところに二階建ての長くて大きな建造物があって、二階はすべて万国旗で覆いつくされ、一階には、正装した成人、小児の男女が立錐の余地もなく並んで見送っている、というものなんだ。どんなに関係者一同が喜んで祝福したか、ということが溢れている写真なんだが、一方、開業に至るまでの、電車乗り入れによる門前町商店街の衰退を恐れる勢力と、人力車夫組合が手を握って、鉄道の成田駅前から成田山新勝寺門前へ直行する電車敷設反対運動を展開する中での開業だったこともあって、この十二月十一日開業の、成宗電気軌道開業の日のような、複雑な開業をした私鉄は他にないはずだ。それと翌年一月二〇日、宗吾までの四・二六キロが完成して、全線複線で十五輛の新造車が、全線十五分間隔で走り出すと、その便利さの前には不満の声も静まって行ったたってわけさ。

どう？　退屈じゃない？　そう。いや正直のところ、ちょっと戸惑っちゃってね。年甲斐もなく照れちゃったみたいなところもあるんだな。いや、何もあなたが女性だからってわけじゃない。若い女性の鉄道マニアが増えてきて、今や「鉄子」なんて呼び名まで出来ちゃうほど広まってる、なんてことぐらい、いくら世間に疎くなってきた爺さんの私だって、満更知らないわけじゃない。それどころか雑誌や新聞で、夜のテレビなんかで、駅長の制帽なんか被って、嬉しそうに喋ってる若い娘さんの姿なんか見てると、世の中変ったなあ、と思う半面、でも明るくって、楽しそうで、いいなあ、何だか羨しいなあ、なんて、自分が同じ道を歩いてきた鉄道マニア、――あ、ついでに言っとくけどね、私は、この鉄道マニアって言葉、どうしても好きになれなくってね。厳密に言えば、鉄道キチガイ、略して鉄キチって言ってもらいたいんだけどね。大門さん、キチガイはいけませんよ、今じゃ差別語で、使っちゃいけないんですよ、キチガイって言葉は、なんて忠告する人がいてね、私は大いに不満だったんだけど、世間様に合わせて、鉄道マニアって呼び方でがまんすることにしたけどね、でも、それじゃマニアって言葉だって差別語なんじゃないの、一つの物事に熱中して顧みないんだから、それじゃキチガイってことじゃないの、一体どう違うって言うんだい、キチガイとマニアは……、なんて、からみたくなってくるんだから、やっぱり私はもう時代遅れの人間てことになるのかね。いや、どうも鉄子から脱線しちまって、すいませんね。どう、おかしいでしょ、鉄子さん、じゃなかった、何でしたかな、あ、そうそう、名刺もらってたっけね、トキコさん、時間の「時」と書いた時子さんでしたよねえ、久慈時子さん。いい名前だ。何となく鉄子にふさわしいお名前ですよ。私の大門道男という名前が、何となく鉄キチ、いや鉄道マニアにぴったりの気がするのと同じで、私も、あなたも、なるべくして、鉄道ファン、鉄道好きになったような気がしますがね。だって久慈も大門も常陸の地名で、時子さんの時は時刻表の時だし、私も鉄の道の男ですからねえ。ははははは。ま、余計なお喋りは、このくらいにして、本題を続けましょう。

とにかく、この成田山門前駅、いや、昭和に入ってからは、それも一桁から十年代に入る頃には、不動尊と駅名を変えてたんだがね。名前と言えば、成田駅前も本社前と呼ぶようになっていたけど、この成田山門前駅が、ちんちん電車の始発駅なんだから、どうしたって触れないわけには行かないんだ。というわけで、いろいろ思い出いっぱいの駅なんだけど、写真で見た開業の時の、明治四十三年はいざ知らず、初めて、このちんちん電車に乗ったのは、昭和十四年の夏のことだから、小学校の二年生の夏休みのことだったんだな。もちろん、それ以前の赤ん坊の頃や、二歳、三歳で、親と一緒に乗っていない筈はないんだけど、何しろ小さ過ぎて、電車の姿は浮かんでこない。ただ小学二年生の思い出だけが鮮明なのは、ちょっとした事故が起こったからなんだよ。と言うと、大げさに聞えるかもしれないんだけどね、すでに不動尊と駅名を変えていた終点は、鉄骨で高く大きく覆われた駅舎があって、低いホームがあり、売店も二、三店あって羊羹なんか売ってたもんだ。本社前から着いた電車は集電子のポールにくっついてる綱を車掌が持って、ぐるりと電車のまわりを線路の砂利を踏んで一廻りして向きを変え、客を乗せると左側の線路を出発して行ったんだ。

ここでまたちょっと他のことを喋らなければならないが、開業から六年経った頃には経営不振に陥った才賀藤吉は、会社を手放しちまった。大正五年に買い取った東京の業者は、社名も成田電気軌道と変え、第一次世界大戦後の鉄鋼資材高騰に目をつけ、営業を廃止して、資材を売り払おうと思ったんだが、大正七年五月に廃止の予定が、住民の猛反対、県知事まで調停に入る騒ぎで、十五輛の車輛のうち六輛を残して九輛を、函館水電（後の市電）と福博電気軌道に売却し、一応の終結を見ることになったんだけど、不思議な因縁でね、この時函館へ渡った車輛が一度改造されたものの、平成五年には成宗電気軌道時代の姿そのままに復元され、手動ブレーキがエアブレーキに変っただけで、今も函館市電の名物となっているのはうれしいな。本社前から宗吾まで単線になっちまったのは残念だったけど、営業成績も何とか回復して、大正十年には東京市電外濠線から六つ窓の中古単車を三輛購入して営業停止の日まで走らせたんだ。軌間が東京市電と同じ一三七二ミリだったので可能なことだったのさ。経営も昭和二年、三里塚から多古へ走っていた千葉県営鉄道の払い下げによって、成田鉄道と改称し、昭和五年四月には、成田駅まで延びてきた京成電気軌道の子会社となったんだけど、バスの普及で、またぞろ住民と町当局まで後押しして廃止になるところだったんだよ。全国広しと言えど、この電車ぐらいスタートから何度も廃止コールが出た電車はないと思うがな。かわいそうにな。それでも戦時のガソリン配給制が追い風となって、寧ろ逆に、昭和十二年六月十六日には、京成電車終点、駅舎前広場の、成田駅前（本社前）から、省線（今のＪＲ）成田駅前まで、右手に大きく迂回して新線が敷設されることになったのさ。その訳は、後の国鉄、現在のＪＲ成田駅の改札口が、権現山近くに移動したからだった。

ところで私の話はこの省線成田駅前のホームで起こったことなんだよ。恐らく成田山新勝寺参詣の帰りに、正門の少し右手にあったちんちん電車乗り場、不動尊のたたずまいと、停まっていた電車の姿を見て、どうしても乗りたい、と母に駄々をこねてせがんだにちがいない。電車好きの息子の駄々に根負けして、三十四歳だった母は、懐かしい成田の街を二十分歩いて駅へ行くコースを諦め、大人十銭、小児五銭の電車賃を奮発して、五分間だけ七歳の駄々っ子におつきあいすることになったわけなんだね。こうして念願達した私だったが、残念なことに、運転席の手動丸ハンドルブレーキの傍あたりにへばりつきたい電車好き少年の気持など軽く踏みにじって、容赦なく一段高い客席の中扉の中へ押し込んで真鍮の鍵をがちゃりと下ろして客席の中へ閉じ込められた私は、それでも煉瓦の短いトンネルを二つくぐる僅か一・〇五キロの五分間の四輪単車の、がいろんがいろん、という響きを充分楽しんで味わい、いよいよ省線成田駅前の三線レール、京成成田駅、本社前で客の半分を降ろすと、右へ急カアヴして、いよいよ本社前の三線レールのホームへ入ってきて停車する直前のことだった。中扉の真鍮の鍵を中から持ち上げて、そっとはずすと、運転席のデッキにこっそり降りた私は、デッキ右手の鉄製丸ハンドルブレーキを慣れた手さばきで廻している運転手の背後を、すばやく通り抜けて、更に一段低いステップボードに降りて、一気に跳んだ。そして低いコンクリートのホームに、いやというほどからだをたたきつけられた私は、それでも咄嗟に、両足両脚を発条《ばね》にして二、三歩つんのめるように前進すると、ばたっと両の掌をついて前のめりに俯せに倒れたんだ。

「ばかやろ、死にたいかあ」

と、運転手の怒声が落ちてきて、たちまち私は、父より年上の制服制帽姿の運転手が、停車と同時にデッキから降りて来て、擦り剝いて血が滲み出している両の掌を引っ張り、半ズボンの尻を叩いたところへ、何か叫んで降りてきた母の、運転手への謝罪の言葉と息子の暴挙を叱る言葉が前後して飛んで来た。続いて二つのデッキから降りて来た乗客男女の、好奇心と慰めの入り混じった言葉に、私は取り囲まれ、それでも半ば飛び降りに成功したという手応えを実感した私は、運転手を加えた大人達の、厳しい反応を意外に思いながらも、その一方では、当然のことと、母と運転手には神妙な恐縮の姿勢を見せて下を向いて、省線成田駅切符売り場の方へ母に手を引かれて行ったもんだ。

これだけの話なんだけどね。何？　小学二年の七歳の男の子が停止直前のちんちん電車から跳び降りて擦り傷つくって、運転手にちょっと叱られたってだけの話じゃないか。つまんないな。これじゃとても記事にも何もなりゃしない。そう思ってるね。その通り。いいんだ、いいんだ。このままじゃ記事どころか、鼻糞にもならない、とても人に聞かせるようなエピソードにもなってやしない、つまらない話だもんね。この私だけ、ちょっと思い出になる話ってことだけでね。いいの、いいの、遠慮することないいんだよ。一口に言ってつまんない話だと思うよね、普通の人はね。

でも私は、鉄子さん、じゃなかった、時子さんのリクエストには、しっかり答えているつもりだよ。ちょっと順序は違ってるけどね。あの仲町の喫茶店で、「りら」って店で、あなたに会わなかったら、今、こうやって電車道なんか歩いてないものね。いや、正直のところ、感動したんですよ、私は。あの「りら」って店、好きでね。今どき三、四十年も昔の、クラシック喫茶とまでは言わないけど、椅子の背が高くて、レザー張りで、照明も明る過ぎなくて、……だから、年に四、五回だけど成田へ来ると、必ず入るようになってね。住んでるのが鎌ヶ谷だから、成田へ出て来るのは苦にならないけどね。でも七十過ぎてからは、さすがに、足腰が弱ったっていうか、歩き廻るのが、ちょっと億劫になってね。いや、特別どこが悪いと言うんじゃないけどね。でも成田へは、すぐ足が向いてしまうんだ、他のところよりはね。

理由は幾つかあるんだけど、母の実家が成田から北へ十キロの旧豊住村興津というところで、古墳だらけの土地で、白鳳、天平、奈良時代には、香取の流れ海という太平洋から湾入していた海に面した印波《いんば》の国（後の下総の国）の港であり、ヤマトからヒタチの国に渡る唯一の津（港）で繁栄したところで、平安、鎌倉、室町時代には環濠を廻らした館のある城があり、戦国時代には銃撃戦まで行われていた土地だったんだが、今では、上野から我孫子経由で一時間あまりの安食《あじき》駅から三・五キロで、一日四、五回、地域バスが走っているだけなんだ。江戸時代には名主を勤めていたという旧家へ、幼児の時はもちろん、小学校へ入ってからも夏休みのたびに長期間滞在してたんだけど、昭和二十年三月十日の東京大空襲で、世田谷に住んでたから焼け出されたわけじゃなかったんだけど、父親が昭和十七年から軍属としてシンガポールの方へ行ってしまって、食べものが、殆ど手に入りにくくなっていたので、この母の実家を頼って興津へ疎開することになったんだよ。もちろん学校の方も、都立の中学の一年生を終えたばっかりだったから編入試験を受けて、今、高等学校になっている旧制成田中学の二年生になり、勤労動員で、戦後は、ニュータウンになっている囲護台という古墳がたくさんあって土器がざくざく出る台地へ、九十九里浜上陸予定のアメリカ軍に備えて、グラマンの機銃掃射の雨の中でも、身長の二倍ほどの深さの大きな穴を掘って、地上戦に備えて軍需物資を埋める作業を、陸軍の将兵の指揮の下で、敗戦の八月十五日までおよそ四ヶ月続けてたってわけさ。

いや本当。成田中学だけじゃなくて、佐原中学とか近郷近在の中学校が、十ぐらい動員されて、まあ工兵隊の兵士のやる作業を陸軍の指揮でやってたわけなんだけど、県立中学の三年生がグラマンにやられて即死したなんて話がすぐ広まってね。早い話がもう戦場だったんだよ、米軍上陸直前だったけどね。鉄砲のかわりにシャベルしか持ってない子供の兵隊を面白半分に低空射撃してたんだな。私も木造客車の下に潜ってグラマンの襲撃に遇って命拾いしたことあったけど、まあ、空から牛や馬殺しに降りてくる屠殺だね。尤も奴等もまだ子供でね、顔見たことあったけどね。今の高校生ぐらいじゃないかな。日本人のガキの狙い撃ちなんて楽しくて仕様がなかったんじゃないの。おもしろいハンチングさ。いよいよ負けそうになると、空からきれいなビラを何百何千とばら撒いてね。拾っちゃダメだっての、ポケットに隠して、帰りの貨車の中でよく読んだもんだよ。客車がなくなっちゃって有蓋貨車の中に牛や豚みたいにぎゅうぎゅう乗るんだよ。いろんなビラを何枚も夢中になって読んでね。今でもきれいなオフセット印刷のつるつるの手触り覚えてるよ。

「早く降伏しなさい。日本人は軍部にだまされている。アメリカ人は聖路加病院建てたいい国だ……」なんて病院の写真が印刷されててね、ところどころ間違いのある日本語で印刷されていて、ハリー・エス・ツルーマンと結んであるんだ。日本じゃトルーマンだけどアメリカではツルーマンて言うんだな、なんてみんなで笑ったりしてたっけ。いや、また本題と直接関係のない話になっちまってすまないね。まあ、昭和一桁生まれの半分惚けた爺いの繰り言としておゆるしください。

そんな因縁があって、どうしても、この成田ってところへは、年に何回かは足が向いてしまうってわけなんだよ。その時よく入るのが、この「りら」って店なんだけどね。またこのマスターの諸岡さんが、私より一まわりも若いのに、よく私のお喋りの相手になってくれてね。そのおかげで、たまま鉄子さんの、時子さんにお目にかかったってわけだから、私のお喋りも無駄じゃなかったってわけなんだよね。でも、まさか、このちんちん電車を訪ねて、女性の鉄道マニアが訪ねてくるってのも珍しいけど、その縄張りがどちらかってば、鉄道廃線跡がメインだってことは尚珍しいし、それが、私みたいな六十年を越えた廃線マニアの爺さんに興味を持って話を聞きたいってのも不思議な縁ですね。諸岡さんから時子さんの話聞いた時、正直のところ、私はからかわれてるんじゃないかって思ったぐらいだったんですよ。それに廃線マニアってのが少数派だし、（尤も、二十年ほど前、ＪＴＢから宮脇俊三編集の『鉄道廃線跡を歩く』シリーズが出てからは、家族連れでキャンピングなど兼ねて出かける者も増えた等という話も耳にしたけど、私に言わせれば、こんなのは邪道で、それをきっかけに、この道にはまるのなら許せるけど、私のように、本来的廃線マニアは、今でも極く少数なんだよ）まして若い女性の鉄道マニアの中に、車輛ファンでも、スジ屋、模型屋でもなくて、時には、おおげさではなくて、いのちさえ落し兼ねない廃線跡歩きをする人がいるってこと自体、世の移り変りというか、感無量なものがありましたよ。いや嬉しい意味でね。ただ、時々ちんちん電車の道歩きに来る変な爺さんがいるから、ここでコーヒー飲んでいて、その人がやってきたら、いろいろ聞いてみたら、とか言ったたっていう「りら」のマスターの言葉には、ちょっと引っ掛かるけどね。ははは。でも一種の嬉しい悲鳴みたいなもんですよ。こうして、喋りながら、のろのろ歩いてれば、ほら、幼稚園下の停留所まで来ちまったんだから。ええ、その煉瓦造りの短いトンネルをくぐればね……。ほらよく見てください。そう、テープはそのまんまでいいけど、しっかりシャッター切るの忘れないでね。

どうです！　見事なもんでしょ。まさに芸術作品ですよね。イギリス工法で赤煉瓦をアーチ形に組みあげた第一トンネルですよ。幅五メートル、高さ三メートル、距離はたった九メートルしかないんですけどね。幼稚園下停留所の先の第二トンネルは、少し長くて、二十三メートルありますがね。明治時代のトンネルの殆どがこのスタイルでね。いいでしょう。見ているだけで心が落ち着いてくるでしょ。白いコンクリートで作った味も素気もない、今どきのトンネル見てるとね。ほら、複線のレールの、丁度真上のところに架線の吊り金具が残ってるのが、よく見えるでしょ。第一トンネルの方がしっかりたくさん残っているのに、距離の長い第二トンネルに二つしか残ってないのは、煉瓦の壁の高いところに照明用のライトを幾つも取り付けたからなんでしょうがね。昔、来た時には、二つのトンネルに金具がしっかり並んで残っていて、架線さえ張れば、四輪単車の電車が火花を散らしながらポールを振り立てて通過して行くような気がしたんですよ。こういう感じこそ廃線跡探索マニアの醍醐味なんだけどね。あなたならわかるでしょ、この感じ……。これだけはテープにもフィルムにも納めること出来ないよねえ。ただ現場の感触、赤煉瓦の手触りだけは、足を運んだ者だけに与えられた特権と言うべきものでね。

……で、ここまで来たら、是非とも一つやってもらいたいことがあるんだけどね。うん、笑われちゃうかもしれないみたいなことなんだけど、ちょっと、ここへ来て、ぱんぱんと、両手合わせて、強く叩いてみないかねえ。そう、拍手打つってことさ。ほら、神社の前で、よくやる儀式だよ。あれを大きく強く、いい音が出るようにね。クルマ途切れた時見計らって、この真ん中へ来て。さ、どうぞ、遠慮なく、ぱんぱんて……。そう、「鳴き龍」って言ってたんですよ、私たち中学生は……。なぜ、そんなことやってたのかって？　よっぽど暇だったと思うでしょ。そう、暇だったんだよ、何しろ一日三回しか汽車が出ないんでね。授業終った後、五時の汽車が出るまで二時間もあったもんだから、上野線――こんな線ないんだけど、佐倉へ行くのも、佐原へ行くのも、我孫子へ行くのもみんな成田線だから、土地の人が勝手に呼んでたけどね。その上野線や佐原線の仲間が、よくこの電車道通ったんだよ。そのうち誰かが「鳴き龍」見つけたってわけなんだな。それでみんなでやって来ちゃ、ぱんぱんてやってたんだね。とにかくその、びびびびび、おおおおおっていう、かすかな音のこと、でも、あっちの、第二トンネルに行けば、もっと大きな声で、ぶるぶるぶる……って、鳴くんだよ、龍がね。誰が言ったのか知らないけど、日光の鳴き龍とか、いろいろ引っ掛けて名づけたんでしょうがね。ほら、確かに、おおおおお……って鳴いてますよ。龍ですよ。六十余年前の龍ですよ。宮本や麻生や野口や湯浅や山田や石井や岩井や板倉や、ああ、日暮もいたな、岡野も、伊藤も、篠本も、玉置もそれから……。みんな、私と一緒に、このトンネルで、ぱんぱんと両手叩いて鳴き龍呼び出した仲間ですよ。成田中学の同級生ですよ。昭和十九年四月入学の——。私みたいな二十年四月に二年転入の疎開組も入れて、みんなで龍を呼び出して……。そしてその半分ぐらいの同級生が、龍になっちまったってわけなんです。ははは……。別に泣いているわけじゃないんですよ。ちょっとセンチになってね、柄にもなく眼が霞んじゃってね。やっぱり涙腺が弱くなってるってのは、年取った証拠だよね。笑ってください。……だから、ここ数年、このトンネルでぱんぱん手を叩いて、空へ昇って龍になっちまった仲間に会いに来る意味もあるんですよ、今の私には。

とにかく、この幼稚園下の停留所に腰を下ろしましょ。ああ、トンネルの出口の標識撮って置くのもいいね。教育委員会が立てたアルミ板の案内だけど、よく出来てるでしょ。そう、第一トンネルが九メートル、第二トンネルは二十三メートルあるんだ。第一の上は幼稚園へ行く道だけど、第二の上は墓地で、小さな霊堂もあってね。私の考えでは、不動尊から成田駅前までの一・〇五キロは、休みのない全行程上り勾配で、これから通る大築堤を作るために、第二トンネルを出たところから、第一トンネルの入口のあたりまで山というか、丘陵の足が延びていて、その山を崩して、その土を持って行って大築堤を作ったと思うし、その大工事の遺構が、この幼稚園下の谷間となり、幼稚園下駅ホームの横の緩やかな階段や、不動尊駅に近く、通りへ登る急な階段が、その下の土を掘り出して築堤工事に使った証拠として明らかだ、と私は思うんだがね、きみはどう思う?

さて、このレイアウトはどうですか?　こうやってペットボトルのお茶かなんか飲みながら、のんびりバス停になった幼稚園下のベンチに腰を下ろして、右に第一トンネル、左に第二トンネルの赤煉瓦を眺め、正面に上町の通りから降りてくる緩い階段と、その続きの、今は失くなってしまったけど、路面電車の停留所らしい低いコンクリートのホームを視野に入れて、赤煉瓦にからまる蔦の葉や数軒の古い家屋敷、それから舗装されてはいるけれど、幅五メートルの電車道や、そこを行き来するバスや乗用車を、ＨＯゲージ模型のレイアウトにも、そのまま置き換えられそうな気さえしてくるんだよね、私は別に模型屋じゃないけどね。

何だか、まとまりのないこと随分喋ったような気がするんだけど、後もう少し話しておきたいんだ。時子さんが、その雑誌の「鉄子のレポート」の欄に、「お不動さんのちんちん電車（成宗電気軌道）」って原稿書くに当って、是非とも、もう二つ、三つ、聞いておいてもらいたいことがあるんだよ。

あれは昭和十九年十二月十日のこと。その年の秋から始まった東京空襲も何度か行われ、片道切符の特攻攻撃も始まり、軍属として昭南特別市の警察署長だった父は日本を去って三年目であり、中学四年で府中の工場に動員され、米軍向けの擬装のための木製飛行機を作っていた兄も、翌年の春には江田島の海軍兵学校に入学することになり、四十歳の母と中学一年で十三歳になったばかりの私は、母の実家への疎開の相談もあり、実家へ来たついでに、武運長久祈願の意味もあって、成田山新勝寺参詣に来たんだ。その帰り路、門前の不動尊駅に眼をやると、
「本日限りで電車の運転を終ります」
という張り紙が眼に入った。さすがの母も記念乗車を提案する私の意見に否応のある筈もなく、母と私は、ごった返す客にもまれて、何とか電車に乗り込んだ。この日ばかりは、客席も運転席も区別なしに、四輪単車の小さな車輌が運転不能に陥りはしないかと思うほど鈴なりの客ではあったが、前かがみにコントローラーを握った老運転手は、ちんちんちんちんと足踏みベルを鳴らし、レールに群がる

子供たちを、どかないと、轢き殺すぞ、などと物騒な言葉を浴びせながら、よたよたと苦しげな唸り声をあげながら、不動尊駅の低いホームを離れ、第一トンネルの方へ向って行った。今みたいなカメラの砲列はなかったが、三十五年間走り続けた電車と別れを惜しむ気持は、敗戦前九ヶ月のその日でも変らなかったことを、今でも奇蹟のように思い出すんだがね。京成駅前の本社前三本レールの一本で停車した電車から降りた私は、宗吾方面に左折して行く電車を見送りながら、咄嗟に二つのことを噛みしめていたのさ。

一つは念願の運転席デッキ、鉄製の丸いハンドルブレーキの傍に立てたことであり、もう一つは、電車というものが、理由はどうあれ（この場合それが戦争であることは直感でわかったが）無くなってしまう。――子供の眼から見れば鉄のレール、鉄の車輌で出来ている電車（鉄道）というものが太陽や月ほどにも不滅の存在であったものが不意にこの世から消滅してしまう、という恐ろしさだったんだ。この日から私は廃線跡探索者になったのだ、と今では、はっきり確信しているんだがね。

昭和十九年の四月に入学した同級生は、十ヶ月ぐらいの間だったけど、ちょいちょいこの電車に乗ったもんだ、と私を羨ましがらせたりしてたんだよ。

思い出は切りがないが、それから半年後のこと、成田中学の校舎は兵舎として接収され、私たちは新勝寺の堂宇内に坐り机を並べて、勤労動員までの一ヶ月の間、寺子屋と同じスタイルで授業を受けていたんだが、五月の、とある日曜日のこと、私は三郎さんという叔父と二人で成田へ来ていた。

三郎さんというのは、母の弟で、東京の中学卒業後、佐倉の書店に婿養子として入っていて結核で倒れ、興津の生家にまだ三十前の若さで療養の身を横たえていたんだ。敗戦の三《み》月《つき》前のことだから薬もなく、ただ死を待つばかりの身を、ある日起き上がって成田行き同道を真剣に私に依頼したためだった。形通りの不動尊参詣を終えると、昼飯を食べて行こう、というので、平時は賑やかな仲町の飲食店も店を開けているのは数軒で、それもいわゆる戦時の代用食のようなものしか売ってないんだ。そんなまずいものに金を払うより、空腹をがまんしても興津へ帰れば、米の飯と味噌汁は食べられるんだから止めよう、という私に、道男、あれを見ろよ、と言うので仲町の坂の中段の旅館の一つ、梅屋の二階の角に、小さい紙が貼ってあって、近づいてよくみると「うなぎあります」と書いてあったんだよ。ええ、本当だよ。あの敗戦の三月《みつき》前の成田にだよ。まさか、と思ったけど、最後のご馳走だから、道男つきあえよ、金の心配はいらないから、と三郎さんに言われて、半信半疑の私は、女中の導くままに二階の小部屋に通され、今のうなぎ定食の半分の大きさではあったが、まちがいなくうなぎ定食を食べると、今じゃ忘れてしまったが、恐らくは大金を払った叔父と二人で梅屋を後にしたんだ。

　そして最後の食欲を満たした三郎さんだったが、鉄道好きの私を同伴者に選んだことを、すぐ後悔することになった筈だ。というのも、たとえ半分以上店が閉まっていたにしろ、上町の通りを駅までゆっくり歩いて帰りたかったのに、強引に、廃止後六ヶ月の、ちんちん電車のレール撤去後のバラスだらけの軌道跡を、半ば強引に私に頼まれて歩くことになったからだった。病身の叔父の、苦しげな歩行姿を、励ましながら後押しするように、トンネルを二つくぐり、大築堤の上を一・〇五キロ歩いて本社前跡まで、何とか辿り着くと、三本のレールの跡が成鉄バスの発着所になっていて、木炭バスではあったが、興津の二キロ近く隣の龍台まで一時間を越えて乗って帰り、こんなつまらない砂利道歩かせて……、とぼやく三郎さんに謝ったんだ。

　その後一と月も経たない六月に、三十歳になるやならずで世を去った叔父には、今でもすまないことをしたとは思うんだが、敗戦間近の成田上町の通りを歩いても、まともに店を開けている店は少ないことを知っていた私としては、仕様がなかったんだよ、叔父さん、ごめんなさい、とでも言うしかなかったんだけどね。それでのろのろ歩くのがやっとという三郎さんを一キロ歩かせちゃったこと、いつまでも気になってたせいか、死んでから一年も経ってない、冬のこと、仲町の坂を下りて行って梅屋の前を通ると、昼飯を食べた二階の部屋はそのまんまでね、もうとっくに日本は戦争に負けてたけど、「叔父逝って梅屋の二階粉雪舞う」なんて句というか言葉が出てきちゃってね、これが私の俳句いじりの始まりですよ。そう、何かぎくしゃくした無理な句だって人もいるけどね、ま、中学二年生が作ったってことで、見逃してくださいね、ははは……、ちょっと無理ですかね。ただ瀕死の病人を歩かせた贖罪の気持がこんな句を作らせたってことですよ。

またまた直接ちんちん電車と関係ないところへ入り込んじまった気もするけど、廃止後あっという間に、鉄のレールが撤去されてしまったことと、枕木の凹みの跡の生々しいバラスの道の、空しさ寂しさのことを言いたかったんで、大目に見てよね。

それじゃ、九輛残った車輛はどうなったのって思うでしょ？　そこなんだよ。今回は詳しく扱えないんだけどね。同じ経営の成田鉄道、多古、八日市場間三〇・六八キロが昭和十九年一月十一日に営業を停止したんだけど、レールや車輛の鉄鋼資材をセレベス島に持って行くからという噂が中学生の耳にまで入ってきてたんだよ。でも、広島まで運んだけど、そこから先へ行かないうちに敗戦になってしまったとか、海洋運搬中に魚雷を撃ち込まれて、そのまま海の藻屑となってしまったなどという噂が入り乱れて流されていた時代だから、ちんちん電車の車輛の行方は中学生でも大いに気になるところだったんだがね。何と、敗戦後、私の記憶でも一年の間、省線成田駅前へ、京成成田の駅前から道路を越えて、右急カアヴで入り込んでいた昭和十二年六月十六日に開業したレールの上に、車庫がわりに九輛すべてが放置されていたんだよ。

だから敗戦後間もなく公舎を占拠していた軍隊から、新品の本革の兵隊靴を全生徒に支給された時、感激した私たち中学生は、靴だけは新品のぴかぴかの状態で保持するために、保革油として、省線成田駅前のレールに留置されている四輪単車の軸受の鉄の蓋をこじあけて、人差指を突っ込み、グリースをありったけほじくり出して、毎日のように、払い下げの兵隊靴になすりつけたもんだよ。その殆どが五時までの汽車待ち時間のあいだに私の仲間たちの手によって行われたことは、「鳴き龍」の場合と同じだったがね。

では、あらためて、この第二トンネルの入口で、鳴き龍の長鳴きを聞いて、いよいよ桜並木の大築堤を歩きましょう。はい。ぱんぱんと手を打ってください。そうそう。びびびびび、おおおおって、時子さんのと共鳴して、夫婦鳴き龍になりましたよ。ははははは。もしまたあなたが、またここへ来るようなことがあったら、このトンネルでぱんぱんと手を打って龍を鳴かせてください。私も一緒にあなたのところへ降りてきますからね、たとえその時、もはやこの世にいなくてもね。ええ？　縁起でもないっての？　そんなことありませんよ。さっきも言ったでしょ、死んだ石井や岡野や宮本や麻生と同じですよ。ぱんぱんと手を打てば、死んだ仲間が出てくるんです。私も同じですよ。めでたいことなんですよ。ははは。

とにかく、私ひとりで勝手にお願いして、じゃ、いよいよ長い大築堤を歩きましょ。ほら、ここからちょっと眼をあげて行先のロングヴィスタを見て下さい。たっぷり三百メートルはあるよね。もうちょっと早く来ればよかったんだけど、それでも、ほら、まだちらほら残る桜の花が降りかかってきて、一週間前だったら満開で天国だったのにねえ。右側がほとんど失くなっちゃったのが残念なんだけど、煉瓦のトンネルの後は桜のトンネル、ここはその名も花咲町だけど、右は上町、左は東町へ続いていていて、緩やかな上り勾配を、がいろんがいろんと賑やかにお喋りしながら、セピア色の四輪単車が、横っ腹の白塗り看板に「不動尊——宗吾」と大きな文字で書いて、ポールを振り立てながら、京成成田駅前の広場目がけて昇ってくる姿を想像してみてください。ね、見えるでしょ。まるでもう、夢だよね。ちょっと立ち止まって下を見てごらん。どう？　ビル四階分ぐらいは軽くあるよね。この土手の下はずうーっと東町の、昔は広い田んぼが寺台から今の利根川、千年前の「香取の流れ海」までつながっているところでね。成田の長い丘陵に波がざぶんざぶんとぶつかっていてね、「灘」と言ったんだ。今でも成田の周辺の年寄りはナッダ、ナッダと言って、ナリタなんて言う者は一人もいないよ。だから成田って漢字は当て字なんだよ。ま、蘊蓄はこのくらいで切り上げて、またこの大築堤に戻るけど、明治の工事だと思うと、人力総動員の大土木工事だったろうね。ああ、もう葉桜だ。さ、一区切りつけるために、ちょっと急ごうかな。今じゃ、飲食店や土産物屋で、ちょっとごちゃごちゃしてるけど、ここから急に上り勾配がきつくなるのよね。

さ、とにかく京成電車前、昔の成田駅前、後の本社前の広場へ来ました。そう、不動尊から複線で来たレールは、ここで三線になって、そのまま宗吾へ直行するものと、省線成田駅前へ行くものとに別れたんだ。どう？　今、成田鉄道の後身の千葉交通バス乗り場になってるけど、やはり今でも車輛三台分横並びのスペースだよね。ところで明治末の開業の時、成田駅前と名付けたのは、道路を挟んで三本レールの真ん前に、省線の成田駅があり、道路から勾配の緩い広い坂を少し降って行く形で連絡していたからだった。それがホームの高さはそのままだったが、改札口が権現山と呼ばれる台地へ成田駅舎の改札口と切符売り場が佐原方面に三百メートルばかり移動したために出来た省線成田駅前は、切符売り場の窓口の前に斜めに作られ、不動尊同様、鉄骨を剝き出しに高く格納庫のように組み、二本のレールが右急カアヴのまま、二つの低いホームを備えていて、客を乗り降りさせていたんだ。

でも、今じゃ、ほら、そのレールの跡はタクシー会社の車庫になってるんだけど、見て御覧、車庫の敷地が、右急カアヴのレールなりに曲っていて、しかも、ほら、ここへ来て、これ、カメラに収めておくといいよ。古い枕木を焼いて黒ペンキ塗った杭が六本ね、右へ湾曲して打ち込んであるじゃないか。ね、ここにレールがあって、廃止後放置された車輌が九輌、ずらっと並んでたんだよ。その車輌のグリースを取り出すために、汽車待ちの中学生が十数人、野良犬みたいに群がってかがみこんでたってわけなんだよ。ああ、何と六十四年も昔のことなんだ。こうしてほぼ同じ右カアヴのJR成田駅近道の歩道が残っていて、外側からだけど、その曲線なりにJR駅舎に到達するのに五分とかからないのは、正面広場へ直角に左折して駅舎に達するよりは、軌道のショートカットの利便性が未だに生きていることになって、何とも嬉しいねえ、時子さん。「電車のりば」の看板もなく、鉄骨で高く組みあげた駅舎もホームも、そして肝心の電車もなく、ホームとレールがカアヴしたままの「省線成田駅前」駅は深く掘られて、左手の急階段を降りてJR成田駅の事務所への近道があって、駅跡がいわば宙に浮いた形になってる。こんな奇妙な終点跡見たことないだろ。

ただ、この大樹だけが、開業時の昭和十二年から昭和十九年までの満七年半のちんちん電車活躍の姿の生き証人として、私たちに語りかけてくるような気がするんだよ、と言ったら少しセンチかね。この大樹、枝振りも堂々と、開業後半年の昭和十三年正月の成田山参詣客の、ハンチング、インバネス姿と共に、写し出された写真を私は見てるんだよね。私が跳び降り事件を起こした昭和十四年の夏だって、今みたいに両手の大枝広げて、がっちり太い幹のからだで仁王立ちして、私のこと見下ろした筈なんだ。この大樹の前には、人のやってることなんて、本当にちっぽけなもんだってこと、教えられるよね。今でも、こうやって、ちんちん電車「省線成田駅前」ホームの真ん前に立ちはだかって、たった七年半の短命な歴史を語りかけているんじゃないかな。え、何の樹だって？「この木何の木気になる木」ってわけだね。ははは、宿題にしましょう。ね、ひとつぐらい自分で調べるのもいいよね、記事書くのに。ま、写真でもよく撮って、後で調べてください。

　これでちんちん電車のエッセンスは九分通り終っちまったも同然なんだけど、何てったって社名にまでなった成宗電気軌道終点の、宗吾へ行ってみなきゃ気がすまないでしょ。実は、さんざんうろついた私が言うんだから間違いないんだけど、せっかく行っても徒労って言うか、無駄骨なんだよ、これが。丁度、京成前の千葉交通バスのりばから、十二時丁度に出るのがあるから、十分ばかりバスの中で説明するからね、後は一つ手前の大袋で降りて、ちょっと歩いて、何にもないこと確認して歩くようなもんだけど、宗吾まで十分ばかり歩いて、蕎麦でも食べて、今日はお開きとしましょうか。市役所の駐車場のところからもコミュニティバスっていう、例の行政がお金出してる地域バスもあって、これで結構地元の人の役には立ってるんですよ。特に途中に日赤病院があるんで、バスは需要に合わせて、きちんと出てるんです。千葉交通ってのは、成田鉄道、すなわち成鉄《なりてつ》の改称した会社でね。本社も成田にあるんですよ。ほら、結構、土地の人が乗ってるでしょ。ちんちん電車だって、成田、宗吾間は四・二六キロ十五分だったんだから、大袋までなら二キロ半ぐらい、大袋から宗吾までだって一キロちょっとですよ。

　ほら、この県道、今は拡幅されちゃってるけど、この道が狭くて舗装されてなくて、その左側に、専用線の単線レールがあって電車が走ってたんですよ。開業から十年間は複線だったんだけど、先刻も言ったように二代目の経営者がレールと車輛の一部を売り飛ばしちゃったもんだから単線になっちゃったんだ。私が小学生の頃乗った時も、草茫茫でレールが見えないんだよ。東京市電しか知らない子供だったから、田舎の電車は草をかき分けて走るもんかな、なんて、本当にびっくりしてしまったよ。この論田《ろんでん》という停留場のあったところを降りて行って京成電鉄のレールとぴったり寄り添って省線成田線のガードもくぐると、国道四六四号線に合流するところに飯田停留所があって、左側に日赤病院があって、客の大半が入れ替っちゃう。この四六四号線の中心は複線時代のちんちん電車の道床で、飯田を出ると大袋まで大築堤があって、それが拡幅されて国道になったんですよ。

もう大袋だ。さ、降りますよ。ここからは専用軌道で終点、宗吾まで一キロちょっとあるんだけどね、この国道より一段低いところが少しの間だけど軌道の路盤だってことがよくわかるんだ。でもちょっと先へ行くと、わからなくなっちまうんだよ。飯田の手前もそうなんだけど、一般住宅が、軌道の道床跡に家を建てたり畑にしたりしちゃうとね、もう見当もつかないんだよね。でも、ほら、こうやって終点の宗吾に近づいてくると、ところどころにちょっと広い空き地があったりするけど、写真で見た宗吾駅の広いヤードは跡形も無しです。小学生の記憶でも、ちゃんとした終点のホームに降り立った感触はあるのにね。だけど住宅の境界が、なんとなく直線でつながっているの、わかる？　今じゃこの細い道残して、あとはびっしり家で埋まってしまったけど、ここが終点の宗吾でね。飯田、大袋の大築堤の上をちんちん電車が力走している姿を、かなり長い時間、平行して走っていた京成電車の車窓から、ずうーっと見ていた記憶があるんだけど、その京成も路線を直線化して地下にもぐり、公津の森なんて駅作っちまって、サラリーマンのベッドタウン化した成田郊外になっちまったんだから、これも時代ってもんだけどね。

せっかくだから、こうして宗吾霊堂、東勝寺でもお詣りして江戸の英雄を偲び、名物「甚兵衛蕎麦」という看板の専門店で、締め括るとしましょうか。

時子さん、あなた、先刻から、ちょこっと一回だけしかテープ換えてなかったみたいだけど、いいの？　あ、そう、百五十分テープってのがあるの？　ま、お相手がいいもんで、年も忘れて、過ぎちまった気もするんだけどね、『お不動さんのちんちん電車（成宗電気軌道）』私も読みたくなったなあ。

出来たら送ってください。「りら」へでも置いといてくれればいいですよ。あ、それから途中で、ゲラっていうのか、そういうの、私は見ませんからね。御自由に、好き勝手に書いてくださいね。この蕎麦はね、一枚じゃだめですよ。いや遠慮なく二枚食べて一食なんです。男も女も老いも若きも関係ありませんよ。ね、蕎麦だけしか出してないんだから、この店は。

いよいよ、お別れだね。今だから言うけど、本当は、私、ちんちん電車だけじゃ、ちょっともの足りなくてね。先刻ちらっと喋った昭和十九年一月十一日に営業停止した成田鉄道、明治四十四年十月五日千葉県営鉄道として開業した軌間六〇〇ミリの軽便鉄道のことを、じっくりと聞いてもらいたいって考えが、途中で湧き出しちゃってね、弱っちゃったよ。だって、どう考えたって、少なくとも成宗電気軌道の倍はかかっちゃうだろうからね。それに正直言って、生涯、ひとりで、ぼそぼそとうろつき廻ってきた私が、何の因縁か、時子さんのような若い女性の廃線マニアの人の取材を受ける、というか、おつきあい出来たってこと、正直言って、嬉しいんだけど、疲れました。いや変な意味じゃないんですよ、爺いになったせいです。でも、これに懲りず、機会があったら、最盛時には合計四十四・四八キロもある大私鉄だから、エネルギーは倍以上だけど、またおつきあいしましょうよ。

手付けとして、一つ二つ私との関わりを話して、今日はお別れしましょう。

一つは、また戦争中のことだけど、敗戦まで後三ヶ月という昭和二十年五月のこと、なけなしの飛行機を飛ばす燃料が不足で、松根油を取るための松の幹を担ぎに、法華塚の山へ何日か動員されたんだけど、二人一組で担ぐ太い松の幹を、法華塚、東成田間の、レールをはずしただけのバラスだらけの道床を歩いて、四キロ弱の成田中学校まで運び出したこと。

三里塚の御料牧場に植えた玉蜀黍畑の、たった一畝《うね》を丸一日かけて除草作業をやったこと。

それから時代は下って、三里塚空港建設反対運動の始まる直前のある日、例によって五辻《いつじ》まで出かけ、昭和二年に一〇六七ミリに改軌してコースを変更した成田鉄道と、明治四十四年に千葉県営鉄道として軌間六〇〇ミリで開業した旧道床を、旧五辻駅から千代田駅方面の、昼尚暗い、山の中の道床を歩いていた時のこと、いきなりばらばらと飛び出した屈強な男たち七、八名に取り囲まれたんだ。頭には空港反対の鉢巻を締め、手に鍬や鎌を持った男たちが、

「貴様等にこの土地は渡さねえぞ」

「先祖代々護ってきたこの土地を飛行場にされてたまるか」

等と口々に怒鳴りまくり、どうやら私が空港用地買収のための測量技師の一員と思われたらしいんだ。私が国土地理院発行の五万分の一の地図を持って、カメラを二台ぶらさげ、大きなバッグを背負っていたんだから無理はなかったけど、怪我をさせられては大変と、身振り手振りを混じえて、私が鉄道廃線跡探索者であることを説明して、ようやく納得してもらうと、却って、親切に、昭和の初め、成田鉄道改軌工事建設に際して、大勢の朝鮮人労働者を使ったことや、その時の労働者の臨時住居が、その山に幾棟も作られた、というような話を聞かせてくれて、友好的に別れた時の話など、たくさん抱えてるんだけど、今日のところは手付けだから、サワリだけでやめるけどね。


とにかく廃線跡探索の道は深く、辛くて楽しい。日本国内だけだって、その一部しか廻れないうちに生命尽きることになるんだけど、その道に、若い女性の時子さんが加わってくれたことは無上の悦びです。ありがとう、と感謝の言葉を言わせてください。一期一会で、これが最初にして最後で、成田鉄道探索は叶わぬ夢になる可能性大の、爺いの私だけど、もし、「りら」かどこかで、そんな噂耳

にしたら、必ず、あのトンネルに行って、ぱんぱんと手を打ってくださいね。必ず、その時、私は龍と一緒に、トンネルに帰って来るからね、もう今はいない私の昔の仲間と同じようにね。では、本当に、これで、さようなら。

あとがき

文藝賞を受賞して、「文藝」昭和四十五年十二月号に「目的補語」が掲載されて、翌年「文藝」に発表した「痺れ」と合わせた小説集『目的補語』が、同年河出書房新社から発行された時、担当の飯田貴司氏から、ぜひ一言、あとがきを書くように、と言われて、書かでものことを書いてしまったが、店頭に本が出た時、「文藝」編集長だった寺田博氏から、このあとがきは蛇足だね、作家というものはすでに書き上げてしまった小説について、ごちゃごちゃ言わないもんだ、と叱られた昔を思い出した。まさに至言だが、にもかかわらず、自分の小説について何か一言言いたいのが、もの書きというものでないか、という思いを打ち消すことが出来ないのも、また事実なのだ。

本集のように、鉄道に関する小説だけ集めた本ということになると、古くは昭和三十一年一月に、利根安理という筆名で発表した「月の光」から、昨年十月発表の「成田」まで、半世紀を越える歳月の間に発表してきた八篇の小説群に対して、たとえば自分の子の（あるいは死んだ子の）歳を数えるような気持が湧き起ってくるのを、どうすることも出来ない心境でもある。

とはいえ、一篇毎に、その執筆状況や発表した小説に関する説明じみたことは、今更附け加える必要がないことは、私がいろいろ喋ったことや私の小説について書いて下さった人の言葉まで加えて纏めてくれた編集部による解説をお読みいただければ明らかなので、ただひとつの思いだけ述べて、この「あとがき」としたい。

一口で言えば、それは、もの書きの感慨のようなもので、遥けくも来つるものかな、ということに尽きるのである。ものを書く者の殆どがそうであるように、菊池寛の言葉ではないが、子供の頃から、作文など褒められているうちに、その気になり、御多分にもれず、中学三年のある日、「家なき家族」という五十枚の小説で、今はとっくに無くなってしまった国木田独歩賞というものが読売新聞主催で募集していて応募すると、佳作ということで題名、氏名が紙上に載ったのが始まりで、爾来、半世紀を越えて紙に文字を埋める作業を止まることなく今日まで続けてきた。昭和二十八年から昨年暮まで、詩集は十冊を数え、戯曲集なども出して、大小の賞なども幾つか戴いて今日に至った。人生の常として、浮き沈みがあり、嬉しいこと、悲しいこともあって、ついに念願の、鉄道に関する小説集発行を見ることの出来た今の私に、これに過ぐる悦びはない。

願わくは、御一読後、編集部による懇親な解説に眼を通され、付録の創作ノートなども御覧いただいて、気の向くまま足を運んでいただければ幸甚これに過ぎるものはない。

解説

一九七〇年（昭和四十五年）の「文藝賞」受賞作『目的補語』が、雑誌「文藝」同年十二月号に掲載され、黒羽英二は文学界に登場した。

以後、「文藝」「早稲田文学」「三田文学」等の文芸誌、新聞に、長篇、短篇を発表。一時、文学界の中心を離れ、「新日本文学」等に断続的に、年数回、長短篇を発表するに留まっていたが、二〇〇四年、自ら、総合文藝誌「文藝軌道」を創刊、毎号長短の小説を発表。その独自の世界を展開し続けている。

本書収録の作品群は、黒羽の特異な世界のうち、「鉄道文学」というジャンルを確立したものである。日本文学史上、志賀直哉『真鶴』、芥川龍之介『トロッコ』、岩藤雪夫『人を喰った機関車』等、鉄道を題材にした作品が存在するが、黒羽ほど長い年月にわたり、怪奇小説的、幻想小説風、ひとり語り的、旅行記風といった様々なスタイルを使い分け、鉄道をテーマに、旅を、人生を語ってきた作家は珍しい。

その原点は、六十五年前、成田山新勝寺のお不動さん参詣のために作られた所謂チンチン電車、成宗電気軌道の廃止の日に、偶然乗り合わせた体験にあるという。以後、現在まで、鉄道廃線跡探索を続けながら、このテーマを研ぎすまし、深化させ、多彩な作品群を生み出してきた。

ここで、黒羽作品の理解者の言葉を引き、作者自身からの聞き書きを織り込みながら、収録作品毎に、短い解説を試みてみる。

「月の光」（利根安理名義「宝石　増刊　新人二十五人集」一九五六年一月発行）

一九四六年から六四年まで刊行されていた探偵小説誌「宝石」では、毎年懸賞小説を募集し、ここから多くのミステリ作家が輩出された。本篇は上位佳作、賞金は一万円（当時のサラリーマンの平均初任給と同額）だった。作者によると、同人雑誌「文学序説」にその二年前、利根安理名義で掲載した作品をそのまま応募したもので、この筆名はその後使っていないという。

「宝石」本誌の一九五六年四月号に掲載された銓衡委員の座談会形式の選評によると、水谷準、城昌幸が探偵小説の謎解きの体裁がないとして、銓衡から外すべきと主張する中、ひとり江戸川乱歩は「俺は点がいいんだ。（中略）これは怪奇小説だよ。（中略）何となく面白かった。それから少年同士の関係は面白いですよ。これは同性愛ですよ。（中略）僕は非常に点が高いです。八十点です。探偵小説か否かは別にして、ね」と評価した。

本篇はその後、本格推理小説の書き手であり、アンソロジストとしても名高い鮎川哲也の編んだ『鉄道推理ベスト集成　第3集　復讐墓参』（一九七七年、徳間ノベルス。およびその再編集版『レールは囁く　トラベル・ミステリー5』一九八三年、徳間文庫）に、作者連絡先不詳のまま再録された。鮎川も解説に乱歩の言葉を引いた後で、「物語の内容は締まっており、終始読者をひきつけて飽かせることがない。（中略）もし私がコンテストの選考委員であったなら、この『月の光』にはかなりの高点をつけたことだろうと思う」と書き、高く評価した。

本篇が黒羽英二名義で発表されるのは、本書が初めてである。

「十五号車の男」（「三田文学」一九七三年十一月号）

地価の高騰で、勤務先と居住地域が離れ、否応なしに長距離通勤を余儀無くされるサラリーマンにとり、通勤電車の座席確保ほど深刻な問題はない。快適に運んでくれる座席に、うまく腰を下ろせるかどうかは、死活問題と言っても過言ではない。物語が予想外の展開で幕を下ろすところに、作者の屈折した思いが読み取れる。

「幽霊軽便鉄道」（「新日本文学」二〇〇一年三月号）

小説が発表されるまでには、往々にして複雑な経過を辿るものである。作者によれば、本篇は、東京大空襲後の焼け野原で出会った死者や、顔の半分が焼け爛れ、ケロイドになってしまった人々の声が、底流にあるという。加えて、一時賑わった温泉街が、産業構造の変化の大波に攫われて、廃墟のようになった山中の宿での一夜の体験や、モータリゼイションという名の交通事情変動による、全国あちこちの弱小私鉄廃止といった、幾重にも重なる落葉の堆積によって生じた腐植土の中から誕生したという。発表の十年ほど前の執筆時には、百三十枚弱の作品であったが、雑誌掲載時に八十枚に短縮。本書収録に際し、作者によりほぼ元の形に復元された。

「カンダンケルボへ」（「文藝軌道」二〇〇六年十月号）

収録作のうち最も長い作品。第二次世界大戦時、シンガポールは日本の占領地域における重要な拠点で、昭南特別市と名付けられていた。その地へ、子と孫夫婦の四人が、父の勤務地の跡を訪ねに行く。父をたずねて三千里の変形版とでも呼ぶべき小説で、典型的な中篇小説である。

マレー鉄道（ＫＴＭ）のプレミアナイトデラックスで、クアラルンプールから、大英帝国時代そのままの、重厚な駅舎を構えたシンガポールステーションまで、四百粁の夜行寝台列車の様子が出てくるが、マレーシア、シンガポールと二つの国に跨る鉄路だけに、ウッドランド・レイン・チェックポイントで一時間もホームへ降りて、また乗り直す場面が、鉄道ファンには興味深いだろう。

「古い電車」（「文藝軌道」二〇〇七年四月号）

前四篇に較べ本篇以降、やや入り組んだ構造になる。ストーリー展開に比重を置くというより、ストーリーを生み出す素《もと》になる、未分化の混沌とした土壌から掬いあげた珠玉の世界といえよう。

坂本良介（評論家・作家）はその点に関し、次のように述べている。

『満男』の主観的な幻想と、国道二一六号線、通称マサカド街道の客観的な幻想とが、冒頭の『街道の霧は深かった』の世界の措定のもとに、それぞれ自在に展開されていると思いました。『小説』であることを小説自体が再構築しており、小説たる命を宿しています。（中略）一見、マサトと満男の前提は唐突に見えます。この偶発性は、もう一つの作品の極でもあるマサカド街道の客観的な幻想から仕組まれているたくらみなのでしょう。マサトとの出会い、まる二年に及んでいる『おじいさんと孫』との関係にも類似した交流。マサトは満男によって世思男と重ねられて回想されますが、実は作品の構造上では、むしろマサトは満男と重ねて書かれているのです。その点を具体的に見てみましょう。マサトは左足が不自由だということ、このことがキイポイントになります。満男には小学校二年生の夏、右に急カーヴする電車から飛び降りた象徴的な体験があります。右にカーヴする電車から飛び降りると、遠心力が働きますから、満男はおそらく左足を痛めたのではないかと推察されます。もっとも、その点は書かれてないのでどうしようもありませんけれど、符丁は合います。マサトと満男の関係は、どこかリアリズム的な時空を越えたところでの一者かもしれないのです。その不可解さは、すでにマサトの姉の描写に暗示されています。マサトの姉は、『姉』なのか、『かあちゃん』なのか定かではないのです。そのことを作者は巧みに作中に編み込みます。最初に『姉』と書きながら、続く会話の中では『かあちゃん』といってのけているのですから。不確定な表現には、『黒い布を被った女』を、『姉』でも『かあちゃん』でもなくしてしまう効果があります。そしてただ単に『黒い布を被った女』になり、満男が世思男の喪のためにスバルレックスを黒く塗装し直したように、喪に服した女に変身させるのです。『喪に服した女』とは誰なのか。都季子なのか、それとも満男の母なのかわかりません。それに死んだのは誰なのでしょうか。世思男のことなのか、満男なのか、満男の父なのか、それとも地縁・血縁のすべての人たちなのか。『古い電車』に乗って死んだのは確かに満男です。時空の層の中に刻まれた街道筋には、霧に慰撫された文学の塩の痕跡が残ります。」

少し前の廃墟ブームから、最近では廃電車という言葉も生まれ、写真集まで出る時代となった。本篇で描かれる、廃墟となってしまった遊園地に捨てられた廃電車は、そんな流れを先取りするかのようである。廃電車や、かつて遊園地が栄えていた城址の履歴が、具体的に語られているにもかかわらず、すべてが幻想の彼方に大きく呑みこまれて行く無力感に包まれた作品。

「母里」（「文藝軌道」二〇〇七年十月号）

初めて雑誌に地図入りで発表された小説。

法勝寺鉄道、伯陽電鉄、山陰中央鉄道、日ノ丸自動車法勝寺電鉄、と四度も名称を変えた、米子から法勝寺に至る本線と、阿賀から母里に達する支線の跡を訪ねて歩く廃線跡探索者を主人公に据えた紀行文風の作品だが、「カンダンケルボへ」が人生の山の頂きにあった年代の父の姿を追い求める子と孫の話だったように、主人公、英次郎が、亡き母に、思わぬところで遭遇、包み込まれる、という仕掛けの小説である。

冒頭、山中鹿之介で有名な月山富田城にひとり登り、尼子氏滅亡の闘いの、毛利氏撃ち込みの銃弾の跡などを訪ねるエピソードや、炎暑の夏の長歩きの果てに辿りついたのが、伯耆から出雲へ、二百五十メートルにも満たない、左へ湾曲した真の闇のトンネルだったことに、主人公の、そして人の一生を重ねる。この母の象徴ともいうべきトンネルを抜けて降りていった終点が「母里」だったことに、地霊の導きを感じ取ることで締括られる。

塩見鮮一郎（作家・評論家）は以下のように評している。

「黒羽英二との縁は、昭和四十五年度に『文藝賞』を受賞した『目的補語』からのものだが、ぐっと距離が縮まったのは、『新日本文学』会の『日本文学学校』（現在の『文藝学校』の前身）講師として、ここ十年、折に触れて顔を合わせ、直接言葉を交すようになってからである。たまたま『文藝軌道』掲載の『母里』を読んで、このところ私自身も憑かれている『地霊』の力のモデル小説とでも名づけたい成果を目の当りにして、その快挙を一言讃えたい気持ちが湧いてきたのも当然の成り行きである。

鉄道廃線跡探索の対象に決めた伯陽電鉄、母里へ向けて歩き続ける英次郎が、終点近くで、街道から棚田の傍の小径を昇って行った先に、ぽっかり口を開けている三百メートルに満たない左カアヴの、真っ暗闇のトンネルの中へ、不安な気持ちのまま入って進んで行くと、いつのまにやら『母』の胎内へ包み込まれたような奇妙な感覚に捉えられ、母の生涯の秘密が次第に明らかになる、という場面に力点が置かれているのがわかる。闇のトンネルは冥府への道であり、人がこの世へ送り出される産道でもある。ようやくトンネルを出ると、間もなく終点、母里に到達するのだが、そこは江戸時代には、松平氏一万石の陣屋のあったところで、映画のセットのような黒板塀の武家屋敷が残っており、その屋敷を取り囲んでいる小さな掘割には真鯉の群が泳いでおり、たまたま一尾の大きな緋鯉が泳いでいて、不意に英次郎は、その緋鯉に母の姿を重ねる。つまり緋鯉が母の隠喩かと思い、終点の駅の名となっている母里こそ、老年の自分をここまで連れてきた『地霊』だったのではないか、と悟らせ、読者も英次郎とともに納得することになる、という結末を見るのだ。私が感心したのも、単なる鉄道廃線跡探索小説というよりは、『地霊』というところまで掘り下げて小説を構築して行く黒羽英二の、作家としての力量に感嘆したからでもある。」

「子生」（「文藝軌道」二〇〇八年四月）

この、単純で、しかも意味あり気な文字は、茨城県旭村に実在する地名。語源はいざ知らず、生すは産むであり、子を産む、という意味の地名であることは明らかである。

この地に、子を設けず、生涯の伴侶を失った、団塊の世代の少し上に当たる男が、定年後、都内のマンションを売り払い、小さな家を買い、亡き妻が多摩川べりから拾ってきた牡猫と、愛車のおんぼろシトロエンと共に、海に近い恵まれた自然環境の中で、畑を耕し、大自然と一体化して生涯を終えようと決めて移住してくる。しかし、物語は意外な方向へ進んで行き、思いもよらぬ結末を迎える。

本作でも、先の男の高校時代の友人で、鉄道廃線跡探索者の「私」が登場し、わずか六年間だけ存在した鹿島軌道が子生を通っていたからと言って、男の許を訪ねてくる。

登場人物たちの年代の大量自殺という社会問題を織り込みながら、その一般的な範疇を越える、特異な世界が展開する。

勝又浩（評論家）は、「文學界」誌上で以下のように評した。

「帰途に寄った旧友の家の場面から次第に幻想的な趣に転じてゆく。訪ねた家は既に廃墟となっていて、そこに残された一冊のノートには猫に後事を託して家を出る旧友の様子が書かれているが、その書き手が猫自身である。佐藤春夫の幻想的な短篇『西班牙犬の家』を思い出すが、廃線と廃屋、子供のなかった旧友の猫との共棲、『子生』という変った地名などを重ねたところが幻想の広がるところであり、読者をひきつけるところでもあった。」

また坂本忠雄（開高健記念会会長・元「新潮」編集長）は、次のように述べている。

「人見修治との極く自然な訪問と別れを交した私が、音信不通になった四年後に再訪してみると、半ば廃屋となった家には、友人の修治も愛車も消えていて、猫が書いたことになっている遺書めいた文が置いてあるばかり。この落差に、人の世の生の果敢なさ、老いに向う現代人の孤独が、しんしんと伝わってくるのを感じないわけには行かない。」

「成田」（「文藝軌道」二〇〇八年十月号）

なぜ作者は、鉄道廃線跡に魅かれるようになったのか。少年時代の鉄道との因縁を描いた作品である。具体的に描かれていないにもかかわらず、氏名と年恰好だけははっきりしている、姿を見せない聴き手に語りかけるという形をとる。語り口は、大真打の噺家の話芸にも似た味を出しており、聴き手が、「鉄子」と呼ばれる、最近増加した若い女性の鉄道マニアであるところに、作者の並々ならぬ、この世界への興味の深さがうかがわれる。

読者は、成田山新勝寺のお不動さん詣りのチンチン電車の沿革を教えられ、たまたま最終日に乗り合わせた敗戦の日に近い時代から現在までの、一人の男の体験談を、聴き手と同じように、いつのまにか熱心に耳を傾けているのに気がつくはずだ。

（編集部）

創作ノート（廃線跡を訪ねる）

田口鉄道（豊橋鉄道田口線）

一九二九・五・二二　開業　鳳来寺口（本長篠）―三河海老　一一・五粁
一九三〇・一二・一〇　三河海老―清崎　一八・一粁
一九三二・一二・二二　清崎―三河田口　二二・六粁
一九五六・一〇・一　豊橋鉄道と合併
一九六六・一〇・一　清崎―三河田口　休止
一九六八・九・一　全線廃止
軌間・一〇六七粍　動力・電気

昭和四〇年以来、度重なる台風と、輸入木材の増加で御料林を含む森林資源運搬需要の消滅、沿線地域の過疎化により、昭和四三年八月三一日で廃止になった。トンネル二四、橋梁一七、本長篠海抜六八米、三河田口三二〇米で、全線殆ど登り勾配だった。

廃線の日から十数年経ってはいたが、田口から五粁東南の山中にある塩津温泉に一泊したことがある。緑の周遊券指定地になっていたほどだから、それなりの風情も味わえると期待して寄ったのだ。夏だったがまだ宵の口なのに人影もなく閑散としていて、私の泊った古い木作りの宿は、私の他には泊り客は一人もなく、廊下の突き当りに大きな姿見があって、浴衣姿の幽霊が出た、と思ったら、自分の姿だった。大浴場は湯が抜いてあるからと、宿の主人一家の入る家族風呂へ入れられたのも思い出である。（現在は建て替えた宿も混えて釣り客相手の温泉宿として繁盛している）。五年ほど後に、終点田口駅の木造駅舎の廃屋を確かめたくて再訪した時は、早い最終バスに乗り遅れ、営林署の車に拾ってもらって本長篠まで戻ってきた。

本長篠を出て左にカアヴして、すぐのところにあるトンネルを、こわごわと潜り抜けてみると、お寺と墓石で覆われた山の下だったことを知って驚いたが、「幽霊軽便鉄道」を書いた時、この鉄道と温泉場の宿が浮かんできたのは当然の成り行きだった。

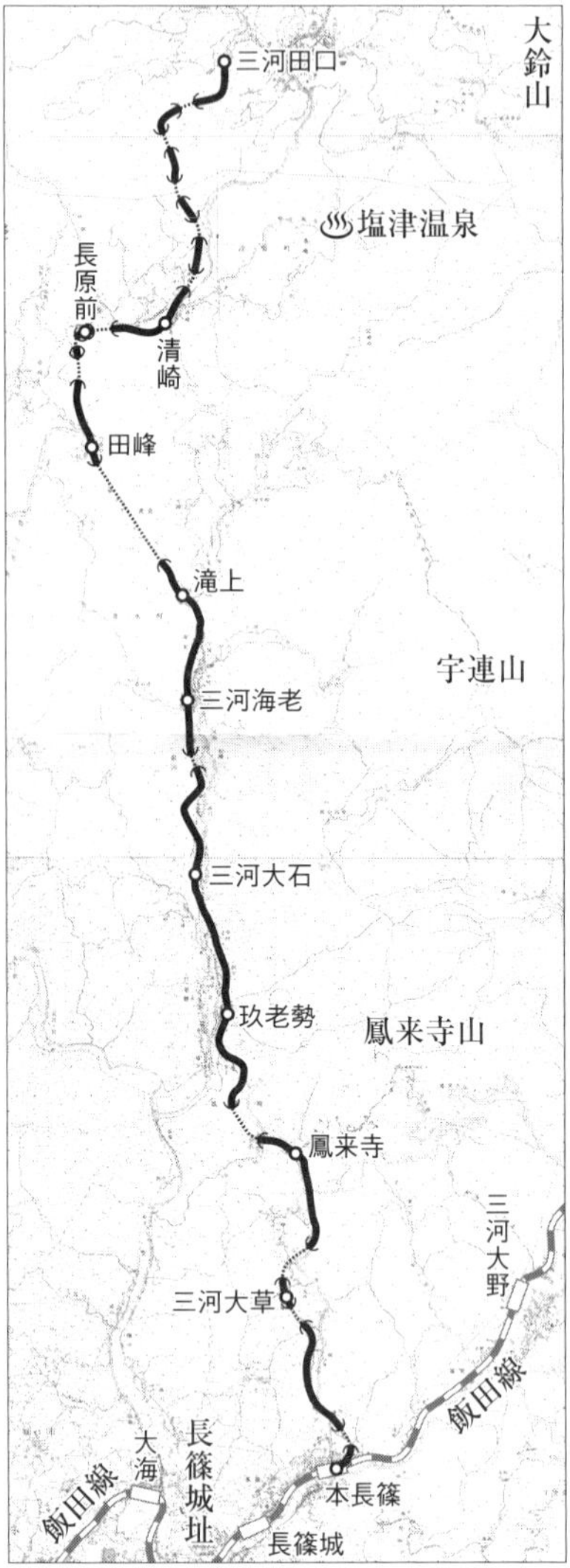

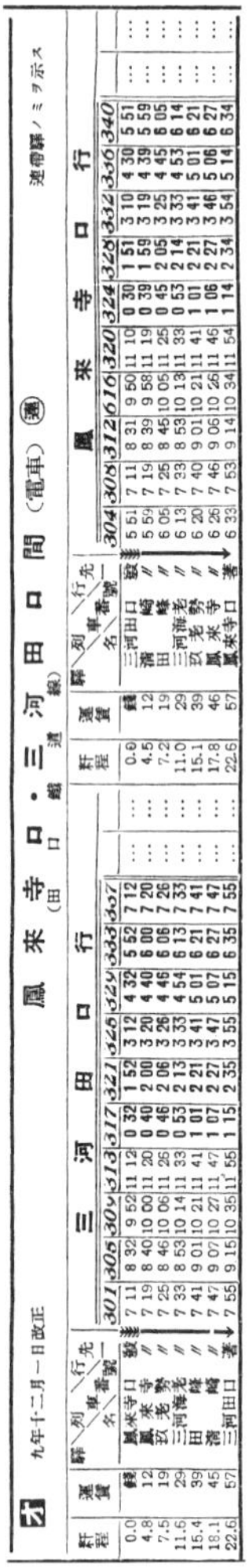

オ　九年十二月一日改正

鳳來寺口・三河田口間（電車）㊠

（田口鐵道線）

連帶驛ノミヲ示ス

粁程	運賃	驛名＼列車番號＼行先		三河田口行 301	305	309	313	317	321	325	329	333	337		
0.0	錢	鳳來寺口	發	7 11	8 32	9 52	11 12	0 32	1 52	3 12	4 32	5 52	7 12	…	…
4.8	12	鳳來寺	〃	7 19	8 40	10 00	11 20	0 40	2 00	3 20	4 40	6 00	7 20	…	…
7.5	19	玖老勢	〃	7 25	8 46	10 06	11 26	0 46	2 06	3 26	4 46	6 06	7 26	…	…
11.6	29	三河海老	〃	7 33	8 53	10 14	11 33	0 53	2 13	3 33	4 54	6 13	7 33	…	…
15.4	39	田峰	〃	7 41	9 01	10 21	11 41	1 01	2 21	3 41	5 01	6 21	7 41	…	…
18.1	45	淸崎	〃	7 47	9 07	10 27	11 47	1 07	2 27	3 47	5 07	6 27	7 47	…	…
22.6	57	三河田口	著	7 55	9 15	10 35	11 55	1 15	2 35	3 55	5 15	6 35	7 55	…	…

粁程	運賃	驛名＼列車番號＼行先		鳳來寺口行 304	308	312	616	320	324	328	332	336	340		
0.0	錢	三河田口	發	5 51	7 11	8 31	9 50	11 10	0 30	1 51	3 10	4 30	5 51	…	…
4.5	12	淸崎	〃	5 59	7 19	8 39	9 58	11 19	0 39	1 59	3 19	4 39	5 59	…	…
7.2	19	田峰	〃	6 05	7 25	8 45	10 05	11 25	0 45	2 05	3 25	4 45	6 05	…	…
11.0	29	三河海老	〃	6 13	7 33	8 53	10 13	11 33	0 53	2 14	3 33	4 53	6 14	…	…
15.1	39	玖老勢	〃	6 20	7 40	9 01	10 21	11 41	1 01	2 21	3 41	5 01	6 21	…	…
17.8	46	鳳來寺	〃	6 26	7 46	9 06	10 26	11 46	1 06	2 27	3 46	5 06	6 27	…	…
22.6	57	鳳來寺口	著	6 33	7 53	9 14	10 34	11 54	1 14	2 34	3 54	5 14	6 34	…	…

昭和11年10月
日本旅行協会

谷地軌道

一九一六・一・二七　神町―谷地　五・八粁
一九三五・一〇・一　廃止
軌間・七六二粍　動力・蒸気

鉄道開通以前は河川が有力な交通手段で、大河川は現在の幹線鉄路に当り、だから大河川に面して市街地が発達した。谷地もその一つで、北前船の影響か、……小路等の地名も幾つか見られる。その町の有力者が奥羽本線の神町まで敷設したのが谷地軌道で、最上川右岸の山王集落の土手の上に谷地（仮）駅を作って開業し、二年後、長大な木橋を架けて谷地本町へ終点を移動した。そしてこの長大木橋の老朽化と流出と、バス併用化で幕を閉じることとなったのである。

十五年前と十年前の二度訪れ、全路線跡を歩いたが、神町駅近くの果樹園に路盤跡の境界線が、それと知れたこと、羽入、藤助新田間の用水路にコンクリの小さな橋台があったことと、終点谷地の個人所有地がレール三本分と駅舎のヤードを確保していたのを確認しただけだった。

最初に訪れた時、二、三年前までは木橋の橋桁が残っていたのに、と案内してくれた土地の女性が、小学校の修学旅行のとき、この汽車に乗って湯野浜温泉まで行ったんだ、と懐しそうに語った笑顔が印象的だった。谷地にレールと共に動態保存されている蒸気機関車は谷地軌道を偲んで、一九八八年に台湾から輸入したベルギー製C形タンク機関車で、煙突を「いもこ列車」のニックネイムに合わせて芋の形に加工して、僅か一三五米三分間ではあるが、春から秋まで月一回だが日曜日に河北中央公園で運転されている。

大河川に架橋出来ずに川の手前に終点を作り、バス連絡で国鉄本線と繋いだ弱小私鉄と、最上川左岸の町と、その奥の森林木材運搬の軽便鉄道の話が浮かび、「幽霊軽便鉄道」執筆の動機の一つになった。

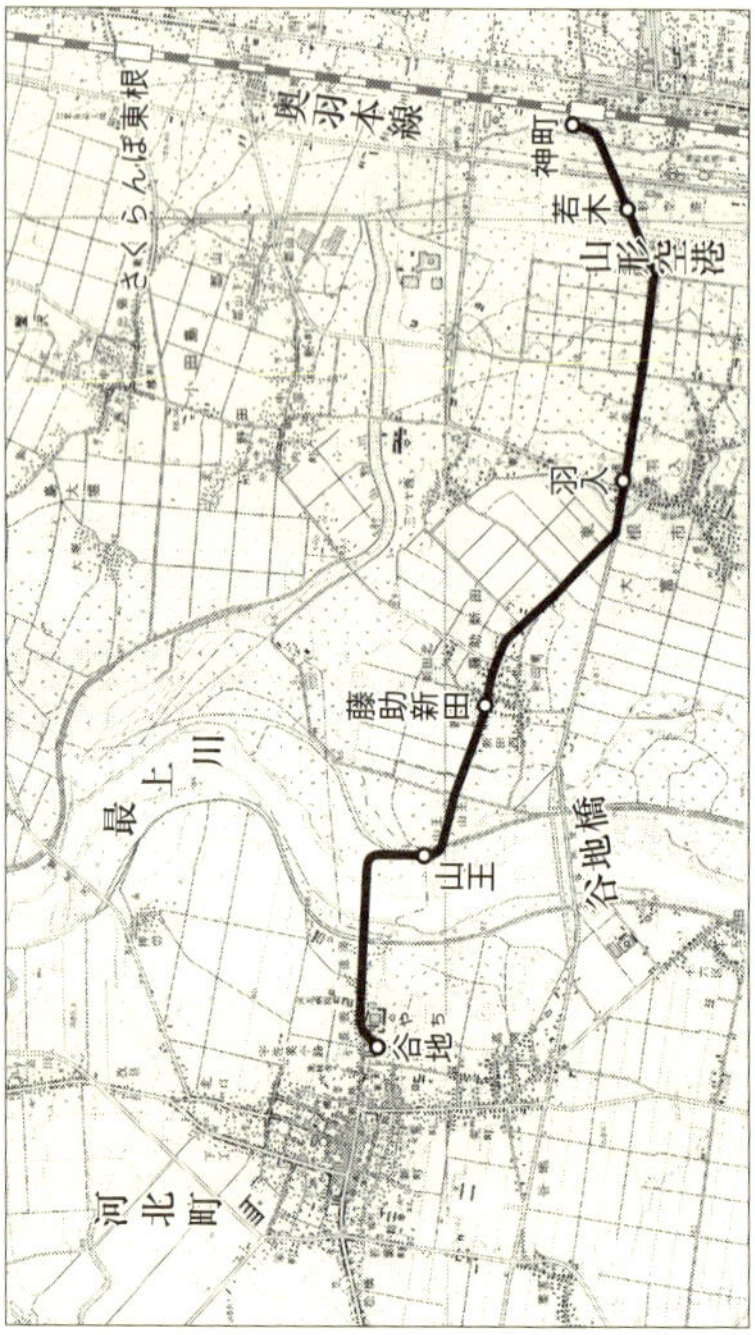

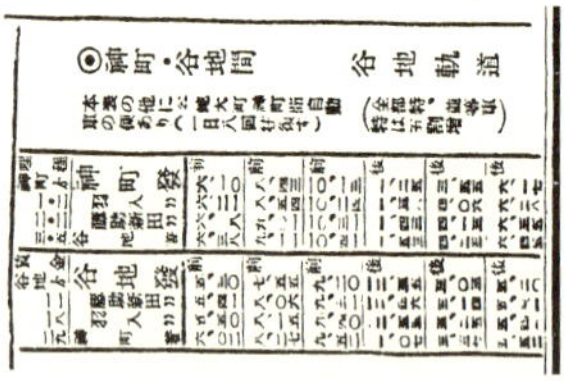
谷地軌道
◎神町・谷地間

昭和45年5月
旅行案内社

鹿島軌道

一九二四・五・二〇　開業　鉾田―子生　七・二粁
一九二六・六・一八　子生―大貫　一七・三粁
一九三〇・六・二〇　廃止
軌間・七六二粍　動力・内燃

盲腸線という言葉は今尚健在だが、鉄道の両端が、JR、大手私鉄に接続していない線は何と呼べばいいのだろうか。軽便鉄道全盛時代には極く稀だが存在しない訳ではなかった。この鉄道もそれで、いわば孤島線とでも呼びたいような、国鉄、大手私鉄に接続していない軽便鉄道だった。とはいえ、そのような鉄道が敷設されるには、それなりの歴史があり、鹿島軌道は、船運全盛期の

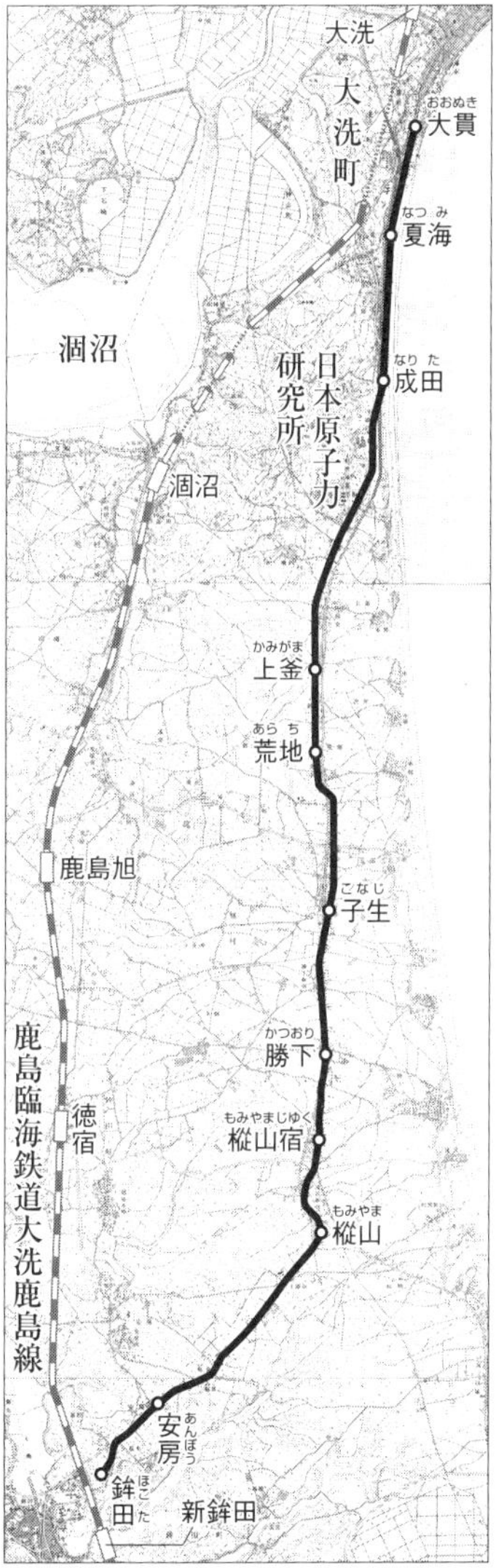

江戸時代に、東北の米を那珂湊に陸揚げして小舟に積み替え、涸沼《ひぬま》から更に馬力で鉾田へ運び、北浦から大形の舟に積み替えると利根川を遡行し、関宿経由で江戸に達したのである。一方那珂湊から大洗経由で鉾田まで一挙に馬力のみで運んでから舟に積むルートも盛んで、この小街道沿いに馬車鉄道を敷設したが馬車が走る前に倒産したままの跡へ敷設したのが鹿島軌道である。何故路線の両端が、北の水濱電車、南の鹿島参宮鉄道と連絡出来なかったのかと言うと、水濱電車の大貫駅までは市街地が続き、鹿島参宮鉄道の鉾田駅は一九二九年五月になって開業したからであり、軌道の鉾田は比高二、三〇米の台地にあり、後に両駅間の坂道と、大貫から水濱電車の大貫駅までは無料バスで乗降客を運ぶしかなかった。併用軌道と旧街道沿いの軌道跡は、子生近くの一部を除いて殆ど消滅しており、両終点も想像の眼で空間を探るばかりである。

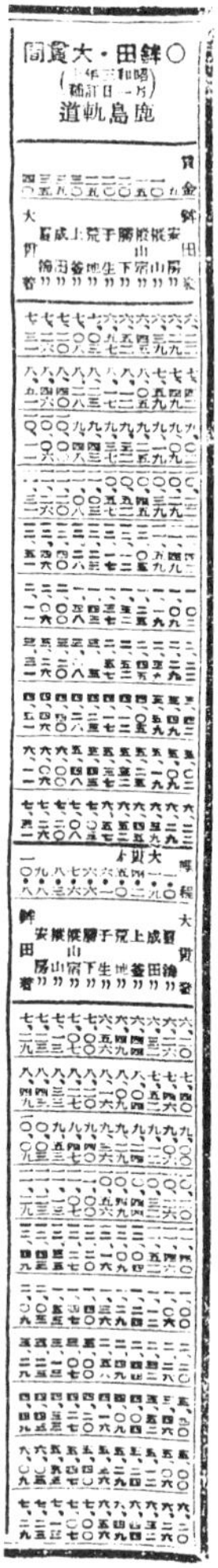
〇鉾田・大貫間
（昭和三年十一月一日訂補）
鹿島軌道

昭和4年5月
旅行案内社

法勝寺鉄道（伯陽電鉄、山陰中央鉄道、日ノ丸自動車）

一九二四・七・八　開業　米子（米子市）―大袋
五・六粁
一九二四・八・一二　大袋―法勝寺　一二・四粁
一九三〇・一・一　阿賀―母里　五・三粁
一九五九・九・一七　阿賀―母里　廃止
一九六七・五・一五　米子市―法勝寺　廃止
軌間・一〇六七粍　動力・電気

鉄道好きには長い間気になって仕様がない、という鉄道があるものだが、この鉄道がその一つで、社名が何度も変わったこと、その社名が雄大な割に、路線が短いこと、そして最後に、鉄道好きの者の間で、その路線にまつわる目玉の神話が秘かに伝えられていることである。

この三つの条件のすべてを兼ね備えているのがこの鉄道なのだ。阿賀、母里間の、戦時不要資材供出で、敗戦の前年に営業停止になってしまった母里支線に、それは集中的に現われていた。

終点法勝寺駅跡の郵便局の近くにある小学校の片隅に、それでもしっかり屋根つきで四十五年間も保存されている車輛があって、一部破損箇所はあるものの、客を乗せた電車が、そのままモーターの唸り声を残して走り出しそうな気配を感じさせてくれていた。何と言っても圧巻は、鳥取、島根の県境を越える二百数十米の左カアヴのトンネルで、通り抜け禁止の掲示板が路傍に捨てられていたので、真の闇をカメラのフラッシュを焚きながら、そろそろと擦り足で進んで行くスリルと言ったらなかった。「隧道口東」駅に至る道床が県道を跨ぐ橋台の一つが苔むして草に埋もれている姿も風情満点だが、トンネルを抜けて終点母里駅のホームが、田の中に埋もれて残っている姿と、低い石段を二つ三つ降りる感触は今尚両足に残っているほどである。

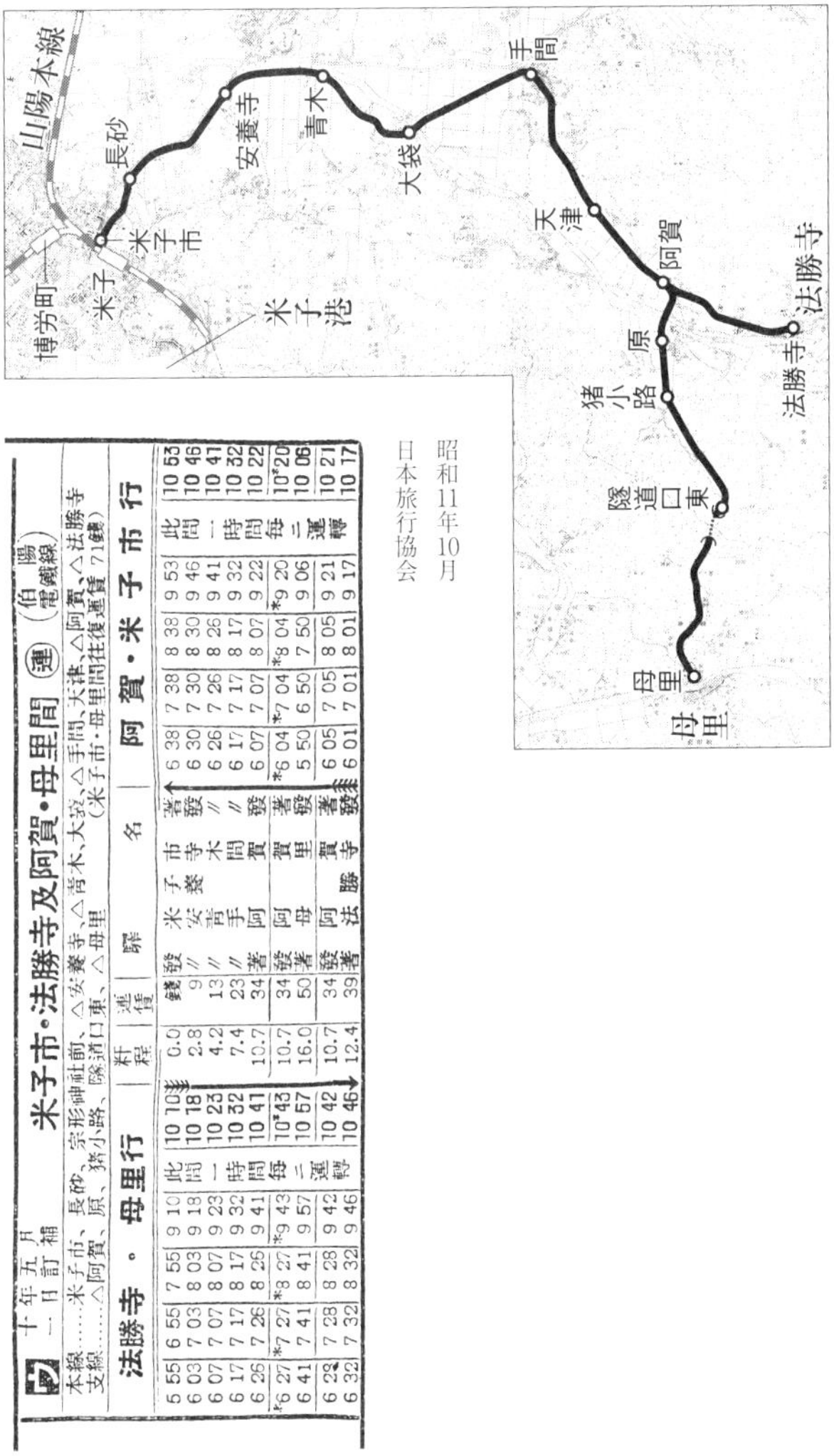

ウ 十年五月一日訂補　米子市•法勝寺及阿賀•母里間 (運) (伯陽電鐵線)

本線……米子市、長砂、宗形神社前、△安養寺、△青木、大袋、△手間、天津、△阿賀、△法勝寺
支線……△阿賀、原、猪小路、隧道口東、△母里　　（米子市・母里間往復運賃 71錢）

法勝寺・母里行						粁程	運賃	驛名			阿賀・米子市行					
5 55	6 55	7 55	9 10	此間一時間毎ニ運轉	10 10	0.0	錢	發	米子市	著	6 38	7 38	8 38	9 53	此間一時間毎ニ運轉	10 53
6 03	7 03	8 03	9 18		10 18	2.8	9	〃	安養寺	發	6 30	7 30	8 30	9 46		10 46
6 07	7 07	8 07	9 23		10 23	4.2	13	〃	青木	〃	6 26	7 26	8 26	9 41		10 41
6 17	7 17	8 17	9 32		10 32	7.4	23	〃	手間	〃	6 17	7 17	8 17	9 32		10 32
6 26	7 26	8 26	9 41		10 41	10.7	34	著	阿賀	發	6 07	7 07	8 07	9 22		10 22
*6 27	*7 27	*8 27	*9 43		10*43	10.7	34	發	阿賀	著	*6 04	*7 04	*8 04	*9 20		10*20
6 41	7 41	8 41	9 57		10 57	16.0	50	著	母里	發	5 50	6 50	7 50	9 06		10 06
6 28	7 28	8 28	9 42		10 42	10.7	34	發	阿賀	著	6 05	7 05	8 05	9 21		10 21
6 32	7 32	8 32	9 46		10 46	12.4	39	著	法勝寺	發	6 01	7 01	8 01	9 17		10 17

昭和11年10月
日本旅行協会

鹿島参宮鉄道（鹿島鉄道）

一九二四・六・八　開業　石岡―常陸小川　七・一粁
一九二六・八・一五　常陸小川―浜　一四・四粁
一九二八・二・一　浜―玉造町　一五・八粁
一九二九・五・一六　玉造町―鉾田　二六・九粁
一九四四・五・一三　譲受　龍ヶ崎鉄道
一九六五・六・一　合併　関東鉄道
一九七九・四・一　譲受　鹿島鉄道となる石岡―鉾田　二七・一粁
二〇〇七・三・三一　全線廃止
軌間・一〇六七粍　動力・蒸気、内燃

二〇〇七年三月三一日、八十三年の歴史に幕を降ろす日に、名残を惜しみ、看取る意味で石岡へ行くと、ホームに溢れた人々の口から、カシテツ、カシテツという言葉が飛び交っていて違和感を覚えたのは、古い鉄道の名称に「参宮」という文字が入っているのに馴染んでいたからだった。全国の大きな神社のあるところには、寺社参詣のための鉄道が敷設されていて、名称にその旨を取り込んでいたが、敗戦後は次々に普通の鉄道の名称に変わって行き、この鉄道も廃線の日には、参宮抜きの、カシテツになっていたのかと感慨深かった。

明治以来、戦争に次ぐ戦争で、イクサ神の鹿島神宮が、香取神宮と共に栄えたために、その参詣客を運ぶ目的が鉄道敷設の要因の一つだっただけではなく、霞ヶ浦、北浦の北岸の町村を結ぶのもこの鉄道の重要な目的だった。開業の二年後に到達した浜からは蒸気船で鹿島神宮に、終点の鉾田からはバスで参詣客を運んだが、鉾田から鹿島神宮までの鉄路は、ついに完成しなかった。現在、常磐線の水戸から大洗、鉾田を経てJRの鹿島線に接続する鹿島臨海鉄道が走っているのは皮肉である。

戦前の東横電鉄のガソリンカーはじめ、夕張鉄道等全国の私鉄気動車が廃止後、展示会のように霞ヶ浦湖畔を走っていた車輛ファン垂涎の鉄路は、最期の日まで、手入れが行き届き、草一木生えていない綺麗な姿だった。

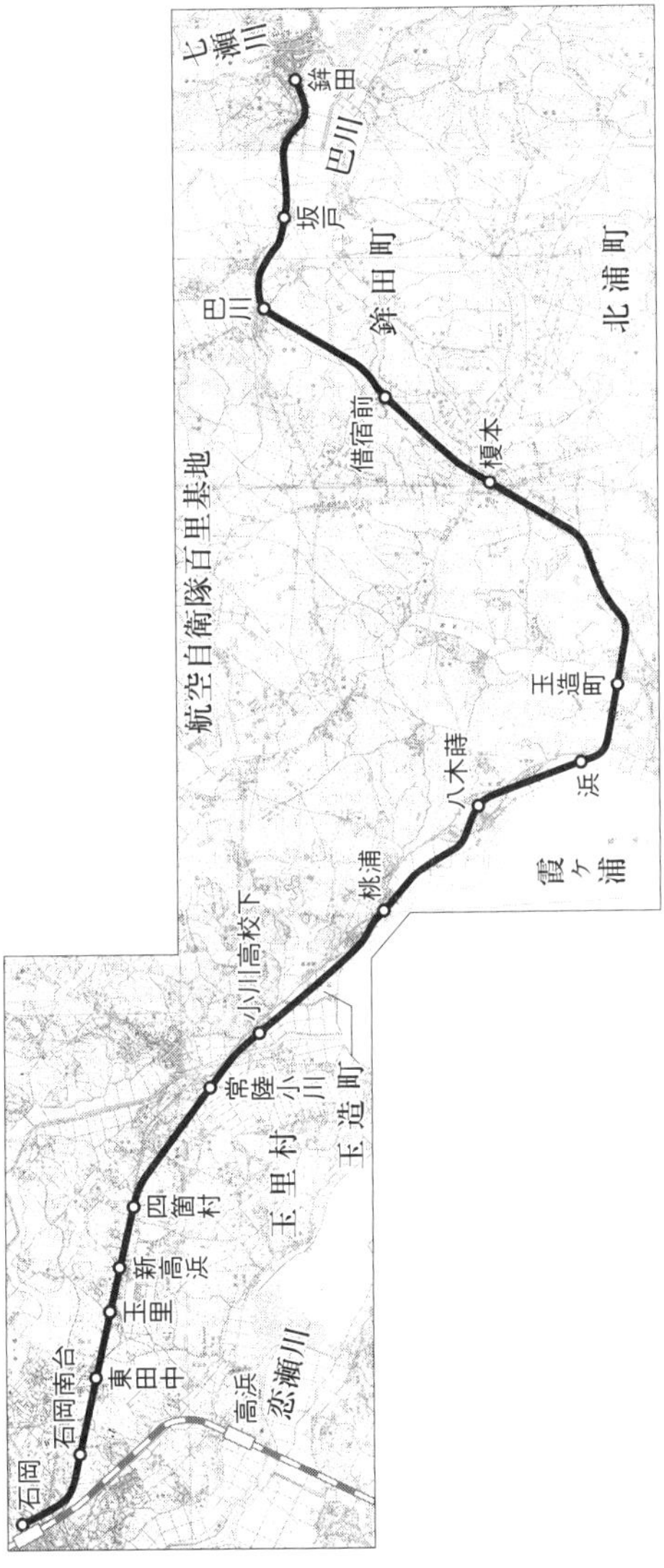

石岡・鉾田間　一五・四・一訂補　三等車のみ　（連帯驛揭載）

鹿島參宮鐵道　茨城縣石岡町

運賃	駅										
	石岡 發	六、四〇	八、一九	九、四四	一一、〇四	〇、三五	二、〇二	四、〇〇	五、〇五	六、四二	九、〇二
三三	常陸小川 〃	六、五四	八、三二	九、五七	一一、一七	〇、四八	二、一五	四、一八	五、一八	六、五五	九、一五
三四	桃浦 〃	七、〇二	八、四一	一〇、〇六	一一、二六	〇、五六	二、二四	四、二六	五、二六	七、〇三	九、二三
四五	濱 〃	七、〇九	八、四八	一〇、一三	一一、三三	一、〇四	二、三一	四、三四	五、三四	七、一一	九、三一
五〇	玉造町 〃	七、一三	八、五二	一〇、一七	一一、三七	一、〇八	二、三五	四、三九	五、三八	七、一五	九、三四
六一	榎本 〃	七、二三	九、〇一	一〇、二六	一一、四六	一、一七	二、四四	四、四八	五、四七	七、二四	九、四三
六五	巴川 〃	七、三〇	九、〇八	一〇、三三	一一、五三	一、二四	二、五一	四、五九	五、五四	七、三一	九、五一
六八	鉾田 着	七、三八	九、一七	一〇、四二	〇、〇二	一、三三	三、〇〇	五、〇四	六、〇三	七、四〇	一〇、〇〇

粁程	駅										
	鉾田 發	六、四七	八、〇五	九、二九	一〇、四九	〇、三五	二、〇九	三、三四	五、一二	六、四九	七、五二
三・二	巴川 〃	六、五六	八、一三	九、三七	一〇、五七	〇、四三	二、一七	三、四三	五、二〇	六、五七	八、〇〇
七・四	榎本 〃	七、〇四	八、二二	九、四六	一一、〇六	〇、五二	二、二六	三、五一	五、二九	七、〇六	八、〇九
一一・一	玉造町 〃	七、一三	八、三〇	九、五四	一一、一四	一、〇〇	二、三四	三、五九	五、三七	七、一四	八、一七
一三・五	濱 〃	七、一六	八、三三	九、五七	一一、一七	一、〇四	二、三八	四、〇三	五、四一	七、一八	八、二〇
一六・二	桃浦 〃	七、二四	八、四二	一〇、〇五	一一、二五	一、一一	二、四五	四、一〇	五、四八	七、二五	八、二八
一九・八	常陸小川 〃	七、三一	八、四九	一〇、一三	一一、三三	一、一九	二、五三	四、一八	五、五六	七、三三	八、三五
二六・九	石岡 着	七、四五	九、〇三	一〇、二七	一一、四七	一、三三	三、〇七	四、三二	六、一〇	七、四七	八、四九

省線佐原驛[illegible]
鹿島神宮・香取神宮間
乘合自動車
三十分毎に運轉

昭和15年５月
旅行案内社

成宗電気軌道（成田電気軌道、成田鉄道）

一九一〇・一二・一一　開業　成田山門前（不動尊）
—成田駅前（本社前）一・一粁
一九一一・一・二〇　成田駅前—宗吾　五・三粁
一九三七・六・一六　本社前—省線駅前
一九四四・一二・一一　全線廃止
軌間・一三七二粍　動力・電気

一九九三年、函館市電に、丁度半世紀前に廃止になった成宗電気軌道が復元された姿で走り始め、今日に至ったが、偶然にも乗車出来た私は、鉄製丸ハンドルの手動ブレーキがエアブレーキに変わっていた他は、「ちんちん電車」廃止の日に乗った少年の日の感触と、殆ど同じだったことに絶句してしまったほどだった。すべてが時空を超えていたからだ。一九一〇年に開業した日に購入した十五輛の新造車輛の内、経営が変わって、その七年後の一九一八年に函館へ渡った車輛のボディを修理復元したものであると経歴はわかっていたが、製造の日から八十三年目に当る年に、その車輛に乗り込んだ感激の日から、更にその十六年後の現在、九十九年目の今でも函館市街を走っている姿を知れば、もはや私に言葉はない。

本日限りで電車の運転を終ります、という貼り紙で、その日この電車に乗ったことが、この二本の鉄路の導く不思議な世界へ入り込む運命的な出来事だったことを、あらためて実感する日々である。

成田のお不動さんへお詣りに行く方は、京成成田駅から、二つのイギリス式煉瓦造りのトンネルを潜って、ゆるやかな勾配の、今はバスも走る「電車道」と呼ばれる道を降りて行って、新勝寺門前すぐ右手の終点に達してもらいたい。

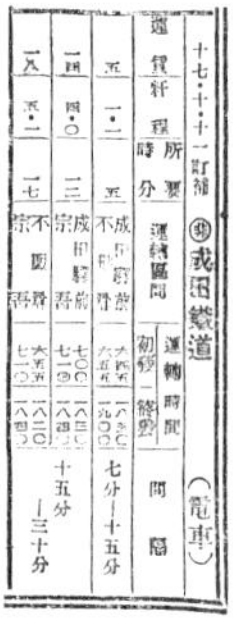
十七・十・十一訂補　成田鐵道（電車）

運轉區間	粁程	所要時分	運賃	初發	終發	間隔
成田驛前—不動尊	一・二	五	五	[illegible]	一八〇〇	七分—十五分
成田驛前—宗吾	四・〇	一三	一四	七〇〇 七一〇	一八三〇 一八四〇	十五分—三十分
不動尊—宗吾	五・二	一七	一八	[illegible]	一八二〇 一八四〇	

昭和18年4月
旅行案内社

成田市
新勝寺
（成田不動）
不動尊
幼稚園下
京成電車前
本社前
京成成田
論田
（省線）成田駅前
新田
大袋
宗吾霊堂前
宗吾霊堂
宗吾
宗吾参道
京成

成田鉄道（千葉県営鉄道）

一九一一・七・五　開業　成田―三里塚　九・六粁
一九一一・一〇・五　三里塚―多古　一三・八粁
一九一四・五・一八　三里塚―八街　一三・八粁
一九二六・一二・五　多古―八日市場　九・四粁
一九二八・九・二五　成田―八日市場　三〇・二粁
（改軌後）
一九四〇・八・一九　三里塚―八街　一三・八粁
廃止
一九四四・一・一一　成田―八日市場　休止
一九四六・一〇・九　廃止
軌間・六〇〇粍（一九二八まで）／一〇六七粍　動力・蒸気、内燃

明治も末の、四四年に、柏―野田町、四五年に木更津―久留里と、千葉県は六〇〇粍軌間の県営鉄道を敷設したが、成田―多古も、千葉県営鉄道として、鉄道連隊が出動して敷設されたのである。曲線の多い軽便鉄道で、鉄道連隊の双合型機関車というドイツ製の、前後反対方向に接合された蒸気機関車を切り離したものを、そのまま使用したことなどもあり、成田―多古間二三・四粁を二時間三分かけて走った。丁度自転車ぐらいの速度で、脱線したり、坂道を降りて押したりした等の、お定まりのケイベン伝説を、母や親戚の者に聞かされたりすると、却ってうらやましく、オモチャの汽車への幻想がふくらんだりした。

三里塚に皇室の御料牧場があったりしたことから、一〇六七粍軌間に改軌された昭和の初めには、上野から直通列車が乗り入れて、桜の名所の三里塚へ大勢の花見客を運んだりしたものだ。

敗戦の一年半前に営業を停止したのは、不要鉄道廃止で資材を軍に提供するような圧力があったからだが、セレベス鉄道という名称まで作って、資材を提供しようとした気持の底には、セレベス島へ行っても成田鉄道を走らせようとした執念とも考えられないことはない。

敗戦直前の数ヶ月、勤労動員された中学二年の私は、法華塚近くの山中から、すでにレールも撤去されてバラスだけ残されていた歩きにくい道床を、二人一組で松根油を搾り取るための松の木を担いで四粁近くよろよろ運んだ苦い記憶がある。また時代はずっと下って、空港建

設反対の三里塚闘争が始まる直前、軽便時代の五辻の山中で、測量技師と間違えられて、鉢巻き姿の、鎌や鍬を振り上げた屈強な農民の群に囲まれて、あわや襲撃される場面に遭遇したことなども、今となっては懐しい思い出である。

成田国際空港という名に変わった三里塚の空港へ行くたびに、厚いガラス窓越しに、ジェット機の並んだ滑走路に呑み込まれた六十年を越える昔の二本の鉄路を重ねて、思わず感傷的になっている自分に気がついたりするのだ。

「月の光」は、親の世代の人々からの伝聞と成田―東成田間に残っていた築堤の道床を探索した記憶から生れた。

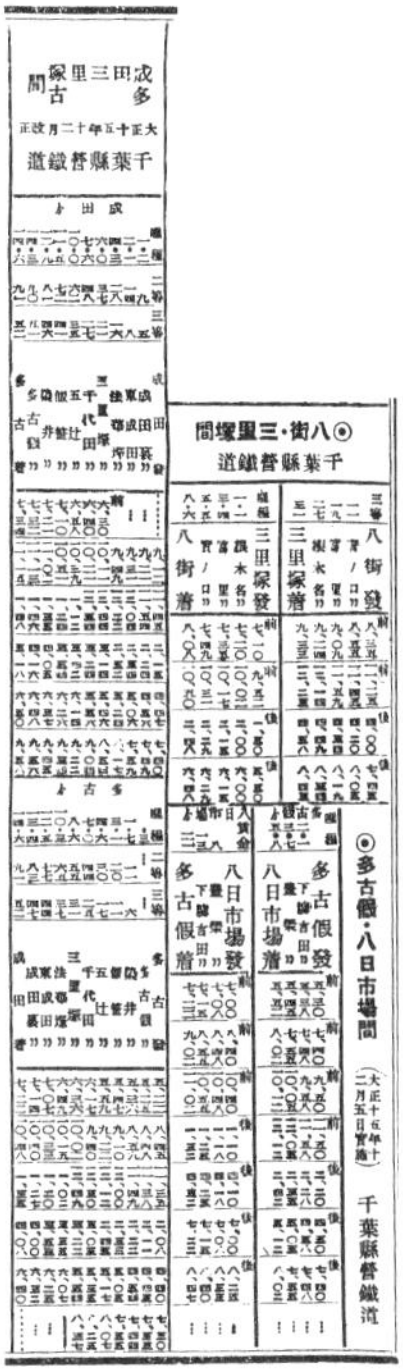

（千葉県営鉄道時代）
大正16年1月（大正は15年12月まで）　旅行案内社

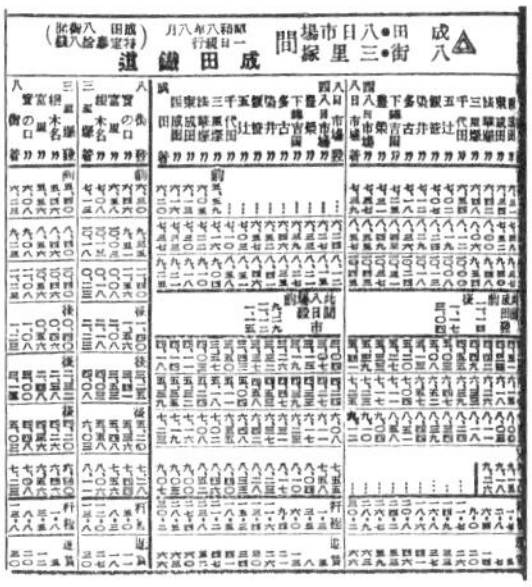

昭和9年4月
駸々堂

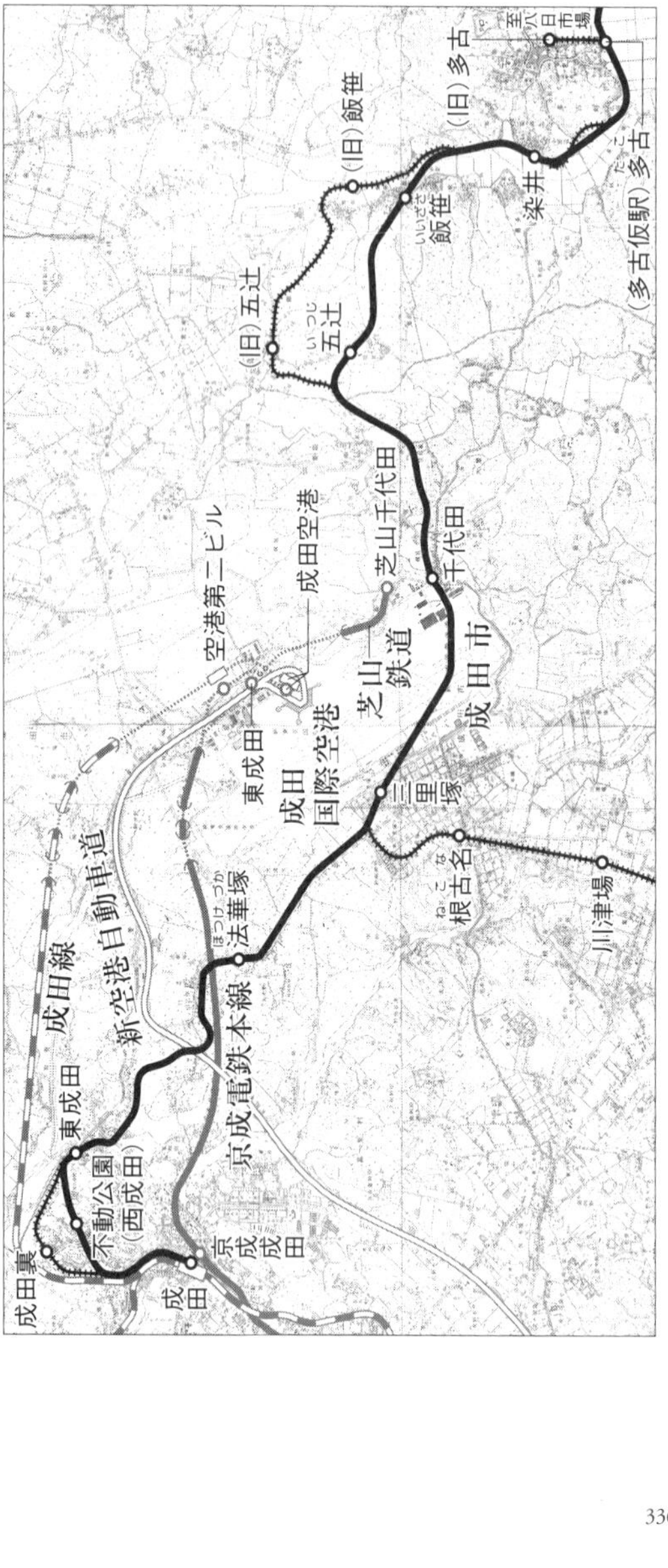
成田線
新空港自動車道
京成電鉄本線
成田裏
成田
東成田
不動公園
（西成田）
京成成田
法華塚《ほっけつか》
根古名《ねこな》
川津場
三里塚
成田
国際空港
東成田
成田空港
空港第二ビル
芝山
鉄道
芝山千代田
千代田
成田市
（旧）五辻
五辻《いつじ》
（旧）飯笹
飯笹《いいざさ》
染井
（旧）多古
多古《たこ》
（多古仮駅）
至八日市場

┼┼┼は県営鉄道時代

黒羽英二

（くろは・えいじ）


詩人／小説家。1931年、東京生まれ。早稲田大学第一文学部文学科英文専修卒。

1955年、村田正夫等と「早稲田詩人クラブ」結成、小海永二等と「ぱろうる」創刊、後藤明生等と「新早稲田文学」創刊。同年「月の光」で「宝石」短篇小説佳作入選、江戸川乱歩に高く評価される。

1970年、「目的補語」により「文藝賞」受賞。

2004年には「小熊秀雄賞」受賞。

雑誌「文藝軌道」主宰。

十五号車の男

二〇〇九年七月二〇日　初版印刷
二〇〇九年七月三〇日　初版発行
著　者——黒羽英二
装　幀——岡本洋平
装　画——高山ゆうすけ
発行者——若森繁男
発行所——株式会社河出書房新社
東京都渋谷区千駄ヶ谷二—三二—二
〇三—三四〇四—一二〇一［営業］
〇三—三四〇四—八六一一［編集］
http://www.kawade.co.jp/
組　版——株式会社キャップス
印　刷——株式会社暁印刷
製　本——小泉製本株式会社
落丁本・乱丁本はお取替えいたします。
Printed in Japan
ISBN978-4-309-90823-6
JASRAC　出 0907453-901